MEVLÂNA CELÂLEDDİN-İ RÛMÎ

FÎHİ MÂ FÎH

ATAÇ YAYINLARI

Tasavvuf: 12

FÎHİ MÂ FÎH
Mevlâna Celâleddin-i Rûmî

Genel Yayın Yönetmeni
Mustafa Karagüllüoğlu

Çeviren
Meliha Ülker Anbarcıoğlu

©Ataç Yayınları
T.C. Kültür ve Turizm Bakanlığı

Sertifika No: 50353
ISBN: 978-975-6205-24-2

1. Baskı: Ocak 2007
11. Baskı: Mart 2022

Sayfa Düzeni
Adem Şenel

Kapak Tasarımı
Enes Malik Kılıç

Baskı-Cilt
Şenyıldız Yay. Matbaacılık Ltd.Şti.
Gümüşsuyu Cad. Işık Sanayi Sitesi C Blok No:102 - Topkapı / İstanbul
Tel: 0212 483 47 91-92 (Sertifika No: 45097)

ATAÇ YAYINLARI
Çatalçeşme Sok. No: 52/1 34410 Cağaloğlu-İstanbul
Tel: (0212) 528 47 53 Faks: (0212) 512 33 78
www.atacyayinlari.com / bilgi@atacyayinlari.com

MEVLÂNA CELÂLEDDİN-İ RÛMÎ

FÎHİ MÂ FÎH

Çeviren
Meliha Ülker Anbarcıoğlu

ataç

İÇİDEKİLER

ÖNSÖZ 9
FÎHİ MÂ FÎH MEVZUU VE MAHİYETİ 13
   Mevlâna'ya göre Dünya ve Ahiret..................................16
   Velî ve Nebî: 18
   Sülûk ve Dereceleri: 18
   Mürşid ve Mürid:..19
   Yakîn ve Dereceleri:..20
   Mevlâna'ya göre Din:..21
   Mevlâna ve Filozoflar:..22
   Mevlâna'nın "İrade", "İhtiyar", "Mesuliyet" Hakkındaki Düşünceleri:..24
   Eserdeki Ahlâkî Bahisler:..25
   Mevlâna'nın Tabiatı:...26
   Mevlâna'nın Muhiti:..28
   Mevlâna ve Muinüddin Pervâne.......................................30
   Mevlâna ve Yakınları:...34
   Fîhi Mâ Fih'de Anlatılan Bazı Tarihî Olaylar:...................36
   Mevlâna'nın Şiir Telâkkisi:..37
   Mevlâna ve Kadınlık:..37
   Eserin Yapısında Kullanılan Zengin ve Çeşitli Malzeme: 38
   Fîhi Mâ Fîh'in Dili, Üslubu ve Yazıldığı Tarih: 39
BİBLİYOGRAFYA...43
ESİRGEYEN, BAĞIŞLAYAN TANRI'NIN ADIYLA BAŞLARIM. EY TANRIM ! HAYIRLA SONA ERDİR...............45
BİRİNCİ FASIL 45

İKİNCİ FASIL 50
ÜÇÜNCÜ FASIL 54
DÖRDÜNCÜ FASIL 56
BEŞİNCİ FASIL..60
ALTINCI FASIL 63
YEDİNCİ FASIL...66
SEKİZİNCİ FASIL 68
DOKUZUNCU FASIL 71
ONUNCU FASIL 74
ON BİRİNCİ FASIL...75
ON İKİNCİ FASIL 81
ON ÜÇÜNCÜ FASIL 89
ON DÖRDÜNCÜ FASIL...95
ON BEŞİNCİ FASIL..97
ON ALTINCI FASIL...98
ON YEDİNCİ FASIL...106
ON SEKİZİNCİ FASIL 111
ON DOKUZUNCU FASIL...115
YİRMİNCİ FASIL 118
YİRMİ BİRİNCİ FASIL..119
YİRMİ İKİNCİ FASIL 123
YİRMİ ÜÇÜNCÜ FASIL..126
YİRMİ DÖRDÜNCÜ FASIL 127
YİRMİ BEŞİNCİ FASIL 132
YİRMİ ALTINCI FASIL 134
YİRMİ YEDİNCİ FASIL 138
YİRMİ SEKİZİNCİ FASIL 148
YİRMİ DOKUZUNCU FASIL 149
OTUZUNCU FASIL 151
OTUZ BİRİNCİ FASIL...155
OTUZ İKİNCİ FASIL 158
OTUZ ÜÇÜNCÜ FASIL...159
OTUZ DÖRDÜNCÜ FASIL 160
OTUZ BEŞİNCİ FASIL 162
OTUZ ALTINCI FASIL..163

OTUZ YEDİNCİ FASIL	163
OTUZ SEKİZİNCİ FASIL	165
OTUZ DOKUZUNCU FASIL	172
KIRKINCI FASIL	174
KIRK BİRİNCİ FASIL	177
KIRK İKİNCİ FASIL	180
KIRK ÜÇÜNCÜ FASIL	181
KIRK DÖRDÜNCÜ FASIL	189
KIRK BEŞİNCİ FASIL	193
KIRK ALTINCI FASIL	196
KIRK YEDİNCİ FASIL	197
KIRK SEKİZİNCİ FASIL	199
KIRK DOKUZUNCU FASIL	201
ELLİNCİ FASIL	204
ELLİ BİRİNCİ FASIL	208
ELLİ İKİNCİ FASIL	210
ELLİ ÜÇÜNCÜ FASIL	213
ELLİ DÖRDÜNCÜ FASIL	214
ELLİ BEŞİNCİ FASIL	219
ELLİ ALTINCI FASIL	221
ELLİ YEDİNCİ FASIL	222
ELLİ SEKİZİNCİ FASIL	222
ELLİ DOKUZUNCU FASIL	225
ALTMIŞINCI FASIL	227
ALTMIŞ BİRİNCİ FASIL	230
ALTMIŞ İKİNCİ FASIL	232
ALTMIŞ ÜÇÜNCÜ FASIL	237
ALTMIŞ DÖRDÜNCÜ FASIL	237
ALTMIŞ ALTINCI FASIL	239
ALTMIŞ YEDİNCİ FASIL	240
ALTMIŞ SEKİZİNCİ FASIL	241
ALTMIŞ DOKUZUNCU FASIL	242
YETMİŞİNCİ FASIL	242
SÖZLÜK	245
İNDEKS	275

ÖNSÖZ

Farsça'dan dilimize çevirmiş olduğumuz Fîhi Mâ Fîh, Mevlâna Celâleddin-i Rumî'nin meclislerindeki takriratının, oğlu Sultan Veled veya müritlerinden biri tarafından yazılarak, sonradan bu notların bir araya getirilmesiyle meydana gelmiş bir eserdir.

Hemen hemen bütün eserde Hazret-i Mevlâna'dan "Mevlâna dedi; buyurdu ki; Hudavendigâr buyurdu ki" şeklinde üçüncü şahıs olarak bahsedilmesi de Fîhi Mâ Fîh'in bizzat Mevlâna'nın kaleminden çıkmamış olduğuna kâfi bir delil teşkil edebilir. Sultanü'l-Ulema Bahâeddin Veled'in üç ciltlik Maarif'i ile, Sultan Veled'in Maarif'i ve Hazret-i Şems'in Makâlât'ı da aynı şekilde yazılmış eserlerdir. Bu da bize Mevlâna'nın yakınları arasında bu tarz telifin mevcut olup ve adeta bir gelenek hâlinde bulunduğunu gösterir.

Bilhassa eserin adı meselesi, onun bizzat Mevlâna'nın kaleminden çıkmamış olduğu kanaatini teyit etmektedir. Eğer bu kitap Hazret-i Mevlâna zamanında son şeklini almış bulunsaydı, müellifin ona da bizzat bir ad vermiş olması lâzım gelirdi[1]

"Onun içindeki içindedir, içinde içindekiler vardır" veya "içindeki içindekiler" manasına gelen Fîhi Mâ Fîh adı yalnız bazı nüshaların

---

1 İranlı bilgin Bediuzzaman Furûzanfer'in bildirdiğine göre, bu esere *Fîhi Mâ Fîh* adıyla, eski kaynaklardan yalnız *Bustan-al Siyaha*'da tesadüf edilmektedir.
Ve Mevlâna'nın "Bes sual u bes cevab u macera / Bûd meyân-i zâhid u Rabbu'l-verâ / Ki zemin âsuman pür-nûr şûd / Der Makâlât an heme mezkûr şûd" bu kıt'ada Makâlât'tan bizzat bu eserini kastettiğini zannedenler olmuştur; fakat bunun Şems'in Makâlât'ı olması da muhtemeldir. Yalnız, Mevlâna'nın bu ismi taşıyabilecek başka bir eseri yoktur. (Bak: Risala dar Tahkik i ahval u zindagânî-i Mevlâna Calale'd-Din Muhammad, maşhur ba Movlâvî. Tehran, 1315 Hş. Çapha-üa-i Maclis, S. 17).

kapağında² yazılı bulunup daha başka nüshalarda ise esere Risale-i Sultan Veled, Esrâru'l-Celâliyye isimleri'nin verilmiş olduğu görülür.³

---

2 Bediuzzaman Firuzanfer'in kanaatine göre kitap *"Fîhi Mâ Fîh"* adını Muhyiddin Arabî'nin *Fütûhat-ı Mekkiyye*'sinde bulunan (Bak: *Fütûhat*, Bulak baskısı, ikinci cüz S. 777) şu kıtadan almıştır:
Kitabun fîhi mâ-fîhi
İza âyente mâ-fîhi
Bediun fî maânîhî
Reeyte'd-durre yuhvîhi
(Bu bir kitap ki içinde içindekiler vardır; manalarında çok latiftir, içindekilere bakarsan, onun incileri havi olduğunu görürsün.)
Sonradan "Kitabun fîhi mâ-fîh' terkibi, Kitab-ı Fîhi Mâ Fîh ve nihayet "Fîhi Mâ Fîh" şeklini almıştır. Bizde bu yabancı terkibi, dilimizin ahenk kanununu tutarak, "Fîhi Mâ Fîh" şeklinde almayı uygun gördük.
Bu Fîhi Mâ Fîh tabiri de İbn Arabî'nin şiirlerinde mükerreren kullanılmıştır. (Bak: Kitab-ı Fîh-i Mâfîh, az goftar-i Movlânâ Calala'd-Din, maşhur ba Movlâvî, ba tashibât u havaşî-i Badiu'z-Zaman Firuzan-far, Üstad-i Danişgah-i Tehran, Tehran, Çaphana-i Maclis, 1330 Hş, Mukaddime s. ya - yb.)

3 Bediuzzaman Furûzanfer, Fîhi Mâ Fîh 'in tercüme ettiğimiz tenkitli baskısını hazırlarken şu yazmalardan faydalanmıştır:
1. İstanbul Fatih Kütüphanesi yazması: No: 2760.17,2X12,7cm. eb'adında, yazısı nesih, sahifede 15 satır, 205 varak, Fîhi Mâ Fîh 193. varakta sona ermektedir. Bu nüsha Hicri 916'da yazılmış olup haşiyedeki kayda göre de esas nüsha ile mukabele edilmiştir. Kitabın cildinde ise, "Haza Kitab-i Fîhi Mâ Fîh az goftar-i Mevlâna Sultanu'l-Arifîn" yazılmıştır; fakat aynı sayfanın kenarında ise "Kitab-al nasayih li Calâla'd-Din, ba hatt-i Arab 15." notu daha yeni bir yazıyla yazılmış bulunmaktadır. Bu nüsha, 170. varağın haşiyesindeki "Aslıyla mukabele olundu." kaydına göre, Mevlâna'nın muasırı veya onun meclislerinde bulunan kâtiplerden birinin yazmış oldu esas nüsha ile karşılaştırılmıştır; fakat yanlışları vardır. Aynı zamanda diğer nüshalarda bulunan Arapça fasılları da ihtiva etmemektedir. Eksiklerine rağmen, Hazret-i Mevlâna'nın ölümünden kırk dört sene sonra yazılması ve esas nüsha ile karşılaştırılmış bulunması, Furûzanfer'in baskısında esas nüsha olarak alınmasına vesile olmuştur,
2. Fatih Kütüphanesi: yazma No: 5407. Eb'adı; 21X146 cm. Okunaklı bir nesihle, 85 varak, sayfada 23 satır, 751 Hicride yazılmıştır ve her sayfa kenarında Mevlâna'dan sekizer rübai yazılıdır. Kitabın sonunda bulunan kayıttan da bu nüshanın Mevlâna'nın türbesine vakfedilen bir nüshadan istinsah edilmiş olduğu öğrenilmektedir. Tam ve doğru bir nüshadır. Tenkitli baskıda (H.) harfiyle gösterilmiştir.
3. İstanbul Selim Ağa kütüphanesinde bulunan yazma: 12X18 cm. eb'adında, 91 varak, sayfada 21 satır, yazısı nesihtir, imla hususiyetlerine göre Hicri VIII. yüzyılda yazılmış olduğu anlaşılıyor.

Eserin başka başka isimleri olması, onun müellifinin kaleminden çıkmadığına veya bizzat müellifi hayattayken son şeklini almadığına delalet edebilir; fakat bu, Fîhi Mâfih'i bizzat Mevlâna söylememiştir demek değildir. Kitaptaki birçok fasılların Mevlâna'nın sözlerinin bazen aynen alınmak suretiyle meydana geldiğini gösteren deliler mevcuttur.

---

4. Tahran Ketabhane-i Mellî nüshası: 13X17,5cm. eb'adında, 405 sayfa; sayfada 15 satır, yazısı nesih kitabet tarihi yok; fakat Hicri IX. yüzyılın ortalarında yazılmış olması muhtemel; aynı zamanda bazı sayfaların kenarındaki kayıt da onun en eski nüsha ile karşılaştırılmış olduğunu göstermektedir. l ve 2. sayfaların altında ise
Gar tu hahi hall-i moşkil ay pusar
Dar Kitab-i Fîhi Mâ-fîh dar-nigar
Dar tarik-i avliya-yi nîk-zat
Fîhi Mâ-fîh ast hall-i moşkilat v. d.
(Ey evlât, eğer sen müşküllerinin hâllini istiyorsan, Fîhi Mâ Fîh kitabına bak. Fîhi Mâ Fîh, iyi yaradılışlı evliyanın yolunda müşküllerin hâlledilir.)
5. Bediuzzaman Furûzanfer'a ait bulunan yazma: 25X18 cm. ebadında, 293 varak, l den 221. sayfaya kadar *Menakib-al Arifin*, 222'den 293'e kadar *Fîhi Mâ Fîh* yazılmıştır, intinsah tarihi Hicri 888 dir. Şayanı itimad bir nüsha değildir. Aynı zamanda "inna fetehna"nın tefsirine ait diğer nüshalarda olmayan bir fasıl da bu nüshada mevcuttur ki biz de tercüme etmedik.
6. Dr. Mahdi Beyani'ye ait bulunan yazma; 1308 H. kameri senesinde istinsah edilmiş olup pek çok yanlışları vardır.
7. 1928 yılında yedi yazmanın karşılaştırılması suretiyle hazırlanan Hint baskısından da Bediuzzaman tenkitli baskısını hazırlarken faydalanmıştır.
Ayrıca 1334 Hş. de basılan ve Şeyh Abdullah Hâirî'nin bir önsözünü ihtiva eden Tahran baskısı, Sultan Veled'in *Maarif*'ini de içine almıştır. Tabiatiyle ilmî olarak hazırlanmış bir baskı değildir. Bu yazmalar ve özelikleri hakkında daha fazla bilgi edinmek için bak: *Kitab-ı Fîhi Mâ Fîh* nşr. B. Furûzanfer, mukaddime s. dal-ya.
Dil ve Tarih-Coğrafya Fakültesi kitaplığı Mahmut Celâleddin kitapları, 28682 numarada kayıtlı bulunan yazma ise bir mecmuanın (21 b 75 b içindedir). Sayfada 27 satır, yazışı talik, kağıdı abadî, üzerinde "Risâle-i Sultan Veled bihattihi" yazılıdır, istinsah tarihi yoktur; fakat eğer bu kayıt hakikatse bu nüshanın en eski *Fîhi Mâ Fîh*'lerden biri olması gerekir. Zira rivayete göre, bizzat Sultan Veled de babasının meclislerinde bulunarak onun takriratını yazarmış. Sultan Veled'in yazdığı bir nüsha bu rivayeti gerçekleştirebilir. Israrlarımıza rağmen bu kıymetli yazmayı maalesef görmek kabil olmadı.
Bizi daha ziyade ilgilendiren, bu yazmanın da bir ismi olmadığı için Sultan Veled'in yazışma aşina bulunan birisi tarafından, Sultan Veled'in zannedilerek ona izafe edilmiş bulunmasıdır.

Mesela: "Bu sözlere uygun olmakla beraber, aklıma şu ayeti tefsir etmek geldi. Mademki aklıma öyle geliyor, öyleyse söyleyelim gitsin."[4] Başka bir yerde geçen: "İşte bu cemaat bizim yanımıza geliyor. Eğer susacak olursak incinirler. Bir şey söylesek, onlara göre söylemek lâzım geldiğinden o zaman da biz inciniriz. Çünkü gidip bizden sıkıldı, bizden kaçıyor diye, dedikodu ederler"[5] sözleri de aynı mahiyettedir.

Bu misalleri artırmak mümkündür; fakat eseri tamamen okuyacaklar için buna lüzum yoktur.

Fîhi Mâ Fîh[6] kısalı uzunlu 70 fasıldan ibarettir. Bu fasıllar ya doğrudan doğruya ele alınan bir mesele ile veya mecliste bulunan herhangi bir müridin sualine, Mevlâna'nın verdiği cevapla başlar.

Bu itibarla her fasılda ele alınan mevzu ve meseleler çeşitli ve başka başkadır. Her fasıl muhtevası bakımından müstakil olmakla beraber Hazret-i Mevlâna'nın umumî olarak tasavvufî düşüncelerini, dinî, felsefî, ahlâkî akidelerini, dünya ve insanlık görüşünü, tabiatını, şiir telâkkisini, devrinin birçok mühim olaylarını, muhitini ve nihayet geniş muhiti üzerindeki derin ve büyük tesirini anlatması bakımından tam bir bütünlük gösterir.

---

4 Bkz. s. 44.
5 Bkz. S. 127.
6 Biz Fîhi Mâ Fîh'i Bediuzzaman Furûzanfer'ın yukarıda zikredilen yazmalardan faydalanmak suretiyle hazırlamış olduğu kıymetli baskısından dilimize çevirdik. Tahran Üniversitesi neşriyatı serisinin 105. cisi olarak, 1330 Hş. de Tahran'da basılan bu kitabın muhteviyatından kısaca bahsetmek faydalı olacaktır. Başta on sayfalık bir mukaddime vardır ve burada B. Furûzanfer *Fihi Mafih*'i neşretmek lüzumunu neden duyduğunu izah etmede ve eserin isminden, yazılış tarzından, gördüğü ve faydalandığı yazma ve basma nüshalardan etraflıca bahsetmektedir.
I'den 235. sayfaya kadar *Fîhi Mâ Fîh*, 235-346. sayfalarda havaşi ve talikat, 347-349. sayfalarda metinde geçen hadislerin fihristi, 350-351. sayfada büyüklerin sözleri ve mesellerin fihristi, 352-353. sayfalarda Arapça, 354-358. Farsça şiirlerin fihristi, 359-362. sayfalarda metinde geçen bazı lügatlerin ve hususi tabirlerin fihristi, 363-373. sayfalarda, eserde geçen kadın ve erkek adlarının fihristi, 374. sayfada kabile, fırka ve kavim adlarının fihristi, 375-376. sayfada mekân ve beldelerin adları, 380. sayfada kitap adları fihristi, 381-385. sayfalarda ise mülhakat mevcuttur.
Büyük bir itina ile hazırlanan bu baskıya, havaşi ve talikat kısmı da bilhassa ayrı bir değer kazandırmıştır. Burada, bütün metinde karşılaşılan müşküller, misaller verilerek hâlledilmiş ve izahı gereken şeyler açıklanmış, ayrıca bu eserin Mesnevi ile müşterek veya benzer tarafları kararlaştırılmak suretiyle tespit edilmiştir. Açıklamada, kitabın bu kısmında verilen bilgilerden geniş ölçüde faydalandık.

FÎHİ MÂ FÎH MEVZUU VE MAHİYETİ

Bu eserde hâkim unsur tasavvuftur. Birçok fasıllarda doğrudan doğruya varlık birliği inancından, mutlak varlık ve zuhurundan, akl-ı kül ve nefs-i külden, kâinat, eflâk, anasır ve devirden, dünya ve ahiretten, insan, velî, nebî ve insan-ı kâmilden, sülûk ve derecelerinden, yakînden, aşk ve cezbeden mufassalan bahsedilmiştir. Fîhi Mâ Fîh 'i okuyanlar Hazret-i Mevlâna'nın bütün bu hususlardaki düşünce ve görüşlerini ne büyük bir açıklık, sadelik ve aynı zamanda ne büyük bir kudretle anlatmaya muvaffak olduğunu göreceklerdir. Mevlâna'ya göre:

Tanrı Mutlak Varlıktır:
Her şeyin aslı birdir. Sadece "Bir" vardır. İkilik teferruattadır. Maksada bakılacak olursa, ikilik kalmaz. Esas birdir.

Mesela şeyhlerin görünüşleri değişik, işleri ve sözleri başka başka ise de maksatları itibarıyla hepsi birdir. Bu da Tanrı'yı talep etmektir.

Tanrı'da ikilik yoktur. Binaenaleyh "Ben"i öldürmek yok etmek lâzımdır; çünkü "O," ölmeyen bir diridir.

Yegânelik ve bigânelik ikiliği muciptir. Mutlak varlık âlemi ise küfür ve imanın, dostluk ve düşmanlığın fevkindedir. Mademki dostluk ikiliği gerektirir ve orada, ikilik olmayan bir âlem mevcuttur, sırf birlik vardır, oraya erişince bu ikisi sığmayacağından dostluk ve düşmanlıktan çıkmış olur.

Küfür olmadan din olmaz. Din, küfrü bırakmaktır. Öyleyse ikisi aynı şeydir. Çünkü Yaratanları birdir.

Vuslatta ikilik kalmaz, tam bir birlik hâsıl olur.

Yüzünü ne tarafa çevirirsen Tanrı oradadır. "Ene'l-Hak" demek, hakikatte büyük bir alçak gönüllülüktür. Çünkü "Ben Tanrı'nın kuluyum!" diyen biri kendisinin, diğeri Tanrı'nın olmak üzere iki varlık ispat etmiş oluyor. Hâlbuki: "Ben Hakk'ım" diyen, kendi varlığını yok etmiş olduğu için "Ene'l-Hak" diyor. Bu demektir ki "Ben yoğum, hepsi O'dur".

Ayrılıklar zahirdedir. Mana ve gaye itibarıyla her şey birdir ve birleşmiştir.

Mesela Tanrı: *"Sen olmasaydın felekleri yaratmazdım"* buyuruyor. Bu aynı zamanda, "Ben Hakk'ım" demektir; yani "Felekleri kendim için yarattım" demek, başka bir dil ve başka bir işaretle: "Ben Hakk'ım" demektir.

Kâbe'ye giden ne kadar çok yol vardır ve eğer yollara bakacak olursak ayrılık büyük ve sonsuzdur; hâlbuki gayeye, maksada bakacak olursak, varılacak yer birdir.

Tanrı'dan başka varlık yoktur. O, bir ve mutlak varlıktır.

Akl-ı kül:

Mutlak varlığın kendisini bilmesine, yani zuhuruna, hukema "Akl-ı kül" ismini vermiştir. Buna İslâm filozofları "Hakikat-i Muhammediye" de derler.

Mevlâna "akl-ı kül" terimini bu eserde yalnız üç yerde kullanmaktadır:

"Böylece Muhammed'in asıl olduğu malum oldu. Çünkü hakkında: *'Sen olmasaydın felekleri yaratmazdım'* (H.K.) buyurulmuştur.

Şeref, gönül alçaklığı, hikmetler ve yüce makamların hepsi ne varsa, onun bağışı ve onun gölgesindendir. Çünkü ondan hâsıl olmuştur. Mesela bu el ne yaparsa akıl sayesinde yapar. Onun üstünü aklın sayesi kaplamıştır.

Bir insanda aklın sayesi, gölgesi olmazsa, onun organları çalışmaz. Şu hâlde bütün organlar akıl sayesinde her işi muntazam, iyi ve yerinde olarak yaparlar. Gerçekten bütün bu işler akıldan hâsıl olur. Organlar alettir. Bu tıpkı zamanın halifesi gibidir.

Bu büyük adam "akl-ı kül" yerindedir. Zamanındaki halkın, insanların akılları onun organlarıdır. Her ne yaparsa, onun sayesinde yapar.

Eğer onlardan yanlış bir hareket meydana gelirse bu "akl-ı kül'ün gölgesini onların başlarından kaldırmış olmasındandır."[7]

"Dünyada Peygamberin bilmediği ne var ki? Herkes ondan öğrenir. Akl-ı cüzî'nin akl-ı küllî'de olmayan nesi var acaba? Kendiliklerinden yeni bir şey bulanlar akl-ı küllî'dir. Akl-ı kül öğretmendir; onun öğrenmesine lüzum yoktur.

Nebîler akl-ı küll'dür; akl-ı küll her şeyi ortaya koyan, bulan ve meydana getirendir."[8]

"Yerle gök arasında olan şeyler ve bütün varlıklar akl-ı kül'ün gölgesidir. Akl-ı cüzînin gölgesi insana göre, varlıklardan ibaret olan akl-ı kül'ün sayesi de kendine uygun bir şekilde olur."[9]

Görüldüğü gibi her üçünde de tasavvufun başlıca meselelerinden biri olan Akl-ı kül meselesi en sade şekliyle anlatılmıştır.

Âlem:

Mevlâna'nın âlem hakkındaki görüşüne gelince: Bir şey zıddı ile belli olur. Zıddı olmayan bir şeyi tanıtmak imkânsızdır. Yüce Tanrı, zıddı olmadığından: *"Ben gizli bir hazine idim; bilinmek istedim."* buyurulduğu gibi, bu nurun belli olması için, karanlık olarak yaratılmış bir âlem yarattı.

Âlemin yaratılması isteğini Tanrı ilk önce ruhlara vermiştir. Şüphesiz "âlem" bu yüzden yaratılmıştır.

Halk, âlemin kadim olduğunu söylemektedir. Veliler ise hadîs (sonradan yaratılmış) olduğunu bildirirler. Onların söylediği gerçektir; zira âlemin yaratılması isteğini Tanrı onların ruhlarında hâsıl ettikten sonra âlem var olmuştur.[10]

Devir:

Mevlâna devre inanmaktadır; fakat bu tenasüh fikri değildir. O, yaradana nazaran bir birlik kabul etmektedir ve eserin iki yerinde bu inancı bulmaktayız:

---

7   Bkz. S. 169.
8   Bkz. S. 169.
9   *Bkz. S. 237.*
10 Bkz. S. 167.

"Yüzünü ne tarafa çevirirsen Tanrı oradadır. O, her yerde bulunan geçen vecihtir. Devamlıdır, ölmez. Âşıklar bu veçhe kendilerini feda etmişlerdir. Geri kalanlar ise hayvan gibidir."

Buyurdu ki: "Sığır gibi olmalarına rağmen nimetlere müstahaktırlar ve ahırda bulundukları hâlde ahır sahibinin makbulüdürler. Çünkü eğer ahır sahibi isterse, onları ahırdan nakleder ve padişahın ahırına götürür. Başlangıçta olduğu gibi, yokluktan varlığa getirir. Varlık ahırından, cemâd ahırına, cemâd ahırından bitkiliğe, bitkilikten hayvanlığa, hayvanlıktan insanlığa, insanlıktan melekliğe ve daha böylece sonu gelmeden ilerletilir."[11]

Başka bir yerde de kerametten bahsederken aynı görüşü belirtmekte ve: "Keramet, seni aşağı bir durumdan yüksek bir duruma getirmesidir. Sen oradan buraya sefer eder, bilgisizlikten akla, ölülükten diriliğe kavuşursun. Mesela önce toprak ve cemâddın, seni bitki âlemine getirdi; bitki âleminden alaka ve mudga âlemine yolculuk ettin. Buradan hayvanlık âlemine, hayvanlıktan insanlığa sefer ettin."[12] diyerek kendisine göre böylece devri izah etmektedir.

Mevlâna'ya göre Dünya ve Ahiret

Bu dünyada bulunan bütün şeyler öbür dünyanın (ahiret) birer örneğidir. Yani bu dünyada görülen her şey ahirette de böyledir.

Mesela, zahmet çekmeden bir dünya işi müyesser olmadığı gibi ahiret işi de müyesser olmaz.

Bunun için: *"Dünya ahiretin tarlasıdır"* denilmiştir; insan burada ne ekerse, orada onun semeresini toplar.

Bu dünyada aranılıp, kavuşulan huzur, tıpkı bir şimşek gibidir; çabuk gelir geçer. Dünya zevkleri misk kokusuna benzer, koku da (araz) geçici bir belirti olduğundan kalmaz. Kokuyla yetinmeyerek miski arayan kimse doğru bir iş yapmış olur. Dünya altın kaplı kalp para gibidir; yani değersiz ve bir köpük parçası gibi olan bu dünya kalptır. O âlem denize, bu dünya ise köpüğe benzer. Ve bu dünya o mutlak visale göre birer yük, azap ve zahmettir.

---

11 Bkz. S. 167.
12 Bkz. S. 149.

Bu dünya sükûn ve huzurunun dayanağı gaflettir. Burada Mevlâna, dinî manada bir ahiretten ziyade insanın ancak gelip geçici maddî zevklerini tatmin edebilen bu dünyanın dışında, kendi sayi ve mücahedesiyle kavuştuğu, daimî sükûn ve huzuru bulabildiği manevî bir âlemi kastetmektedir.

İnsan:
İnsan, varlıklar içinde Tanrı'nın bütün sıfatlarına mazhar olan yegâne varlıktır.

O Tanrı'nın usturlabıdır. Ulu Tanrı, insanı kendinden bizzat bilgin, bilen ve bilgili yarattığından, insan da kendi varlığının usturlabında, zaman zaman Tanrı'nın tecellisini ve eşsiz güzelliğini görür.

Her şey insandadır. O, Tanrı'nın cemâlinin aynasıdır. Bunun için insan her dilediğini kendisinden istemelidir.

"Âdem'i kendi suretinde yarattı", hadisi gereğince Tanrı, insanda kulluğun sıfatına zıt olan Tanrılık sıfatını ödünç olarak bulundurmuştur.

İnsan büyük bir şeydir ve içinde her şey yazılıdır. Fakat karanlıklar ve perdeler bırakmaz ki içindekileri okuyabilsin.

İnsan konuşan bir hayvandır, derler. Şu hâlde o, iki şeyden müteşekkildir. Bu dünyada onun hayvanlık tarafının gıdası, bu şehvet verici şeyler ve arzulardır. Özünün, yani insanlık tarafının gıdası ise bilgi, hikmet ve Tanrı'nın cemâlidir, insanın hayvanlık tarafı Hak'tan, insanlık tarafı ise dünyadan kaçmaktadır.

Her insan büyük bir âlemdir.

İnsan düşünceden ibarettir, geri kalan et ve sinirdir.

İnsanda o kadar büyük bir aşk, hırs, arzu ve üzüntü vardır ki yüz binlerce âlem kendisinin olsa yine huzur bulamaz. Bu zevklerin, arzuların hepsi bir merdivene benzer. Merdiven basamakları oturup kalmak için elverişli değildir; üzerine basıp geçmek için yapılmıştır. Uzun yolu kısaltmak, ömrü bu merdiven basamaklarında heder etmemek için çabuk uyanan ve durumu bilen insansa ne mutludur. İnsanın gerçek mahiyet ve değerini Mevlâna kadar bilen ve bir insana layık olduğu değeri Mevlâna kadar inanarak verebilen insan azdır sanırız.

Velî ve Nebî:

Görüldüğü gibi insan umumiyet itibarıyla yüksek ve değerlidir; fakat her insanın derecesi bir değildir. Her zaman, insanlardan biri Tanrı'nın zâtı adına mazhar olur ve bu bakımdan Tanrı'nın adlarından olan "Velî" adıyla anılır. Bu kimse Tanrı halifesi, zamanın Muhammed'i ve peygamberi olur. Velîler ve nebîler ölmeden evvel ölmüşlerdir; varlıklarından kıl ucu kadar bir şey kalmamıştır.

Her velî Hakk'ın delilidir ve halkın makamı, mertebesi de ona olan bağlılığı ve ilgisine göre olur. Onlara düşmanlık ederlerse Tanrı'ya etmiş, dostluk gösterirlerse Tanrı ile dost olmuş olurlar. Bunlar müminleri kendi mertebelerine ulaştırmak ve kendileri gibi yapmak için, onların kendilerine gelmelerini beklerler.

Bütün yaratıklar velî ve nebîlere nispetle gövdeler gibidirler. Onlar ise âlemin kalbidir. Büyüklükleri görünüşte değildir.

Daimî bir mücahede içindedirler.

Tanrı, velîleri ve nebîleri: "Benim sıfatlarımla çık ve halka görün" diyerek vücuda getirmiştir.

Nebînin Tanrı'nın kudretini izhar etmesi, davetle halkı uyandırması lâzımdır. O sadece görünüşü değildir. Bu görünüş onun zâtîdir. O, aşk ve sevgiden ibarettir. Ulu Tanrı herkese söz söylemez. Bunun için bir kulu seçmiştir. Her kim Tanrı'yı ararsa ona gitsin, işte bütün nebîler bu sebeple gelmişlerdir.

Hakk'ın kahır ve lütuf olmak üzere iki sıfat vardır; nebîler her ikisine de mazhar olmuşlardır.

Sülûk ve Dereceleri:

İnsanlar mutlak varlığa ulaşmak için çıkmış oldukları manevî yolculukta kısımlara ayrılmışlardır.

Her birinin bu, Tanrı'ya ulaştıran yolda ayrı dereceleri ve mertebeleri vardır.

Bazı kimseleri çalışıp çabalamakla bir yere ulaştırırlar; bazı kimseler de Tanrı velîlerinin nazarlarına mazhar olmakla, Hiçbir şey söylemeden ve hiçbir şeyden bahsetmeden vuslat menziline ererler.

Tanrı'yı anmakla Tanrı'nın zâtına ulaşılmasa bile, bunun insan üzerinde bir tesiri olur.

Tanrı'nın bazı kulları vardır ki Hakk'a Kur'an vasıtasıyla erişirler. Fakat bazı daha seçkin kulları da bulunur ki onlar Tanrı'dan gelerek, Kur'an'ı burada bulur ve onu Tanrı'nın göndermiş olduğunu bilirler.

Taliplerin ve sâliklerin evradı mücahede ve ibadetle meşgul olmak ve sonları ise visaldir.

Vâsılların sonu, ayrılığı olmayan bir visaldir.

Sâliklerin daimî bir mücahede içinde yaşamaları lâzımdır. En büyük mücahede ise yüzlerini Tanrı'ya yöneltmiş olan ve bu âlemden yüz çevirmiş bulunan yârân ile kaynaşmaktır.

Bu fark yolu öyle bir yoldur ki orada bütün arzularına erersin ve her dileğin bu yolda muhakkak gerçekleşir ve her kim bu uğurda kendisini, onun bütün din ve dünyaya ait arzuları yerine gelir.

Velîler kendilerini mücahededen alıkoymazlar. İlk mücahedeleri nefislerini öldürmek, şehvet ve arzularım yenmektir. Bu, aynı zamanda büyük bir savaştır. Vâsıl olup emniyet makamına ulaşınca, eğri ve doğru onlara keşfolunur. Buna rağmen yine de büyük bir mücahede içindedirler.

Âşıklar Tanrıda gark olmuşlardır. O'raya başkası sığmaz ve kendisini yok'etmedikçe O'raya kimse giremez.

Mürşid ve Mürid:

Mevlâna'nın mürşid ve mürid hakkındaki düşünceleri ise şöylece hülâsa edilebilir:

Bir tâlib maksadına mürşidsiz erişemez. Tanrı'nın seçkin kulları sırasına girmek için Tanrı ehlini aramak lâzımdır. Yüce Tanrı bir kulunu seçip kendi varlığında yok ederse, bunun vasıtasıyla, dileklerde bulunanların dileğini de yerine getirir. Eserde bu hususu belirten güzel bir hikâye vardır.

Yakîn sıfatı şeyh-i kâmildir, güzel ve doğru zanlar ise onun müritleridir. Yakîn sahibi şeyh olursa o kâmil, büyük ve âlemin en büyüğü ve zamanın Mehdî'si olur.

Dervişler bir vücut hükmündedirler. Yani sâlikler bir bütündürler.

Yakîn ve Dereceleri:

Sülûkta, bir şeyin gerçeğine olduğu gibi ermek, yani her türlü şüpheden kurtulmak demek olan yakîn de lâzımdır. Üç derecedir: "İlm-el yakîn" bilgiyle, "Ayn-el yakin" görmekle, "Hakk-el yakîn" ise oluşla meydana gelir ve yukarıdaki bahiste görüldüğü gibi, Mevlâna yakîni şeyh-i kâmile, zannı ise müritlere benzetir. Onun nazarında yakîn sahibi, zamanın "Mehdisi" yerindedir.

Aşk:
Eserdeki aşk bahsine gelince bu, üzerinde en fazla durulan meselelerden biri olmuştur.

Mevlâna'ya göre bütün maddî ve manevî sevgi ve bağların hepsi, gerçekte Tanrı'yı sevmek ve bilmektir.

Gerçek âşığa aşktan başka her şey haramdır. İnsan birine âşık olduğu zaman ne zilletlere katlanır. Sevgilisine kavuşmak için her şeyini feda eder. Mürid için de şeyhin ve Tanrı'nın aşkı bundan aşağı mıdır?

Âşıkla mâşuk arasında tam bir teklifsizlik bulunması ne güzel şeydir. İnsan her zaman göremediği, işitemediği, ve düşünemediği bir şeye âşıktır. Mecnun Leyla'nın hayaline âşıktı. Mecazi bir sevgilinin hayali ona böyle bir tesir yaparsa, gerçek sevgilinin âşığa kuvvet, kudret bağışlamasına hayret etmemek lâzımdır.

Suret aşkın fer'idir; çünkü aşk olmadan suretin değeri yoktur. Aşk, sureti meydana getirir.

Tanrı aşkı ve mahabbeti her şeyin içinde vardır. İnsan kendisini yaratanı nasıl sevmeyebilir? Bu sevgi onun özündedir; fakat bir takım engeller bunun duymasına mani olur. Her şeyin sonu Ona varır. Yani artık insan her şeyi Tanrı için sever, başkası için O'nun talebinde bulunur ve bu aşk böylece Tanrı'da nihayetlenirse, sonunda Tanrı'nın zâtını da bulur.

Ahiret de, Hak da, dostluk ve mahabbette gizlidir.

Asıl olan sevmektir, insan kendisinde bu hissi duyunca, onu artırmak için çalışmalıdır.

Vücutlarımız bir kovan gibidir; bu kovanın balı ve mumu da Tanrı'nın aşkıdır.

Sema':
Mevlâna, sema'ı bir nevi ibadet kabul ederek diyor ki:
"Sema'da muganni, namazda imam gibidir. Eğer muganni ağır okursa, sema'da ağır, eğer hafif söylerse hafif olur. Tanrı erleri için namaz kılmak, sema' etmek de onların gizlice Tanrı'nın emrine uymak ve nehiylerine uymanın bir misalidir."[13]

Mevlâna'ya göre Din:

Mevlâna bütün dinleri gayeleri bakımından bir görmekte, ancak bu dünyada dinlerin birleşmeyeceklerini, çünkü her bir dinin ayrı bir dileği olduğunu söylemektedir.

Kur'an Hak kelâmıdır ve Musa, İsa ve diğer peygamberler zamanında da Kur'an vardı; fakat Arapça değildi, diyen Mevlâna mukaddes kitapları da bütün dinler gibi bir görüyor.

Yalnız o, Hıristiyanların İsa'nın Tanrı olduğu inancına itiraz ederek: "Ruh aslına döner, eğer İsa Yaratan ise onun gideceği yer neresidir?" sözüyle bu kabil bâtıl inançlara karşı müsamaha edemeyeceğini de anlatıyor.

Kur'an'ı manasını anlamadan okuyanları ayıplar. Ona göre şeriat bir kaynaktır ve hükümleri herkes içindir. Şeriata uyan, manevî huzur ve zevkler elde eder.

Mevlâna, cennet ve cehennemin en gerçek izahını da yapmıştır:
Cennet ve cehennem, bir insanın diğer insanlarla olan dostça veya düşmanca münasebeti neticesinde, onda meydana gelen iyi veya kötü hislerden ibarettir.

Bu itibarla dostluk azizdir; ahiret ve Hak onda gizlidir

Tanrı masiyetten tâat yarattığı gibi, tâattan da masiyet yaratır. Kâfir olanlardan başkası Tanrı'nın rahmetinden ümidini kesmez.

İman telakkisine gelince, bu hususta da Mevlâna'nın ne kadar tolerans sahibi olduğu anlaşılır.

İman, doğruyla yanlışı ayırt edebilen temyizdir. Namazdan daha iyidir. Namaz her dinde başka türlüdür, iman hiçbir dinde değişmez. Mümin zekidir, temyiz ve akıl sahibidir, iman kalptedir; fakat sözle ifade edilmezse faydası olmaz. Allah müminlerin yanındadır. Onları

---

13 Bkz., s. 165.

karanlıktan, aydınlığa çıkarır. Mümin himmetiyle yükselir. Küfr, temyizden mahrum olmaktır.

Amel insandaki manadır. Sureti yoktur. Söz, amelin semeresidir, amelden doğar. Tanrı âlemi sözle yaratmıştır.

Namaz mevzuu üzerinde de Mevlâna fazla durmuştur. Ona göre namaz, bu suretten ibaret değildir. Bu namazın başı tekbir, sonu selamdır. Başı ve sonu olan her şey kalıptır. Onun ruhu eşsiz ve sonsuzdur, istiğrak, kendinden geçiştir ve bu kılınan namazdan daha iyidir.

Kalp huzuru olmadan kılınan namaz, namaz olmaz. Namaz içtedir ve ruhun namazıdır. Şeklen kılınan namaz geçicidir. O, sadece namaz kılmakla kendilerini gerçek Müslüman sananlara, muhtaç oldukları dersi de bu suretle vermiş oluyor.

Oruç, insanı bütün zevklerin, güzelliklerin kaynağı olan yokluğa doğru götürür. Tanrı daima sabredenlerle beraberdir, düşüncesinde olan Mevlâna, nefsi yenmek için mühim bir silah ve bu yenmeden mütevellit bulunur bir nevi manevî haz kaynağı olan "oruca" daha çok değer vermiş görünüyor.

Hacca gelince, dışı görenler (zâhir) ehli için Mescid-i Haram, halkın ziyaret için gittiği Kâbe'dir. Âşıkların ve Tanrı'nın seçkin kullarının indinde ise Mescid-i Haram Tanrı'nın visâlidir.

Kâbe'den maksat, velîlerin ve nebîlerin gönülleridir ve burası Tanrı'nın vahyinin yeridir. Kâbe onun fer'idir. Gönül olmasa Kâbe ne işe yarar

Hülâsa her kim Tanrı'nın rızasını yerine getirmek isterse o, bu dünyada ve ahirette Tanrı'nın nimetlerine nâil olur ve *"Peygamberler, gerçekler, şehitler ve iyilerle beraberdir"* ayeti ile eş ve peygamberlerle birdir; hatta Tanrı ile beraber olur.

Bu suretle insanî olgunluğu sağlaması bakımından Mevlâna'nın din telâkkisi, tasavvufla birleşmiş oluyor.

Mevlâna ve Filozoflar:

Mevlâna, yalnız akla kıymet verdikleri için, filozoflara itiraz etmiştir.

Ona göre duyguyu da nazar-ı itibara almak lâzımdır. İnsan her zaman göremediği, işitemediği bir şeye âşıktır. Gece gündüz onu arar, ister. Görüp anladığı şeyden sıkılır, kaçar.

Filozoflar rü'yeti inkâr ederler. Sünniler ise O bir hâldeyken onu görmek mümkün olur. Hâlbuki o, bir anda yüz bin renge girer. Yüz bin defa tecelli etse, her an görünüşünde, görünüşlerinin bir diğerine benzemez. Tanrı'nın zâtının tecellisi de ef'ali gibi türlü türlü olur, kanaatindedirler.

İstidlâller insanı yanıltabilir, aynı zamanda devamlı da olmaz. Mesela, güven Tanrı'dandır. Bütün rahatlıklar ve müşahadeler O'ndadır. İşte bu yüzden O'nun bu korkusu halkın korkusuna benzemez. Çünkü bunlarda görünen Allah'tır. Fakat bu tespit olunamaz. Tanrı hepsinin kendisinden olduğunu ona açıkça göstermiştir.

Filozof bunu bilir, fakat delille bilir; hâlbuki delil ömürsüzdür.[14]

Yine filozoflar dünyanın hadîs oluşuna delil isterler. Fakat kadim oluşunu neyle bilirler?[15]

Mevlâna ilmi de istidlâl ve kıyaslar yapmak veya gösteriş için öğrenen âlimleri istihfaf etmektedir. Âlimin gayesi, ilim vasıtasıyla kendini bilmek, gerçeğe ulaşmak olmalıdır. Bu hususta derki: "Zamanımızdaki âlimler kılı kırk yarıyorlar, kendileriyle ilgili olmayan şeyleri pek iyi biliyorlar. Fakat asıl önemli olan kendilerine her şeyden daha yakın bulunan şeyi, yani kendilerini bilmiyorlar.[16]

Bunlar alâmetlere ve delillere kıymet veriyorlar, hâlbuki bu şeyler arızîdir. Bu delillere dayanarak verdikleri hükümlerde tabiatıyla doğru olmayacaktır.

Cübbe ve sarıkla insan âlim olmaz. Âlimlik insanın zâtında bulunan bir hünerdir. Bu hüner ister aba, ister kabâ içinde olsun fark etmez.[17]

İlim Tanrı'yı bilmek için istenir. Eğer insanda ilim tamamen bulunup, bilgisizlik olmasaydı, insan yanar ve kalmazdı. Varlığın bekası bilgisizlikle mümkün olduğundan, bu manada, bilgisizlik matlubdur."

Fîhi Mâ Fîh'in başındaki *"Bilginlerin kötüsü emiri ziyaret eden, emirlerin iyisi, bilginleri ziyaret edendir. Fakat fakirin kapısına gelen emir ne kadar hoş ve emirin kapısındaki fakir ne kadar kötüdür"* hadisini şerh ederken Mevlâna, gerçek ilmin mahiyet ve değerini, hakiki

---
14 Bkz., s. 83.
15 Bkz., s. 168.
16 Bkz., s. 58.
17 Bkz., s. 119.

âlimin ilim ve cemiyet karşısındaki durumunu, bugünkü görüşe tamamen uygun olarak, büyük bir sarahatle izah etmiştir.

Mevlâna'nın "İrade", "İhtiyar", "Mesuliyet" Hakkındaki Düşünceleri:

Mutezile'ye göre fiilleri yaratan kuldur; bunun gibi ondan meydana gelen her işin fâili de yine kuldur. Mevlâna'ya nazaran bu görüş doğru olamaz; zira kul akıl, düşünce ve ruh gibi aletler vasıtasıyla bu fiillerin yaratanıdır. Bu aletleri kul yaratmadığına ve bu fiiller de ancak bu aletlerle yaratıldığına göre, kul fiilin yaratıcısı olamaz. O hâlde fiilleri yaratan Tanrı'dır ve bu fiillerden hâsıl olacak iyi veya; kötü şeylerin faydası da kulun zannettiği gibi değil, Tanrı'nın dilediği ve bildiği gibidir.

İnsan Tanrı'nın kudretinin kabzasındaki bir yaya benzer. Ulu Tanrı onu bütün işlerde kullanır ve gerçekte işi yapan Tanrı'dır.

Kul tedbir alır ve takdirin ne merkezde olduğunu da bilmez.

Biz su üzerindeki kâseler gibiyiz ve kâsenin su üzerinde yüzmesi kendi ihtiyarıyla değil, suyun irade ve hükmüyledir. Bu umumi olarak böyledir. Yalnız bunu bazıları bilir, bazıları bilmez.

Tanrı iyiliği ve kötülüğü irade edicidir; fakat o, hayırdan başka bir şeye razı olmaz.

Her şey Tanrı tarafındandır; fakat bir insanın, kendi nefsini itab etmesi, herkesi nefsinin kötülüklerinden koruması da Tanrı tarafındandır.

Mevlâna olgunlaşmamış kimselerin, her şeyin Tanrı'dan olduğu, kulun irade ve ihtiyardan mahrum bulunduğu fikrini istismar etmemeleri için güzel bir misal vermektedir: "Bir adam zerdali ağacını silkerek meyvesini yiyordu. Bağ sahibi ona 'Allah'tan korkmuyor musun?' deyince adam, 'Neden korkayım? Ağaç Allah'ın ağacı, ben de Allah'ın kuluyum. Allah'ın kulu, Allah'ın malını yiyor,' dedi. Bağ sahibi de bunun üzerine; 'Dur da sana göstereyim, diyerek bir ip getirdi ve zerdali yiyeni güzelce ağaca bağladı ve 'Allah'tan korkmuyor musun?' diye bağırıp, cevabını verinceye kadar onu güzelce dövdü. Bağ sahibi, 'Niçin korkayım? Sen Allah'ın kulusun, bu da Allah'ın sopası, Allah'ın sopasını, Allah'ın kuluna vuruyorum!' dedi.[18]

---

18 Bkz., s. 177.

Ancak, âriflerin indinde değerli ve değersiz, hayırlı ve hayırsız olan şey birdir. Onlar her şeyin Tanrı'dan olduğunu bildikleri için bütün şeyler onlarca müsavi ve aynıdır.

Eserdeki Ahlâkî Bahisler:

Mevlâna'nın doğruluk, iyilik, kötülük ve nedamet duymak hakkındaki düşünce ve tavsiyelerine gelince der ki:

Doğru olmayan şeyler yaptım, deme. Doğruluğu tut. O zaman hiçbir eğrilik kalmaz. Doğruluk Musa'nın asası gibidir; eğrilik ise sihirbazların sihirine benzer. Doğruluk ortaya çıkınca, bütün eğrilikleri yutar.[19]

Kötülük yapan bir insan gerçekte başkasına değil, bizzat kendisine fenalık etmiş olur.

Tanrı zalimlere yardım eden kimsenin üzerine, o zalimi musallat eder. Kötü insanlara yardım etmemelidir.

Bir kötülük yaptıktan sonra pişmanlık hissetmek, Tanrı'nın inâyet ve mahabbetine mazhar olmanın delilidir.

Bir insanın başkalarının kusurlarını görmesi ve onları ayıplaması, gerçekte kendi kusurunu görmesi demektir.

İnsan evvelâ kendisindeki kin, kıskançlık, hırs, merhametsizlik gibi kötü huyları görüp, onları ıslah ettikten sonra başkalarını kınamalıdır.

Sıkıntı ve huzursuzluk mutlaka bir günahın cezası, huzur ise bir ibadetin karşılığıdır, iyilik yapmak bir nevi ibadettir ki hem yapan, hem de yapılan kimse için faydası vardır. İnsan ne ekerse onu biçer.

Tanrı'nın ezelde, kötülüğe karşı kötülük iyiliğe karşı iyilik olmalıdır, diye verdiği hüküm asla değişmez. Çünkü Tanrı hâkimdir. Sen kötülük et, iyilik görürsün, nasıl der?

Buna rağmen Tanrı o kadar büyüktür ki insanların suçlarını bağışlar. Başkasının suçunu bağışlamak suretiyle büyüklük gösterenleri ve iyilik edenleri de sever.

Mademki bu dünyada insanları hatırlamak, anmak mutlaka zaruridir ve bundan kaçınılamaz, o halde iğrenç ve çirkin hayallerin

---

19 Bkz., s. 50.

yollarını karıştırmaması ve bozmaması için, insanları anarken hatıralarının hepsinin iyi ve hoş olmasına çalış.[20]

Mevlâna bilhassa alçak gönüllülüğü övmüştür. Üzerinde pek çok meyveler bulunan bir dalı, meyveleri aşağı doğru çeker; meyvesiz bir dalın ucu ise selvi ağacı gibi havada olur. Meyve arttıkça, dalların büsbütün yere inmemesi için direk dayarlar. Peygamber çok alçak gönüllüydü; çünkü her iki âlemin meyvelerini onda toplanmıştı.[21] Rüşvet almanın ve dilenmenin şiddetle aleyhindedir. Çalışmayı tervic, tembelliği tel'in eder.

Mevlâna'nın Tabiatı:

İnsanlara çok kıymet veren Mevlâna, bütün insanlara karşı mütevazi, müşfik ve müsamahakâr davranır.

Sema' esnasında kendisine çarpan müritlerin bu hareketlerine mani olmak isteyenlerden şikâyet ederek: "Benim bir huyum var, kimsenin benden incinmesini istemiyorum. Sema' ederken bazı kimseler bana çarpıyor ve yârândan bazısı onların bu hareketine mani oluyor; işte bu benim hiç hoşuma gitmiyor ve yüz kere, 'Benim yüzümden hiç kimseye bir şey demeyin', dedim. Ben buna razıyım. Yanıma gelen yârânın sıkılmaması, üzülmemesi için o kadar gönül almağa çalışıyorum," diyor.[22]

Etrafını kırmamaya ve incitmemeye bilhassa dikkat ettiğini görüyoruz. Mesela bir yerdeki: "İşte bu topluluk bizim yanımıza geliyor. Susacak olursak incinirler. Bir şey söylesek, onlara göre söylemek, lâzım geldiğinden o zaman da biz inciniriz. Çünkü gidip, "Bizden sıkıldı, bizden usandı, bizden kaçıyor,' diye dedikodu ederler,"[23] gibi şikâyetçi bir ifadeyle ve başka bir yerde bulunan "Benim sözüm elimde değil, bu yüzden üzülüyorum. Çünkü dostlarıma vaaz etmek istiyorum; fakat söz bana boyun eğmiyor. Bunun için çok üzülüyorum,"[24] sözü de Mevlâna'nın bu tabiatım göstermek için kâfi gelir.

---

20 Bkz., s. 217.
21 Bkz., s. 137.
22 Bkz., s. 109.
23 Bkz., s. 127.
24 Bkz., s. 228.

Kendisini ziyaret etmeye gelen dostlarından özür dileyerek: "Eğer sizin için ayağa kalkmıyor ve sizinle konuşmuyorsam, hâlinizi hatırınızı sormuyorsam, bu size saygı göstermemdendir. İnsanı günaha sokacak, siteme müstahak edecek bir şeyde sakınmak, bizzat ona iltifat etmek ve onun gönlünü almaktır. Çünkü bu şekilde onları cezalandıran bir şeyden sakınılmıştır,"[25] diyor.

Mevlâna dostluğa çok kıymet veriyor; fakat dostluğu ifrata vardırmamak kaydını da ihmal etmiyor. Onun için hatır aziz bir şeydir. Tıpkı tuzak gibidir. Hatır hoş olmazsa tuzak yırtılır, işe yaramaz olur. Bu bakımdan bir kimse hakkında dostluğu da düşmanlığı da ifrata vardırmamak lâzımdır.[26]

Mevlâna'nın nazarında ihtiyarlığın azameti Tanrı'nınkinden de büyüktür. O, maddî şeylere değer vermez; kanaatkâr olduğu için Tanrı onun bütün maddî ihtiyaçlarını bağışlar.

Fikir hürriyetine hürmet eder. Mevlâna'ya göre düşünceler muaheze olunamaz. İnsanın içi hürriyet âlemidir. Düşünceler lâtiftir; onlara hükm olunamaz. Bunlar havadaki kuşlar gibidir; ibare, cümle ve söz hâline geldiği andan itibaren, o düşünce sahibinin kâfirliğine, Müslümanlığına, iyiliğine ve kötülüğüne dair bir hüküm verilebilir.[27]

Bütün insanları değerlendiren Mevlâna, kendi değerinin azametine inanmış bir insan olarak, gerektiği zaman, kendi üstün derecesini de belirtmiştir.

Mesela, müritlerine erdiği son merhaleden haber vererek der ki: "Tanrı'nın öyle kulları vardır ki Tanrı onları kıskandığından ve çok yüce olduklarından görünmezler. Fakat bunlar talipleri maksatlarına eriştirirler. Onlara bağışlarda bulunurlar. Bu gibi büyük padişahlar nadir ve nazlı olurlar. Biz ona dedik ki sizin yanınıza geliyorlar mı? O (Mevlâna) Bizim yanımız, önümüz kalmadı; zaten ne zamandan beri yoktu. Eğer geliyorlarsa, o inandıkları mevhum varlığa geliyorlar. İsa'ya, 'Senin evine geliyoruz,' dediler. O, 'Bizim bu dünyada evimiz nerede, ne zaman evimiz vardı ki?' cevabını verdi."[28]

---

25 Bkz., s. 53.
26 Bkz., s. 223.
27 Bkz., s. 131.
28 Bkz., s. 80.

Mevlâna, Emir Pervâne'nin kendisine olan sevgi ve bağlılığının sebebini izah ederken başkalarınınkine benzemeyen tarafını gösterir: Başkaları da nazımla veya nesirle dekayık, hakayık ve maarif söylüyorlar. Hâlbuki Emir'in meyli, alâkası bizedir; yoksa vaazlar, dekayık ve maarif için değil. Çünkü her yerde bu bilgiler ve inceliklerden vardır ve bizimkinde de az değildir. Şu hâlde onun beni sevmesi, beni görmek istemesi bunlardan ötürü değildir. O bende, başkalarında bulunmayan bir şey görmektedir. Başkalarında gördüğü şeyden tamamen ayrı bir nur görüyor.[29]

Mevlâna kendi sözünü de Tanrı'nın yayından fırlayan bir oka benzeterek: "Benim sözüm elimde değil, bu yüzden üzülüyorum; fakat sözüm benden çok yüksek olduğu ve ben onun esiri, mahkumu bulunduğum için de çok seviniyorum. Tanrı'nın yayından fırlayan bir oka hiçbir siper ve zırh engel olamaz."[30] diyor.

Mevlâna'nın Muhiti:

Mevlâna'nın her dinden, her milletten ve her tabakadan olan insanlardan bir araya gelmiş çok geniş bir muhiti olduğunu Fîhi Mâ Fîh'de göstermiştir. Eserin muhtelif yerlerinde muhtelif vesilelerle verilen bilgiler bu hususu bilhassa belirtir.

Mesela: "Fâzıllar, muhakkikler, akıllı, uzak görüşlü ve derin düşünceli insanlar yanıma geldikleri zaman onlara gerçek ve nadir şeylerden bahsetmek için ilimler öğrendim, zahmetler çektim."[31] diyen Mevlâna'nın bu sözlerinden onun geniş muhitinin ilmi seviyesini de öğrenebiliyoruz. Bir başka yerde ise: "Bir gün bir toplulukta konuşuyorduk, bunların arasında kâfirlerden de bir gurup vardı. Konuşma esnasında bunlar ağlıyor, seviniyor ve türlü türlü hâller gösteriyorlardı"[32] diyerek Rumların da meclislerine iştirak ettiklerini anlatıyor.

Atabek'in oğlu geldi.[33] Emir geldi, biz ona görünemedik...[34] gibi ibareler de onun yüksek tabaka ile olan yakın münasebetini göster-

---

29 Bkz., s. 89.
30 Bkz., s. 229.
31 Bkz., s. 109.
32 Bkz., s. 129.
33 Bkz., s. 67.
34 Bkz., s. 80.

mektedir. Fakat Mevlâna yüksek tabakadan alâka ve saygı görmesine rağmen, bu tabaka mensuplarıyla teması bazen mahzurlu buluyor: "Padişahlarla bir arada bulunmak şu bakımdan tehlikeli değildir. Çünkü ister bugün ister yarın olsun, esasen fena bulacak ve gidecek olan baş gider. Bu yönden de tehlikelidir. Padişahların nefisleri kuvvetlenip bir ejderha gibi olur. Onlarla konuşup onların dostluğunu iddia ve mallarını kabul eden kimse, mutlaka onların keyfine göre konuşur; hatırları hoş olsun diye, onların kötü düşüncelerini benimser ve sözlerinin aksini de söyleyemez. İşte bu taraftan da bir tehlike mevcuttur."[35]

Mevlâna halkı seviyor ve ona çok kıymet veriyor. Herhangi bir meselede halkın görüşü, halkın sevgisi ve alâkası onu çok ilgilendirir. Ona göre bir insan halk ile ilgilenmez, halktan şikâyet eder ve onu anlamak için bir gayret sarf etmezse o insan değildir.[36]

Buna mukabil başsız, dağınık bir halk da görmek istemez ve der ki: "Böylece akıl vücutta emir olup, diğer varlıklar ki bunlar da halktır, hepsi kendi akıllarına, bilgi ve görüşlerine rağmen, o veliye nispetle sırt vücut sayılırlar. Eğer halk akla itaat etmezse durumu bozulup, daima perişanlık ve pişmanlık içinde olur. Hâlbuki gereği gibi mutî olurlarsa, onun her yapacağına itaat eder, kendi akıllarına baş vurmazlar."[37]

Kendi muhiti üzerinde büyük tesiri olan Mevlâna herkesin ayrı ayrı sevgi ve saygısını kazanmıştır. Mesela Mevlâna'nın müritlerinden ve aynı zamanda hususi doktoru olan Ekmelüddin: "Mevlâna'ya âşığım. Onun yüzünü görmek istiyorum. Ahiret bile aklıma gelmiyor. Mevlâna'nın nefsini bu düşünceler ve tedbirler olmadan munis görüyorum ve onun güzelliğiyle sükûn buluyorum."[38] demiştir.

Biri: "Kadı İzzeddin sana selam gönderiyor ve her zaman iyiliğini söylüyor; seni övüyor" deyince, Mevlâna da: "Her kim bizi hayır ile anarsa, onun da bu dünyada yadı hayır olsun!" sözleriyle memnuniyetini izhar etmiştir.[39]

---

35 Bkz., s. 50.
36 Bkz., s. 75.
37 Bkz., s. 92.
38 Bkz., s. 225.
39 Bkz., s. 218.

Mevlâna ve Muinüddin Pervâne.

Mevlâna, devrinin bütün ileri gelenlerinden saygı görmüş olmakla beraber, hiç biri ile münasebeti Muinüddin Süleyman Pervâne ile olduğu kadar dostça ve samimi olmamıştır.

Bütün Selçuklu emirleri ve padişahları, her zaman âlimlere ve şeyhlere alâka ve saygı göstermişlerdir. Mevlâna'nm da gerek mensup olduğu aileden ve gerekse şahsî değerinden dolayı takdir edilmemesi, saygı görmemesi tabiatıyla mümkün değildi. Bilhassa onun geniş muhiti üzerindeki nüfuzu da nazar-ı itibara alınınca, bu takdirin ne kadar zaruri olduğu görülür. Eserin bir yerindeki şu "Yârân, Emir-i İğdişan'ın yanına gittiler. O 'Hepinizin burada ne işi var,' diye çıkıştı. Biz de, 'Bizim kalabalığımız bir kimseye kötülük etmek içi değildir. Kendimize sabır ve tahammülde yardımcı olmak için toplandık,' dedik."[40] Bu sözler de Mevlâna'nın nüfuzunun endişe uyandıracak kadar ehemmiyetli olduğunu belirtir.

On altı yıl Selçuk Devletini idare etmiş, bir taraftan Selçuklar, diğer taraftan da Moğolları idare etmek gibi ikili bir siyaseti takibe muvaffak olmuş bulunan Muinüddin Süleyman Pervâne[41] muhitindeki âlimlerle yakından ilgilenmiştir. Hatta bazen tanınmış âlimleri sarayına toplayarak onlarla ilmî meseleler hakkındaki görüşleri üzerinde tartışmalar da bulunduğu da görülmüştür.

Mevlâna ile münasebeti de onun meclislerine gitmek suretiyle başlamış olmalıdır. Fîhi Mâ Fîh'te birçok yerde Mevlâna'nın doğrudan doğruya ona hitap ettiğini görüyoruz. Eserin başında Mevlâna, Pervâne'nin siyasetini tenkit ederek ona öğüt veriyor: "Ben bunu Emir Pervâne'ye onun için söyledim. Sen önce Müslümanlığın başı oldun ve kendimi yok edeyim, İslâm'ın bekası, Müslümanların çoğalması uğrunda

---

40 Bkz., s. 199.
41 Muinüddin Süleyman Pervane'nin Anadolu Selçukluları tarihindeki yeri ve ehemmiyeti için bak;
  1.İbni Bibi, *Anadolu Selçuki Devleti Tarihi*, tercüme: M. Nuri Gençosman, Ankara, 1941.
  2. *Müsameret-ül Ahbar*, neşr. Osman Turan, Ankara, 1944.
  3. *Baybars Tarihi*, tercüme: Şerefeddin Yaltkaya, Cilt: II İstanbul, 1942.
  4. J. H. Kramers, *Muinüddin Süleyman*, Encylopedie de L' Islam.
  5.Halil Ethem, *Düvel-i İslâmiye*, İstanbul, 1927.
  6.*Mevlâna'nın Mektupları*, nşr. Feridun Nafiz Uzluk, istanbul, 1950.

fikrimi tedbirimi feda edeyim, dedin. Kendi düşüncene güvenerek Tanrı'yı görmediğin ve her şeyi Tanrı'dan bilmediğin için Tanrı, bizzat bu sebep ve gayretleri İslâmlığın zayıflamasına vasıta kıldı.

Sen Tatarla birleştin. Hâlbuki bu şekilde Şamlıları ve Mısırlıları yok etmek, İslâm vilayetlerini yakıp yıkmak için yardım etmiş oluyorsun. Binaenaleyh İslâm'ın bekasına sebep olan şey, bu vaziyette onun zayıflamasına vasıta olmuştur. O hâlde bu durumda, yüzünü aziz ve Celil olan Tanrı'ya çevir. Bu senin için korkunç bir durumdur ve seni bu durumdan koruması için sadakalar ver. O'ndan ümidini kesme. O seni öyle bir tâatten böyle bir masiyete düşürmüştür. Fakat sen o tâati kendinden zannettin ve bu yüzden masiyete düştün. Şimdi şu günahkâr bulunduğun durumda bile ümidini kesme, yalvar. O, tâatinden masiyet yarattığı gibi, masiyetten tâat yaratmaya da muktedirdir. Sana bundan dolayı pişmanlık hissettirir. Tekrar Müslümanların çoğalması için çalışmanı temin eder ve İslâm'ın kuvvetli olabilmen için de sebepler yaratır. Ümidini kesme.

Maksadım onun bunu anlaması, bu durumda sadakalar vermesi, Tanrı'ya yalvarması idi. Çok yüksek bir durumdan pek aşağı bir hâle düşmüş olduğundan, bu vaziyette de ümitli olması için ona bunları söyledik."[42]

İsim zikredilmemiş olmakla beraber, mananın gelişinden Pervâne tarafından söylendiği anlaşılan başka bir fasılda ise: "Gece gündüz kalbim canım sizin yanınızda, hizmetinizde; fakat Moğolların işinden, meşguliyetinden dolayı ziyaretinize gelemiyorum." diyen Pervâne'ye, Mevlâna: "Bu işlerde Hak işidir, Çünkü bunlar Müslümanlığın güvenini sağlıyor. Siz onların gönüllerini rahat ettirmek ve birkaç Müslümanın huzur ve rahat içinde tâat ve ibadetle meşgul olabilmelerini sağlamak için kendinizi malınızla, canınızla feda ettiniz. Bu da hayırlı bir iştir,"[43] sözleriyle mukabele ediyor.

Yukarda Moğollarla anlaşmasını tenkit ettiği hâlde, burada onları Müslümanlara zararları dokunmayacak bir şekilde idare ettiği için Pervâne'yi övmüştür.

Pervâne, sık sık Mevlâna'yı ziyaret ettiğinden müridleri: "Emir geldiği zaman Mevlâna büyük sözler söylüyor" diye sitemli bir şekilde

---

42 Bkz., s. 47.
43 Bkz. S. 52.

Mevlâna'nın da bu ziyaretlere verdiği ehemmiyeti, biraz da istemeyerek, anlatmak istemişler; fakat Mevlâna onlara: "Emir gelince söz kesilmiyor. Çünkü o söz ehlidir ve daima sözü çeker, söz de ondan ayrılmak istemiyor.[44]

Başkaları nazımla veya nesirle incelikler dekayık, hakayık ve maarif söylüyorlar. Hâlbuki Emir'in meyli, alâkası bizedir. Yoksa maarif, dekayık ve vaazlar için değil. Çünkü her yerde bu bilgiler ve inceliklerden (dekayıktan) vardır. Şu hâlde onun beni sevmesi, beni görmek istemesi, bunlardan dolayı değildir. O bende, başkalarında olmayan bir şey görmektedir,"[45] cevabını vermiştir.

İşte bu şekilde Mevlâna'nın Pervâne'ye ve buna mukabil Pervâne'nin de Mevlâna'ya ne kadar kıymet verdiği anlaşılmış oluyor.

Buna rağmen yine kitaptan, Mevlâna'nın bazen ziyaretine gelen Pervâne'yi bekledikten sonra, yanına kabul etmeden çevirdiğini de öğreniyoruz. "Pervâne dedi ki: 'Hudavendigâr sana yüzünü göstermeden önce, Mevlâna Bahâeddin özür diledi' ve Mevlâna: 'Emir bizim ziyaretimize gelmesin ve rahatsız olmasın. Çünkü bizim birçok hâllerimiz vardır. Bir hâlde konuşuruz, başka bir hâlde susarız; bir hâlde insanla ilgileniriz, başka bir hâlde yalnız kalırız; bir hâlde hayret ve istiğrak içinde bulunuruz. Allah esirgesin! Emir böyle bir hâldeyken gelir de hatırını soramayız, ona vazedip onunla konuşmaya hâlimiz elvermez. Bunun için dostlarla meşgul olmaya, onlara fayda vermeye durumumuz elverişli olduğu zaman, bizim gidip onu görmemiz daha iyi olur, diye karar verdi.' dedi."

Mevlâna Bahâeddin'e Emir, "Mevlâna benimle meşgul olsun, benimle konuşsun diye gelmiyorum. Sadece müşerref olup kulları ve müritlerinden olmak için geliyorum. Mesela bu sırada olanlardan biri, bir gün Mevlâna meşguldü, bana yüzünü göstermedi. Geç vakte kadar beni bekledikten sonra savdı. Bunu bana, Müslümanlar ve iyi insanlar kapıma gelince, onları bekletir ve çabuk çevirmezsem, bunun aynı şekilde ağır bir hareket olduğunu bilmem için yaptı. Başkalarına karşı bu şekilde hareket etmemem için bunun acılığını bana tattırdı ve beni bununla terbiye etti" cevabını verdi. Bunun üzerine Mevlâna

---
44 Bkz. S. 89.
45 Bkz. S. 89.

buyurdu ki, "Hayır, sizi beklettikten sonra savmamız, size karşı olan inâyetimizdendi.[46]

Başka bir yerde de Mevlâna diyor ki, "Emir geldi ve biz ona hemen görünemedik. Onun bundan kırılmaması gerekirdi. Çünkü onun bu ziyaretten maksadı, bizim nefsimizi mi yoksa kendini mi yükseltmektir. Eğer bizim nefsimizi yükseltmek ise, daha fazla oturup, bizi beklemesi lâzımdı. Bu suretle bizi daha çok ta'ziz etmiş olurdu. Fakat maksadı, kendini ağırlamak ve sevap kazanmaksa beklediğinden ve beklemek zahmetine katlandığından dolayı sevabı daha çok olur. İşte bunun için her ne niyetle gelmişse, o niyeti fazlasıyla hâsıl olmuş bulunduğundan sevinmeli ve memnun olmalıdır."[47]

Mevlâna bir münasebetle Emir Pervâne'ye olan bağlılığının maddî menfaatlerden veya Emir'in terbiyesi, bilgisi veya amelinden ileri gelmediğini de söylüyor.[48]

Pervâne'den başka damadı Mecdüddin Atabek'in ve Emir Naîb'in de Mevlâna'nın toplantılarına katıldıkları ve konuşmalara iştirak ettikleri anlaşılıyor. Mesela: "Atabek'in oğlu geldi. Mevlâna buyurdu ki: 'Senin baban daima Tanrı ile meşguldür. İmanı ona galip gelmiştir. Bu, sözünden belli oluyor.' Bir gün Atabek dedi ki Rum kâfirleri: 'Tatar'a kız verelim de din bir olsun ve bu yeni bir din olan Müslümanlık ortadan kalksın...' diyorlar."[49] gibi sözler bu münasebeti anlatır.

Aynı zamanda bu bahis o devirde Rumların dinî siyasetlerini göstermesi bakımdan da mühim olmalıdır. Emir Naîb'den eserde üç yerde bahsedilmiştir. Birinde Emir, Mevlâna'nın bir konuşmasına: "Evet kalp şahadet eder,"[50] sözleriyle katılmakta, başka bir yerde: "Erişmeyenin de ümidi vardır,"[51] diye bahis konuşu olan meselede kendi düşüncesini bildirmede, sonuncuda ise: "Bundan önce kâfirler puta tapar ve saygı gösterirlerdi. Bizde şimdi aynı şeyi yapmaktayız. Gidip Moğol'un önünde eğilip saygı gösteriyor, sonra da kendimizi Müslüman

---

46 Bkz. S. 76.
47 Bkz. S. 81.
48 Bkz. S. 115.
49 Bkz., s. 67.
50 Bkz. S. 81.
51 Bkz. S. 86.

biliyoruz,"[52] şeklinde, onun Moğollara karşı gösterilen saygıdan duyduğu üzüntüyü ifade etmektedir.

Mevlâna ve Yakınları:

Fîhi Mâ Fîh'de Mevlâna'nın babası Sultanu'l-Ulema Bahâeddin Veled, oğlu Sultan Veled, hocası Seyyid Burhâneddin, Şems-i Tebrizî ve Salâhaddin Konevî'den onların sözleri ve hikâyelerini nakletmek suretiyle bahsedilmiştir.

Mevlâna babasından büyük bir saygıyla bahseder; "Bilginlerin sultanı, âlemin kutbu Mevlâna Bahaul Hak ve'd-Din (Tanrı Onun aziz olan ruhunu takdis etsin) hakkında bu hikâye rivayet edilir.[53] Başka bir yerde de: "Büyük Mevlâna şöyle buyuruyor,"[54] diyerek babasının sözlerini aynen nakletmektedir.

Oğlu Bahâeddin Sultan Veled'in yalnız iki yerde adı geçiyor.[55]

Eserde Seyyid Burhâneddin'den mükerreren bahsedilmiştir: "Seyyid Burhâneddin Muhakkik (Tanrı onun aziz olan ruhunu takdis etsin) konuştuğu sırada biri geldi ve, 'Falandan senin methini duydum,' dedi. O: 'Bakalım o falan nasıl bir kimsedir? Beni tanıyıp övebilecek hâlde midir? Beni eğer sözlerimle tanımışsa tanımamış demektir. Çünkü bu ses, bu söz, bu ağız ve dudak kalmaz. Bunların hepsi arazdır. Yok, eğer beni işlerimle tanımışsa yine böyle; fakat benim zâtımı tanımışsa, işte o zaman beni övebilir ve bu övmenin bana ait olduğunu bilirim.' dedi."[56]

Başka bir yerde ise Şeyhülislâm Tirmizî'nin Seyyid Burhâneddin hakkında söylediği şeylere müridlerden birinin yaptığı itiraz nakledilmiştir.[57] Seyyid Burhâneddin Hakim Senaî'nin şiirlerini niçin çok tekrarladığını şöyle izah ediyor: "Dediler ki, 'Seyyid Burhâneddin pek güzel konuşuyor, ama söz arasında Senaî'nin şiirlerini pek çok tekrarlıyor.' Seyyid buyurdu ki: 'Onların söylediği şuna benzer, güneş iyidir ama nur veriyor. Bu kusuru var. Senaî'nin şiirini misal vermek o

---

52 Bkz. S. 112.
53 Bkz. S. 53.
54 Bkz. S. 245.
55 Bkz. S. 75, 179.
56 Bkz. S. 58.
57 Bkz. S. 142.

sözü göstermektir.[58] Ve yine Seyyidle anlayışsız biri arasında geçen bir konuşmayı[59] da eserde bulmaktayız.

Fîhi Mâfih'de Şems'den daha az bahsedilmiştir. Mevlâna bir yerde ondan bir hikâye naklediyor.[60] Başka bir yerde ise: "Bu adamlar, 'Biz Şems-i Tebrizî'yi gördük; evet efendi biz onu gördük!' diyorlar. Ey ahlâksızlar onu nerede gördünüz?"[61] diye Şems'i gördüklerini iddia edenleri paylayıp, bunun imkânsızlığını izah ettikten sonra: "Siz şimdi Şems'in sözünden daha iyi zevk alacaksınız. Çünkü insan vücudu gemisinin yelkeni imandır. Yelken olunca, rüzgâr onu muazzam bir yere götürür, olmayınca söz havadan ibarettir,[62] diyerek başka bir bahse geçiyor.

Ve Şems'in bahsi son defa aşağıdaki rivayetin nakliyle geçer: "Biri, Mevlâna Şemseddin Tebrizî'nin yanında, 'Ben kesin bir delille Tanrı varlığını ispat ettim,' dedi. Ertesi sabah Mevlâna Şemseddin buyurdu ki: 'Dün gece melekler gelmiş. -Allah ona ömürler versin!- Bu dünyadakiler hakkında kusur etmedi ve Tanrı'ya şükürler olsun ki bizim Tanrımızı ispat etti, diye o adama dua ediyorlardı."[63]

Şeyh Salahaddin'i ise şu münasebetlerle anıyor;

"Hamamda Şeyh Salahaddin'e büyük bir tevazu gösterdim. Şeyh de bana karşı fevkalâde alçak gönüllü hareket etti, Onun bu hareketi karşısında dert yandım ve içime şöyle geldi ki…"[64]

Üç sayfalık ve Arapça olan uzun bir fasılda ise Şeyh Salahaddin aleyhinde bulunan İbni Çavuşla nasihat ediyor:[65]

"İbni Çavuş'a lâzım olan, Şeyh Salahaddin aleyhinde kötü söz söylemekten dilini tutmasıdır. İbni Çavuş, şeyhlerin Hak ve dinin Salâhı (Salah'ül-Hak ve'd-Din, Tanrı onun saltanatını devamlı etsin) hakkında çok güzel şeyler de söyledi. Şimdi ona ne oldu? Kötü ve bozuk niyetler mi gözlerini ondan perdeledi? Bugünse Şeyh Salahaddin'den konuşulurken, o hiç bir şey değildir, diyor. Salahaddin ona ne kötülük

---

58 Bkz. S. 244.
59 *Bkz. S. 239.*
60 Bkz., s. 118. Bu faslın Şems'in kaybından sonra söylenmiş olması muhtemeldir.
61 Bkz., s. 122.
62 Bkz., s. 123.
63 Bkz., s. 125.
64 Bkz., s. 127.
65 Bkz., s. 128.

etti?" Bu uzun fasılda Mevlâna böylece Şeyhi övmede ve İbni Çavuş'u bazen insafa davet etmede, bazen da Salahaddin'in kahır ve gazabıyla tehdit etmektedir.

Fîhi Mâ Fih'de Anlatılan Bazı Tarihî Olaylar:

Moğol isyanı ve istilâsının sebep ve neticesinden kitapta şu şekilde bahsedildiğini görüyoruz:

"Dedi ki: "Moğollar ilk önce buraya gelince çırçıplaktılar. Binek hayvanları öküzdü. Silahları ağaçtandı. Şimdi haşmet ve azamet sahibi oldular. Karınları doydu. En güzel arap atları ve en iyi silahlar onların elinde bulunuyor. (Mevlâna) buyurdu ki: Onların gönülleri kırık ve kuvvetleri yokken Tanrı yalvarmalarını kabul ve onlara yardım etti. Şimdi ise bu kadar muhteşem ve kuvvetli oldukları şu anda, halkı zayıflığı vasıtasıyla yüce Tanrı onları yok edecektir; o zaman hepsinin Tanrı'nın inâyeti ve yardımı olduğunu, dünyayı bunlarla zapt ettiklerini, yoksa başarılarının kendi güç ve kudretleri sayesinde olmadığını anlamaları için halkın zaafı ile onları yok eder.

Önce insanlardan uzak, fakir, çırçıplak ve acınacak bir hâlde çölde yaşarlarken yalnız onlardan bazıları, ticaret yapmak için Harezm vilayetine geliyor, alışveriş ediyor ve kendilerine elbiselik keten alıyorlardı.

Harezmşah ise bunu men ve tüccarları öldürmelerini emrediyordu. Onlardan haraç alıyor ve tüccarların oraya gelmelerini önlüyordu. Tatarlar, padişahlarının yanına dert yanmaya gittiler ve 'Mahvolduk!' dediler. Padişahları on günlük mühlet istedi. Bir mağaranın kovuğuna girdi ve vecd içinde ibadet etti, Allah'a yalvardı. Ulu Tanrı'dan: 'Senin dileğini, yalvarışlarını kabul ettim, dışarı çık. Her nereye gidersen muzaffer ol,' diye bir ses erişti. Tanrı'nın buyruğuyla çıktıklarından, karşılarında bulunanları yendiler ve bütün yeryüzünü kapladılar."[66]

Eserdeki bu parça, Mevlâna'nın yaşadığı devirde Moğolların Anadolu'daki siyasî ve iktisadî hâkimiyetlerini anlatması bakımından bilhassa ehemmiyetlidir.

---

66 Bkz., s. 100, 101.

Müteakip kısımlarda yine Moğolların yerli halkla dostça veya düşmanca münasebetlerine,[67] dinî akidelerine ve siyasetlerine dair[68] bahisler mevcuttur.

Kitabın başında Mevlâna, Muinüddin Pervâne'nin Baybars aleyhine Moğollarla anlaşmasını -H. 666 (M. 1267) ile 675 (M. 1276) yılları arasında vâki olmuştur- tenkit ermektedir.[68]

Ayrıca Mevlâna, Semerkand'ın Harezmşah tarafından muhasarasından bir hatırasını naklederken bahsetmiştir: "Semerkand'da idik ve Harezmşah Semerkand'ı muhasara etmiş, asker çekmiş savaşıyordu."[69]

Mevlâna'nın Şiir Telâkkisi:

Fîhi Mâ Fîh'de bahis konuşu edilen en mühim meselelerden biri, şüphesiz Mevlâna'nın kendi şairliği hakkındaki görüşüdür.

Mevlâna, sadece müritlerini meşgul etmek, onların gönüllerini almak için şiir söylediğini, hâlbuki eski yurdunda ve milleti arasında, insanı şairlikten daha çok utandıracak bir iş olmadığını ve orada kalmış olsaydı onların istediği şekilde ders vermek, kitap yazmak ve vazetmekle vakit geçireceğini söylemektedir.[70]

Başka bir yerde de diyor ki, "Önce şiir söylediğimiz zaman içimizde bizi buna sevk ve teşvik eden bir daiye vardı. Bu, şiir söylememize âmil oldu. Bunun için o zamanlar hissin bizim üzerimizde tesiri oluyordu. Şimdi ise bu his zayıflamış ve batmak üzere olduğu hâlde yine eserleri vardır..."[71]

Mevlâna ve Kadınlık:

Bütün insanları bir gören ve seven Mevlâna, Şark memleketlerinde bugün bile erişilemeyen ileri bir görüşle, kadınlığa lâyık olduğu hakiki değeri vermiştir.

İnsan psikolojisini gayet iyi bilen Mevlâna, kadın ruhunun inceliklerini belirttikten sonra, onun daima aksi tesirler yaratan manasız baskılar tatbik edilerek değil de, kendi yaradılışının icaplarına uyularak

---

67 Bkz., s. 101, 112.
68 Bkz., s. 46, 47.
69 Bkz., s. 195.
70 Bkz., s. 110.
71 Bkz., s. 217.

serbest bırakılmak suretiyle, iyi bir insan olacağını eserinde misallerle anlatmıştır.[72] Aynı zamanda Mevlâna, kadının şahsiyeti üzerindeki menfi tesiri bakımından, çarşaf veya peçe gibi manasız ve sun'i örtüler kullanmanın şiddetle aleyhinde bulunmuştur.

Eserin Yapısında Kullanılan Zengin ve Çeşitli Malzeme:

Buraya kadar, eserden bazen hulâsa etmek, bazen da aynen almak suretiyle çıkardığımız parçalarla, Mevlâna'nın Fîhi Mâ Fîh'de nelerden bahsettiğinden, yani eserin konusundan umumi olarak bahsettikten sonra, bu kadar zengin ve çeşitli meseleleri anlatırken onun nelerden faydalandığını, yani eserin malzemesini de yine Fîhi Mâ Fîh'den öğreniyoruz.

Mevlâna bir bahsi anlatırken, ayet ve hadislerden, Kur'an'daki kıssalardan, Leyla ile Mecnun, Ferhad ile Şirin, Yusuf ile Züleyha gibi maruf aşk hikâyelerinden, efsanelerden, mesellerden, Arapça ve Farsça manzum parçalardan, meşhur mutasavvıfların ve büyüklerin sözlerinden, ârifane nükte ve hikâyelerden faydalanmıştır. Bu kadar çeşitli ve zengin malzeme eserde, açıklanmak istenen şeye nazaran yer almış olduğundan, mevzuu dağıtmaya değil bilhassa aydınlatmaya yardım etmektedir. Aynı zamanda herhangi bir fasılda bir mevzuu işlerken kullandığı her malzeme, başlı başına, o mevzuun gayesini ve mahiyetini belirtebilecek kadar iyi seçilmiştir. Bu itibarla kitapta tekrarlara hemen hemen hiç tesadüf edilmez.

Bilhassa hikâyeler ve meselelerle maksadı ifade tarzı bakımından Fîhi Mâ Fîh birçok yerlerde Mesnevi'ye benzemekle beraber,[73] Mesnevi'ye nazaran daha fazla sarih görünür. Ayrıca Sultanu'l-Ulema Bahâeddin Veled'in Maarif'i ile müşterek olan kısımları da mevcuttur.

---

72 Bkz., s. 120, 121, 122, 123.
73 Bediuzzaman Furûzanfer, *Fîhi Mâ Fîh*'le Mesnevi'nin müşterek mazmunlarını karşılaştırarak tespit etmiştir. Bak: *Kitab-ı Fihi Mafih*, nşr, B. Furûzanfer, s. 241, 242, 245, 247, 248, 250, 251, 252, 253, 254, 255,256, 257, 259-263, 266, 269, 271, 273-280, 283, 284, 286,288, 291.2)4, 300, 304, 305, 306, 309, 311, 313-315, 319,321, 323-326, 330, 331. 332, 335. 338, 342, 345.

Mesela Fîhi Mâ Fîh 'deki "Köle hikâyesiyle"[74] Şeyh Muhammed Serrezî (Ser-i rezî) ye ait bir hikâyeyi[75] pek az bir değişiklikle Maarif'de bulmaktayız.

Mevlâna sözlerini misallerle açıklamaya bilhassa ehemmiyet veriyor. Seçilen misaller arasında günlük hayattan ve tabiattan aldıkları bilhassa yeni, açık ve güzeldir. En mücerret şeyleri ve en karışık meseleleri bu misaller vasıtasıyla büyük bir kolaylıkla anlatmaya muvaffak olduğu görülür. Ve büyük bir yer tutan bu misaller esere büyük bir hususiyet kazandırıyor.

Fîhi Mâ Fîh'in Dili, Üslubu ve Yazıldığı Tarih:

Fîhi Mâ Fîh'in dili, yalnız altı fasıl olan Arapça fasıllar müstesna, açık, sade ve konuşma dilinin bütün özelliklerini taşıyan bir Farsçadır.

Dilin böyle olmasında tabiatıyla eseri meydana getiren âmilleri göz önünde bulundurmak lâzım gelir.

Yukarıda da bahsedilmiş olduğu gibi Fîhi Mâ Fîh, Mevlâna'nın idarî ve içtimaî düzensizlik sonunda kendilerini manevî nimetlerle teselli etmeye çalışan ve her türlü anlayış ve kabiliyette olan geniş ölçüdeki müritleriyle çeşitli meseleler ve mevzulara dair yaptığı konuşmalardan meydana gelmiş bir eserdir. Gaye her kesin bütün söylenenleri iyice anlaması, öğrenmesidir. Mevlâna'nın eserdeki tekrar gibi görünen kısımları da izah eden şu sözü: "Bu sözün size tekrarlanmış gibi görünmesi, ilk dersinizi iyice anlamamış olmanızdandır. Bu yönden her gün aynı şeyi söylemek icab ediyor..."[76] onun müritleriyle âdeta bir hoca gibi meşgul olduğunu gösterir.

Eserde cümleler umumiyetle kısadır; müteradif kelimeler az kullanılmıştır. Arapça mesel ve manzum parçalar da Farsçalarına nispetle daha az yer almıştır. Hatta Arapçası daha çok kullanılan bazı kelime ve tabirlerin, bilhassa Farsçalarının tercih ve istimal edildiğini görüyoruz.

Mesela: "Katil" yerine "kuşiş", "tahmin" yerine "berendaz", "riayet-i hatır", "mülahaza-i hâl" yerine "dilnigah-daştî", "muaheze" yerine "girift" kullanılmıştır.

---

74 Bkz., s. 144.*Maarif*, s. 107 a (İstanbul Süleymaniye Kitaplığı yazması, C 19).
75 Bkz., s. 79. *Maarif* C l, s. 23a.
76 Bkz., s. 148.

Eserde kullanılan "ikamet edecek yer, mesken" manasına gelen "bâş" ve "dünkü" karşılığı olan "diyyine" gibi bazı kelimeler ise bugün dilde artık kaybolmuştur. Mevlâna bazen müfret ve cemi şahıs zamirlerini biri birinin yerine kullanmaktadır. Mesela "Meragaraz in bud ki goftim"de olduğu gibi, Bazen da "hod" zamir-i müştereki yerine, şuma şahıs zamirini istimal ediyor.[77]

Cümleler kısa olduğundan fiiller daima tekrar edilmiştir. Bu da eserin dilinde büyük bir canlılık ve akıcılık meydana getirmiştir. Bu hususiyeti tercümede de göstermeye bilhassa çalıştık.

Fîhi Mâ Fîh 'in ele aldığı konuları açıklamak mülahazasıyla, sık sık zikredilen ayetler hadisler, kelâm-ı kibarlar, Arapça, Farsça mesellerle, Arap şairlerinden bilhassa Mütenebbî ve daha başkalarından, İranlı şairlerden Senaî, Hakanî, Seyid Hasan Gaznevî, Necmüddin Razi, Fahreddin Gurganî Kemalüddin İsfahanî ve Mevlâna'nın kendi gazelleri, rubaileri ve Mesnevi'den alınan manzum parçalar eserin dil ve ifade sadeliğine mani olmadığı gibi, bilâkis üslubun sağlamlığını ve akıcılığını daha çok meydana koymuştur.[78]

Hiç bir sanat endişesi gözetmeden sadece, toplantılarda vaziyete göre anlatılan muhtelif, mütenevvi şeylerden veya sorulan suallere verilen cevaplardan meydana gelmiş bulunan Fîhi Mâ Fîh, ancak esaslarına temas edilmiş bulunan bu hususiyetlerle sade ve tabii Fars nesrinin en güzel örneklerinden biri olmuştur.

Fîhi Mâ Fîh, daha önce de bahsedilmiş olduğu gibi, altmıştan fazla fasıldan mürekkep bir eser olup, her fasılda çeşitli meseleler bahis konuşu edilmiş bulunmasına rağmen, bunlar arasında umumî münasebetler kurulabilir. İşte bu şekilde bazı fasıllarda anlatılan şeylerden ancak o fasılların söylendiği zamanı tayin etmek kabil olmakla beraber, bütün kitabın içindeki fasılların ayrı ayrı hangi tarihlerde söylenmiş olduğu maalesef tespit edilemiyor.

---

77 Tafsilat için (bak: Furûzanfer, *Kitab-ı Fîhi Mâ Fîh*, mukaddime)
78 Bu beyit: Ey kardeş! Sen yalnız o düşüncesin./ Sende bundan başka ne varsa kemik ve sinirdir.
(Bkz., s. 214.) *Mesnevi*'nin II. cildinde bulunmaktadır ve bu cilt 662 H. (M 1263) yılında yazılmaya başlanmıştır. Binaenaleyh bu fasıl bu tarihte veya daha sonra yazılmış olmalıdır.

Muinüddin Pervâne'nin siyasetini tenkid eden sözleri havi fasıl, H. 666-672 (M. 1267-1273) tarihleri arasında, Müridlerin Şems'i gördüklerini söylemeleri üzerine bunun imkânsızlığını anlattığı fasıl H. 644 (M. 1246) dan sonra, Şeyh Salahaddin'le ibni Çavuş arasındaki anlaşmazlığa dair fasıl ise H. 657 (M. 1258) senesinden önce ve nihayet tarih zikredilmediği hâlde hayatının son yıllarında söylemiş olduğu tahmin edilen fasıllar da Fîhi Mâ Fîh'in tarih itibarıyla en yeni parçalarını teşkil ederler.

Mesela, "Bizim ömrümüz altmış, yetmiş seneyi buldu ve oturduğumuz evin daha önce olmayıp birkaç yıldan beri yapılmış olduğunu gördük, biliyoruz."[79] diyor. Yine başka bir yerde bir münasebetle, "Ölüm ve hastalığı benim için itham etmeyiniz. Çünkü o, arada işin gerçeğini örtmek için bulunuyor. Beni asıl öldüren O'nun benzeri olmayan lütfudur,"[80] demiştir. Bu her iki faslın da hayatının son senelerinde söylenmiş olması muhtemeldir.

Bu tarihler Fîhi Mâ Fîh için muayyen bir başlayış ve bitiş tarihini ifade etmezse de bazı fasıllarının hayatinin son on yılı zarfında yazılmış olması ihtimalini kuvvetlendirir.

Hazret-i Mevlâna'nın bütün ömrü başlangıçta öğrenmek, faziletler elde etmek, nefsini yenmek ve gerçeğe ermek için çalışmakla, bütün maddî ve manevî bilgileri elde ettikten, bütün faziletlere sahip olduktan ve Şems ile temastan sonra vecitli bir devre geçirerek gerçeğe erdikten sonra da, erenlere hizmet, sâlikleri, talipleri irşad etmek ve hakikati yaymakla geçmiştir. Hayatı bu kadar dolu ve hareketli geçen Mevlâna'nın bu faaliyeti esnasında anlattığı, öğrettiği şeyler ve söylediği bütün sözlerde her halde tamamen zapt edilmemiştir. Fîhi Mâ Fîh bu söylediklerinden ve öğrettiklerinden ancak mahdut muhtevalı bir numune olabilir. Bu eserde de bütün milletleri, bütün dinleri ve bütün insanları bir gören, müritlerini de aynı şekilde görmeye çağıran, faziletin, bilginin ve manevî makamların en yüksek mertebesine eren büyük insan Mevlâna'yı yukarıda esaslarına kısaca temas edilen taraflarıyla bulmaktayız. Bu itibarla Fîhi Mâ Fîh, fikirleri ve hayatı bakımından Mevlâna'nın diğer kıymetli eserleri arasında mühim bir yer işgal eder.

---

79 Bkz., s. 166.
80 Bkz., s. 167.

Sayın hocam Prof. Bediuzzaman Fîhi Mâ Fîh 'in en doğru ve şayan-ı itimad şeklini tespit etmiş olmakla beraber, bazı yerler bir az müphem görünmektedir. Nihayet eserin orijinali elimizde bulunmadığına göre, bütün metinden yüzde yüz bir sarahat de bekleyemeyiz.

Tercüme de imkan nispetinde metne sadık kalmaya çalışılmış olmakla beraber, her dilin ifade hususiyeti ve şekli ayrı olduğundan bazen, yine manayı değiştirmeksizin, bu manayı veren kelime sayısı eksiltilmiş veya çoğaltılmıştır.

Tercümemizde parantez içindeki kelime veya cümleler buna misal verilebilir ki bu ilaveler metnin esasını hiçbir şekilde değiştirmemiş ve bozmamıştır.

Kitaptaki Arapça fasılları tercüme ve müşküllerimi halletmek suretiyle benden kıymetli yardımlarını esirgemeyen çok sayın Profesörüm Necati Lugal'a ve değerli neşri ile bana tercüme imkanını bağışlayan muhterem hocam Bediuzzaman Furûzanfer'e şükranlarımı arz etmeyi borç bilirim

Meliha Ülker Anbarcıoğlu

BİBLİYOGRAFYA

Bediu'z Zaman Firuzan-far, Mevlana Calala'd-Din, Muhammad maşhur ba Movlavi, Tehran, Çaphana-i Maclis, 1315, Hş.

Bediu'z-Zaman Firuzan-far, Kitab-i Fîhi Mâfih az goftar-i Movlana Calala'd-Din Muhammad maşhur ba Movlavi, Tahran, Çaphana.i Maclis, 1330 Hş.

Baha-ul Veled, Maarif. Yazma, İstanbul Süleymaniye Kütüphanesi, Nafiz Paşa kitapları No: 689,693.

Bahâeddin Veled (Sultan Veled), Maarif, Milli Eğitim Bakanlığı, Şark. İslâm Klasikleri: 19, Ankara, Milli Eğitim Basımevi, 1949.

Gölpınarlı, Abdülbaki, Mevlana Celâladdin, İstanbul 1951, İstanbul Matbaası.

Şems-i Tebrizî, Makâlât, Yazma, Dil ve Tarih-Coğrafya Fakültesi Kütüphanesi, Mahmud Celaleddin Efendi kitapları No: A. 191.

Mesnevi Tercümesi, Milli Eğitim Bakanlığı, Şark-İslâm Klasikleri: 1, Ankara, Milli Eğitim Basımevi, 1942.

Not: Tercümede, Ayet:(A), Sure:(S), Hadis:(H), Hadis-i Kudsi: (H.K), Kelam-ı Kibar kelimeleri: (K.K.) harfleriyle gösterilmiştir.

ESİRGEYEN, BAĞIŞLAYAN TANRI'NIN ADIYLA
BAŞLARIM. EY TANRIM ! HAYIRLA SONA ERDİR.

BİRİNCİ FASIL

Peygamber (Ona selam olsun): *"Bilginlerin kötüsü emirleri ziyaret eden, emirlerin iyisi bilginleri ziyaret edendir. Fakat fakirin kapısıa gelen emir ne kadar hoş ve emirlerin kapısındaki fakir ne kadar kötüdür."* (H.)

Halk, bu sözün dış manasını almıştır. Bir bilginin, bilginlerin en kötüsü olmaması için, emiri ziyaret etmemesi lâzımdır ve emiri ziyaret etmek ona yakışmaz.

Bu sözün gerçek manası, halkın zannettiği gibi böyle değildir. Belki şöyledir: Bilginlerin kötüsü, emirlerden yardım gören ve emirler vasıtasıyla durumunu düzelten, kuvvetini elde edendir. Emirler bana bağışlarda bulunur, saygı gösterirler, bir yer verirler düşüncesi ve onların korkusu ile okuyan kimse bilginlerin en kötüsüdür. Şu hâlde o kimse emirler yüzünden ıslah olmuş, bilgisizlikten bilir hâle gelmiştir. Bilgin olduğu zamanda onların korkusundan ve kötülük etmesinden, terbiyeli bir insan olmuştur. Bütün hâllerde, ister istemez bu yola uygun olarak yürümesi gerekir, işte bu yüzden, görünüşte ister emir onu görmeye gelsin, isterse o emiri görmeye gitmiş olsun, o ziyaret eden, emir ise ziyaret edilen olur.

Bir bilgin eğer emirler yüzünden bilgi sahibi olmayı düşünmez-se onun bilgisi, belki başlangıçta ve sonunda Tanrı için olmuş olur. Tuttuğu yol ve göstermiş olduğu faaliyet sevaplıdır. Çünkü yaradılışı böyledir ve bundan başkasını yapamaz. Tıpkı balığın sudan başka bir yerde yerleşip yaşayamayacağı gibi onun elinden gelen ancak budur.

Böyle bir bilginin, hareketlerini idare eden ve ayarlayan akıldır. Herkes ondan korkar ve insanlar bilerek veya bilmeyerek, onun ışığından ve aksinden yardım görürler. İşte böyle bir bilgin emirin yanına giderse, görünüşte o ziyaret eden, emir ziyaret edilen olur. Çünkü bütün hâllerde emir ondan feyiz alır, yardım görür ve bilginin emire ihtiyacı yoktur. Zengindir, nur bağışlayan güneş gibidir. İşi, bağışlamak, ihsan etmektir. Taşları lâl ve yakut yapar. Terkibi toprak olan dağları bakır, altın, gümüş ve demir madenleri hâline getirir. Toprakları yeşertir, tazelendirir. Ağaçlara türlü türlü meyveler bağışlar. İşi gücü bağışlamaktır. Arabın: "Biz vermeyi öğrendik, almayı öğrenemedik," meselinde olduğu gibi, verir ve başkasından almaz. İşte bu yüzden bu gibi bilginler (gerçekte) ziyaret edilen, emirler ise ziyaret eden olurlar.

Bu sözlere uygun olmamakla beraber aklıma şu ayeti tefsir etmek geldi. Mademki aklıma öyle geliyor, öyleyse söyleyelim gitsin. Ulu Tanrı: *"Ey Peygamber elinizde bulunan esirlere de ki: Yüce Tanrı kalbinizde hayır bulunduğunu bilirse, sizden alınandan daha iyisini size verir. Sizi bağışlar, Allah bağışlayandır, esirgeyendir."* (Kur'an, Sure:8, Ayet:70) buyuruyor.

Bu ayetin inişinin sebebi şudur: Mustafa (Tanrı'nın selam ve salâh onun üzerine olsun) kâfirleri kırmış, öldürmüş, mallarını ganimet olarak almış, birçoklarını esir edip ellerini, ayaklarını bağlamıştı. Amcası Abbas (Tanrı O'ndan razı olsun) da bunlardan biriydi. Esirler bağlar içinde aciz ve düşkün bir hâlde ağlayıp sızlıyor ve kendilerinden ümitlerini kesmiş, kılıç ve ölümü bekliyorlardı. Mustafa (O'na selam olsun) onlara bakıp güldü. Bunun üzerine: "İşte gördün mü onda beşerlik var; bende beşerlik yoktur." diye iddia etmesi doğru değildi. "Bizlere bakıyor ve bizleri bu bağlar içinde, kendi esiri olarak gördüğü için, tıpkı nefislerine yenilen insanların, düşmanlarını yendikleri ve onların kendileri tarafından yok edilmiş olduğunu gördükleri zaman sevinip, sevinçlerinden oynadıkları gibi, seviniyor ve memnun oluyor." dediler. Mustafa (Tanrı'nın salâtı onun üzerine olsun) onların içlerinden geçen bu şeyi anlayıp buyurdu ki: "Haşa! Ben düşmanları esirim ve benim kahrıma uğramış ve sizleri de zarar etmiş olarak gördüğüm için gülmüyorum. Sır gözü ile, bir kavmi cehennemden, külhanın ocağından ve kinle kararmış bacadan, bağlar ve zincirlerle çeke çeke, zorla cennete ve ölümsüz bir gül bahçesine götürdüğüm hâlde, onların; bizi bu tehlikeli yerden, o güven içinde olan, gül bahçesine niçin götürüyorsun?" diye bağırıp, beddua ettiklerini gördüğümden gülüyorum. Bununla beraber siz, şimdilik böyle bir görüşe sahip olmadığınızdan dolayı bu dediğimi anlayamaz ve açıkça göremezsiniz."

Ulu Tanrı buyuruyor ki: "Esirlere deyiniz ki: Siz, önce askerler topladınız, kendi mertliğinize, pehlivanlığınıza, kuvvet ve kudretinize tamamen güvendiniz, kendi kendinize: Biz şöyle yapalım, Müslümanları şöyle kıralım, böyle yok edelim." dediniz. Kendinizden daha kudretli bir kudret sahibi olduğunu göremediniz ve kendi kahrınızın üstünde bulunacak, bir Kahredici tanımıyordunuz. Böyle olması için, ne kadar çalıştınız ve ne kadar tedbirler aldınızsa, hepsi aksine oldu. Şimdi korku içinde olduğunuz hâlde, yine tövbe etmediniz. Ümidiniz yok ve üzerinizde kudret sahibi birinin bulunduğunu görmüyorsunuz. Kuvvetli, kudretli ve şevketli olduğunuz zamanlar, beni görmeniz lâzım. Bana yenilmiş olduğunuzu biliniz ki işleriniz kolaylaşsın. Korktuğunuz zamanlar, benden ümidinizi kesmeyiniz; sizi, bu korkudan kurtarmaya ve size güven içinde bulunduğunuzu duyurmaya kudretim vardır, *"Ulu Tanrı, geceyi gündüze katar; gündüzü, geceye çevirir."* (Kur'an, Sure: 35, Âyet:13)

"Ölüyü diriden ve diriyi ölüden çıkarır", (Kur'an, Sure: 30, Âyet:19) buyurulduğu gibi, "Beyaz inekten, siyah ineği vücuda getiren, siyah inekten beyaz ineği de vücuda getirir. Bunun için, esir bulunduğunuz şu hâlde, benim hazır ve nazır olduğumdan ümidinizi kesmeyiniz ki ben de sizin elinizden tutayım. Çünkü *"Kafir olanlardan başkası Allah'ın rahmetinden ümit kesmez,"* (Kur'an, Sure:12, Âyet:87) buyurulmuştur.

Ulu Tanrı buyuruyor ki: "Ey esirler! eğer, ilk dininizden döner, korku ve endişe içinde bulunduğunuz zaman, beni görür ve bütün hâllerde, bana yenilmiş olduğunuzu kabul ederseniz, ben sizi, bu korkudan kurtarırım; yağma edilen ve ziyan olan mallarınızın hepsini, belki fazlasıyla ve daha iyisini size geri veririm. Sizi yarlığarım. Ahiret saadetini, dünya saadetine yaklaştırırım."

Abbas: "Tövbe ettim, bulunduğum hâlden döndüm" dedi. Mustafa: (Tanrının salâtı onun üzerine olsun): "Tanrı, bu iddia ettiğin şey için delil göstermeni istiyor," dedi.

Beyit:
"Aşk iddiasında bulunmak kolaydır; fakat bunun delili ve şahidi vardır."

Abbas: "Ne delil istersin?"dedi.

Peygamber: "Elinde kalan malları, kuvvetlenmeleri için, İslâm askerine dağıt. Eğer Müslüman oldunsa, İslâmlığın ve Müslümanlığın iyiliğini istemen lâzım." buyurunca, o: "Ey Tanrı'nın Elçisi, benim neyim kaldı ki? Hepsini yağma ettiler; bana eski bir hasır bile bırakmadılar." dedi.

Bunun üzerine Peygamber (Tanrı'nın salâtı onun üzerine olsun): "Gördün mü düzelmedin, olduğun gibisin, değişmedin. Ben sana, ne kadar malın olduğunu ve onu nerede sakladığını, kime bıraktığım, nereye gizleyip gömmüş olduğunu söyleyeyim mi?" buyurunca o: "Haşa!" dedi. Peygamber: "Malının şu kadarını annene bırakmadın mı? Falan duvarın dibine gömmedin mi? Ve ona: 'Eğer dönersem, bana teslim edersin; dönmezsem şu kadarını, falan iş için harcarsın? şu kadarım falana verirsin; şu kadarı da senin olur.' diye etraflıca vasiyet etmedin mi?" buyurdu. Abbas bunları işitince, şehadet parmağını kaldırdı ve tam bir sadakatla iman getirdi ve: "Ey Peygamber! Ben gerçekten, senin de eski meliklerden Haman, Şeddad ve Nemrud gibi, sadece, dünyevî bir devlet sahibi olduğunu sanıyordum. Bunları buyurduğun zaman, bu devletin gizli, ilahî ve rabbanî bir devlet olduğu anlaşıldı." dedi. Mustafa (Tanrı'nın salâtı onun üzerine olsun): "Doğru söyledin. Bu defa, içindeki o şüphe zünnarının koptuğunu duydum; sesi kulağıma geldi. Benim, ruhumun içinde gizli olan bir kulağım vardır. Her kim şüphe, şirk ve inkâr zünnarını parçalarsa, ben bu gizli kulakla o sesi duyarım ve koparken çıkan ses, benim ruhumdaki kulağıma gelir. Şimdi gerçekten doğru oldun ve iman getirdin." buyurdu.

Mevlâna bunun tefsirinde buyurdu ki: Ben bunu Emir Pervâne'ye onun için söyledim. "Sen önce Müslümanlığın başı oldun ve kendimi yok edeyim, İslâm'ın bekası Müslümanların çoğalması uğrunda fikrimi, tedbirimi feda edeyim, dedin. Kendi düşüncene güvenerek Tanrı'yı görmediğin ve her şeyi Tanrı'dan bilmediğin için, Tanrı, bizzat bu sebepleri ve çalışmaları, İslâm'ın zayıflamasına sebep kıldı. Sen, Tatarla birleştin. Hâlbuki bu şekilde Şamlıları ve Mısırlıları yok etmek, İslâm vilayetlerini kırıp yıkmak için, yardım etmiş oluyorsun. Binaenaleyh, İslâm'ın bekasına sebep olan şey, bu vaziyette, onun zayıflamasına sebep olmuştur. O hâlde bu durumda, yüzünü aziz ve celil olan Tanrı'ya çevir. Senin için korkulacak bir hâldir; bu kötü durumdan seni kurtarması için, sadakalar ver. O'ndan ümidini kesme. O seni öyle bir tâatten, böyle bir masiyete düşürmüştür. Fakat sen, o tâati, kendinden zannettin ve bu yüzden masiyete düştün. Şimdi, şu günahkâr olduğun durumda bile, ümidini kesme, yalvar. O, tâatinden ma'siyet yarattığı gibi, bu masiyetten de tâat yaratmaya muktedirdir. Sana bundan dolayı pişmanlık hissettirir, tekrar Müslümanların çoğalması için çalışmanı temin eder ve İslâmlığın kuvveti olabilmen için de sebepler yaratır. Ümidini kesme. *Çünkü kâfir olanlardan başkası Allah'ın rahmetinden ümit kesmez.* (Kur'an, Sure 12, Âyet: 87)

Maksadım onun bunu anlaması, bu durumda sadakalar vermesi, Tanrı'ya yalvarması idi. Çok yüksek bir durumdan, pek aşağı bir hâle düşmüş olduğundan, bu vaziyette de ümitli olması için, ona bunları söyledik.

Yüce Tanrı aldatıcıdır. Güzel şekiller göstererek aldatır. O şekillerin içinde kötüleri de vardır. Bunu insanın, "Bana güzel bir düşünce ve iyi bir iş yüz gösterdi," diye, kendi kendini aldatıp, gururlanmaması için yapar.

Eğer her görünen şey, göründüğü gibi olmuş olsaydı, o kadar keskin ve aydınlık bir görüşe sahip olan Peygamber: *"Bana eşyayı olduğu gibi göster."*(H.) diye feryat etmezdi. O, bununla demek ister ki: "Ey benim Rabb'im! Gerçekte çirkin olanı güzel, güzel olanı ise çirkin gösteriyorsun; bize her şeyi olduğu gibi göster ki tuzağa düşmeyelim ve her zaman yolumuzu kaybetmeyelim."

Şimdi, senin düşüncen, her ne kadar parlak ve güzel ise de O'nunkinden daha iyi olmaz. Sendeki her düşünceye ve her tasavvura güvenme, yalvar ve kork.

Benim maksadım bu idi ve o, bu âyeti ve bu tefsiri kendi iradesine ve kendi düşüncesine göre tevil etti.

Mesela, ordular sevk ettiğimiz şu anda bile, bunlara güvenmemeliyiz ve bozguna uğrasak da düştüğümüz korku ve acz içinde, Tanrı'dan ümidimizi kesmemeliyiz,

Peygamber yukarıdaki âyeti (sözü) kendi maksadına uygun olarak söyledi, işte benim de söylemek istediğim, bu idi.

İKİNCİ FASIL

Biri: "Mevlâna söz söylemiyorlar." dedi. Ben, Bu adamı yanıma, benim hayalim getirdi ve benim hayalim ona: 'Nasılsın, ne türlüsün?' diye bir söz söylemedi. Onu konuşmadan, hayalini buraya çekti. Eğer benim hakikatim onu söz söylemeden çeker ve başka bir yere götürürse, buna niçin şaşmalı? dedim.

Söz, hakikatin gölgesi ve feridir. Mademki gölge çeker, o hâlde hakikat, daha iyi bir tarzda cezbeder.

Söz bahanedir. Bir insanı diğer bir insana doğru çeken şey, söz değil, belki ikisinde mevcut olan ruhî birlikten bir parçadır.

Eğer bir insan, yüz bin mucize ve keramet görse, onda velî ve nebîden uygun bir parça bulunmazsa, birleşmezler ve bunun faydası da yoktur. Onu velîye ve nebîye ulaştıran, onların sevgisini içlerinde kaynaştıran, o ortak olan parçadır.

Eğer samanda, kehrübar ile müşterek bulunan bir parça olmazsa, hiçbir zaman kehrübar tarafına gitmez. Onlar arasında bulunan bu aynı cinsten oluş, gizli bir şeydir, göze görünmez.

Bir insanı, her şeyin hayali, o şeye doğru götürüyor. Mesela bahçe hayali bahçeye; dükkân hayali dükkâna. Yalnız bu hayallerde gerçeği değiştiren bir şey saklıdır. Mesela, bir yerin hayali seni çekti, hayale uyup oraya gidiyorsun. (O gerçeği değiştiren şey) yani yalan-dolan orasını sana güzel göstermiştir. Sonra pişman olup kendi kendine: "Bunda bir hayır vardı sandım, meğer yokmuş", diyorsun.

Bu yüzden, bu hayaller, tıpkı içinde birisi gizlenmiş olan çadırlara benzer. Hayaller ne zaman ortadan kalkar ve hakikatler yüz gösterirse, orada, çadır gibi olan hayal bulunmaksızın, kıyamet kopmuş olur ve artık pişmanlık bahis konuşu olamaz, seni çeken gerçek, seni cezbeden gerçekten başka bir şey değildir.

"O gün gizli şeyler apaşikâr olur." (Kur'an, Sure:86, Âyet:9)

Gerçekte, cezbeden birdir; fakat sayılı görünür. Görmüyor musun bir insanın türlü türlü, yüzlerce arzusu vardır: "Tutmaç isterim, börek isterim, helva isterim, kızarmış et isterim, meyve isterim, hurma isterim" der. Bu söylediği ve saydığı şeylerin aslı birdir ve o da açlıktır. Açlık bir tek şeydir, insan birinden doyunca, "Bunların hiçbiri istemez", der. O hâlde anlaşılmış oluyor ki on ve yüz sayıları yoktur; sadece bir vardır.

"*Onların sayısını, kâfirler için mihnet ve meşakkat eyledik.*" (Kur'an, Sure:74, Âyet, 31.) buyurulduğu gibi bu insanları saymak karışıklığı mucip olur, fitnedir. Mesela buna bir, onlara yüz, diyorlar; yani veli için bir ve halk için yüz bin derler. Bu, büyük bir günahtır. Velîyi bir, diğerlerini çok görmek, görme ve düşünme yolunu kaybetmek ve büyük bir fitnedir. Çünkü siz onları çok, veliyi ise bir görüyorsunuz. Onların sayısını kâfirler için mihnet ve meşakkat eyledik, bunun için buyuruldu. Hangi yüz hangi elli ve hangi altmış? Elsiz, ayaksız, akılsız ve ruhsuz bir takım insanlar, tılsım ve civa gibi, bu dünyada kaynaşıp dururlar. Şimdi sen onlara altmış yahut yüz veya bin ve buna da bir de. Bu böyle değildir; belki onlar hiçtirler ve bu bir dediğin bin, yüz bin ve Yüz binlerce bin sayılır. Tıpkı, "Bizim kavmin ahalisi azdır; fakat hücum ettikleri zaman çok olur", sözündeki gibi.

Bir padişah, birine yüz kişilik gelir sağlamıştı. Askerler padişahı bu yüzden payladılar. Padişah kendi kendine: "Bir gün gelir size gösteririm; o zaman bunu niçin yaptığımı anlarsınız" diyordu. Savaş günü geldi. Hepsi kaçmış yalnız dövüşüyordu. Padişah: "İşte ben bu adama, bunun için para verdim" dedi.

İnsanın ayırt etme hassasını her türlü garazdan temizlemesi ve dinden yardım araması lâzımdır. Din, sahibini tanır. Fakat siz ömrünüzü, ayırt etme hassasından mahrum olan kimselerle geçirdiğinizden, onun iyiyi ve kötüyü ayıran vasfı zayıf düşmüştür ve artık dini yani insana yar olanı tanıyamaz. Sen bu vücudu besledin, ama onda ayırt etme hassası yoktur. Ayırt bir sıfattır. Görmüyor musun ki delinin eli, ayağı var, fakat ayırt'ı yoktur. Ayırt sende bulunan lâtif bir manadır ve sen, gece gündüz o ayırttan mahrum olan şeyi, beslemeye uğraşıyor ve onun, bununla kaim olduğunu bahane ediyorsun. Nihayet bu da onunla kaimdir.

Nasıl oluyor ki sen bu ayırttan mahrum olanı tamamen besledin, geliştirdin ve tamamıyla vücudunu beslemekle vakit geçirdin de o lâtif olan manayı, yani ayırt kudretini ihmal ettin? Senin zannettiğin gibi bu, onunla kaimdir; o bununla değil. O nur, yani lâtif mana, bu göz, kulak ve diğer pencerelerden ve bu pencereler olmazsa, daha başka pencerelerden kendini gösterir. Bu tıpkı: "Güneşi bu çerağ ile görüyorum," diye güneşin karşısına çerağı getirmene benzer. Hayır, çerağ getirmesen de güneş sana kendini gösterir. Çerağa ne lüzum var? Tanrı'dan ümidi kesmemek lâzımdır.

Ümit, güvenlik yolunun başıdır. Yolda yürümesen de daima yolun başını gözet: "Doğru olmayan şeyler yaptım," deme. Doğruluğu tut. O zaman, hiçbir eğrilik kalmaz. Doğruluk Musa'nın asası gibidir; eğrilik ise, sihirbazların sihrine benzer. Doğruluk ortaya çıkınca, onların hepsini yutar. Eğer bir kötülük etmişsen kendi kendine etmişsindir. Senin kötülüğün başkasına nasıl dokunur?

Şiir:
"Bak o dağın üzerine konup, kalkan kuş, o dağın nesini artırdı, nesini eksiltti?"

Sen doğru olursan, onların hiç biri kalmaz. Sakın ümidini kesme. Padişahlarla bir arada bulunmak şu bakımdan tehlikeli değildir; çünkü ister bugün, ister yarın olsun, zaten fena bulacak ve gidecek olan baş gider. Bu yönden de tehlikelidir: Padişahların nefisleri, kuvvetlenip bir ejderha gibi olur. Onlarla konuşup, onların dostluğunu iddia ve mallarını kabul eden kimse, mutlaka onların keyfine göre konuşur. Hatırları hoş olsun diye, onların kötü düşüncelerini benimser ve sözlerinin aksini söyleyemez. İşte bu yüzden de her zaman bir tehlike mevcuttur. Çünkü onların tarafını yaparak, asıl olan diğer tarafı sana yabancı bırakmanın dine zararı vardır. Sen o tarafa doğru gittikçe, aziz olan bu taraf senden yüz çevirir ve sen dünya ehli ile ne kadar uzlaşırsan o da sana o kadar kızar.

"Tanrı zalimlere yardım eden kimsenin üzerine, O zalimi musallat eder." (H.)

Senin ona doğru gitmen de bu neticeye varır. Çünkü mademki o tarafa doğru gittin, sonunda onu senin başına belâ edecektir. Denize varıp oradan birazcık veya bir testi su almakla yetinmek yazık olur. Denizden alınacak inciler ve daha başka binlerce şeyler varken, yalnız su almanın ne değeri olabilir? Akıllı insanlar bununla nasıl övünürler ve ne yapmış olurlar?

Âlem bir köpüktür. Bu deniz muhakkak velilerin bilgileridir. Denizin incisi nerede? Bu âlem, çerçöple dolu bir köpüktür; fakat bu köpük, dalgaların çalkalanmasından, oynamasından ve denizin köpürüp kaynamasından temizlik, saflık ve güzellik bulur.

"İnsanların kadınlar, oğullar, yük yük altınlarla gümüşler, güzel cins atlar, davarlar, ekinler gibi şeyler gösterişleriyle, içini çeker ve hırsını gıcıklar. Bütün bunlar dünya zevkidir." (Kur'an, Sure:3, Âyet:19) Madem ki (Züyyine) süslendirildi, buyruldu o hâlde, onda gerçek güzellik ve iyilik yoktur; bu güzellik onda eğreti olarak bulunuyor ve başka bir yerden gelmiştir, demektir. Dünya, altın kaplamalı kalp para gibidir. Yani kıymetsiz bir köpükçük olan bu dünya kalptır; önemsiz ve değersizdir. Onu biz altınla sıvadık. İşte bunun için insanları kadınlar, oğullar, yük yük altınlarla gümüşler güzel cins atlar, davarlar, ekinler gibi şeyler, gösterişleriyle içini çeker, buyurulmuştur.

İnsan, Tanrı'nın usturlabıdır. Yalnız usturlaptan anlayan bir müneccim lâzımdır. Terecinin veya bakkalın usturlabı olsa bile, bunun onlara ne faydası vardır ve o usturlâbla feleklerin ahvalinden, dönmelerinden, burçlarından, bunların tesirlerinden ve değişmelerinden, daha bunun gibi şeylerden ne anlarlar? Binaenaleyh usturlâb müneccim için faydalıdır. Çünkü *"Kendini bilen Tanrısını da bilir."(H.)* Bu bakımdan usturlâb nasıl feleklerin aynası ise, insanın vücudu da Tanrı'nın usturlâbıdır. Çünkü Kur'an'da onun hakkında: *"Biz Âdem oğullarını aziz ettik."* (Kur'an, Sure:17, Âyet:70) buyurulmuştur.

Ulu Tanrı insanı kendinden bizzat bilgin, bilen ve bilgili kılmış olduğundan, insan kendi varlığının usturlabında zaman zaman, Tanrı'nın tecellisini ve eşsiz güzelliğini, parıltı hâlinde görür. O Cemâl hiçbir zaman bu aynadan eksik olmaz.

Aziz ve Celil olan Tanrı'nın hikmet, mârifet ve keramet elbiseleri giydirdiği kulları vardır. Her ne kadar halkın bunları görebilecek görüşleri yoksa da. Tanrı onları pek çok kıskandığından, onlar da kendilerini tıpkı Mütenebbî'nin; "Kadınlar ipekli elbiseleri süslenmek için değil, güzelliklerini korumak için giydiler." dediği gibi, (hikmet, mârifet ve keramet elbiseleriyle) örterler.

ÜÇÜNCÜ FASIL

Biri: "Gece, gündüz kalbim ve canım sizin yanınızda, hizmetinizde; fakat, Moğolların işinden ve meşgalesinden dolayı ziyaretinize gelemiyorum." dedi.

O: Bu işler de Hak işidir. Çünkü bunlar, Müslümanlığın güvenini temin ediyor. Siz onların gönüllerini rahat ettirmek ve birkaç Müslüman'ın huzur ve güven içinde ibadetle, tâatle meşgul olabilmeleri için, kendinizi malınızla, canınızla feda ettiniz. Bu da hayırlı bir iştir. Ulu Tanrı size böyle hayırlı bir iş yapmak arzusunu vermiştir. Bu işe karşı ilginizin artması, Tanrı'nın size olan inâyetinin bir delilidir. Eğer bu arzunuz zayıflayacak veya eksilecek olursa, bu da Tanrı'nın inâyetinden mahrum kalacağınıza işaret demektir. Zira Yüce Tanrı böyle büyük ve hayırlı bir işin onun vasıtasıyla yapılmasını, o kimsenin sevap kazanmasını ve derecesinin yükselmesini istemiyor, demektir. Bu sıcak bir hamama benzer. Hamamın sıcaklığı külhandan hâsıl olur. Ulu Tanrı ot, odun ve tezek gibi vasıtalar ortaya kor.

Bunlar her ne kadar görünüşte kötü, çirkin ve iğrenç şeyler iseler de hamamcı için inâyet olur. Çünkü bunlardan hamamcının hamamı ısınır ve bunun da halka faydası dokunur.

Bu arada dostlar geldiler, (Mevlâna) özür diledi ve: Eğer sizin için ayağa kalkmıyorsam, sizinle konuşmuyorsam ve hâlinizi, hatırınızı sormuyorsam, bu size saygı gösterdiğim içindir. Çünkü her şeyin saygısı, o zamana uygun olur. Namaz kılarken babayı, kardeşi sormak ve saygı göstermek yakışmaz. Namazda dostlara, akrabalara iltifat etmemek, bizzat iltifat etmek ve gönül almaktır. Sen onlar yüzünden kendini ibadetten ve dalmış olduğun dinî hâlden ayırmaz ve huzurunu bozmazsan, böylece onlar da günaha girmemiş ve şikâyeti hak etmemiş olurlar, işte bunun için insanı günaha sokan, siteme müstahak eden bir şeyden çekinmek, bizzat iltifat ve gönül almaktır. Çünkü onları cezalandıran bir şeyden sakınılmıştır, buyurdu.

Biri: "Tanrı'ya namazdan daha yakın olan bir şey var mıdır?" diye sordu. O: Namaz vardır; ama namaz yalnız bu suretten ibaret değildir. Bu, namazın kalıbıdır. Çünkü bu namazın başı, sonu bellidir ve vardır. Başı ve sonu olan her şey ise kalıptır. Tekbir namazın başı, selam ise onun sonudur. Bunun gibi şahadet de yalnız dilleriyle söyledikleri şey değildir. Onun da başı ve sonu vardır. Sesle, sözle söylenebilir. Sonu ve başı olan her şey suret ve kalıptan ibaret olur. Onun ruhu benzersiz ve sonsuzdur, başı sonu yoktur. Bu namazı nebîler bulmuşlardır ve bunu ortaya çıkaran nebî: *"Benim Tanrı ile bazı vakitlerim olur ki o zaman, oraya ne bir Tanrı tarafından gönderilmiş Peygamber ve ne de Tanrı'ca en yakın bulunan bir melek sığar."(H.)* buyuruyor. O hâlde namazın ruhunun yalnız bu suretinden ibaret olmayıp, belki istiğrak, kendinden geçiş olduğunu, bilmiş olduk. Çünkü bütün suretler dışında kalıp oraya sığmazlar. Katıksız, sırf mana olan Cebrail bile oraya sığmaz.

Bilginlerin sultanı, âlemin kutbu olan Mevlâna Baha-ul Hak Ve'd-Din (Tanrı onun büyük ruhunu takdis etsin) hakkında bu hikâye rivayet edilir: Bir gün esbabı onu istiğrak hâlinde de buldular. Namaz vakti geldi. Müritlerden bazısı Mevlâna'ya: "Namaz vaktidir" diye seslendiler. Mevlâna onların sözüne aldırış etmedi. Onlar kalkıp namaz kılmaya başladılar. Yalnız, müritlerden ikisi, şeyhe uyup namaza durmadılar. Namaz kılanlardan Hâcegî adlı bir müride sır gözüyle, namaz kılan ashabın hepsinin imamla beraber arkalarının, şeyhe uyan o iki müridin ise, yüzlerinin kıbleye dönük olduğunu apaçık gösterdiler. Çünkü şeyh benlik ve bizlik iddiasından geçip, onun O'luğu fenâ buldu. Varlığından bir şey kalmadı. *"Ölmeden evvel ölünüz."(H)* sözü gereğince Tanrı'nın nurunda helâk oldu. O şimdi Tanrı'nın nuru olmuştur. Her kim, arkasını Tanrı'nın nuruna ve yüzünü duvara çevirirse, mutlak surette arkasını kıbleye çevirmiş olur. Çünkü artık o, kıblenin canı olmuştur. İnsanların yöneldikleri Kâbe'yi Peygamber yapmamış ve o, âlemin kıblegâhı olmamış mıdır? O hâlde Peygamber kıble olursa daha uygun olur. Çünkü kıble, onun için kıble olmuştur,

Mustafa (Tanrının salâtı onun üzerine olsun) bir dostunu: "Seni çağırdım, niçin gelmedin?" diye azarladı. O: "Namaz kılmakla meşguldüm." dedi. Peygamber: "Peki ben seni çağırmadım mı?" deyince o: "Ben biçareyim." dedi.

Peygamber ona buyurdu ki: "Her zaman biçare olman ve kudretli olduğun vakit kendini, acizken olduğu gibi biçare görmen iyidir. Çünkü senin kuvvetinin ve kudretinin üstünde bir kudret vardır. Sen bütün hâllerde, Hakk'a mahkûmsun, iki parçaya ayrılmış değilsin ki bazen çaresiz, bazen kudretli olasın. O'nun kudretine bak ve kendini her zaman elsiz, ayaksız ve biçare gör. Zayıf bir insan şöyle dursun, aslanlar kaplanlar, timsahlar bile ona nispetle zavallıdır ve Tanrı'nın korkusuyla titrerler. Yerler, gökler hepsi acizdir. Ve hepsi O'nun hükmünün esiridir. O büyük bir padişahtır ve nuru ayın, güneşin nuruna benzemez ki varlığı ile bir şey yerinde kalabilsin. Bu nur, perdesiz olarak görünecek olursa, ne gök, ne yer, ne güneş ve ne de ay kalır.

Hikâye: Bir padişah dervişin birine: "Tanrı'nın huzurunda Tanrı'nın tecellisi ve yakınlığına mazhar olduğun anda, beni hatırla " dedi. Derviş; "O huzurda, güzelliğin güneşi, bana vurunca ben kendimi bile hatırlamıyorum. Seni nasıl hatırlayayım" cevabını verdi. Fakat, Yüce Tanrı bir kulunu seçip onu kendi varlığında yok ederse, bunun eteğine yapışıp ihtiyacını bundan dileyen herkesin dilediğini, o adam, Büyük Tanrı'nın huzurunda yad etmemiş bile olsa Yüce Tanrı yerine getirir.

Bir hikâye anlattılar: Bir padişahla ona çok yakın olan bir kölesi varmış. Bu köle padişahın sarayına gitmek istediği zaman dilek sahipleri padişaha göstermesi için mektuplar, dilekçeler verirlermiş. O, bunları cüzdanına kor, fakat padişahın huzuruna çıktığı zaman padişahın cemâlinin parlamasıyla, kendinden geçmiş bir halde padişahın önüne düşermiş. Padişah: "Benim; cemâlime dalıp kendinden geçen bu kulumun acaba nesi var?" diye, şevk ve aşk ile onun cebini, çantasını ve cüzdanını karıştırır; o mektupları ve dilekçeleri bulur; hepsinin istediği şeyi mektuplarının arkasına yazarak, tekrar yerlerine kormuş. İşte böylece, köle bir şey söylemeden, hepsinin işini yapmış, yerine getirmiş ve belki bunların bir tanesi bile geri çevrilmeden, istedikleri, fazlasıyla ve daha iyi bir şekilde hâsıl olmuş olurdu. Hâlbuki akılları başlarında olan kölelerin padişahın huzurunda arz ettikleri, ihtiyaç sahiplerinin dileklerinden ancak yüzde biri, yerine getiriliyordu.

DÖRDÜNCÜ FASIL

Biri: "Burada bir şey unutmuşum." dedi. Mevlâna buyurdu ki: Dünyada bir şey vardır. O da unutulmaz. Eğer bütün şeyleri unutup da onu unutmazsan bundan korkulmaz. Bunun aksine, hepsini yerine getirip, hatırlayıp, unutmayıp da onu unutursan, hiçbir şey yapmamış olursun. Mesela, bir padişah seni muayyen bir işi için bir köye gönderdi. Sen gittin ve o iş için gitmiş olduğun hâlde, onu yapmayarak daha başka yüz iş yaparsan hiçbir şey yapmış olmazsın. Binaenaleyh insan, bu dünyaya bir iş için gelmiştir; gaye odur. Eğer onu yapamazsa hiçbir şey yapmamış olur.

"Biz emaneti göklere, yere, dağlara teklif ettik. Onlar emaneti yüklenmekten çekindiler; ona hıyanet etmekten endişeye düştüler, insan onu yüklendi çünkü o, pek zalim çok cahildir." (Kur'an, Sure: 33, Âyet: 72) Biz emaneti göklere ve yere bıraktık. Bunlar, onu üzerlerine almaktan çekindiler, bunu insan üzerine aldı. Bak, onun elinden kaç iş birden geliyor ki akıllar bile hayret içinde kalıyor: Taşları, lâl ve yakut, dağları altın ve gümüş madeni yapıyor. Yeryüzündeki bitkileri harekete getirip diriltiyor ve Adn cenneti hâline getiriyor. Yer, taneleri kabul ediyor, ürün veriyor, ayıpları örtüyor ve daha anlatılamayacak kadar çok, yüz binlerce tuhaf şeyleri kabul ediyor, meydana getiriyor. Bunun gibi dağlar da türlü türlü madenler ortaya çıkarıyor. Bütün bu işleri yaptıkları hâlde onların elinden o bir iş gelmiyor. Şu hâlde o bir iş, yalnız insanın elinden geliyor. Esasen Tanrı: *"Biz hakikaten Ademoğullarını şereflendirdik"* (Kur'an, Sure:17, Âyet:70) buyuruyor; biz göğü ve yeri şereflendirdik, demiyor. Fakat o iş ne göklerin, ne yerlerin ve ne de dağların elinden gelmeyip yalnız insanın elinden geldiğine göre, insan gerçekten çok kötü ve çok bilgisizdir. Sen eğer: "Elimden şu kadar iş geliyor; ama o işi yapamıyorum." dersen, bunun hiçbir değeri yoktur. (Çünkü) insanı başka işler için yaratmadılar. Bu tıpkı şuna benzer: Mesela sen padişahların hazinelerinde bulunan kıymetli, polattan yapılmış bir Hint kılıcını: "Ben, bu kılıcı işe yaramaz bir hâlde bırakmıyorum ve onu birkaç işte kullanıyorum," diye, getirip kokmuş bir eti doğramak için satır yerine kullanırsan veya bir zerresiyle yüz tane tencere alınabilecek olan, altından bir tencereyle şalgam pişirirsen ve yahut mücevherlerle süslü bir bıçağı, kırık bir kabağı asmak için, çivi yerine kullanıp: 'Ben bu bıçağı işe yaramaz bir halde tutmuyorum, ona kabak asıyorum.' dersen yazık olmaz mı ve buna gülünmez mi? Hâlbuki kabağın işi, bir paralık tahtadan veya demirden bir çivi ile de görülür. Yüz dinarlık bir bıçağı, böyle bir işe bağlamak, akıl kârı mıdır?

Ulu Tanrı sana, pek büyük bir değer vermiştir. *"Allah müminlerin canlarını, mallarını kendi yoluna vakfetmeleri mukabilinde, onlara cennet vermiştir."* (Kur'an, Sure:9, Âyet:112)

Şiir:
"Sen, değerinle ve düşüncenle iki âleme bedelsin. Ama ne yapayım ki kendi değerini bilmiyorsun."
"Kendini ucuza satma, çünkü değerin yüksektir."

Ulu Tanrı buyuruyor ki: Ben sizi, vaktinizi, nefsinizi, mallarınızı satın aldım. Eğer bunları, benim için harcar, bana verirseniz bunun karşılığı ölümsüz cennettir. Senin, benim yanımdaki değerin budur. Eğer kendini cehennem karşılığında satarsan, kendine kötülük etmiş olursun; tıpkı o adamın, yüz dinarlık bıçağı duvara çakıp, ona bir testi veya bir kabak astığı gibi.

Gelelim şimdi sana. Sen: "Kendimi yüksek işlere veriyorum; fıkıh, hikmet, astronomi, tıp ve daha başka bilgiler okuyorum, öğreniyorum." diye bahaneler gösteriyorsun. Bunların hepsi, kendin içindir. Eğer öğrendiğin fıkıh ise bu, bir kimsenin elinden ekmeğini kapmaması, elbiseni üstünden soymaması seni öldürmemesi ve selamette bulunman içindir. Eğer astronomi bilgisi ise feleğin ahvalini, tesirlerini, yeryüzünde ucuzluk, pahalılık, güven ve korku olup olmadığını bilmek ve yıldız (sitare) ise uğurlu, uğursuz bir yıldızın, senin talihinle ilgili bulunmasındandır. Düşünecek olursan, aslı'n sen olup, bütün bunların senin fer'in olduğunu anlarsın. Fer'in bu kadar sonsuz tafsilatı, acayiplikleri, hâlleri ve garip âlemleri olursa, esas olan senin, bak ki ne gibi hâllerin olması lâzım? Senin ferlerinin yükselişleri, inişleri, uğurlu ve uğursuz hâlleri olursa, esas olan senin için nurlar âleminde bak ki ne inişler ve çıkışlar, nasıl uğursuzluklar ve uğurlar, zarar ve faydalar vardır? Mesela, falan ruhun şu özelliği vardır, ondan şu gibi hâller görünür ve o ruh falan işe yarar (derler). *"Ben Tanrı'nın indinde gecelerim. O beni yedirir ve içirir."*(H.) buyurulduğu veçhile, senin için yemek yemek ve uyumak besininden başka, bir besin daha vardır. Sen bu dünyada, o besini unutmuş, bununla meşgulsün. Gece gündüz vücudunu maddî besinle besliyorsun. Olsa olsa, bu vücut senin atındır ve bu dünya o atın ahırıdır. Atın yemi, binicinin yiyeceği olamaz. Onun kendine göre uykusu, yiyeceği ve nimetleri vardır. Fakat, hayvanlık duygusu seni yenmiş olduğundan ve atların ahırında, atların başı ucunda kalmış bulunduğundan, beka âleminin emirleri ve şahlarının sırasında yerin yoktur. Kalbin burada, fakat vücudun seni yenmiş olduğu için onun hükmü altına girmiş ve onun esiri olarak kalmışsın. Tıpkı şunun gibi: Mecnun Leyla'nın iline gitmek istediğinden, aklı başında olduğu müddetçe, devesini o tarafa doğru sürüyor, fakat Leyla'nın hayaline dalınca, kendini ve deveyi unutuyordu. O sırada deve, köydeki yavrusunu hatırlayıp gerisin geri gitmeye başladı. Köye ulaştığı zaman Mecnun da kendine geldi. İki günlük yolu geri gitmişlerdi.

Böylece üç ay yolda kaldı. Nihayet: "Bu deve benim başımın belası!" dedi ve feryat ederek deveden atlayıp yola düştü.

Beyit:
"Benim devemin arzusu geride, benimki ise ilerde. Ben ve o, yön tayininde, ayrılmış oluyoruz."

Buyurdu ki: Seyyid Burhâneddin Muhakkik (Tanrı onun aziz olan ruhunu takdis etsin) konuştuğu sırada, biri geldi ve: "Falandan senin methini duydum." dedi. O: "Bakalım o falan nasıl bir kimsedir? Beni tanıyıp övebilecek bir halde midir? Beni eğer, sözlerimle tanımışsa tanımamış demektir; çünkü bu ses, bu söz, bu ağız ve dudak kalmaz; bunların hepsi arazdır. Yok eğer işlerimle tanımışsa, yine böyledir. Fakat benim zâtımı tanımışsa işte o zaman beni övebilir ve bu övmenin bana ait olduğunu bilirim." dedi.

Buna benzeyen bir hikâye var. Rivayet ederler ki: Padişahın biri, oğlunu hüner sahibi bir topluluğa teslim etmiş ve o topluluk da ona yıldız bilgisi remil ve daha başka bilgilerden öğretmişti. Çocuk son derece aptal olduğu hâlde, bu bilgileri tamamen öğrenip üstad oldu. Bir gün padişah avucuna bir yüzük sakladı ve oğlunu imtihan etti. "Gel söyle bakayım avucumda ne var?" diye sordu. Çocuk: "Elindeki yuvarlak, sarı ve içi boş bir şeydir." dedi. Padişah: "Alâmetlerini doğru verdin, o hâlde ne olduğuna da hükmet." deyince, çocuk: "Kalbur olması lazım." dedi. Padişah: "Aklı hayretler içinde bırakan bu kadar alâmeti, bilgi ve tahsil sayesinde söyledin, fakat kalburun avuca sığmayacağına nasıl akıl erdiremedin." dedi.

Bunun gibi zamanımızdaki bilginler de kılı kırk yarıyorlar. Kendileriyle ilgili olmayan şeyleri pek iyi biliyorlar. Onlara tamamen ve bütün etrafıyla vâkıftırlar, fakat önemli olanı ve kendine her şeyden daha yakın bulunanı, yani kendi kendilerini bilmiyorlar. Onlara her şeyden daha yakın olan bir şey var ki bu da onların benliğidir. Bunun yapılması doğrudur, bununki doğru değildir, bu helaldir yahut haramdır, diye her şey hakkında helal ve haram olması bakımından, hüküm verdiği hâlde, kendi mahiyetini helal midir, yoksa haram mıdır, temiz midir, yoksa pis midir bilmez. Binaenaleyh (söylemiş olduğu) bu boşluk, sarılık, şekil ve yuvarlaklık arızîdir. Ateşe attığın zaman, bunların hiçbiri kalmaz. Bu alâmetlerin hepsinden kurtulmak zâtî olur. Bir insana verilen iş, söz vesaire gibi şeylerin hepsi de bunun gibidir. Onun cevheriyle alâkası yoktur; bütün bu şeyler yok olduktan sonra kalan şey o cevherdir. (işte o bilginlerin) alâmeti böyle olur. Bütün bu şeyleri söyleyip anlattıktan sonra, kalburu avuç içine sığdırmaya kalkarlar. Çünkü onların esas olan şeyden haberleri yoktur. Ben kuşum, bülbülüm, papağanım. Eğer bana, başka türlü ses çıkar, derlerse yapamam. Çünkü benim dilim böyledir ve bundan başkasını söyleyemem. Kuş seslerini öğrenen kimse, kuş olmadığı gibi, aynı zamanda kuşların düşmanı ve avcısıdır. Kendisini kuş zannetmeleri için, onlar gibi ses çıkarır ve ıslık çalar. Ona bu seslerden daha başka sesler çıkar, diye emretseler bunu da yapabilir. Çünkü ses onun değildir, onda eğretidir. Bunun için başka bir ses de çıkarabilir. Halkın kumaşını çalan (hırsız) her evden bir kumaş göstermeyi de öğrenmiştir.

BEŞİNCİ FASIL

Atabek: "Bu ne lütuf! Mevlâna teşrif etti. Doğrusu beklemiyordum. Hatta buna lâyık olmayı aklımdan bile geçirmemiştim. Benim, gece gündüz karşısında el bağlayıp müritleri arasında yer almam lâzım gelirken ve ben henüz buna bile lâyık değilken, bu ne lütuf!" (dedi.) Bunun üzerine Mevlâna buyurdu ki: Bu sizin himmetinizin yüceliklerindendir. Dereceniz aziz, büyük ve önemlidir. Siz de yüksek işlerle uğraşmanıza rağmen, himmetiniz çok yüksek olduğundan kendinizi kusurlu görüyor ve bu şeylerle de yetinmeyerek kendiniz için daha birçok şeyleri gerekli buluyorsunuz. Bizim gönlümüz her zaman manen sizin hizmetinizde bulunmakla beraber, sureten de şereflenmek istedik. Çünkü bu suretin de büyük bir itibarı vardır, itibar ne demek! O hatta öz ile mana ile beraberdir. Nasıl ki beyinsiz bir kafanın işi bir sonuç vermezse, kabuksuz meyve de yetişmez. Mesela, bir çekirdeği kabuksuz olarak yere ekersen göğermez, fakat onu kabuğuyla beraber yere gömdüğün zaman göğerir ve büyük bir ağaç olur. Binaenaleyh bu bakımdan vücudun da büyük bir aslı, rolü vardır. Hem böyle olması da tabiidir. Onsuz bir iş meydana gelmez. Evet, işte bu asıl, manadır. Fakat bu, manayı bilen ve manalı olan kimsenin yanında böyledir.

"İki rekât namaz, dünya ve dünyada olan şeylerden hayırlıdır."(H.)

İşte bunun için buyurmuşlardır. Yalnız, bu söz herkes için değildir; bu, o iki rekât namazı kılmaması, onun için dünya ve dünyada bulunan her şeyden daha önemli olan kimse içindir. (Böyle bir) insanın gözünde, bütün dünya malı kendinin olsa bile, iki rekât namazı kılmaması ona, o dünya malının büsbütün elinden çıkmasından daha ağır gelir.

Dervişin biri, bir padişahın yanına gitti. Padişah ona: "Ey zahit!" dediği vakit, o: "Zahit sensin!" dedi. Padişah; "Ben nasıl zahit olurum? Bütün dünya benimdir." dedi. Bunun üzerine derviş: "Hayır, aksine görüyorsun ki bütün dünya, ahiret ve bütün mülkler benim malımdır. Âlemi ben kapladım; sen sadece bir lokma ve bir hırka ile kanaat ettin." dedi.

"Yüzünü ne tarafa çevirirsen, Tanrı oradadır." (Kur'an, Sure: 2, Âyet:115) O, her yerde bulunan, geçer olan vecihdir; devamlıdır, ölmez. Âşıklar bu vecihe kendilerini feda etmişlerdir ve karşılık da istemezler. Geri kalanlar ise hayvan gibidir. Buyurdu ki: Sığır gibi olmalarına rağmen, nimetlere müstahaktırlar ve ahırda bulundukları hâlde ahır sahibinin makbulüdürler. Çünkü eğer ahır sahibi isterse, onu, (onları) ahırdan nakleder ve padişahın ahırına götürür; başlangıçta olduğu gibi, yokluktan varlığa getirir. Varlık, (vücut) ahırından, cemâd ahırına ve cemâd ahırından bitkiliğe, bitkilikten hayvanlığa, hayvanlıktan insanlığa, insanlıktan melekliğe ve daha böylece sonu gelmeden ilerletir. O sana bunları, O'nun biri birinden üstün olan bu türlü ahırlardan daha birçok ahırı bulunduğunu kabul ve itiraf etmen için göstermiştir.

Ku'an'da: *"Siz elbet bir hâlden bir hâle geçeceksiniz. Öyle ise onlara ne oluyor da iman etmiyorlar?"* (Kur'an, Sure:84, Âyet.19-20) buyrulmuş olduğu gibi bunu sana, önde bulunan başka tabakalara inanman ve onları kabul etmen için gösterdi yoksa hepsi bundan ibaret, diye inkâr etmen için değil.

Bir üstad; bilgisini ve hünerini kendisine inanmaları ve daha göstermemiş olduğu birçok mârifetleri ve ilimleri olduğunu ikrar ve kendine iman etmeleri için gösterir. Bunun gibi bir padişah da hil'at verir, bağışlarda bulunur, okşar gönül alır. Bunları, kendisinden daha başka şeyler beklemeleri ve ümitlenerek vereceği paralar için kese dikmeleri için yapar, yoksa vaat ettiklerinin hepsi bundan ibaret, padişah başka bağışlarda bulunmayacak diyerek bu kadarla iktifa etmeleri için değil. Esasen o, böyle söyleyeceklerini bilse, onlara katiyen lütuf ve in'amda bulunmaz.

Zahid, âhiri (başkasını) gören kimsedir; dünya ehli ise ahırı görür. Fakat Tanrı'nın has kulları ve arifler ne âhiri ne de ahırı görürler. Onların nazarları evvele düşmüştür, her işin evvelini bilirler. Mesela buğday ekince buğday biteceğini bilir, işte evvelden sonunu görmemiş midir? Arpa, pirinç ve daha başka şeyler için de aynen böyledir ve başını, evvelini gördüğünden, gözü sonunda değildir; bir şeyin sonu, daha başından ona belli olmuştur? Bunlar nadir olurlar. Diğerleri ise, orta hâlli olduklarından, nazarları sondadır; ahırda kaldıkları için hayvandırlar.

Dert daima insana yol gösterir. Dünyadaki her iş için, bir insanın içinde ona karşı bir aşk, bir heves ve dert olmazsa, insan o işi yapamaz ve o iş, dertsiz, zahmetsiz olarak ona müyesser olmaz. İster dünya, ister ahiret, ister ticaret, ister padişahlık, ister ilim, ister astronomi ve ister daha başka işlerde olsun. (hepsi için bu, böyledir.)

Mesela Meryem de doğum ağrısı olmadıkça, o baht ağacına gitmedi. Kur'an'da: *"Doğurma sancısı onu bir hurma ağacının kütüğüne dayanmağa sevk etti."* (Kur'an, Sure. 19, Âyet: 22) buyrulduğu gibi onu o dert, ağaca götürdü ve kuru ağaç meyve verir bir hâle geldi. Vücut da Meryem gibidir; her birimizin İsa'sı vardır. Biz de eğer o dert peyda otursa İsa'mız doğar. Eğer dert olmazsa, İsa da o geldiği gizli yoldan tekrar kendi aslına döner. Biz de böylece ondan faydalanmaktan mahrum kalırız.

Şiir::
"Can, içinde aç; tabiat ise dışında servet ve saman içinde. Şeytan yiyip içmekten mide fesadına uğramış; Çemşid sabah kahvaltısı bile

yapmamış. Şimdi senin Mesih'in bu yeryüzünde; burada bulunduğun müddetçe derdinin devasına bak. Mesih göğe çıkınca deva da elden gider."

ALTINCI FASIL

Bu söz, idrak etmekte, söze muhtaç olanlar içindir. Sözsüz idrak edenin söze ne ihtiyacı kalır? idrak edebilen için bu göklerin, yerlerin hepsi sözdür. Hafif bir sesi duyana bağırıp çağırmaya ne lüzum var? (Dünya) Kur'an'daki, O'nun emri *"Ol"* demekti O da hemen olur." (Kur'an:, Sure:36, Âyet.82) Sözünden meydana gelmiştir.

Hikâye; Arapça konuşan bir şair, bir padişahın yanına geldi. Padişah Türk'tü. Farsça'yı da bilmiyordu. Şair ona Arapça pek parlak bir şiir yazıp getirdi. Padişah tahta oturmuş, divana mensup olan bütün insanlar, emirler ve vezirler de onun önünde sırayla kendi yerlerini almışlardı. Şair ayağa kalktı ve şiirini okumaya başladı. Padişah, aferin denilecek yerde başını sallıyor, hayret gösterilecek yerde hayret gösteriyor ve şairin tevazu göstermiş olduğu yerde de iltifat ediyordu. Padişahın mecliste, bu uygun olan ve gereken yerlerde başını sallaması onun Arapça'yı bildiğini gösteriyordu. (Orada bulunanlar): "Padişah bu kadar senedir bizden Arapça bildiğini sakladı. Bu zaman zarfında, eğer uygun olmayan sözler söylemişsek vay geldi halimize!" dediler. Padişahın bir has kölesi vardı. Divandakiler toplanıp, bu köleye at, merkep, mal verdiler ve daha başka şeyler de vereceklerini vaat ettiler. "Padişah Arapça biliyor mu, bilmiyor mu? Bunu öğren ve bize bildir. Eğer bilmiyorsa niçin münasip olan yerde başını sallıyordu? Bu onun kerametinden miydi? Yoksa ona ilham mı gelmişti?" dediler.

Bir gün köle, avda, bunu öğrenmek fırsatını buldu. Padişahı memnun görmüştü. Padişah birçok av avladıktan sonra, köle ona sordu. O da: "Vallah ben Arapça bilmem. Yalnız, onun bu şiiri yazmaktaki maksadını bildiğim için başımı sallayıp iltifat ediyordum. Anlaşılıyor ki bu adamın maksadı övmekti ve o şiir buna vasıta olmuştu. O maksat olmasaydı, bu şiir söylenmiş olmazdı." dedi. Binaenaleyh eğer maksada bakacak olursak ikilik kalmaz. İkilik teferruattadır. Esas birdir.

Bunun gibi eğer görünüşte şeyhler türlü, türlü, işleri ve sözleri farklı ise de maksatları itibarıyla birdirler; bu da Tanrı'yı talep etmektir. Mesela bir sarayda rüzgâr esse bu, halının ucunu kaldırır, kilimleri hareket ettirir, çörü çöpü havaya uçurur, havuzun suyunu halka halka eder, ağaçları, dalları ve yaprakları oynatır. Bütün bu biri birine benzemeyen hâller maksat, esas ve hakikat bakımından birdir. Çünkü hepsinin hareketi, bir rüzgârdandır.

(Biri): "Biz kusurluyuz!" dedi O buyurdu ki: Bir kimsede: "Ah ne haldeyim? Neye böyle yapıyorum?" diye bir düşünce ve kendi kendini paylama hâsıl olması, dostluk ve inâyetin delilidir. Çünkü *"Sevgi oldukça, sitem de olur."*(M.) Dostlara sitem edilir, yabancılara değil. Şimdi bu sitem (itab) de farklıdır. Bir, insana acı veren sitem vardır. Bu, sitemden müteessir olan ve bunun kendi hakkında bir inâyet ve sevgi oluğunu bilene yapılır. Bir de hiç teessür uyandırmayan vardır ki bu sevgi alâmeti değildir.

Mesela bir halıyı, tozunu temizlemek için değnekle döverler. Akıllılar buna paylama demezler. Fakat kendi sevdiği birini veya çocuğunu döverlerse ona itap derler. Sevginin delili işte böyle bir yerde meydana çıkar. Bu yüzden mademki kendinde bir dert veya pişmanlık hissediyorsun bu Tanrı'nın sana olan inâyetinin ve sevgisinin (bir) delilidir. Eğer sen kardeşinde bir ayıp görüyorsan o, sende bulunan ayıbın aksinden ibarettir. Âlem de işte böyle bir ayna gibidir. *"Mümin müminin aynasıdır."* (H.). Sen O ayıbı kendinden uzaklaştır. Çünkü ondan duyduğun üzüntü, kendinden duymuş olduğun üzüntüdür. Ondan incindiğin zaman kendinden inciniyorsun.

Dedi ki: Bir fili sulamak için, çeşmenin başına getirdiler. Fil, kendini suda görüp ürktü. Fakat başkasından ürktüğünü sanıyor ve kendi kendinden ürktüğünü bilmiyordu. İşte kötülük, kin, kıskançlık, hırs, merhametsizlik, büyüklenme gibi bütün kötü huylar sende olduğu zaman incinmiyorsun, fakat onları başkasında görünce ürküyor ve inciniyorsun.

İnsan, kendi kelinden ve çıbanından iğrenmez. Yaralı elini yemeğe sokar, parmağıyla yalar. Bundan midesi bulanmaz; ama başka bir kimsede birazcık çıban ve ufacık bir yara görse o yemeği artık yiyemez, iğrenir. İnsandaki kötü huylar da kellere ve çıbanlara benzer. Kendinde olduğu zaman, insan ondan iğrenmez, incinmez; hâlbuki başka birinde, ondan bir parçacık görecek olsa iğrenir, nefret eder. Sen ondan ürktüğün gibi o da senden ürker ve incinirse, onu hoş gör! Senin incinmen onun suçudur. Çünkü onu görmenden dolayı inciniyorsun.

O da aynı şeyi görür. Peygamber: *"Mü'min, mü'min'in aynasıdır."*(H.) buyurmuştur. Kâfir kâfirin aynasıdır, dememiştir. Fakat bu, kâfirin aynası yoktur, demek değildir. Onun aynası vardır; ancak kendi aynasından haberdar değildir.

Bir padişah canı sıkılmış olduğu hâlde, ırmak kenarında oturmuş, emirler de ondan ürkmüş ve korkmuşlardı. Bir türlü yüzü gülmüyordu. Kendisine çok yakın olan bir maskarası vardı. Emirler ona: "Eğer padişahı güldürürsen, sana şunu veririz, bunu veririz."dediler. Maskara, padişahın yanına gitti. Fakat ne kadar çalıştı çabaladıysa, padişah onun yüzüne bakmadı. Başını kaldırmıyordu ki bir taklit yaparak onu güldürsün. Mütemadiyen önüne bakıyor ve başını eğiyordu.

Nihayet maskara dayanamayıp padişaha: "Bu suda ne görüyorsun?" diye sordu. O: "Bir kaltabanı görüyorum." dedi. Maskara da: "Ey âlemin padişahı! Eh, bu kulunuz da kör değil ya!" cevabını verdi.

Bu böyledir Sen onda bir şey görüp incindiğine göre, o da nihayet kör değil ki senin gördüğünü görmemiş olsun. O'nun yanında iki ben sığmaz. Sen: "Ben!" diyorsun; O da: "Ben!" diyor. Ya sen öl, ya O ölsün ki bu ikilik kalmasın. Fakat onun ölmesi imkânsızdır. Bu ne hariçte, ne de zihinde mümkün olur. Çünkü *"O ölmeyen bir diridir."* (Hay).

O, o kadar lütufkârdır ki imkân olmuş olsaydı, senin için ölürdü. Fakat mademki O'nun ölümü imkânsızdır, o hâlde bu ikiliğin yok olması ve O'nun sana tecelli etmesi için, sen öl. İki canlı kuşu birbirine bağlarsan, aynı cinsten oldukları için, iki tane olan kanatları, dört tane olduğu hâlde uçamazlar. Çünkü ikilik mevcuttur. Hâlbuki buna ölü bir kuşu bağlarsan uçar. Zira ikilik kalmamıştır. Güneşte o lütuf vardır ki yarasanın önünde ölür; fakat buna imkân olmadığından; "Ey baykuş! benim lütfum herkese ermiştir, sana da ihsanda bulunmak isterim. Sen öl. Çünkü buna imkân vardır. Böyle yaparsan benim yüceliğimin nurundan nasibini alırsın. Baykuşluktan çıkıp, Yakınlık Kaf'ının Anka'sı olursun" diyor.

Kendini bir dost için feda etmek kudreti Tanrı'nın kullarından bir kulda vardı. O dostu Tanrı'dan istedi. Aziz ve Celil olan Tanrı kabul etmedi ve ona: "Ben, senin onu görmeni istemiyorum." diye bir ses geldi. O Tanrı kulu ısrar etti ve yalvarmaktan vazgeçmedi; "Tanrı'm bende onun arzusunu meydana getirdin; bu bende yok olmuyor." diyordu. Nihayet ona: "Eğer onun sana görünmesini istiyorsan, başını feda et; sen yok ol, kalma, bu dünyadan git!" diye bir ses erişti. O: "Ey Tanrım razı oldum" dedi ve öyle yaptı, dost için kafasını feda etti. İşte o zaman, maksadı hâsıl oldu,

Bir günü bütün dünyanın ömrüne bedel olan kulun lütfu böyle olursa, bu lütfu yaratan Tanrı'nın böyle lütfu olmaz mı? Bu sana imkânsız görünür. Fakat O'nun fenâ bulması muhaldir. O hâlde, hiç olmazsa sen fenâ bul, yok ol.

YEDİNCİ FASIL

Sevimsizin biri geldi ve büyük bir adamın baş tarafına oturdu. Bunun üzerine Mevlâna buyurdu ki: Bunlar için çerağın üstünde veya altında bulunmanın ne farkı var? Çerağ eğer yüksekte olmak isterse, bunu, kendisi için istemez. Maksadı, bundan başkalarının faydalanmasıdır. Onlar çerağın nurundan zevk alırlar, yoksa o ister yukarıda, ister aşağıda olsun, aynı çerağdır. Ebedi güneştir. (Büyük adamlar) Onlar eğer yükseklik, makam, mevki isterlerse bu, halkın onları görecek gözleri olmadığı içindir. Onların maksatları, bu maddî ve dünyevî tuzakla, dünya ehlini avlamaktır. Böylece bu yükseklikleri uhrevî yüksekliğe yol bulmak için isterler. Mesela Mustafa (Tanrı'nın selamı onun üzerine olsun) Mekke'yi ve diğer beldeleri, kendi ihtiyacı olduğu için zapt etmemiş, belki herkese hayat bağışlamak, herkesin kalplerini nurlandırmak için zapt etmişti

"Bu el, vermeye alışmıştır, almağa alışamamıştır," (H), buyrulduğu gibi onlar halka bağışta bulunmak için halkı aldatırlar. Yoksa onlardan bir şey almak için değil.

Bir insan tuzak kurar ve yemek yahut satmak için zavallı kuşları tuzağa düşürür. Buna mekr (hile) derler. Fakat bir padişah kendi cevherinden haberi olmayan, kıymetsiz, acemi bir doğanı tutar, bileğine alıştırırsa, bundan maksadı onu şereflendirmek, ona bilgi ve terbiye vermektir. Buna hile demezler. Her ne kadar bu, görünüşte mekr ise de hakikatte aynı doğruluk ve ihsandır; taşı lal haline getirmek, ölü bir tohumu, insan yapmaktır. Akıl sahipleri bunu böyle bilirler. Hatta bundan daha fazla bir şey (Bir şeref bilirler)! Eğer doğan kendisini niçin tuttuklarını bilmiş olsaydı, o zaman, tuzağa ve taneye lüzum kalmazdı. Can ve gönülden, kendisi tuzağı arar ve şahın bileğine uçarak giderdi.

Halk onların (büyük adamların) sözlerinin dışına, görünüşüne bakıp: "Biz bu gibi sözlerden çok işittik, içimiz dışımız bu sözlerle dopdolu!" der. Onlar derler ki: *"Kalplerimiz kılıflıdır. Hayır Allah onları küfürlerinden dolayı lânete uğrattı da onlar pek az inanırlar."* (Kur'an, Sure: 2, Âyet: 88) buyrulduğu gibi kâfirler "Bizim kalplerimiz bu türlü sözlerin kılıfıdır, biz bunlarla dopdoluyuz." derler.

Ulu Tanrı onlara cevap olarak buyuruyor ki: Haşa! onlar bununla dolu değil, belki hayal, vesvese, şüphe ve şirkle, hatta lânetle doludurlar. Çünkü haklarında, belki *"Allah onlara küfürlerinden dolayı lânet etmiştir."* (Kur'an, Sure: 2, Âyet:88) buyrulmuştur. Keşke bu hezeyanlarla dolu olmasalardı! Hiç olmazsa bunu kabule lâyık olsalardı; buna bile lâyık değiller.

Ulu Tanrı onların kulaklarını, gözlerini ve kalplerini, başka bir renk görmeleri için mühürlemiştir. Bu yüzden göz Yusuf'u kurt görür, kulak başka bir ses işitir. Hikmeti saçma ve hezeyan sayar. Kalbini başka bir şekle sokmuştur ki o kalp hayal ve vesvese örtüleri altında, öylece donup kalmıştır. Bunlar hakkında; *"Allah onların yüreğine mühür vurdu, kulakları da, gözleri de perdelidir."* (Kur'an, Sure:2 Âyet: 7) buyrulmuştu. Onların kalpleri bununla dolu olmak şöyle dursun, ne onlar, ne onlarla öğünenler ve ne de onların yakınları, bütün ömürlerince bu hikmetten bir koku bile alamamışlardır. Bu, Tanrı'nın hikmeti bir testi gibidir. Tanrı onu bazılarına su ile dolu olarak gösterir. Onlar bu sudan kana kana içerler. Bazılarının dudaklarına da onu boş gösterir. Bu boş gösterdiği ve bundan bir nasip alamayan kimseler, buna nasıl şükredebilir? Tanrı'nın bu testiyi kendisine dolu olarak gösterdiği kimse şükretmelidir.

"Ulu Tanrı Âdem'i toprak ve sudan yarattığı vakit O'nu kırk günde tamam etti."(H.) Onun kalıbını tamamen yaptı. Bu zaman zarfında kırk gün, yeryüzünde kalmıştı. Lânet olası İblis yere indi ve onun kalıbına girdi. Bütün damarlarında dolaştı, seyretti ve o kanla dolu damarı, yağı ve dört hıltını görüp; "Oh! Benim, arşın ayağında görmüş olduğum ve peyda olacak olan İblis'in bu olması tuhaf değil mi? Şayet bu değilse ne garip! O İblis eğer varsa mutlaka, bu olmalıdır, işte o kadar," diyerek çekilip gitti.

SEKİZİNCİ FASIL

Atabek'in oğlu geldi. Mevlâna buyuruyordu ki: Senin baban daima Tanrı ile meşguldür. Ona imanı galip gelmiştir; bu sözünden belli oluyor. Bir gün Atabek dedi ki: Rum kafirleri: "Tatar'a kız verelim de din bir olsun ve bu yeni bir din olan Müslümanlık ortadan kalksın." diyorlar. Ben: "Bu din ne zaman bir oldu ki. Her zaman iki, üç din vardı ve onlar arasında daima savaş ve öldürmek (Kan dökmek) mevcuttu." dedim. Bunun üzerine Mevlâna buyurdu ki: Siz, dini nasıl bir yapacaksınız? Bu, ancak Kıyamette bir olur. Burası dünya olduğuna göre, bu imkânsızdır. Çünkü burada, her birinin çeşitli dileği ve isteği vardır. Burada bir olamaz ve bu, ancak kıyamette mümkün olabilir. Orada hepsi bir olur, hepsi aynı yere bakar ve bir tek kulak, bir tek dil hâline gelirler.

İnsanda birçok şeyler mevcuttur. (Mesela) Fare vardır, kuş vardır. Kuş kafesi yukarı kaldırır; fare aşağı çeker. İnsanda daha bunun gibi, binlerce çeşitli yırtıcı hayvanlar bulunur. Bunlar eğer, fare fareliğini, kuş da kuşluğunu bırakırsa, hepsi birleşir ve istenilen şey de meydana gelmiş olur. Çünkü istenen, ne yukarı ne de aşağıdır. Ve istenilen hâsıl olunca, ne yukarı ne de aşağı kalır.

Birisi bir şey kaybetmiş. Sağda, solda, önde ve arkada arıyor. Bulduğu zaman ne sağı ve solu, ne önü ne de arkayı arar. Bunların hepsi bir olur. Kıyamet gününde nazarlar birleşir. Diller, kulaklar ve duygular bir olur. Mesela on kişinin müşterek bir bahçesi veya dükkânı bulunsa, hepsinin sözleri, kaygıları bir olur ve hepsi bir şeyle uğraşırlar. Çünkü istedikleri şey bir olmuştur.

Kıyamet gününde hepsinin işi Tanrı'ya düşer. Yani hepsi Tanrı ile meşgul olur ve hepsi bunda birleşir. Bunun gibi, dünyada herkes bir işle uğraşır. Kimi kadın sevgisiyle, kimi mal toplamakla, kimi kazanmak, kimi de bilgi elde etmekle uğraşır; bunlardan birinden zevk alır ve hoşlanır. Hepsi de: "Benim dermanım, saadetim ve huzurum bundadır," der ve ona inanır. Bu da Tanrı'nın bir rahmetidir. Çünkü insan, o sevdiği şeye gider; onu arar, bulamayıp geri döner. Bir zaman bekler ve kendi kendine: "Bu zevk ve rahmet aramaya değer; belki, ben iyi arayamadım, tekrar arayayım." diye, yeniden aramaya başlar. Fakat yine bulamaz. Böylece Tanrı'nın rahmeti ona perdesiz olarak yüz gösterinceye kadar devam eder. Rahmet yüz gösterdikten sonra, bu tuttuğu yolun, gerçek yol olmadığını anlar. Fakat Tanrı'nın öyle kulları da vardır ki onlar, kıyametten evvel bu gayeye ulaşmışlardır. Şimdiden sonu görürler.

Ali (Tanrı ondan razı olsun): *"Perde kalksa da benim yakînim artmıyor."* (K.K.) buyuruyor. Yani: Bu kalıbı ortadan kaldırsalar ve kıyamet görünse de benim yakinim artmaz (demektir). Bu şunun gibidir: Mesela, farz edelim ki karanlık gecede, bir evde herkes yüzünü bir tarafa çevirmek suretiyle, namaz kılsa, gündüz olunca, yüzlerini çevirmiş oldukları yönü değiştirirler. Fakat onlar arasında gece, yüzünü kıbleye çevirmiş olan, bu hakiki yönden yüzünü çevirmez. Hem niçin çevirsin? Çünkü herkes yüzünü ona doğru çevirir. (Bu dünyada) Gece yüzlerini ona dönüp, başkasından yüz çevirmiş iseler, o halde onlar için kıyamet görünmüş ve hazır olmuştur

"Hiçbir şey yoktur ki onun hazineleri bizim yanımızda bulunmasın. Biz onu ancak muayyen bir ölçü içinde göndeririz." (Kur'an, sure: 15, Âyet:21) buyurulduğu veçhile, sözün sonu yoktur. Fakat isteyenin istediği ölçüde iner (gelir). Hikmet de yağmur gibidir ve kendi madeninde sonsuz bir durumdadır. Yalnız ihtiyaca göre yağar. Kışın, ilkbaharda, yazın ve sonbaharda bu mevsimlerin ihtiyaçlarına göre az veya çok olur. Fakat geldiği yerde, yani kaynağında bitip tükenmek bilmeyen bir hâldedir. Mesela aktarlar şekeri veya ilaçları kâğıda sararlar. Ama şeker, o kâğıda konulandan ibaret değildir. Şeker ve ilaç depoları sonsuzdur. Sonsuzluk, sınırsızlık kâğıda nasıl sığabilir?

Kur'an Muhammed'e (Tanrı'nın selam ve salâtı onun üzerine olsun) niçin kelime kelime iniyor da sure süre inmiyor, diye dedikodu yapıyorlardı. Bunun üzerine Mustafa (Tanrı'nın salah onun üzerine olsun): "Bu sersemler ne diyorlar? Eğer hepsi birden inseydi ben erirdim, kalmazdım." buyurdu.

Çünkü o, azdan çoğunu, bir şeyden birçok şeyleri, bir tek satırdan defterler dolusunu anlayabilir.

Mesela şunun gibi: Bir grup insan oturmuş (bir vakanın) hikâyesini dinliyorlar. Fakat bunlar arasında biri, hikâyenin cereyanında bulunmuş olduğundan, hikâyenin hepsini tamamen biliyor ve bir işaretle hepsini anlıyor, kızarıp bozarıyor ve bir hâlden bir hâle dönüyor. Diğerleri hikâyenin ancak işittikleri kadarını anlıyorlar; çünkü onlar vaziyetten haberdar değillerdir. Yalnız vaziyete vâkıf olan, o kadarla da pek çok şeyler anlamıştır.

Gelelim eski konumuza: Aktarın dükkânına gittiğin zaman, orada, şekerin ne kadar çok olduğunu görürsün. Fakat aktar, elinde ne kadar para getirdinse, sana onun değeri kadar şeker verir. Gümüş para burada, himmet ve inan mukabilinde, misal olarak verildi. Söz o nispette ona ilham olur. Şeker istemeye geldiğin vakit çuvalına bakarlar. Ona göre bir veya iki kile ölçerler. Ama eğer şeker almaya gelen, deve katarları ve pek çok çuvallar getirmişse, kile ölçenleri çağırmalarını emrederler. Bunun gibi adam olur ki denizlerle kanmaz, adam da olur, ona birkaç damla su kâfi gelir ve bundan fazlası ona zarar verir. Bu sadece mana âleminde ilimler ve hikmet hususunda böyle olmayıp, her şeyde bunun gibidir. Dünyada mallar, altınlar maden ocakları hep sonsuz ölçüdedir; sınırsızdır. Fakat bunlar insana değeri kadar gelir. İnsan fazlasına dayanamayarak delirir. Âşıklardan Mecnun, Ferhat ve daha başkalarını görmüyor musun? Bunlara tahammüllerinin üstünde şehvet verilmiş olduğundan, bir kadının aşkı ile dağlara ve çöllere düştüler. Baksana Firavun'a, fazlaca mal ve mülk verdikleri için tanrılık iddiasında bulundu. *"İyi veya kötü hiçbir şey yoktur ki onun bizde ve bizim hazinemizde sonsuz defineleri olmasın. Fakat biz tahammül nispetinde gönderiyoruz,"* (Kur'an, Sure:15, Âyet:21) buyrulduğu gibi, işe elverişli olanı da budur.

Evet! bu adam inançlıdır fakat, inancın ne olduğunu bilmiyor.

Ekmeğe inanan, fakat neye inandığını bilmeyen bir çocuk da böyledir. Mesela bitkilerden, gelişmekte olan bir ağaç, susuzluktan sararır ve kurur; buna mukabil susuzluğun ne olduğunu bilmez. İnsanın vücudu bir bayrak gibidir. Evvela bayrağı havada açar, sonra yalnız Tanrı'nın bildiği akıl, anlayış, öfke, kızmak, yumuşaklık, cömertlik, korku ve ümit gibi her taraftan, askerleri o bayrağın dibine gönderirler. Uzaktan bakan herkes, onu sadece bir bayrak olarak görür. Fakat yakından bakan, onda ne cevherler ne manalar bulunduğunu da müşahede eder.

Bir adam geldi. Dedi ki: "Nerede idin? Çok özlemiştik, niçin uzak düştün?" O: "Tesadüf böyle oldu." dedi. Biz de bu tesadüfün değişmesi ve ortadan kalkması için dua ediyorduk. Ayrılık yaratan tesadüf, olmaması icabeden bir tesadüftür. Evet, hepsi Tanrı'dandır, ama Tanrı'ya nispetle iyidir. Evet! doğru, hepsi Tanrı'ya nispetle mükemmeldir, iyidir; fakat bize nispetle böyle değildir. Çünkü pislik, namazsızlık, namaz, küfür, İslâm, şirk ve tevhid bunların hepsi Tanrı'nın indinde iyidir. Fakat bize göre, bu hırsızlık, ahlaksızlık, küfür ve şirk kötü, tevhide namaz ve hayrat iyidir. Ama Hakk'a nispetle hepsi iyidir. Mesela ülkesinde zindan, asmak, hi'lat, mal, mülk, raiyyet, düğün, davul ve bayrak bulunan bir padişah için bunların hepsi iyidir ve nasıl, hil'at saltanatının, kemaline alâmet olursa, darağacına çekmek, öldürmek ve zindan da aynen bunun gibidir. Padişaha nispetle hepsi kemaldir. Fakat halka göre, hil'atle darağacı nasıl aynı şey olabilir?

DOKUZUNCU FASIL

(Biri): "Namazdan daha üstün ne olabilir?" diye sordu.

1. Söylediğiniz gibi, namazın canı (ruhu), okunan namazdan daha iyidir.

2. İman namazdan daha iyidir. Çünkü namaz beş vakitte, iman ise her zaman farzdır. Namaz bir mazeretle bozulur ve borç olmaktan düşer, sonra kılmak da mümkündür. İmanın namazdan bir üstünlüğü de onun hiçbir mazeretle düşmeyişi ve sonradan kılmaya müsaade edilmeyişidir. Namazsız imanın faydası olur. Fakat imansız namazın faydası yoktur. Tıpkı münafık olan kimselerin namazları gibi.

Namaz her dinde başka türlüdür. İman hiçbir dinde değişmez. Ahvali, kıblesi ve daha bunun gibi şeyleri değişmiş olmaz. Yalnız bu farklar hakkında söylenen söz, ancak dinleyenin bundan çıkaracağı manayı talep etmesi nispetinde zahir olur. Dinleyen, hamur yoğuranın önündeki un gibidir. Söz de suya benzer. Una, kendisine elverişli olacak ölçüde su katarlar.

Şiir:
Gözüm başkasına bakıyor, ben ne yapayım? Kendi kendinden şikâyet et ki gözümün nuru sensin.

Gözüm başkasına bakar, yani senden başka bir dinleyen (Müstemi') arar. Ne yapayım? Onun nuru sensin. Nurunun senin gibi, yüz bin tane (misli) olması için, senin, seninle olmaman ve kendinden kurtulman lâzım.

Hikâye: Çok zayıf, cılız, ufak tefek bir adam vardı. Herkesin gözüne, hakir bir serçe gibi görünürdü. O kadar hakir ve çirkindi ki, hakir ve çirkin yüzlüler bile, onu görmeden evvel, kendi hâllerinden şikâyet ettikleri hâlde, onu bu kadar hakir görünce, Tanrı'ya şükrederlerdi. Buna rağmen adamcağız ulu orta konuşur, büyük büyük sözler söylerdi. Padişahın divanında memurdu. Mütemadiyen vezirin canını sıkar, o da bunları hazmederdi. Sonunda bir gün, vezirin kafası kızıp: "Ey divan ehli! Ben, bu falan kimseyi yerden kaldırdım, besledim, yetiştirdim. Bizim soframız, ekmeğimiz ve nimetlerimizle adam olup, buraya kadar geldi. Sonunda bana böyle kötü şeyler söylüyor." diye bağırdı. Çirkin adam vezirin yüzüne atılıp: "Ey divan ehli ve devletin büyük adamları, erkânı! Evet, doğru söylüyor; onun ve ceddinin nimeti ve ekmeği ile beslenip büyüdüğüm için böyle hakir ve gülünç oldum. Eğer başka bir kimsenin ekmeği ve nimeti ile büyütülüp beslenseydim, yüzüm, boyum ve değerim bundan daha iyi olurdu. O beni topraktan tutup kaldırdı. Biz, size yakın bir azabı ihtar ediyoruz. O gün her insan elinin ne yaptığını görecek ve inanmayan: *"Keşke toprak olsaydım"* diyecek, (Kur'an, Sure: 78, Âyet. 40) buyrulduğu gibi, "Keşke başka bir kimse beni topraktan kaldırmış olsaydı! Belki o zaman böyle gülünç olamazdım." dedi

Allah adamı tarafından yetiştirilen bir müridin ruhu tertemiz olup, müzevvir ve iki yüzlü bir kimse tarafından yetiştirilip, tahsil ettirilen adam ise, o cılız adam gibi hakir, aciz ve kederli olur; tereddütler içinde kalır, duyguları noksandır ve iyi çalışmaz.

"Allah müminlerin yâridir. Onları karanlıktan ışığa çıkarır. Kafirlerin yardımcıları Tağuttur. Onları ışıktan karanlığa götürürler: Bunlar ateşlik olan kimselerdir ki, daima ateş içinde kalırlar." (Kur'an, Sure:2, Âyet:257)

Nasıl ki temiz bir su, dibindeki taşlar, tuğlalar, kiremitler daha başka şeylerle üstündeki her şeyi gösterirse, insanın ruhu da insanın tabiatı ile birlikte yoğrulmuş olan bütün bilgiler ve göze görünmeyen şeyleri gösterir. Böyle altında ve üstünde olan şeyi, ona bir şey ilave etmeden ve bir şey öğretmeden göstermek, suyun yaradılışında vardır;

fakat o su, eğer toprakla veya başka renklerle karışırsa, bu özellik ve bilgileri kaybolur, ayrılır ve unutulur.

Ulu Tanrı, veliler ve nebîler gönderdi. Bunlar, büyük ve temiz sular gibidir. Tanrı'nın bundan maksadı, her bulanık ve ufacık suyun, arızî olan renginden ve bulanıklığından kurtulması, kurtulduktan sonra da kendini temiz görünce: "Ben mutlaka önce böyle temizmişim!" diye hatırlaması, o renklerin ve bulanıklığın arızî olduğunu bilmesi ve bu arızî şeylerden, önceki hâlini aklına getirmesidir. Kur'an'da sağlamlıktan sonra bozarlar. Allah'ın bitişmesini emrettiği şeyi parçalarlar. *(Kur'an, Sure: 2, Âyet: 25)* buyrulmuştur. İşte veliler ve nebîler, onlara eski hâllerini hatırlatırlar. Onun cevherine yeni bir şey katmazlar. Şimdi o büyük suyu tanıyarak: "Ben ondanım, onunum." diyen her bulanık su, ona karışmıştır. Bu suyu tanımayan, kendisinden ayrı gören ve başka cinsten bilen bu bulanık su, denizle karışmamak, denize karışmış olmaktan uzak bulunmak için, böyle renklere ve bulanıklıklara sığındı.

Kur'an'da: *"Bir sûre indirilince onlar bir birlerine bakarlar ve: Acaba bizi bir gören var mı? derler ve sonra giderler. Onlar anlamaz bir kavim oldukları için, Allah da onların kalplerini döndürdü"* (Kur'an, Sure: 9, Âyet: 128) buyrulduğu gibi büyük su küçük suyun cinsindendir. Onun nefsinden onun cevherindendir. Onu kendinden bilmemesi ve inkâr etmesi, suyun nefsinden değildir. Yalnız, suyun kötü bir arkadaşı vardır ki onun aksi suya vurur. Küçük suyun, bu büyük sudan ve denizden ürkmesinin kendi nefsinden veya bu kötü arkadaşın aksinden ileri geldiğini bilmez. Bu da iki şeyin birbirine fevkalâde karışmış olmasından ileri gelir.

Mesela toprak yiyen bir adam: "Benim bu toprağa karşı olan meylim tabiatımdan mı, yoksa tabiatımla karışmış bir hastalıktan mıdır?" diye, bunun neden olduğunu bilmez. Davayı ispat için getirilen her beyit, her hadis ve ayet iki şahit gibidir. Bu iki şahit her dava için şahitlik eder.

Mesela bir evin vakfındaki iki şahit, bir dükkânın satılmasında şahitlik eder, aynı zamanda bir nikâhta da şahit olabilir. Bunlar bulundukları her davada, o davaya göre böylece şahitlik edebilirler. Şahidin sureti bu olmalı, fakat manası başkadır. Allah sizi ve bizi faydalandırsın. *"Renk, kan rengi; fakat koku mis kokusu."* (H.),

ONUNCU FASIL

Ona: "O, sizi görmek istiyor ve keşke Hüdavendigâr'ı görseydim, diyordu," dedik.

Mevlâna buyurdu ki: O, Hüdavendigâr'ı bu saatte hakikaten göremez. Çünkü onun: "Hüdavendigâr'ı göreyim" diye arzu etmesi, Hüdavendigâr'ı görmesine mani olan bir perde idi. Bu saatte onu perdesiz, peçesiz olarak göremez. Bunun gibi insan halkın ana, baba ve arkadaşlarına, yerlere ve göklere, bağlara, bahçelere, köşklere, bilgilere, işlere, yemeklere şarap vesaire gibi, çeşitli şeylere karşı olan bütün arzu, sevgi ve şefkatlerinin hepsinin, gerçekte Tanrı'yı sevmek ve bilmek olduğunu bilir. Bunların hepsi örtüler (nikap) dir. İnsanlar bu dünyadan göçüp, o Şahı nikapsız olarak görünce, bunların hepsinin perdelerden ibaret olduğunu ve gerçekte istediklerinin yalnız o bir şey olduğunu görür ve anlarlar. Bu suretle bütün güçlükleri hâlledilir ve içlerindeki her türlü soruların ve müşküllerin karşılığını duyarlar, istedikleri şeyi açıkça görürler. Tanrı, her güçlüğe birer karşılık vererek cevaplandırmaz; bir tek cevap vermek suretiyle, bütün soruları açıklar ve cevaplandırır. Böylece bütün müşküller hâlledilir. Mesela kışın her insan soğuktan elbiselere ve kürklere sarınır; bir tandıra ve sıcak bir kovuğa sığınır. Bunun gibi ağaç, ot ve daha başka bitkiler de soğuktan zarar görmemek için varlarını, yoklarını içlerine alıp saklarlar. Baharın gelmesi onların cevaplarını verir ve bütün ölü, diri ve bitki hakkındaki çeşitli soruları bir anda hâllolur. Bu sebepler ortadan kalkınca, hepsi baş gösterir ve o belanın neyi gerektirdiğini bilirler. Tanrı bu örtüleri bir sebebe dayanarak yaratmıştır. Tanrı'nın Cemâl'i nikapsız olarak görünürse, biz bunu görmeye tahammül edemeyiz ve ondan nasibimizi alamayız. Bu nikaplar vasıtasıyla yardım görüyor, fayda elde ediyoruz. Bu gördüğün güneşin ışığı vasıtasıyla yürüyoruz; görüyoruz; iyiyi kötüden ayırıyoruz ve ısınıyoruz. Ağaçlar, bağlarda onun sayesinde meyve sahibi oluyorlar. Olmamış, ekşi ve acı meyveler, onun sıcaklığı ile olgunlaşıp tatlılaşıyorlar.

Altın, gümüş, lâl ve yakut madenleri, onun tesiri ile meydana çıkar. Vasıtalarla bize bu kadar fayda veren bu güneş, eğer bize biraz daha fazla yaklaşacak olursa, hiç bir fayda vermeyeceği gibi hatta, bütün dünyayı ve insanları yakar, kavurur. Ulu Tanrı dağa perdeyle tecelli ettiği zaman, dağ güllerle doluyor, yemyeşil oluyor, süsleniyor. Hâlbuki perdesiz tecelli edince, dağ alt üst ve paramparça olur. (Bunun için) Ulu Tanrı buyurdu ki: *"Ey Musa! Ben seni mümtaz kıldım. Sana verdiğimi al ve mazhar olduğun nimete şükredenlerden ol."* (Kur'an, Sure: 7, Âyet: 144)

Biri: "Sanki kışın da aynı güneş mevcut değil mi?" diye sordu. Bunun üzerine Mevlâna buyurdu ki, Bizim burada maksadımız bir örnek vermektir. Orada ne deve, ne de koyun vardır; Ayrı bir mesel, ayrı bir misal bulunur. Akıl onu cehd ile anlayamaz; bununla beraber ceht göstermekten de geri kalmaz, Eğer cehdini terk edecek olursa artık akıl sayılmaz. Akıl, anlamış ve anlayış kabiliyetini hâiz olmamasına rağmen, her zaman gece gündüz Yüce Tanrı'yı anlayış ve kavrayışta düşünmekten, çalışıp çabalamaktan müstarip olan ve kararsız bulunan şeydir. Akıl pervâne, sevgili de mum gibidir, Her ne kadar pervâne kendini muma çarptıkça yanar ve yok olursa da, asıl pervâne, zarar gördükçe, yandıkça ve eleme uğradıkça, mumun ışığından ayrılmayandır. Eğer pervâne gibi bir hayvan olsa, mumun ışığından şikâyet etmese ve kendini o ışığa çarpsa, o da bizzat pervâne olur. Pervâne kendini mumun ışığına çarptığı hâlde yanmazsa, o mum da mum sayılmaz. İşte bunun için bir insan halk ile ilgilenmez, halktan şikâyet eder ve bir cehd göstermezse o, insan değildir. Hakk'ı anlasa, kavrayabilse de onun anladığı idrak ettiği Hak, Hak değildir. Şu hâlde insan, çalışıp çabalamadan geri duramayan, cehdle dolu olan ve Tanrı'nın yüceliğinin nuru etrafında kararsız, huzursuz bir hâlde dolaşan kimsedir. Hak ise insanı yakar, yok eder ve hiçbir akla sığmaz, hiçbir akılla anlaşılmaz.

ON BİRİNCİ FASIL

Pervâne dedi ki: "Hüdavendigâr bana yüzünü göstermeden önce Mevlâna Bahâeddin özür diledi ve Mevlâna: Emir bizim ziyaretimize gelmesin ve rahatsız olmasın; çünkü bizim birçok hâllerimiz vardır. Bir hâlde konuşuruz, başka bir hâlde susarız, bir hâlde insanlarla ilgileniriz, başka bir hâlde yalnız kalırız, bir hâlde de hayret ve istiğrak içinde bulunuruz. Allah korusun! Emir böyle bir hâldeyken gelir de hatırını soramayız, ona vazedip, onunla konuşmaya hâlimiz elvermez.

Bunun için dostlarla meşgul olmaya, onlara fayda vermeye durumumuz elverişli olduğu zaman, bizim gidip onları görmemiz daha iyi olur, diye karar verdi." dedi.

Emir, Mevlâna Bahâeddin'e: "Mevlâna benimle meşgul olsun, benimle konuşsun, diye gelmiyorum; Sadece müşerref olup kulları ve müritlerinden olmak için geliyorum. Mesela bu sırada olanlardan biride şudur: (Bir gün) Mevlâna meşguldü, bana yüzünü göstermedi. Geç vakte kadar beni beklettikten sonra savdı. Mevlâna bunu bana, Müslümanlar ve iyi insanlar kapıma geldikleri zaman, onları bekletir ve çabuk çevirmezsem, aynı şekilde ağır bir hareket olduğunu bilmem için yaptı ve başkalarına karşı böyle hareket etmemem için, bunun acılığını tattırdı. Beni bununla terbiye etti," cevabını verdi. Bunun üzerine Mevlâna buyurdu ki: Hayır, sizi beklettikten sonra savmamız, size karşı olan inâyetimizdendi. Hikâye ederlerdi ki: Ulu Tanrı, "Ey benim kulum! Senin ihtiyacını ve dileğini, yalvarmanla, dua etmenle çabucak yerine getirdim; fakat senin yalvarış ve inleyişinin sesi hoşuma gidiyor, işte daha çok ağlayıp inlemen, ve sesini daha çok duymam için dileğini yerine geç getiriyorum." buyuruyor. Mesela adamın evinin kapısına iki fakir geldi. Biri hoşa giden, sevimli ve beğenilen bir tip, öbürü ise, tamamen bunun aksine, çirkin ve sevimsiz. Ev sahibi uşağına: "O sevimsiz olanına bir parça ekmek ver de hemen kapımızdan uzaklaşsın." der. Sevimli olanına ise: "Daha ekmek pişirmediler. Pişip gelinceye kadar bekle." diye vaatte bulunur.

Canım, dostları daha fazla görmek, onlara doya doya bakmak ve onların da, şimdiye kadar birçok dostların görmüş oldukları gibi, bende, kendi cevherlerini güzel güzel seyretmelerini istiyor. Bu dünyada birbirlerini iyice tanıdıklarından, o dünyada haşr olunca yine birbirlerini çabucak tanıyıp bilmeleri ve: "Biz, dünya evinde beraber bulunuyorduk." demeleri ve birbirleriyle güzelce anlaşıp, bağlanmaları gerekir. Bir insan dostunu çabuk kaybeder. Mesela, görmüyor musun bu dünyada biriyle dost oluyorsun, ahbaplık ediyorsun. O senin gözünde tıpkı Yusuf gibi oluyor. Buna rağmen çirkin bir hareketle hemen senin gözünden düşüyor. İşte o zaman onu kaybetmiş oluyorsun. Onun Yusuf gibi olan yüzü, kurt hâline geliyor ve sen Yusuf gibi görmüş olduğun dostunu, şimdi bir kurt şeklinde görüyorsun. Yüz değişmemiş olmakla beraber, bu arızî hareketle onu kaybettin. Yarın bir başka haşr meydana gelir ve bu zat başka bir zata dönerse, onu iyice tanımadığın ve zatına iyiden iyiye varid olmadığın için, nasıl tanıyacaksın? Sözün kısası birbirini iyice görmek ve her insanda eğreti, olarak bulunan iyi ve kötü sıfatlardan geçerek, özüne varmak ve iyiden iyiye görmek lâzımdır. İnsanların birbirlerine verdikleri bu vasıflar, onların aslî vasıfları değildir. Bir hikâye anlatmışlardır Bir adam: "Ben falan kimseyi iyi tanırım onun bütün sıfatlarını size sayarım!" dedi. Ona: "Buyur anlat!" dediler. Adam: "O benim çobanımdı ve iki kara öküzü vardı." dedi. İşte bunun gibi halk da: "Falan dostu gördük, onu tanıyoruz." derler. Gerçekten verdikleri her örnek, o adamın, birisini iki siyah öküzü olmasıyla tarif etmesi hikâyesine benzer. Hâlbuki bu, o kimsenin alâmeti olamaz ve bu alâmet hiçbir işe yaramaz. İşte bir insanın iyisini, kötüsünü bırakıp, onun şahsiyetinin aslına nüfuz etmek lâzımdır ki bakalım, o kimsenin nasıl bir cevher ve özü vardır, anlaşılsın. İşte görmek ve bilmek böyle olur. Ben halkın: "Veliler ve âşıklar bu mekânı bulunmayan, sureti olmayan benzersiz ve niteliksiz olan âleme, nasıl âşık oluyor ve ondan yardım görüyor, kuvvet alıyor ve onun tesiri altında kalıyorlar?" demelerine şaşıyorum. Onlar, nihayet gece gündüz o niteliksiz âlemdedirler. Başka birini seven bir kimse, ondan yardım görüyor ve bu yardımı, lütfu, ihsanı, bilgiyi ve düşünceyi, sevinci ve kederi ondan alıyor. Bunların hepsi ise âlem-i lâ mekân dadır. Hiç kimse, zaman zaman bu manalardan yardım gördüğü ve tesir altında kaldığı vakit, buna hayret etmiyor da: "Evliya ve âşıklar âlem-i lâ mekâna nasıl âşık olurlar ve ondan nasıl yardım görürler?" diye hayret ediyor.

Bir feylesof, bu maneviyatı inkâr ediyordu. Bir gün hastalandı. Elden, ayaktan düştü. Hastalığı uzadı. Ruhanî bir hakîm onu yoklamaya gitti ve: "Ne istiyorsun?" diye sordu, O: "Sağlık" karşılığını verdi. Ruhanî hakîm: "Bu sağlığın şeklini, vasıflarını, nasıl olduğunu söyle ki ben de sana bulayım." dedi. O: "Sağlığın şekli (sureti) yoktur. O niteliksizdir." dedi. Bunun üzerine hakîm: "O halde mademki sağlık niteliksiz bir şeydir, onu nasıl istersin? Böyle deyinceye kadar sağlığın ne olduğunu söylesene." cevabını verince, hasta: "Şunu biliyorum ki sağlık gelince kuvvetleniyorum, şişmanlıyorum, rengim pembeleşiyor, kendimi genç ve neşeli hissediyorum." dedi. Hakîm: "Ben senden sağlığın kendisinin, zatının ne olduğunu soruyorum." cevabını verdi. Hasta: "Bilmiyorum, o niteliksizdir." dedi. Hakîm: "Eğer Müslüman olur, mezhebinden dönersen, seni iyileştiririm, sıhhatli yaparım, sana sağlık bağışlarım" dedi.

Mustafa'ya (Tanrı'nın selam ve salâtı onun üzerine olsun): "Bu manalar niteliksiz olmakla beraber suretler vasıtasıyla onlardan faydalanmak mümkün müdür?" diye sordular. O: "İşte yerin ve göğün sureti, bu suret vasıtasıyla sen o küllî manadan fikir edin, faydalan." buyurdu.

Feleğin dönmesi ile kâinat üzerindeki tasarrufu ve bulutların tam vaktinde yağmur yağdırması, yazın ve kışın zamanın değişmesini görüyorsun. Bunların hepsi bir hikmete ve sevaba dayanır. Bu cemâd olan bulut vaktinde yağmur yağdırmanın gerekli olduğunu ne bilir? Bu bitkiyi kabul edip, bir yerine on veren toprağı da görüyorsun. Bunları bir kimse yapıyor. İşte sen asıl onu gör. Bu âlem vasıtasıyla, bu işleri yapanı talep et ve ondan yardım iste. İnsanın suretinden onun manasını nasıl anlatıyorsan, âlemin sureti vasıtasıyla da manasından haberdar ol.

Peygamber mest olup, kendinden geçtiği zaman konuşmaya başlar ve: "Allah dedi." derdi. Zahiren onun dili böyle söylüyordu ve o arada yoktu. Bunu söyleyen gerçekte Tanrı idi. Çünkü o daha önceden, kendinin böyle bir sözü bilmediğini, bundan haberi olmadığını görmüştü. Şimdi böyle bir söz söyleyince, kendisinin daha önceki kimse olmadığını ve bunun Tanrı'nın tasarrufundan ibaret bulunduğunu bilir.

Mustafa, (Tanrı'nın selam ve salâtı ona olsun) kendisinin vücuda gelmesinden binlerce yıl önce yaşamış ve göçüp gitmiş olan insanlardan ve nebîlerden, yaşadığı zamanın sonuna kadar dünyanın ne olacağından, arş ve kürsîden hâlâ ve melâ'dan haber veriyordu.

Onun varlığı dün'e aitti, bu haberleri muhakkak ki sonradan var olan varlığı vermiyordu. Sonradan var olan (Hadîs) bir şey, eskiden var olandan (Kadim) nasıl haber verebilir? Binaenaleyh bunları onun söylemediği Tanrı'nın söylemiş olduğu anlaşıldı. *"Çünkü O, arzu ile de söz söylemez. Sözü ancak vahyolunan vahiyden başka değildir."* (Kur'an, Sure: 53, Âyet:3,4.) buyrulmuştur.

Tanrı her türlü ses ve harften münezzehtir. O'nun sözü, ses ve harfin dışındadır. Fakat sözünü istediği her harf, her ses ve her dilden çıkarır. Mesela yollar üzerinde ve kervansaraylarda, her havuz başına taştan bir adam veya kuş yapıp koymuşlardır. Bunların ağzından su akıp havuza dökülür. Akıllı insanların hepsi o suyun, bu taştan yapılmış kuşun ağzından gelmeyip, başka bir yerden geldiğini bilirler. Bir insanı tanımak istersen, onu konuştur; sözünden, onun ne olduğunu anlarsın. Mesela bir adam yankesici olsa ve biri ona: "Bir insanı sözünden anlarlar." dese, o, polisin kendisini tanımaması için hiç konuşmaz. Şu hikâyede buna benzer: Küçük bir çocuk çölde annesine: "Anne, bana gece karanlıkta şeytan gibi korkunç bir karartı görünüyor. Çok korkuyorum." dedi. Annesi ona: "Korkma, o karartıyı gördüğün zaman cesaretle yüzüne doğru atıl. O vakit bunun hayal olduğa belli olur." dedi. Çocuk: "Ah anneciğim! Eğer o karartıya da annesi böyle tavsiye etmişse o zaman ben ne yaparım? Ve ona: Konuşma ki görünmeyesin, dediyse, ben onu nasıl tanırım?" dedi. Annesi: "Onun yanında konuşma, kendini ona bırak ve bekle, belki ağzından bir söz çıkar. Eğer onun ağzından bir söz çıkmazsa, ister istemez senin ağzından bir şey çıkabilir. Yahut senin kalbinde bir söz veya düşünce hâsıl olabilir. İşte bu söz veya düşünceden, onun durumunun ne olduğunu anlarsın. Çünkü o sende bir fikir bırakmıştır. Senin içinde doğan o söz ve fikir onun düşünce ve durumunun aksidir." dedi.

Şeyh Muhammed Sererzî (Tanrı'nın rahmeti onun üzerine olsun) müritleri arasında oturmuştu. Müritlerden birinin canı kelle kebabı istedi. Şeyh: "Buna kelle kebabı lâzım, getiriniz." diye işaret etti. Ona: "Şeyh onun kelle kebabına ihtiyacı olduğun nereden bildiniz?" dediler. O: Otuz seneden beri benim için gerekli olan hiçbir şey kalmamıştır. Kendimi bana gereken şeylerin hepsinden temizledim, hepsinden münezzehim. Ayna gibi temiz ve parlak oldum. Şimdi ise aklıma kelle kebabı geldi, canım istedi ve bu benim için lüzumlu bir şey hâlini alınca, bunun falana ait olduğunu bildim. Çünkü aynanın kendisi saf ve şekilsizdir. Orada bir şekil belirirse bu, başkasının şeklidir." dedi.

Bir aziz, maksadının hâsıl olması için çileye girmişti. Ona: "Böyle yüksek bir arzu çile ile hâsıl olmaz. Çileden çık ki büyük bir adamın nazarı sana düşsün ve bununla arzuna kavuşasın" diye gaipten bir ses geldi. O: "Bu büyük adamı ben nerden bulayım?" deyince, ses ona: "Camide" cevabını verdi; aziz: "O kadar insanın arasında ben onu nasıl tanıyayım? Hangisi olduğunu ne bileyim?" dedi. (Ses): "Git o seni tanır, sana bakar, sana bakmasının alâmeti, elindeki ibriğin düşmesi ve kendinden geçmendir. İşte o zaman sana baktığını anlarsın." dedi.

Aziz öyle yaptı, ibriğini doldurdu ve camideki cemaate sakalık etmeye başladı. Cemaatin safları arasında dolaşırken birden bire, kendine bir hal oldu. Ah! deyip yere yıkıldı, ibrik elinden düştü. Baygın bir halde caminin bir köşesinde kaldı. Bütün cemaat oradan gitmişti. Kendine geldiği zaman yapyalnız olduğunu ve kendine bakan şahsın orada olmadığım gördü. Fakat maksadına ermişti.

Tanrı'nın öyle kulları vardır ki Tanrı onları kıskandığı ve çok büyük oldukları için görünmezler, fakat onlar talipleri, (gerçeği arayanları) maksatlarına eriştirirler. Onlara bağışlarda bulunurlar. Bu gibi büyük padişahlar nadir ve nazlı olurlar.

Biz ona dedik ki: "Sizin yanınıza geliyorlar mı?" O: Bizim Onumuz, yanımız kalmadı; zaten ne zamandan beri yoktu. Eğer geliyorlarsa o inandıkları, tasavvur ettikleri mevhum varlığa geliyorlar. İsa'ya (Selam onun üzerine olsun): "Senin evine geliyoruz." Dediler. O: "Bizim bu dünyada evimiz nerede, ne zaman evimiz vardır ki" cevabını verdi.

Hikâye: Rivayet ederler ki İsa (Selam onun üzerine olsun) kırda dolaşıyordu. Şiddetli bir yağmur yağmaya başlayınca o da bir mağara köşesinde bulunan karakulağın yuvasına, yağmur dininceye kadar birazcık sığındı. Vahiy geldi ki: "Karakulağın yuvasından çık. Çünkü yavruları senin yüzünden rahat edemiyorlar. İsa: "Ey Allah'ım! Karakulağın bu dünyada sığınacak yeri var, benim yok."(H.) "Karakulağın yavrularının sığınağı olduğu hâlde, Meryem'in oğlunun ne sığınağı ne yeri ne de evi ve makamı var." diye feryat etti.

Hüdavendigâr buyurdu ki: Karakulağın yavrusunun bir evi varsa da onları, böyle bir azizin evlerinden dışarı sürmesi doğru olmaz. Senin ise böyle bir evden atanın var. Evin yoksa da böyle bir evden çıkaranın lütfü ve sana ait olan böyle bir hil'âte mazhar olmak şerefi, seni dışarı çıkarıyor. Bu ise yüz binlerce yere, göğe, dünya ve ahirete, arş ve kürsüye bedeldir; belki de daha fazladır. Hatta onları geçmiştir. O hâlde niçin korkacaksın?

Buyurdu ki: Emir geldi ve biz hemen ona görünemedik. Bundan onun kırılmaması gerekir. Çünkü onun bu ziyaretten maksada bizim nefsimizi mi yoksa kendini mi yükseltmekti? Eğer bizim nefsimizi yükseltmekse daha fazla oturup bizi beklemesi lâzımdı; bu suretle bizi daha çok taziz etmiş olurdu, fakat maksadı, kendisini ağırlamak ve sevap kazanmaksa, beklediğinden ve beklemek zahmetine katlandığından dolayı, onun sevabı daha çok olur. İşte bunun için her ne maksatla gelmişse, o maksadı fazlasıyla hâsıl olmuş olduğundan sevinmeli ve memnun olmalıdır.

ON İKİNCİ FASIL

"Bu, kalpler birbirini görürler."(M.) sözü herkesin dilinde dolaşan bir şeydir; hikâyeden ibarettir. Fakat bu hikâye onlara keşf olunmamıştır. Yoksa: "Mademki kalp şahadet etmektedir, söze ne lüzum vardı, sözün şahadetine ihtiyaç var mıydı?" derler mi?

Emir Naîb: "Evet kalp şahadet eder; fakat gönlün ayrı bir hazzı, kulağın ayrı bir hazzı, gözün ayrı bir hazzı ve dilin de ayrı bir hazzı olduğundan, bunların faydalarından daha fazla istifade etmek için, her birine ayrıca ihtiyaç vardır." dedi.

(Mevlâna) buyurdu ki: Eğer gönül istiğrak hâlinde bulunursa, her şey onunla mahvolur ve dile muhtaç olmaz. Leyla rahmanî değil, cismanî ve nefsî idi. Toprak ve sudan meydana gelmişti. Fakat onun aşkında böyle bir istiğrak mevcut olduğundan, Mecnun'u öyle kapladı ve öyle batırdı ki artık onun Leyla'yı görmek için göze ve sözünü işitmek için sese muhtaç değildi. Esasen Leyla'yı kendinden ayrı görmüyordu ki...

Şiir:
(Senin hayalin benim gözümdedir. İsmin ağzımda, zikrin kalbimdedir. O hâlde nereye mektup yazayım?)

Şimdi cismanî olan bir kimsede böyle bir kudret var mıdır ki kendini bundan uzak görsün ve görme, duyma, koklama, tat alma vesaire, gibi bütün duyguları onda gark olsun? O şekilde ki artık onun organları başka bir lezzet aramasın. Bütün bu lezzetleri bir yerde toplanmış ve hazır olarak bulsun. Eğer bu söylediğim organlardan biri, tam bir haz alırsa, diğer organların hepsi bu zevk ve lezzette gark olurlar, başka bir lezzet istemezler. Bu duygulardan birinin bundan başka bir zevk istemesi, o bir tek organın tamamen lezzetten nasibini alamadığına ve noksan bir lezzet aldığına delalet eder. Her hâlde o lezzette gark olmadığından diğer duyguları başka bir lezzet arar ve çeşitlilik isterler. Her duygusu ayrı bir lezzet almak ister. İnsandaki duygular, mana bakımından bir ve toplu, görünüşte ayrı ayrıdır. Bir organda istiğrak hâsıl olunca diğer duygular onda gark olurlar. Mesela bir sinek uçtuğu vakit kanatları, başı ve bütün parçaları hareket eder. Fakat bala batınca, bütün parçaları birleşir ve hiç hareket etmez. İstiğrak o hâldir ki, bu hâlde olan kimse, arada yok olur ve onun hiçbir hareketi, gayreti ve işi kendisinden meydana gelmez. Tamamen suyun içine batmış ve suda kaybolmuş olur. Ondan görülen her hareket ve iş kendinden olmayıp, suyun işidir. Eğer hâlâ suda elini ayağını çırpıp duruyorsa buna gark olmuş denilemez. Yahut; "Ah battım!" diye bağırıp çağırırsa buna da istiğrak demezler. *"Ben Allah'ım"* (Ene'l-Hak) (K.K.) demeyi insanlar büyüklük iddia etmek sanıyorlar. "Ben Hakkım" demek büyük bir alçak gönüllülüktür. Bunun yerine, "Ben Hakk'ın kuluyum, kölesiyim" diyen, biri kendi varlığı, diğeri Tanrı'nın varlığı olmak üzere iki varlık ispat etmiş olur. Halbuki "Ben Hakk'ım" diyen, kendi varlığını yok ettiği için, "Ene'l Hak" diyor. Yani, "Ben yoğum, hepsi O'dur; Tanrı'dan başka varlık yoktur. Ben sırf yokluğum ve hiçim." Bu sözde alçak gönüllülük daha fazla mevcut değil midir? İşte bu yüzden halk bunun manasını anlamıyor. Bir adam Tanrı'ya, sırf Tanrı'nın rızası için kulluk ederse, onun kulluğu açıktır. Tanrı için olsa da kendini, kendi işini ve Tanrı'yı görüyor. Böyle bir kimse suya batmış olamaz; suya batmış, artık hiçbir hareketi ve fiili kalmayıp, hareketi suyun hareketi olmuş olan kimseye derler.

Bir aslan bir ceylanın arkasından gitti. Ceylan aslandan kaçıyordu. Ortada iki varlık vardı. Biri aslanın varlığı, biri ceylanın varlığı. Fakat aslan ona yetişince, ceylan aslanın pençesi altında kahroldu ve aslanın heybetli görünüşünden aklı başından gitti; varlığı yok oldu; kendini kaybetti ve onun önüne yığılıp kaldı. Bu anda yalnız aslanın varlığı mevcuttur ve ceylanın varlığı artık yok olmuştur.

İstiğrak Yüce Tanrı'nın evliyayı kendisinden korkutması ve korkunun Hak'tan, güvenin Hak'tan, sevinç ve eğlencenin Hak'tan, yemek ve uykunun Hak'tan olduğunu ona keşfettirmesidir. Yalnız bu, halkın aslan, kaplan ve zalimlerden korkmasına benzemeyen bir korkudur.

Ulu Tanrı ona uyanık ve gözü açıkken mahsus olan bir şekil gösterir; bu, ya aslan, ya kaplan veya ateş şeklidir. Tanrı ona bunu, bu gördüğün aslan, kaplan veya ateş şekli, bu âlemden olmayıp gayb âleminin şekilleridir, musavver olmuştur, demesi ve gerçeğin onca belli olması için gösterir. Bunun gibi kendi suretini büyük bir güzellik içinde bağlar, bahçeler, nehirler, huriler, köşkler, yiyecek şeyler, şaraplar, hil'atlar, Burak'lar, şehirler, evler ve türlü türlü acayiplikler hâlinde gösterir. O veli bunların gerçekten bu âlemden olmadığını bilir. Tanrı onları onun gözüne gösterir; ona tasavvur ettirir ve böylece onda korkunun Tanrı'dan olduğu yakîni hâsıl olur. Güven Tanrı'dandır. Bütün rahatlıklar ve müşahedeler O'ndandır. İşte bu yüzden onun bu korkusu, halkın korkusuna benzemez. Çünkü bunlardan görünen Allah'tır, fakat bu tespit olunamaz. Tanrı, hepsinin kendisinden olduğunu ona açıkça göstermiştir. Filozof bunu bilir, fakat delil ile bilir. Hâlbuki delil daimî değildir ve delilden meydana gelen güzelliğin, zevkin ömrü kısadır, bâkî olmaz. Sen ona delili gösterinceye kadar, kendini memnun olmuş ve taptaze hissettiği hâlde, delili anlattıktan sonra, biraz önce duyduğu hararet ve memnunluk kalmaz. Yani bir davacıya, delil söyleyinceye kadar, o dava hoş, yeni ve hararetli gelir. Fakat delil gösterdikten sonra bütün bunlar kaybolur. Mesela bir adam delille bu evi bir yapan olduğunu bildiği gibi, yine bir delille evi yapan ustanın gözü olduğunu, kör olmadığını, kudretli olup aciz olmadığını, var olup yok olmadığını, diri olup ölü olmadığını ve bu ev yapılmadan önce mevcut olduğunu delille bilir. Fakat bütün bunları bildiği hâlde, delil devamlı olmadığı için, çabucak hepsini unutur. Yalnız ârif olanlar, evi yapanı tanıdıkları, ona hizmet ettikleri ve onu "ayne-l yakîn" ile gördüklerinden, onunla beraber yiyip içtiklerinden, kaynaştıklarından evi yapan usta, hiçbir zaman onların gözlerinin önünden gitmez ve tasavvurlarından kaybolmaz. İşte bu yüzden böyle bir kimse Hak'ta yok olur. Artık onun için günah, günah sayılmaz ve suç, suç olmaz. Çünkü o Tanrı'ya yenilmiş ve O'nda yok olmuştur.

Bir padişah kölelerine: "Misafir geliyor. Her biriniz elinize birer kadeh alınız." diye emretti ve kendine en yakın olan kölesine de: "Bir kadeh al" emrini verdi. O köle, padişahın yüzünü görünce kendinden geçti, başı döndü ve kadeh elinden düşüp kırıldı. Bunu gören diğer köleler: "Demek ki böyle yapmak lazım!" diyerek, bile bile kadehleri yere attılar. Padişah hepsini: "Niçin böyle yaptınız?" diye payladı. Onlar: "En yakınınız olan köle de böyle yaptı." cevabını verdiler. Padişah: "Ey aptallar! Onu ben yaptım, o yapmadı." dedi. Bu yapılan hareketlerin hepsi, görünüşte birer günahtır. Fakat bu bir kölenin yaptığı bizzat tâatti. Hatta bütün günahların ve sevapların üstünde idi. Onların hepsinden maksat o köle olup, diğer köleler padişahın buyruğu idiler. Bunun için padişahın o kölesinin buyruğu sayılırlardı. Çünkü o köle padişahın aynıdır. Kölelik onda suretten başka bir şey değildir ve o padişahın güzelliği ile dolmuştur.

Ulu Tanrı: *"Sen olmasaydın felekleri yaratmazdım."* (HK.) buyuruyor. (Bu aynı zamanda), "Ben Hakk'ım" demektir. Yani, felekleri kendim için yarattım." (demek) başka bir dil ve başka bir işaretle "Ben Hakk'ım" demektir. Büyüklerin sözleri eğer yüz türlü olsa, mademki Hak ve yol birdir öyle ise, söz iki olamaz. Her ne kadar görünüşte iki söz birbirine benzer ve uygun görünmese de mana bakımından bir olur. Ayrılık görünüştedir. Mana itibarıyla hepsi birleşmiştir. Mesela bir emir çadır dikilmesini emretse, biri ip büker, biri çivi yapar, biri bez dokur, biri diker, biri yıkar, biri iğne geçirir. Bütün bu hareketler görünüşte türlü türlü ve ayrı ayrı iseler de mana bakımından birdirler. Çünkü bunların hepsi bir iş yapıyor, demektir. Bu dünyanın ahvaline de dikkatle bakarsan aynen böyledir. Hepsi Tanrı'nın kulluğunu yapar. Tanrı'ya karşı gelen fâsık, salih, karşı koyan, itâat eden, şeytan ve melek, hepsinin Tanrı'ya kulluk ettikleri görülür. Mesela bir padişah kölelerinden sebatlı olanı olmayandan, vefa göstereni, vefasızdan ayırmak, sözünde duranı, sözünde durmâyandan üstün kılmak için, türlü türlü sebep ve vasıtalarla onları denemek, sınamak ister. (Bunlardan) sebatlı olanın olmayandan meydana çıkması için, vesveseli, heyecanlı birine ihtiyaç vardır. Eğer (bunlar) olmazsa, onun sebatı nasıl anlaşılır? O hâlde vesveseli ve heyecanlı (olan) padişahın köleliğini yapar. Böyle yapmasını padişah istemiştir. Tanrı sebatlı olanı, olmayandan ayırdetmek için bir rüzgâr gönderdi. Bununla sivrisineği ağaçtan ve bağdan uzaklaştırmak ister. Böylece sivrisinek gidip sabit olan kalır.

Bir Melik (adamlarından) hain olanın ve kendisine güvenilebilenin ortaya çıkması için cariyesine: "Kendini süsle ve git benim kölelerime göster." diye emretti. Her ne kadar cariyenin bu hareketi görünüşte günah gibi görünürse de gerçekte, sadece padişahın kulluğunu yerine getirmektir.

Bu Tanrı erleri kendilerinin bu âlemde Tanrı'nın kulluğunu iyi veya kötü olarak yerine getirdiklerini, Tanrı'nın tâatıyla meşgul olduklarını delilsiz, hatta perdesiz ve örtüsüz olarak gördüler. Bu hususta Kur'an'da: *"Yedi gök ile yer ve bunların bütün içindekiler, O'nun şanını tenzih ederler. Hiçbir şey yoktur ki O'na hamd ederek şanını tenzih etmesin. Fakat siz onun (Zât-ı Kibriya'yı) tesbih ve tenzih etmesini anlayamazsınız. Yüce Tanrı hiç şüphe yok ki hâlimdir, bağışlayandır."* (Kur'an, Sure: 17, Âyet: 44.) buyrulmuştur. Binaenaleyh onlar için bizzat bu dünya kıyamet sayılır. Çünkü kıyametin manası, herkesin Tanrı'nın kulluğunu yerine getirmesi ve başka bir iş ile meşgul olmamasından ibarettir. Onlar bu manayı, *"Perde kalksa da yakînim artmaz"* (K. K.) sözünde olduğu gibi, bu âlemde görüyorlar.

Âlim (Bilgin) kelimesinin manası, lügatte âriften daha üstün ve daha manalıdır. Çünkü Tanrı'ya âlim denilir. Fakat ârif demek caiz değildir. Ârifin manası, bilmezken sonradan öğrenmiş kimse, demektir ve bu da Tanrı hakkında söylenmemelidir. Fakat örf ve adet bakımından kullanılışına göre manası çoktur. Çünkü ârif, örf ve adet gereğince, âlemi delilsiz olarak, gözü ile görmüş ve muayene etmiştir. İşte örfte ârif böyle olan kimseye derler. Âlimin yüz zahitten iyi olduğunu söylerler. Âlim yüz zahitten nasıl iyi olabilir? Nihayet bu zahit de ilimle zahit olmuştur. İlimsiz züht mümkün olamaz.

Züht nedir? Dünyadan yüz çevirmek, tâat ve ahirete teveccüh etmektir. Bunun için, onun dünyayı, dünyanın çirkinliklerini, sebatsızlığını ve ahiretin güzelliklerini, sebatlı, bâkî oluşunu bilmesi gerekir. Mesela: Nasıl itâat edeyim ve ne gibi bir tâatte bulunayım? diye çalışması ve cehd göstermesi hep ilimdir. Öyleyse ilimsiz züht olamaz. Bu itibarla o zahit, hem âlim hem de zahittir. Ve bu, bir âlim yüz zahitten iyidir sözü gerçektir.

Bu yukarda adı geçen ilim ve zühtten başka bir ilim daha vardır ki o, Tanrı'nın zatına mahsus olan bir ilimdir. İşte bu ikinci ilim o züht ve ilmin bir semeresidir. İkinci bir ilme de sahip olan böyle bir âlim, yüz zahitten değil, yüz bin zahitten daha üstün olur. Tanrı bunu dilediğine verir. Bu şunun gibidir: Mesela bir adam bir ağaç dikse, ağaç meyve verse, bu meyve veren bir tek ağaç, meyve vermeyen yüz ağaçtan daha iyidir. Çünkü belki diğer ağaçlar meyve veremezler. Vermelerine engel olan birçok afetler olabilir.

Kâbe'ye ulaşmış bir hacı, henüz, çölde ulaşmak için dolaşan ve erişip erişemeyeceğinden şüpheli olan hacılardan daha iyidir. (Kâbe'ye ulaşan) hacı hakikate ermiştir. Bir hakikat ise yüz şüpheden evlâdır. Emin-i Naîb: "Erişmeyenin de ümidi vardır." dedi. Mevlâna buyurdu ki: Ümitli olanla erişen arasında, korku ile güven arasındaki kadar büyük bir fark mevcuttur. Bu farkı söylemeye ne lüzum var? Onu herkes bilir. Bahis konusu olan güvendir. Güvenden güvene de pek büyük farklar vardır. Mesela Muhammed'in (Tanrı'nın selam ve salâtı onun üzerine olsun) diğer nebîlerden üstünlüğü, bu güven bakımındandır. Yoksa bütün nebîler güven içinde olup korkudan kurtulmuşlardır. Fakat Kur'an'da: *"Tanrı'nın rahmetini onlar mı dağıtıyorlar? Bu dünya hayatında onların maişetlerini aralarında dağıtan, birini diğerine iş gördürmek için, birinin derecesini diğerinden üstün kılan biziz. Tanrı'nın rahmeti onların bütün topladıkları yığınlardan hayırlıdır."* (Kur'an, Sure 43, Âyet: 32.) buyrulduğu gibi, güvende de birtakım dereceler vardır. Yalnız, korku ve korkunun dereceleri hakkında bir alâmet gösterilebilir; güvenin derecelerinin ise alâmeti yoktur. Herkes Tanrı'nın yolunda ne sarfediliyor diye korku âlemine bakılırsa, kiminin vücudunu, kiminin malını ve canını feda ettiği, kiminin oruç tuttuğu, kiminin tutmadığı görülür. Biri on rekat, biri yüz rekat namaz kılar. Binaenaleyh bunların menzilleri tasavvur edilebilir ve muayyendir. Göstermek de mümkün olur. Bu tıpkı, mesela Konya'dan Kayseri'ye kadar olan Kaymaz, Obruk, Sultan vesaire gibi menzillerin belli oluşu gibidir. Fakat Antalya'dan İskenderiye'ye kadar olan deniz menzillerinin alâmeti yoktur. Onu ancak kaptanlar bilirler ve kara ahalisine bundan bir şey söylemezler. Esasen onlar da bunu anlamazlar.

Emir: "Böyle söylemenin de bir faydası olur. Onlar hepsini bilmeseler ve birazını bilseler, onu anlar ve tahmin ederler." dedi. Mevlâna buyurdu ki: Evet, farz edelim bir kimse gündüze ulaşmak azmiyle karanlık bir gecede uyanık kalsa, gündüze nasıl gidileceğini bilmese de, mademki gündüzü beklemektedir, ona yaklaşır. Yahut bir kimse bir kervanın arkasına takılıp gitse, nereye geldiğini, nereden geçtiğini ve ne kadar yol aldığını bilmez. Fakat gün doğunca bu gitmenin faydasını görür ve bir yere ulaşır. Her kim Tanrı uğruna iki gözünü kaparsa, onun bu zahmeti ziyan olmaz ve *"O'nun için her kim zerre ağırlığınca hayır işlerse onu görecektir."* (Kur'an, Sure: 99, Âyet: 7) Yalnız insanın içi karanlık ve perdeli olduğundan, ne kadar ilerlediğini şimdi göremez, sonunda anlar.

"Dünya ahiretin tarlasıdır."(H.) buyrulduğu gibi, insan burada ne ekerse orada, onun ürünlerini toplar.

İsa (Selam onun üzerine olsun) çok gülerdi. Yahya (Selam onun üzerine olsun) çok ağlardı. Yahya İsa'ya: "Sen Tanrı'nın ince hilelerinden güven içinde bulunduğundan mı böyle gülüyorsun?" deyince, İsa: "Sen de Tanrı'nın ince, lâtif ve garip lütuflarından haberin olmadığı için mi bu kadar ağlıyorsun?" dedi. Tanrı'nın velilerinden bu hadisede hazır bulunan bir veli, Tanrı'dan: "Bu ikisinden hangisinin makamı daha yücedir?" diye sordu. *"Bana iyi niyet besleyen daha üstündür."* (H.K) cevabı erişti. *"Ben kulumun beni zannettiği yerdeyim."*(H.K) Yani, ben kulumun zannının bulunduğu yerdeyim, demektir. Her kulun içinde benim bir hayalim ve suretim vardır. O beni nasıl tahayyül ederse, ben o hayaldeyim. Ben (Tanrı'nın bulunduğu) o hayalin bendesiyim. Hakk'ın bulunmadığı gerçekten sıkılırım. Ey benim kullarım! Hayallerinizi temizleyiniz ki orası benim makamım ve yerimdir.

Şimdi sen kendini dene ve gülmekten, ağlamaktan, oruç ve namazdan, (halvet) yalnızlık ve beraberlikten, bunun gibi daha başka şeylerden hangisi sana daha faydalı ve hangi yoldan senin durumun daha çabuk düzelir ve bunlar arasından hangisi senin ilerlemeni daha çok sağlarsa, sen o işi yap. Müftüler her ne kadar fetva verseler de sen âlimin vereceği fetvaya bak. Senin içinde bir mana mevcuttur. Git bunu göster ki kendine uygun olanı seçip alsın. Mesela bir doktor, hastanın yanına geldiği zaman, onun iç doktorundan sorar. Senin içinde bir doktorun vardır ve bu da senin mizacındır. Bir şeyi ya kabul eder, yahut etmez. Bunun için dışardan gelen doktor: "Falan şeyi yediğin zaman nasıl oldun? Kendini hafif mi, ağır mı hissettin. Uykun nasıldı?" diye ondan sorup, içindeki doktorun verdiği bilgiye göre, bir teşhis kor. İşte bunun için esas olan o iç doktorudur. Yani insanın mizacıdır. Bu doktor zayıflayıp mizaç bozulunca, zafiyetten birçok şeyleri tamamen aksine görür ve yanlış araz gösterir. Şekere acı, sirkeye tatlı der. Bu bakımdan hasta kendisine (iç hekimine) yardım etmesi ve mizacının evvelki hâline gelmesi için, harici bir doktora muhtaç olmuştur. Bundan sonra o, kendini yine kendi doktoruna gösterir ve ondan direktif alır. Bunun gibi insanın öyle manevî bir mizacı vardır ki o zayıflayınca, iç duygularının söylediği ve gördüğü her şey aksine olur. Veliler bu mizacın iyileşmesi ve dinin kudret bulması için yardım eden doktorlardır. Çünkü Peygamber bile: *"Bana eşyayı olduğu gibi göster"*,(H.) diye Tanrı'ya yalvarmıştı.

İnsan büyük bir şeydir ve içinde her şey yazılıdır, fakat karanlıklar ve perdeler bırakmaz ki insan içindeki o ilmi okuyabilsin. Bu perdeler ve karanlıklar, bu dünyadaki türlü türlü meşguliyetler, insanın dünya işlerinde aldığı çeşitli tedbirleri ve gönlün sonsuz arzularıdır.

İnsan bu kadar perdeler olmasına rağmen, yine bir şey okuyabiliyor ve o bilgiden haberli olabiliyor. Şimdi bak, insan bu karanlıklar ve perdeler kalksa artık neler öğrenmez ve neler bilmez ve kendiliğinden ne türlü bilgiler ortaya çıkarmaz? Bu terzilik, mimarlık, marangozluk, kuyumculuk, müneccimlik, doktorluk ve daha başka sanatlar, sayısız işler hep insanın içinden meydana gelmiş, taştan ve kesekten hâsıl olmamıştır. İnsana, ölüyü mezara gömmesini bir karganın öğrettiğini söylerler. Bu da insandan kuşa aksetmiştir, ona bunu insanın arzusu yaptırmıştır. Hayvan, insanın bir parçası değil midir? O halde parça bütününe nasıl öğretebilir? Mesela bir adam sol eliyle yazı yazmak ister; kalemi eline alır, kalbi kuvvetli olmasına rağmen, yazarken eli titrer, fakat yine kalbinin emriyle yazar.

(Bazıları): "Emir geldiği zaman, Mevlâna büyük ve mühim sözler söylüyor." (dediler.)

(Mevlâna) buyurdu ki: (Emir gelince) söz kesilmiyor, çünkü o söz ehlidir ve daima sözü çeker. Söz de ondan ayrılmak istemiyor. Mesela kışın eğer ağaçlar yapraklanmaz ve meyve vermezlerse, onların çalışmadıklarını zannetme, her zaman çalışırlar. Yalnız kış, biriktirme, yaz ise harcama zamanıdır. Herkes harcananı görür, fakat biriktirileni görmez. Mesela bir adam ziyafet verip masraf etse, hepsi bunu görür. Ama bu ziyafet için, o azar azar biriktirdiği şeyi kimse görmemiştir. Esas olan biriken (gelir) dir. Harcanan (gider) bundan meydana gelir. Kendisine bağlı olduğumuz bir kimse ile zaman zaman konuşuruz. Onunla biriz, bağlıyız. Sustuğumuz, konuştuğumuz zaman, o varken veya yokken, hatta dövüşürken bile onunla beraberiz. Kaynaşmış ve birbirimize karışmışız. Mesela birbirimizi yumruklasak bile, yine onunla konuşuruz. Daima bir ve birbirimize bağlı olduğumuzdan, sen o birbirimize vurduğumuz yumruğu, yumruk olarak bilme, onun içinde üzüm vardır, inanmazsan aç, bak, orada ne kadar değerli mücevherler olduğunu göreceksin.

Başkaları da nazımla veya nesirle incelikler, hakayık ve mârifetler (maarif) söylüyorlar. Hâlbuki Emir'in meyli, alâkası bize doğrudur. Yoksa maarif, dekayık ve vaazlar için değil. Çünkü her yerde bu bilgiler ve inceliklerden vardır ve bizdekinden de az değildir. Şu hâlde onun beni sevmesi, beni görmek istemesi, bunlardan ötürü değildir. O bende, başkalarında olmayan bir şey görmektedir; başkalarında gördüğü şeyden tamamen ayrı bir nur görüyor. Rivayet ederler ki: Bir padişah Mecnun'u çağırıp ona: "Sana ne oldu ve neyin var da kendini böyle rüsva ettin? Aileni terk ettin, harap oldun. Leyla da ne oluyor, sanki ne güzelliği var? Gel sana güzelleri, sevimlileri göstereyim, onları sana feda edeyim, bağışlayayım." dedi. Mecnun ve güzelleri bir araya getirip ona gösterdiği vakit Mecnun başını önüne eğip boyuna yere bakıyordu. Padişah: "Hiç olmazsa başını kaldır da bak." diye onu azarladı. Mecnun: *"Korkuyorum, Leyla'nın aşkı kılıcını çekti, eğer başımı kaldırırsam, başımı uçuracak"* dedi.

O Leyla'nın aşkına öyle dalmıştı ki Leyla'dan başkasına bakmak onun için öldürücü bir kılıçtı. Başka güzellerin de gözleri, dudakları ve burunları vardı. Onda ne görmüştü ki bu hâle gelmişti?

ON ÜÇÜNCÜ FASIL

(Mevlana): Sizi görmeyi çok istiyoruz, yalnız halkın işleri ile uğraştığınızı bildiğimiz için, zahmet vermek, rahatsız etmek istemiyoruz. dedi. O (Pervâne): "Bu bize düşerdi. Dehşet geçti. Bundan sonra ziyaretinize geliriz." dedi. Bunun üzerine Mevlâna buyurdu ki: Fark yok, hepsi bir demektir. Sıkıntılarla nasılsınız? Sizde o lütuf var ki hepsi bir oluyor; hayırlar ve iyi işlerle uğraştığınızı bildiğimizden tabii daima size müteveccihiz.

Şimdi şundan bahsediyorduk; Mesela bir adamın geçindirecek kimseleri (evlat ve iyâli) olsa, bir başkasının da olmasa, olandan alıp, bu olmayana verirler. Görünüşe bakanlar: "Çoluğu çocuğu olandan alıp olmayana veriyorsun." Derler. Hâlbuki iyice bakarsan, çoluk çocuk sahibi bizzat odur. Bunun gibi gönül ehli ve cevher sahibi olan biri, bir adamı dövüp onun kafasını, ağzını, burnunu kırsa, herkes dövülenin mazlum olduğunu söyler. Gerçekte döven mazlumdur. Zalim, hiçbir hayırlı ve faydalı iş yapmayan kimsedir. O dayak yiyen ve kafası kırılan zalim, bu döven hiç şüphe yok ki mazlumdur, Çünkü bu cevher sahibidir ve Tanrı'da fani olmuştur.

Onun yaptığı her şey Tanrı'nın yaptığıdır. Tanrı'ya zalim demezler. Mesela Mustafa (Tanrı'nın selam ve salâtı onun üzerine olsun) öldürdü, kan döktü ve yağma etti. Bütün bunlara rağmen onlar zalim, o ise mazlumdu. Yine mesela cevher sahibi Mağripli Mağrip'te ikamet etmektedir. Bir şarklı Mağrip'e geldi. Garip olan o Mağripli'dir. Fakat şarktan gelen niçin garip olsun? Çünkü bütün âlem bir evden fazla bir şey değildir. O sadece bu evden o eve gitmiş yahut evin şu köşesinden bu köşesine geçmiş demektir. Fakat nihayet hepsi bu evde değildir ve o cevher sahibi olan Mağripli eve dışardan gelmiştir. Peygamber, *"İslâm garip olarak zuhur etti."*(H.) diyor. Hâlbuki "Şarktan gelen gariptir." Dememiştir. İşte bunun gibi Mustafa, (Tanrı'nın selam ve salâtı onun üzerine olsun) bozguna uğrayınca da, bozguna uğrattığı zaman da mazlumdu. Çünkü her iki durumda da hak onun elindedir. Mazlum, haklı bulunan kimsedir. Mustafa'nın esirlere yüreği yandı. Ulu Tanrı onun hatırı için, ona vahiy gönderdi ve esirlere: "Siz şimdi bu zincirler ve bağlar içinde bulunduğunuz hâlde bile, eğer hayır dilerseniz, Yüce Tanrı sizi bu durumdan kurtarır ve elinizden giden şeyleri, size tekrar verir, hatta fazlasıyla bile!"

"Rıdvan ve Gufran ahirette bulunan iki hazinedir. Biri sizin elinizden çıkmış olan, öbürü ise ahiretin hazinesidir." de buyurdu.

Bir kimse: "Kul bir amel işlediği zaman tevfik ve hayır bu amelden mi hâsıl olur, yoksa bu Tanrı'nın atâsından mıdır" diye sordu. (Mevlana) buyurdu ki: Tanrı'nın bakışı ve tevfikidir. Yalnız Ulu Tanrı pek çok lütufkâr olduğundan onu kula isnat eder ve her ikisi için de: "Bu her ikisi de sendendir." buyurur.

"Bir kimse, kendileri için işlediklerinin karşılığı olarak göz aydınlığı olmak üzere saklanmış olan nimetleri bilemez." (Kur'an, Sure 32, Âyet: 17)

(Soruyu soran): "Mademki Tanrı'nın böyle bir lütfü vardır. O hâlde her kim arzu eder ve gerçek bir talepte bulunursa maksadına erer mi, istediği olur mu?" dedi. (Mevlâna) buyurdu ki: Fakat bu bir başsız (yani mürşidsiz) olmaz. Musa (Tanrı'nın selamı onun üzerine olsun) Tanrı'ya itaat ettiği zaman Tanrı denizde onun için yollar peyda etmiş, Musa ve ahalisi, denizden toz koparıp geçmişler, fakat karşı koymaya başlayınca, falanca çölde senelerce kalmışlardır. İşte o zaman önder onları düzeltmeye uğraşır ve ona bağlı olup olmadıklarına, itaat edip etmediklerine bakar. Mesela birkaç asker bir emirin hizmetinde bulunur ve onun buyruklarım yerine getirirlerse, emir de aklını onların işinde kullanır ve onların iyiliği için çalışır. Fakat itaat etmezlerse, aklını onların ihtiyaçlarını temin için niçin kullansın? Akıl insanın vücudunda bir emir gibidir. Mademki vücut raiyetleri ona bağlıdır, o hâlde bütün işler yolunda gidecektir. Fakat eğer ona itaat etmezlerse hepsi bozulur. Görmüyor musun ki sarhoşluk başa vurunca, bu elden, ayaktan ve vücut raiyetlerinden ne yolsuzluklar meydana geliyor ve ertesi gün ayıldığı, kendine geldiği zaman, "Ah! ben ne yaptım, niye vurdum, niçin küfrettim?" diyor. Binaenaleyh önderi olan ve köylüleri, o öndere uyan, bağlı bulunan köyün işleri, her zaman yolunda gider. Akıl da, ahali kendi emri altında bulunduğu zaman onların işlerini düzeltmeye çalışır. Mesela: "Gideyim!" diye düşündüğü zaman, ayak emrinde olmalıdır ki gidebilsin; yoksa gitmeyi düşünmez. Böylece akıl vücutta emir olup, diğer varlıklar ki bunlar da halktır, hepsi kendi akıllarına, bilgilerine görüş ve bilişlerine rağmen, o veliye nispetle sırf vücut sayılırlar ve akıl onlar arasında velidir. Eğer halk akla itaat etmezse onların durumu daima perişanlık ve pişmanlık içindedir. Gerektiği gibi mûtî olurlarsa, onun her yaptığına itaat eder, kendi akıllana başvurmazlar. Çünkü belki kendi akıllarıyla onu anlayamazlar. İşte bunun için ona baş eğmeleri gerekir. Mesela küçük bir çocuğu terzi dükkânına verdikleri zaman çocuğun ustasına itaat etmesi lâzımdır. Usta ona ilinti verirse ilintilemeli, teğel alması lâzım gelirse teğel almalıdır. İşte terzilik öğrenmek istiyorsa kendi tasarrufunu bırakıp, ustasının emri altına girmelidir. Yüce Tanrı'dan sırf onun inâyetinin eseri olan yüz bin zahmet ve riyazetten daha üstün bulunan inâyet istiyoruz.

"*Bin aydan hayırlıdır. Kadir gecesi.*" (Kur'an, Sure: 97, Âyet:3) ile "*Tanrı tarafından olan bir cezbe, bütün insanların ibadetlerinden daha hayırlıdır.*"(H.) sözü birdir. Yani bir işte O'nun inâyeti hâsıl olursa, insan, yüz bin defa çalışmaktan hâsıl olan işi meydana getirir. Daha fazla çalışması iyidir, hoştur, faydalıdır, ama onun inâyeti yanında ne değeri olabilir?

(Biri): "İnâyet gayret verir mi ?" diye sordu. O dedi ki: Niçin vermesin? İnâyet gelince, gayret de gelir. İsa (On'a selam olsun) ne gibi bir gayret gösterdi de beşikte: *"Ben Allah'ın kuluyum. Bana kitap verildi."* (Kur'an, Sure: 19, Âyet: 30.) dedi. Buyurdu ki; "Tanrı'nın Elçisi Muhammed de çalışmadan mı (bu makama vâsıl) oldu?" (O şu cevabı verdi); "Ulu Tanrı gönlünü (göğsünü) Müslümanlığa açtığı için..."[81] Fakat asıl olan fazldır. Bir insan içinde bulunduğu dalaletten kurtulursa, bu sırf Hakk'ın fazlı ve atâsıdır. Yoksa onunla beraber olan diğer yarana bu hâl niçin vaki olmamıştır? O fazl ve mükâfattan sonra bir ateş kıvılcımı gibi sıçrayan bu hâl peyda olur. İlk önce çıkan kıvılcım atâdır. Fakat pamukla kıvılcımı besler ve ateşini artırırsan, bundan sonra fazl ve ceza (karşılık) hâsıl olur.

Bir insan, Kur'an'da: *"Zaten insan da zayıf yaratılmıştır."* (Kur'an, Sure:4, Âyet: 28) buyrulmuş olduğu gibi başlangıçta ufak ve zayıftır, fakat o zayıf ateşi beslerseniz bir âlem olur, cihanı yakar; o küçük ateş büyür ve muazzam bir şey olur. Bu hususta Kur'anda: *"Sen en yüksek ahlâk üzeresin."* (Kur'an, Sure: 68, Âyet: 4) buyrulmuştur.

"Mevlâna sizi pek çok seviyor" dedim. Buyurdu ki: Ne benim ziyaretim, ne de konuşmam bir dostluk nispetindedir. Ben aklıma geleni söylüyorum. Tanrı isterse bu azıcık sözü de faydalı kılar ve göğüslerinizin içine yerleştirir. Bundan fevkalâde büyük faydalar hâsıl eder. Tanrı istemezse, yüz bin söz söylenmiş de olsa, bunların hiçbiri kalbinizde yer etmez, geçip gider ve unutulur. Mesela bir ateş kıvılcımı bir elbiseye düşünce, Tanrı isterse kıvılcım büyür, tutuşur; istemezse yüz kıvılcım da düşse, söner ve hiçbir tesir yapmaz.

"Göklerle yerin orduları Tanrı'nındır." (Kur'an, Sure: 48, Âyet: 4) Bu sözler, Tanrı'nın ordusudur. Tanrı'nın komutasıyla kaleleri alırlar. O, eğer binlerce askere: "Gidin, falan kaleye görünün, fakat almayın." buyursa, onlar da böyle hareket ederler, Bir tek atlıya da: "O kaleyi zapt et!" dese, bu tek atlı kale kapışını açar ve kaleyi zapteder. Tanrı sivrisineği Nemrud'a musallat ve onu helâk etti. *"Ârifin indinde bir para ile altın ve aslan ile kedi eşittir."*(K.K.) denildiği gibi, eğer Ulu

---

81 "Allah kimin göğsünü İslam'a açmışsa, artık o, Rabbinden bir nur üzerinedir, (öyle) değil mi? Fakat Allah'ın zikrinden (yana) kalpleri katılaşmış olanların vay haline. İşte onlar apaçık bir sapıklık içindedirler." (Kur'an, Sure: 39, Âyet: 22)

Tanrı isterse, bir para, bin dinarla yapılacak işi görür; hatta daha fazlasını. Bin dinardan bereketi kaldırsa, bu bir paranın göreceği işi göremez. Nemrud'a sivrisineğin yaptığı gibi, eğer insana bir kedi musallat etse, onu yok eder; fakat öldürmek istemezse, aslanı bile musallat etse aslan ondan korkar, yahut onun eşeği olur. Mesela, dervişlerden bazısı aslana binerler.

Tanrı, ateşin İbrahim'i (Ona selam olsun) yakmasına izin vermediğinden, ateş İbrahim için soğuk bir madde ve güvenilir bir yer oldu; yeşillik, güllük gülistan hâline geldi. Ârifler bütün bunların Tanrı'dan olduğunu bildikleri için, onların indinde hepsi eşittir. Tanrı'dan ümit ederiz ki siz de bizim bu sözlerimizi candan dinleyesiniz. Sözün faydası işte budur. İçerde bulunan hırsız yardım edip kapıyı açmadıkça, dışardan gelen hırsız kapıyı açamaz. Bunun gibi içerden bir kabul ve tasdik eden olmadıkça, bin söz söylesen de faydası olmaz. Mesela bir ağacın kökünde içten gelme bir nemlilik, canlılık olmasa, sen ona bin selin suyunu döksen yine faydasızdır. Evvela kökünde içten gelme bir ıslaklık ve dirilik olmalıdır ki suyun ona yardımı dokunsun.

(Bu dünyada) eğer yüz binlerce nur görseler de nurun aslından başkasına değer vermezler. Bütün âlemi nur kaplamış olsa, gözde bir nur olmadıkça, hiçbir zaman o nuru göremez. Bunda esas olan nefisdeki o kabiliyettir. Nefis başka, ruh başkadır. Görmüyor musun ki nefis insan uykuda iken, nerelere gider. Halbuki ruh vücutta kalır. Dolaşan nefistir ve başka bir şey olur.

(Biri): "Ali'nin *Nefsini bilen Tanrıyı da bilir'* dedikleri bu nefis midir" diye sordu.

O: Bu nefistir, denilse bunu da yabana atmamak lâzımdır. Biz eğer o nefsi anlatırsak, bunu anlayacaktır. Çünkü o, bu nefsi bilmiyor, dedi. Mesela eline küçük bir ayna alsan, ayna iyi, büyük veya küçük de gösterse aynı şey olur. Bu söylemekle anlaşılır şey değildir. Söylemekle ancak bu kadar olur. Onda bir şüphe meydana gelir. Bizim dediğimiz şudur: Bir âlem vardır, biz onu aramalıyız. Bu dünya ve dünyada olan güzel, hoş şeyler insanın hayvanlık tarafının nasibidir. Hayvanlığını kuvvetlendirir. Esas olan insanlık tarafı ise, günden güne eksilir. İnsan konuşan bir hayvandır, derler. O hâlde (O) iki şeyden ibarettir. Bu dünyada onun hayvanlık tarafının yiyeceği, bu şehvet verici şeyler ve arzulardır. Özünün, yani insan olan tarafının besini ise bilgi, hikmet ve Tanrı'nın cemâlidir. İnsanın hayvanlık tarafı Hak'tan, insanlık tarafı ise dünyadan kaçmaktadır. *"O sizi yarattı kiminiz kafir, kiminiz mümindir."* (Kur'an, Sure: 64, Âyet: 2) Bu vücutta iki şahsiyet daima savaşmaktadır. Bakalım talih kimin yüzüne gülecek ve kime yâr olacaktır! Hiç şüphe yok ki bu dünya kıştır. Cemâdata niçin cemâd diyorlar? Hepsi cansız ve donmuş olduğu için. Bu dağların, taşların büründükleri varlık elbisesi tamamen donmuş ve cansızdır. Mademki bir kış yoktur, o hâlde onlar niçin donmuş ve cansızdırlar? Âlemin manası mücerrettir. Göze görünmez; yalnız tesiri vasıtasıyla anlaşılır. Bu âlem, onda her şeyin donmuş ve cansızlaşmış olduğu bir kış mevsimi gibidir. (Fakat bu) nasıl bir kıştır? (Bu) aklî bir kıştır, hissî delildir. O ilahî hava esince, tıpkı temmuzun sıcağında, bütün donmuş, cansız şeylerin erimesi gibi, dağlar da erimeye başlar ve âlem su olur. Kıyamet günü de o hava gibidir, zuhur edince hepsi erir. Yüce Tanrı bu kelimeleri bizim askerimiz yapar. Düşmana karşı koymak ve düşmanı yok etmek için sizin etrafınıza bir set çekerler. Fakat esas içerdekiler düşman olur, dışarıdakiler bir şey değil. Ne olabilir? Görmüyor musun, o kadar binlerce kâfir bir tek kâfirin esiridir. Ve o hepsinin padişahıdır. Nefs-i kâfir de düşmanların esiridir. O hâlde anladık ki burada rol oynayan düşüncedir. Böyle zayıf, bulanık bir düşünceye binlerce kişi, hatta âlem esir olursa, sonsuz düşüncelerin bulunduğu yerde, onun büyüklüğü arazındır. Bu cevheri arazdan istersen, ararsan ayıp olur. İlmi gönülden arayan kimseye ağla; aklı canından ayıran kimseye gül. Mademki arazdır, arazla kalmamak gerekir. Çünkü bu cevher misk torbası gibidir. Dünya ve dünya zevkleri, lezzetleri de misk kokusuna benzer. Bu koku araz olduğu için kalmaz. Her kim bununla yetinmeyip, bunu aramayıp da miski ararsa iyi eder; fakat her kim misk kokusu ile kanaat ederse kötüdür. Çünkü elinde kalmayacak bir şeye el atmıştır. Koku, miskin sıfatıdır. Bu dünyada misk bulundukça, koku da vardır. Fakat misk örtüye bürünür ve yüzünü başka bir dünyaya çevirirse, o zaman bu koku ile yaşayanlar ölürler; koku miskle beraber bulunduğundan, kokunun gittiği yere giderler. İşte bu yüzden talihli olan insan, bu koku kendisine gelen ve onun aynı olan kimsedir. Bundan sonra misk o insan için artık yok olmaz. Esasen miskin zatında bâki kalır ve aynen misk olur. Sonradan bu âleme koku ulaştırır. Dünya ondan hayat bulur. Onda kendisinden sadece eski ismi kalmıştır. Mesela, bir at veya bir hayvan tuzlukta çürüyüp tuzlaşsa, onda allıktan, isimden başka bir şey kalmamış, tuz denizi olmuştur. Bu adın onun işine ve tesirine ne zararı olabilir? Onu tuz olmaktan alıkoyamaz. Tuz madenine de başka bir ad taksan tuzluktan çıkar mı? Çıkmaz, işte bunun için insanın, Tanrı'nın nuru ve aksinden başka bir şey olmayan bu dünya zevklerinden ve güzelliklerinden geçmesi ve bu kadarla yetinmemesi lâzımdır. Her ne kadar bu Tanrı'nın lütfu ve güzelliğinin nuru ise de ölümsüz değildir. Onun ölümsüzlüğü Tanrı'ya nispetledir, halka nispetle değil; tıpkı güneşin evlerde parlayan ışığı gibidir. Bu evleri aydınlatan ışık, her ne kadar güneşin ışığı ve nuru ise de güneşe bağlı ve onunla beraberdir. Güneş batınca o ışık ve aydınlık da kalmaz. Ayrılık korkusu kalmaması için güneş olmak lâzımdır. Bir amel bir de ilim mevcuttur. Bazı kimselerin ameli vardır, fakat ilmi yoktur. Bazılarının da ilmi vardır, ama ameli yoktur. Eğer bir kimsede bu her ikisi birden bulunursa, o tam ve başarılı bir insan olur. Bunun benzeri aynen şöyledir: Mesela, bir adam yol yürüyor, fakat bunun gideceği yol olup olmadığını bilmeden, körü körüne yürüyor. Sonunda karşısına mamur bir yer çıkıyor veya bir horoz sesi duyuyor. (Biri de) yolu bilerek yürüyor, bir alâmete, nişana ihtiyacı olmuyor. Hakikatte iş bunun dininden geliyor. Nerede öteki adam ve nerede bu. O hâlde ilim her şeyden üstündür.

ON DÖRDÜNCÜ FASIL

Peygamber (Ona selam olsun): "Gece uzundur onu uyku ile kısaltma; gündüz parlaktır, onu günahlarınla karartma" dedi. Gece Tanrı'ya sırlarını söylemek, yalvarmak için uzundur. İnsan dostları ve düşmanları tarafından hiç rahatsız edilmeden Tanrı ile baş başa kalır. Kalbinin tesellisini arar ve bulur. Yüce Tanrı amellerin gösterişten korunması ve sırf kendine ait olmasını temin için, geceyi bir perde olarak çekmiştir. Karanlık gecede de gösterişe düşkün olan adam, samimi olandan, yani yalnız Tanrı için ibadet edenden ayrılır. Gösteriş için yapan kepaze olur. Her şey gece ile örtülür, gündüz açığa çıkar, ikiyüzlü adam ise gece ile kepaze olur, kendi kendine: "Mademki beni kimse görmüyor o hâlde kim için ibadet edeyim?" der. Ona: "Biri görüyor, fakat sen, seni göreni görecek bir insan değilsin." derler. Seni öyle bir kimse görüyor ki, herkes O'nun kudretinin elinde bulunur ve insanlar acze düştükleri zaman onu çağırırlar. Dişleri, kulakları, gözleri ağrıdığı, suçlandırıldıkları, korktukları ve kendilerini güven içinde hissetmedikleri zaman, hepsi gizlice O'nu çağırır ve O'nun işittiğine dileklerini yerine getireceğine inanırlar. Uğradıkları belayı uzaklaştırmak, sağ kalmak, hastalıktan kurtulmak için, gizli gizli sadakalar verir ve O'nun bunları kabul ettiğine, yahut kabul edeceğine inanırlar, güvenirler. Fakat Tanrı onlara yeniden sağlık bağışladığı ve rahata kavuştukları zaman, o güven gider, tekrar hayal kurmağa başlar ve: "Ey Tanrı'mız o ne hâldi? Zindan köşesinde bin "Kulhüvallah" ile, usanmadan seni sadakatle çağırıyorduk ve sen dilediğimizi bağışladın. Şimdi, bu zindan dışında da, içinde olduğumuz gibi yine sana muhtacız. Bizi bu karanlık âlemin zindanından çıkar. Nebîlerin âlemine ulaştır. Bize şu zindandan kurtulduğumuz ve dertten halâs olduğumuz andaki ihlâs niçin gelmiyor da bunun yerine yüz bin türlü hayal hâsıl oluyor? Bu hayallerin fayda verip vermeyeceği de belli değil. Bunların tesiri insanda tembellik ve usanç yaratıyor. O hayalleri yakan, güven, kesinlik nerede?" diye Ulu Tanrı'ya yalvarırlar. Ulu Tanrı bunlara karşılık olarak buyuruyor ki: Benim bundan maksadım sizdeki hayvanî nefistir; bu ise benim ve sizin düşmanınızdır. *"Benim düşmanımı da sizin düşmanınızı da dost edinmeyin."* (Kur'an, Sure: 60, Âyet: 1) Bu düşmanı her zaman mücahade zindanında tutunuz. Çünkü o, zindanda bela ve sıkıntı içinde oldukça, ihlâsınız yüz gösterir ve kuvvet bulur. Dişin ve başın ağrıyınca, bir şeyden korkunca, Tanrı'ya karşı içinde bir riyasızlık, ihlâs meydana geldiğini bin defa denediğin halde, niçin vücudun rahatına bağlanıp kaldın? Her zaman ona bakmakla, onu beslemekle uğraşıp durdun? İpin uçunu kaçırmayın; daima nefsin istediği şeyleri yerine getirmezseniz, ebediyen muradınıza erer ve bu karanlık zindandan kurtulursunuz. Bunun için Kur'an'da: *"Tanrı'sının huzurunda suçlu durmaktan korkarak nefsini süflî heveslerden alıkoyan için hiç şüphe yok ki varılacak yurt cennettir."* (Kur'an, Sure: 79, Âyet: 40-41) buyrulmuştur.

ON BEŞİNCİ FASIL

Şeyh İbrahim dedi ki: "Seyfeddin Ferah birini döverken, kabahatini başkalarına anlatır, bunun üzerine onlarda dövmeye başlarlar ve böylece hiç kimse, o adamı kurtarmak için şefaatte bulunmazdı."
Mevlâna buyurdu ki: Bu âlemde gördüğün her şey, öteki âlemde de aynen böyledir. Bu dünyada bulunanlar belki öbür dünyanın birer örneğidir ve bunları oradan getirmişlerdir. Bunun için Kur'an'da: *"Hiçbir şey yoktur ki onun hazineleri bizim yanımızda bulunmasın, biz onu ancak belli bir ölçü nispetinde göndermiş oluruz."* (Kur'an, Sure: 15, Âyet: 21) buyrulmuştur. Bir dükkânda, kepçeyi tablaların ve çeşitli devaların üzerine korlar ve her ambardan bir avuç şey, mesela bir avuç biber, bir avuç sakız gösterirler. Ambarlar doludur; fakat onun kepçesine bundan fazlası sığmaz. Bunun için insan tıpkı kepçeye veya bir attar dükkânına benzer. Dükkândaki tabaklara veya kutulara, bu dünyadan kendine uygun olan bir ticaret yapması ve işitmekten bir parça, konuşmaktan bir parça, akıldan bir parça, bilgi ve cömertlikten bir parça vermek suretiyle, bir kazanç elde etmesi için, Tanrı'nın sıfatlarının hazinelerinden avuç avuç veya azar azar koymuşlardır. O hâlde insanlar Tanrı'nın seyyar satıcılığını yapıyor, gece gündüz tablaları dolduruyorlar ve sen onunla bir kazanç elde edeceğin yerde, kaybediyorsun. Gündüz boşaltıyorsun, gece onu tekrar dolduruyor ve seni kuvvetlendiriyorlar. O âlemde türlü türlü gözler ve nazarlar vardır. Sana onlardan bir örnek gönderdiler ve bununla onu görmeni istiyorlar. Görmek, senin bu görmenden ibaret değildir. Fakat insan bundan fazlasına tahammül edemez. Bu sıfatların hepsi bizim, (Tanrı'nın) indimizde sonsuzdur, yalnız onları muayyen bir ölçüde sana göndeririz. Düşün bir kere, bu kadar asırdan asıra, binlerce insan gelip geçti ve hepsi bir tek denizde boğuldular. Sen şimdi onun böyle olması için nasıl bir ambar olduğuna bak. Her kim bu denizin ne kadar geniş olduğunu bilirse, onun kalbi, o tabladan o kadar soğur ve onu o kadar küçümser, öyle ise âlemin bu darphaneden çıkmış olduğunu ve yine oraya döneceğini kabul etmelisin. *"Çünkü Biz Allah'ınız ve Allah'a dönücüyüz,"* (Kur'an, Sure: 2, Âyet: 156) buyrulmuştur.

"İnnâ", yani bizim bütün parçalarımız oradan gelmiştir, Oradan bir örnektir. Ve tekrar O'na dönerler; bu, küçük, büyük ve hayvanlar için de hep böyledir. Yalnız bu tablada daha çabuk görünür ve o olmadan belli olmaz. Sebebi, o âlemin lâtif olup, göze görünmemesidir. Buna şaşmamak lâzımdır. Mesela, bahar rüzgârı esince, onun güzelliğini ağaçlarda, yeşilliklerde, gül bahçelerinde ve bütün çiçeklerde, O'nun vasıtasıyla seyrediyorsun. Hâlbuki bahar rüzgârının zatına baktığın zaman, bunların hiçbirini onda göremiyorsun. Bu, insanı eğlendirecek şeyler ve gül bahçeleri onda yoktur, demek değildir. Onun nurundan yalnız bu meydana gelmemiştir. Belki çiçeklerden ve gül bahçelerinden dalgalar vardır. Fakat bunlar lâtif dalgalar olduğundan ve onun inceliğinden, lütfundan bir vasıta olmadığından göze görünmezler. Bunun gibi insanlarda da bu vasıflar gizli bulunur ve açığa çıkmaz. Yalnız bir kimsenin sözü ve zararı, dövüşü ve barışı gibi içten veya dıştan bir vasıta ile peyda olur. İnsanın sıfatını görmüyor musun? Düşündüğün zaman kendinde hiç bir şey bulamıyorsun ve kendini bu sıfatlardan boş biliyorsun. Bu senin olduğun şeyden değiştiğin için değil, belki bunlar sende gizli bulunduklarından dolayı böyledir. Tıpkı denizdeki su gibi, bir bulut veya bir dalga vasıtası olmadan denizden dışarı çıkmazlar. Bu dalga içinde bir dış vasıta olmadan beliren bir kaynaşmadır. Fakat deniz sessiz ve sakin olduğu için hiç göremiyorsun. Senin gövden deniz kıyısındadır ve ruhun bir denizdir; ondan ne kadar türlü türlü balıkların, yılanların, kuşların çıkıp, kendilerini göstererek yine denize döndüklerini görmüyorsun. Senin kızmak, kıskanmak, şehvet ve daha başka şeylerden ibaret olan sıfatların başlarını bu denizden çıkarıyorlar. Bu sıfatların Tanrı'nın lâtif olan âşıklarıdır. Onların güzellikleri görülemez. Bu ancak dil giyeceği vasıtasıyla mümkün olur. Soyundukları zaman son derece lâtif olduklarından göze görünmezler.

ON ALTINCI FASIL

İnsanda o kadar büyük bir aşk hırs, arzu ve üzüntü vardır ki yüz binlerce âlem kendisinin malı olsa, bununla huzur bulmaz, rahata kavuşmaz. Uğraştığı her işte ve sanatta, tuttuğu her yerde ve öğrendiği yıldız bilgisi, doktorluk ve daha başka şeylerde de sükûnet bulmaz; çünkü istediği şeyleri bir türlü elde edememiştir. Sevgiliye "dilâram" yani gönlü dinlendiren derler. Gönül onunla dinlenir, huzura kavuşur demektir. O hâlde o başka biri ile nasıl sükûnet ve karar bulur? Bu zevklerin, arzuların hepsi bir merdivene benzer. Merdiven basamakları oturup kalmaya elverişli değildir; üzerine basıp geçmek için yapılmıştır. Uzun yolu kısaltmak ve ömrünü bu merdiven basamaklarında ziyan etmemek için, çabuk uyanan ve durumdan haberi olan kimseye ne mutlu.

Biri: "Moğollar mallarımızı alıyorlar, ara sıra da onlar bize mallarını bağışlıyorlar. Acaba bunun hükmü nasıl olur?" diye sordu.

(Mevlâna) buyurdu ki: Moğol'un aldığı her şey, tıpkı Tanrı'nın hazinesine girmiş gibidir. Mesela denizden bir testi veya küpü doldurup çıkarırsan, o senin malın olur. Mademki su testide veya küptedir, buna kimse karışamaz ve senin iznin olmadan su alan herkes gasıp olur. Fakat bu su tekrar denize dökülürse o herkese helâldir ve artık senin malın olmaktan çıkmıştır. Bu bakımdan bizim malımız onlara haram, onların malı bize helâl olur.

"İslâm dininde evlenmemek yoktur. Topluluk rahmettir." (H.) Mustafa (Tanrı'nın salâtı onun üzerine olsun) toplulukla çalıştı. Çünkü ruhları topluluğunun çok büyük eserleri vardır. İnsan tek ve yalnızken bu eser hâsıl olmaz. Mescidleri yapmanın sırrı, mahalle halkının orada toplanması. Tanrı'nın rahmeti ve (elde edilecek faydanın) artmasıdır. Evlerin ayrı ayrı olmasının faydası ise (insanları) ayırmak ve ayıplarını örtmekten ibarettir. Camiyi şehir halkının toplanması için yapmışlardır. Kâbe'yi ziyaret etmeyi de dünyadaki insanların çoğunun, birçok şehirlerden ve iklim bölgelerinden gelip orada toplanmaları için vacip kıldılar.

(Biri) dedi ki: "Moğollar ilk önce buraya gelince çırçıplaktılar. Binek hayvanları öküzdü Silahları odundandı. Şimdi haşmet ve azamet sahibi oldular, karınları doydu. En güzel Arap atları ve en iyi silahlar onların elinde bulunuyor."

(Mevlâna) buyurdu ki: Onların gönülleri kırık ve kuvvetleri yokken, Tanrı yalvarmalarını kabul ve onlara yardım etti. Şimdi ise bu kadar muhteşem ve kuvvetli oldukları şu anda, halkın (fakirliği), zayıflığı vasıtasıyla yüce Tanrı onları yok edecektir; o zaman hepsinin Tanrı'nın inâyeti ve yardımı olduğunu, dünyayı bununla zapt ettiklerini, yoksa başarılarının kendi güç ve kudretlerinin karşılığı olmadığını anlamaları için, halkın zaafı ile onları yok eder. Önce insanlardan uzak, fakir, çırçıplak ve acınacak bir hâlde çölde yaşarlarken, yalnız onlardan bazıları ticaret yapmak için Harezm vilayetine geliyor, alışveriş ediyor, kendileri için elbiselik keten alıyorlardı. Harezmşah bunu men ve tüccarları öldürmelerini emrediyordu. Onlardan haraç alıyor ve tüccarların oraya gitmesini önlüyordu. Tatarlar padişahlarının yanına dert yanmaya gittiler ve: "Mahvolduk!" dediler. Padişahları on günlük izin istedi. Bir mağaranın kovuğuna gitti ve tam bir vecd içinde ibadet etti, Allah'a yalvardı. Ulu Tanrı'dan: "Senin dileğini, yalvarışlarını kabul ettim. Dışarı çık. Her nereye gidersen, muzaffer ol!" diye bir ses erişti. (İşte böyle) Tanrı'nın buyruğu ile çıktıklarından, karşılarında bulunanları yendiler ve bütün yeryüzünü kapladılar.

(Biri): "Tatarlar da kıyamete inanıyorlar ve: 'Elbette bir sorgu sual günü olacak!' diyorlar" dedi.

(Mevlâna) buyurdu ki: Yalan söylüyorlar; kendilerini Müslümanlarla bir göstermek istiyorlar. Yani, biz de biliyoruz ve inanıyoruz, demek istiyorlar. Deveye: "Nereden geliyorsun?" diye sormuşlar, "Hamamdan geliyorum." karşılığını vermiş. "Ökçenden belli!" demişler. Bunun için eğer onlar kıyamet gününe inanıyorlarsa bunun delili hani? Bu günahlar, zulümler ve kötülükler, üst üste birikmiş karlar gibi, kat kat yığılmıştır. Güneşin karları ve buzları erittiği gibi, günahları bırakıp Hakk'a dönme (inabet) ve pişmanlık duyma güneşi, Tanrı'nın korkusu ortaya çıkıp, o dünyanın ahvali gerçekleştiği zaman, bu isyankarlarının hepsi erir. Eğer bir kar veya buz, bu şekilde bulunurken: "Ben güneşi gördüm, temmuz güneşi üzerime ışıklarını saldı." der ve hâlâ kar, buz halinde olursa akıllı bir insan buna inanır mı? Temmuz güneşi parlasın da karı ve buzu yerinde bıraksın. Bu imkânsız bir şeydir. Her ne kadar Ulu Tanrı, *"İyi ve kötü cüzlerin cezası kıyamette verilecektir",* diye va'detse de biz onun örneklerini bu dünyada, her an, her lahza görmekteyiz. Mesela bir insanın yüreği ferahlasa bu onun, bir insanı sevindirmiş olmasının karşılığıdır. Bunun gibi üzülürse bu da başkasını üzmüş olmasındandır. İşte bunlar o dünyanın armağanları, ceza gününün örnekleridir. Maksat, insanların bu pek az şeylerle çoğunu anlamalarıdır. Mesela bir buğday ambarının ne ve nasıl olduğunu göstermek için, oradan bir avuç buğday alıp göstermeleri gibi... O kadar büyük ve azametli olmasına rağmen Mustafa'nın (Tanrı'nın salâtı onun üzerine olsun) bir gece eli ağrıdı. Ona: "Bu Abbas'ın elinin ağrısından ileri geliyor." diye vahiy geldi. Çünkü Mustafa Abbas'ı esir alınış ve bütün esirlerle beraber onun elini de bağlamıştı. Tanrı'nın emri ile böyle olduğu halde, yine de Muhammed bunun cezasını çekti. Sende meydana gelen bu darlık, üzüntü ve hastalıkların hepsi, şimdi aklında kalmamışsa da, yaptığın kötülüklerin ve işlemiş olduğun günahların tesirindendir. Çok fena işler yaptın, fakat ya boş bulunduğundan veya bilgisizliğinden bunun kötü olduğunu bilmiyorsun, yahut da dinsiz bir arkadaş sana bunu önemsiz gibi göstermiştir. Hatta sen bunun günah olduğunun farkında bile değilsin. Şimdi bunların karşılığına bak bakalım, ne kadar sıkıntın var, ne kadar ferahlık duyacaksın? Sıkıntı, mutlaka bir günahın cezası, ferahlık ise ibadetin karşılığıdır. Bunun için Mustafa (Tanrı'nın selam ve salâtı onun üzerine olsun) parmağındaki yüzüğü çevirdiğinden: "Seni boş yere vakit geçirmek ve oynamak için yaratmadık!" diye azarlanmıştı. *"Sizi boş yere yarattığımızı mı sandınız?"* (Kur'an, Sure: 23, Âyet: 115) âyetinde buyrulduğu gibi, sen de gününü Tanrı'ya ibadet etmek ve doğru iş işlemekle mi, yoksa günaha girmekle mi? geçirdiğini kıyasla. Tanrı Musa'yı (Ona selam olsun) halkla meşgul etti. Gerçi o, Tanrı'nın emriyle böyle yapıyor ve onunla meşgul oluyordu. Fakat Tanrı bir hikmetle, onun bir tarafını halkla ve Hızır'ı da tamamen kendisiyle meşgul etti. Mustafa'yı önce kendisiyle meşgul edip, sonra: "Halkı davet et, düzelt ve onlara öğüt ver!" diye buyurdu. Mustafa (Tanrı'nın salâtı onun üzerine olsun): "Ey benim Tanrım! Ben ne günah işledim ki beni huzurundan kovuyorsun. Halkı istemiyorum." diye ağlayıp sızladı. Ulu Tanrı: "Ey Muhammed sen hiç üzülme, seni halk ile uğraşmaya bırakmam. Onlarla meşgul olurken de benimle olursun. Bu sırada halk ile meşgul olduğun için başının bir tek tel saçını bile eksiltmem. Her ne iş yaparsan yine vuslat içinde olursun." buyurdu.

(Biri): "Ezelî hükümler ve Tanrı'nın takdir ettiği şeyler hiç değişir mi?" diye sordu.

(Mevlâna) buyurdu ki: Tanrı'nın ezelde: "Kötülüğe karşı kötülük, iyiliğe karşı da iyilik olmalıdır." diye verdiği hüküm asla değişmez. Çünkü Ulu Tanrı Hakîmdir. Sen kötülük et, iyilik bulursun, nasıl der? Bir kimse buğday ekip, arpa biçemez ve arpa ekip buğday toplayamaz. Bu imkânsızdır. Bütün veliler ve nebîler de: "İyiliğin karşılığı iyilik, kötülüğün karşılığı kötülüktür." demişlerdir. *"Bir zerre kadar hayır işleyen kimse o hayrın ve zerre kadar kötülük yapan kimse de o kötülüğün cezasını görür.*" (Kur'an, Sure: 99, Âyet: 7-8)

Ezeli hüküm hakkında öğrenmek istediğin şeyi söyledik ve etrafıyla anlattık. Bu asla değişmez. Yani, bazen iyilik yaparsan karşılığında çok iyilik göremezsin veya ne kadar kötülük yaparsan o kadar kötülük göremezsin. Fakat mutlaka yaptığın iyiliğin veya kötülüğün cezasını görürsün. Bu böyle olur ama asıl hüküm değişmez.

Gevezenin biri: "Biz Tanrı'nın saadetinden mahrum olan şâkî'nin, (haydut'un) ahiret saadetine kavuşmuş bulunan sâîd (kutlu) ve sâîd'in de şâkî olduğunu görüyoruz," dedi.

(Mevlâna) buyurdu ki: Eh! Olabilir. O şâkî, iyilik yaptığından sâîd. O sâîd de kötülük işlediğinden, yahut kötü şeyler düşündüğünden dolayı şâkî olmuştur. Mesela İblis: *"Beni ateşten yarattın da onu çamurdan yarattın."* (Kur'an, Sure: 38, Âyet: 76) diye Âdem'in yaratılışı hakkında itirazda bulunduğundan, meleklerin hocası iken, ebedî olarak Tanrı'nın lânetine uğradı ve bizim huzurumuzdan kovuldu. Biz de diyoruz ki: "Evet, iyiliğin karşılığı iyilik, kötülüğün cezası kötülüktür."

(Biri): "Bir kimse, bir gün oruç tutarım" diye adadı. Eğer bu adağını yerine getirmezse bunun kefareti var mıdır, yok mudur ? diye sordu.

(Mevlâna) buyurdu ki: Şâfiî mezhebi bilginlerinin sözüne göre, kefaret vardır. Çünkü o kimse adağı, yemin olarak kabul eder ve her kim yeminini tutmazsa, onun üzerine kefaret vaciptir. Fakat Ebu Hanife için adak, yemin manasında değildir, işte bunun için kefaret lâzım olmaz. Adak iki şekildedir: Biri mutlak (kesin), diğeri mukayyet'tir (şarta bağlı). Mutlak: "Bir gün oruç tutmalıyım." sözüdür. Mukayyed ise: "Falan gelirse bir gün oruç tutmalıyım." kaydıdır. Bir adam eşeğini kaybetmişti. Onu bulmak niyetiyle üç gün oruç tuttu ve üç gün sonra eşeğini ölü olarak buldu. Çok üzüldü ve bu üzüntü içinde yüzünü göğe doğru çevirip: "Eğer bu tuttuğum üç gün oruç yerine, Ramazan'da altı gün yemezsem insan değilim. Sen mi benim eşeğimi alır götürürsün?" dedi.

(Biri): "Ettehiyat, Salâvat ve Tayyibat'ın manası nedir?" diye sordu.

(Mevlâna) buyurdu ki: Yani bu, Hakk'a tapmak, kulluk etmek, O'nu gözetmek bizden hâsıl olmuyor, fakat biz onsuz da olamıyoruz. Öyleyse gerçekte, Tayyibat, Salavat, Tahiyyat bizden olmayıp Tanrı'dandır, O'na hastır, demektir. Mesela bahar mevsiminde insanlar ziraatle uğraşırlar; kırlara çıkar, yolculuk eder, yapılar yaparlar. Bütün bunlar baharın bağışı ve vergisidir. Yoksa hepsi, oldukları gibi evlerinde, kovuklarında mahpus kalırlardı. O hâlde gerçekten bu ekip biçmeler, gezmeler ve yiyip içmelerin hepsi baharındır. Bahar o insanların velinimetidir. Buna rağmen insanların gözü yine sebeplerdedir. Bütün işleri sebeplerden bilirler. Fakat velilere sebeplerin, sebebi yaratanı bilmelerine ve görmelerine engel olan birer perdeden başka bir şey olmadığı keşfolunmuştur. Mesela bir kimse perde arkasında konuştuğu zaman, perdenin konuştuğunu zannederler ve onun sadece bir örtü olduğunu, bir şey yapamadığını bilmezler. Ancak adam perdenin arkasından çıkınca, onun arada bir bahane olduğunu anlarlar. Tanrı'nın velileri sebeplerin dışında bulunan, zahir olmuş ve yapılmış olan birçok işleri görmüşlerdir. Mesela dağdan deve çıkmış, Musa'nın asası ejderha olmuş, kaskatı bir taştan on iki tane çeşme akmış bunun gibi; Mustafa (Tanrı'nın salâtı onun üzerine olsun) da ayı aletsiz olarak, bir işaretle ikiye bölmüş ve Âdem (Onun üzerine selam olsun) annesiz ve babasız olarak dünyaya gelmişti. İbrahim (Ona selam olsun) için ateşten güller ve güllükler bitmişti. Daha bunlar gibi sonsuz misaller verilebilir. İşte bu yüzden veliler bunları görünce sebeplerin arada bahane olduğunu, hakikatte işi başkasının yaptığını, sebeplerin sadece avamın onunla meşgul olmaları için, o işleri yapanın görünmesine engel olan perdeden başka bir şey olmadığını anlarlardı. Ulu Tanrı Zekeriya'ya (Ona selam olsun): *"Sana çocuk vereceğim."* diye vadetti. O: *"Ben ve karım çok yaşlıyız. Karım artık çocuk yapamayacak bir durumda. Ey benim Tanrım böyle bir kadından nasıl çocuk meydana gelir?"*[82] *(Kur'an, Sure: 3, Âyet: 40)* diye ağlayıp sızladı. Ona: *"Ey Zekeriya sakın, sakın ipin ucunu kaybetme! Ben sana yüz bin kere sebepler dışındaki işleri gösterdiğim hâlde hâlâ sebeplerin bahaneler olduğunu bilmiyor musun? Şu anda ben gözünün önünde senden kadın ve hamilelik olmadan yüz bin çocuk dünyaya getirtebilirim. Buna gücüm yeter. Hatta bir işaret etsem dünyada olgun yetişkin ve bilgin insanlar meydana gelir. Ben ruhlar âleminde seni anasız babasız yaratmadım mı? Sen var olmadan önce de üzerinde lütuf ve inâyetlerim yok mudur? Bunları niçin unutuyorsun?"* karşılığını verdi. Nebîlerin, velile-

---

82 Zekeriya dedi: "Ya Rabbi! Benim nasıl oğlum olabilir ki üzerime ihtiyarlık çöktü, karım da kısırdır." (Kur'an, Sure : 3, Ayet: 40)

rin; iyi ve kötü bütün yaratıkların durumları derece ve cevherlerine göre şöyledir: Mesela kâfirlerin ülkelerinde Müslüman vilayetlerine köleler getirip satarlar. Bunların bazısını beş, bazısını on ve on beş yaşında getirirler. Küçük bir çocukken getirilenler uzun yıllar Müslümanlar arasında büyütülür; terbiye edilir ve yaşlanırsa kendi yurtlarının durumunu tamamen unuturlar. Ve akıllarında oraya ait hiçbir şey kalmaz. Getirildikleri zaman yaşı biraz daha büyük olursa az bir şey hatırlarlar. Adamakıllı büyükken getirilmişlerse de daha çok şey akıllarında kalır. İşte ruhlarda o âlemde Tanrı'nın huzurunda böyleydiler. (Mesela onlara) Tanrı: "Ben sizin Tanrı'nız değil miyim." demiş onlar da "Evet" cevabını vermişlerdir." (Kur'an, Sure: 7, Âyet: 172) (Bunların) yiyecekleri giyecekleri Tanrı'nın harfsiz ve sessiz olan kelâmıydı. Bazıları vardı ki bunlar çocukken getirildiklerinden bu kelâmı duyunca o ahvali hatırlayamazlar ve kendilerini o kelâma yabancı bulurlar. Bunlar tamamıyla küfür ve dalalete gark olmuş, ruhları perdelenmiş olanlar güruhudur. Bazıları ise, (o âlemi) birazcık hatırlarlar, o tarafın kaynaşması, havası onlarda ara sıra kendisini gösterir ki bunlar müminlerdir. Bazıları da vardır ki o kelâmı işittikleri zaman, o hâl nazarlarında aynen eskiden olduğu gibi, belirir ve perdeler tamamen aradan kalkmış olup tekrar o âleme kavuşurlar, işte bunlar veliler ve nebîlerdir.

Ben Yârân'a: "İçinizde mana gelinleri yüz gösterip, sırlar açıklanınca sakın ha! yabancılara bunu söylemeyin, anlatmayın ve bizim sözümüzü de herkese demeyin." diye vasiyet ediyorum. *"Çünkü hikmeti ehli olmayana vermeyin. Bunu yaparsanız o hikmete zulmetmiş olursunuz. Onu ehlinden de menetmeyin, o zaman da onlara kötülük etmiş olursunuz."*(H.). Senin eline bir güzel veya bir sevgili geçse ve: "Beni kimseye gösterme, ben seninim." diye evine gizlense, sen onu pazarlarda dolaştırıp: "Gel de şu güzele bak!" diye herkese göstersen doğru olur mu? Yakışık alır mı? Esasen bu, sevgilinin de hiçbir zaman hoşuna gitmez. Senden nefret edip, onlara gider. Yüce Tanrı bu sözleri onlara haram etmiştir. Cehennemdekiler cennetliklere: "Hani sizin cömertliğiniz, mertliğiniz? Ulu Tanrı'nın size vermiş olduğu yiyeceklerden ve bağışlamış olduğu şeylerden sadaka verin. Ve biz kulların gönlünü almak için bir şeyler bağışlayın."

Mısra:
"Toprağın, cömertlerin kâsesinin artığından nasibi vardır."

"Biz ateş içinde yanıyoruz, eriyoruz; o meyvelerden bize biraz verseniz veya cennetin o tatlı suyundan birazcık canımıza serpseniz ne olur sanki?"[83] dediler. Cennettekiler: "Tanrı bunu size haram etmiştir. Bu nimetin tohumu öbür dünyada idi, siz bunu orada ekmediniz, çalışmadınız. Bu tohum, doğruluk, iman ve iyi işlerdi. Şu hâlde burada ne toplayacaksınız? Eğer biz onu lütfen size saçarsak, Tanrı bunu size haram etmiş olduğundan, boğazınızı yakar, gırtlağınıza takılır kalır, aşağı inmez. Kesenize koysanız keseniz yırtılır, o da yere düşer." karşılığını verdiler.

Mustafa'nın (Tanrı'nın selamı ve salâtı onun üzerine olsun) huzuruna ikiyüzlü adamlardan ve yabancılardan bir gurup geldi. Peygamber ashaba dinin sırlarını anlatıyor, ashap da Mustafa'nın (Tanrı'nın selamı ve salâtı onun üzerine olsun) methiyle meşgul oluyorlardı. Peygamber ashaba işaret ederek: *"Kablarınızın ağızlarını kapağınız."*(H.) buyurdu. Bu, testilerin, kâselerin, tencerelerin ve küplerin ağızlarını kapatınız, kapalı tutunuz. Çünkü pis ve zehirli hayvanlar vardır; Allah esirgesin! Bunlar testilerinize düşmesinler, siz bilmeden ondan su içersiniz, o zaman size zararı dokunur demektir. (Mevlâna) onlara bu şekilde yabancılardan hikmeti gizleyiniz, onların önünde dilinizi tutunuz, ağzınızı kapatınız. Çünkü onlar faredir. Bu hikmete layık değillerdir, buyurmuştur. (Mevlâna) yine buyurdu ki: O, bizim yanımızdan giden Emir, sözümüzü anlamamakla beraber, kendisini şöyle böyle Hakk'a davet ettiğimizi biliyordu. (Biz de) onun yalvarışını, tasdik yerine başını sallamasını, aşk ve sevgisini, (söylediğimizi) anladığının alâmeti olarak kabul edelim. Mesela bu, şehre gelince ezan sesi duyan köylü, ezanın manasını etraflıca bilmese de, bununla ne demek istenildiğini anlar.

---

83 "Cehennemdekiler cennettekilere: 'Bize biraz su verin, yahut Allah'ın size verdiği rızıktan da bize verin." diye inleyecekler. Onlar da; Allah bunları dinlerini eğlence, oyuncak edinip dünya hayatına aldanan kâfirlere haram, kılmıştır diyecekler". Kur'an, Sure 7, Ayet: 50).

ON YEDİNCİ FASIL

Buyurdu ki: Sevilen kimse güzeldir. Bunun aksi olamaz. Yani, her güzel sevilmez, her güzelin sevilmesi lâzım gelmez. Güzellik, sevilmiş olmanın, sevimliliğin bir cüz'üdür. Sevimli olmak asl'dır. O olunca güzellik elbette olur. Bir şeyin cüz'ü, küll'ünden ayrı olamaz ve her zaman cüz küll'ü ile beraber bulunur. Mecnun'un zamanında da güzeller vardı ve onlar Leyla'dan daha güzeldi. Fakat Mecnun bunlara sevgi göstermemişti. Ona: "Leyla'dan daha güzelleri var, sana bunları getirelim." dediler. O: "Ben Leyla'yı dış güzelliği ve görünüşü bakımından sevmiyorum. O, görünüşünden ibaret değildir. Leyla benim elimde bir kadeh gibidir. Ben o kadehten şarap içiyorum ve bu şaraba âşığım. Sizin gözünüz sadece kadehte, içindeki şaraptan haberiniz yoktur." dedi. Bana eğer mücevherlerle süslü, altın bir kadeh verseler, fakat içinde sirke veya şaraptan başka bir şey bulunsa, bu benim ne işime yarar? Hâlbuki içinde şarap bulunan eski, kırık bir kabak, benim için o kadehten ve bunun gibi yüzlerce kadehten daha iyidir. Şarabı, kadehten anlamak için aşk ve şevk lâzımdır. Mesela, on gündür bir şey yememiş bir açla, günde beş öğün yemek yiyen bir tok, her ikisi de ekmeğe bakarlar; tok olan ekmeğin dışını, şeklini, aç ise canını, özünü görür. Çünkü bu ekmek kadeh, onun tadı ise kadehteki şarap gibidir. Bu şarap ancak iştah ve şevk gözüyle görülebilir. Bunun için sen de kendinde şevk ve iştah hâsıl et ki, sadece dışı gören bir insan olmayıp kevn ü mekânda her zaman sevgiliyi göresin. Bu insanların sureti kadehlere benzer ve bu bilgiler, ilimler de o kadehin üzerindeki resimler, nakışlar gibidir. Kadeh kırılınca bu şekillerin ve resimlerin kalmadığını görmüyor musun? O hâlde değer, kadeh gibi olan vücutlardaki şaraptadır ve bu şarabı içen kimse (bunun) kalan iyi şeyler (Kur'an, Sure. 19, Âyet: 76) olduğunu görür.

Soru soranın iki girişi düşünmesi lâzım gelir. Biri şunu kesin olarak bilmeli ve demelidir ki: Ben bu söylediğim şeyde yanıldım. Bu benim bildiğimden başka bir şey daha vardır. İkincisi bundan daha iyi ve bundan üstün olan ve bilinmeye değen bir söz ve hikmet vardır. Ben bunları bilmiyordum, şimdi öğrendim. (demelidir.) *"Soru sormak bilginin yarısıdır.* (K.K.) sözünü bunun için söylediklerini öğrenmiş olduk. Herkes bir kimseye yüzünü çevirmiştir ve herkesin istediği Hak'tır.

Bunu için ümitle ömürlerini harcarlar. Fakat bu arada kime isabet ettiğini ve hekimin yüzünde çevgânının izi bulunduğunu bilmesi için bir ayırıcı lazımdır ki o diyici ve birleyici (muvahhid) olsun. Böyle bir insan suda boğulmuştur. Ve su onda tasarruf edip onun su üzerinde bir tasarrufu yoktur. Yüzücüyle boğulan bir kimsenin her ikisi de sudadırlar. Fakat boğulanı su götürür ve yüzücüyü kendi gücü kuvveti taşır; kendi ihtiyarıyla hareket eder. İşte bunun için suya batmış olan bir kimsenin her yaptığı iş ve söylediği söz kendinden olmayıp sudandır. O arada bahanedir. Mesela duvardan bir ses geldiğini işitirsen bunu duvarın söylemediğini bilirsin duvarın arkasına gizlenmiş olan biri sanki duvar konuşuyormuş gibi gösteriyor. Evliya da aynen böyledir. Onlar ölmeden önce ölmüşler. Duvar ve kapı hükmünü almışlardır. Kendilerinde varlıklarından kıl ucu kadar bir şey kalmamıştır. Tanrını kudreti elinde bir siper gibidirler. Siperin hareket etmesi, kendiliğinden değildir, işte Ene'l-Hak (Ben Allah'ım) sözünün manası da bu olmalıdır. Siper: "Ben arada yoğum, hareket Tanrı'nın eliyle hasıl oluyor." diyor. Bu siperi Hak olarak görünüz ve Tanrı ile pençeleşmeyiniz. Çünkü böyle bir siperi yaralamak isteyenler, gerçekte Tanrı ile dövüşmüş ve kendilerini O'na vurmuş olurlar. Âdem zamanından şimdiye kadar, onların başlarına neler geldiğini duymuşsunuzdur. Firavun, Şeddad, Nemrud ve Âd kavmi, Lut ve Semud vesairenin başına neler geldi? Bu siperler itaat ve ibadet edenin baş kaldırıp karşı koyandan, düşmanın evliyadan ayırt edilebilmesi için her devirde kaimdirler. Bazısı velî, bazısı nebî suretinde görünürler. İşte bunun için her velî halkın hüccetidir (Delilidir). Halkın yeri ve derecesi, ona olan bağlılığı, ilgisi ölçüsünde olur; düşmanlık ederlerse Tanrı'ya etmiş, dostlukta bulunurlarsa Tanrı ile dost olmuş olurlar. *"Onu gören beni görmüştür. Ona kasteden bana kastetmiştir,"* (H.K.) buyurduğu gibi. Tanrı'nın (has) kulları Tanrı'nın hareminin mahremidirler. Tıpkı hadımlar gibi. Tanrı bu hadımların bütün şehvet ve varlık damarlarını, kötülük etme köklerini tamamen kesmiş ve temizlemiştir. Böylece o hadımlar dünyanın mahdumu (oğlu) ve o köleler, dünyanın efendisi, sırların mahremi olurlar. Kur'an'da: *"Ona ancak temiz olanlar dokunabilir."* (Kur'an, Sure: 56, Âyet: 79) buyrulmuştur.

(Mevlana) buyurdu ki: Eğer o, arkasını büyüklerin türbesine karşı çevirmişse, bunu onları inkâr etmiş olduğu, yahut bilmediği için yapmamıştır; yüzünü onların ruhuna doğru çevirmiştir de ondan. Bizim ağzımızdan çıkan bu söz onların canıdır. Eğer gövdeye arkalarını dönüp, ruha yüzlerini çevirirlerse bunun ne zararı var? Benim bir huyum var, kimsenin benden incinmesini istemiyorum. Sema ederken bazı kimseler bana çarpıyor ve yârândan bazısı, onların bu hareketine mani oluyorlar. İşte bu benim hiç hoşuma gitmiyor ve yüz kere: "Benim yüzümden hiç kimseye bir şey demeyin" dedim. Ben buna razıyım, yanıma gelen yârânın sıkılmaması, üzülmemesi için o kadar gönül almaya çalışıyorum ve onları meşgul etmek, oyalamak için şiir söylüyorum. Yoksa ben nerede, şiir söylemek nerede! Vallahi ben şiirden bıktım, usandım ve benim indimde bundan daha kötü bir şey yoktur. Mesela bir adam, misafirinin canı işkembe çorbası istediği ve bu onun iştahını açacağı için, eline pislikli bir işkembeyi almış karıştırıp duruyor. Benim için de başkaları arzu ettiğinden dolayı onunla alâkadar olmak lâzım geldi. Mesela yine bir adam falan şehrin ahalisine ne gibi bir kumaş lâzımdır, onlar nasıl kumaş alırlar, diye baktıktan sonra, hatta bu malların en aşağısı, en bayağısı da olsa, yine o kumaştan alıp satar. Fâzıllar, muhakkikler, akıllı, uzak görüşlü ve derin düşünceli insanlar yanıma geldikleri zaman onlara gerçek, nadir, nefis ve ince şeylerden bahsetmek için, ilimler öğrendim, zahmetler çektim. Ulu Tanrı'nın kendisi de böyle istedi. Bütün o bilgileri burada topladı ve o zahmetleri buraya getirdi. Böylece beni bu işlerle uğraşmak zahmetine de burada soktu. Fakat ne yapayım ki bizim yurdumuzda ve bizim milletimiz arasında insanı şairlikten daha çok utandıracak bir iş yoktur. Eğer biz, o memlekette kalmış olsaydık, oradakilerin huylarına, yaratılışlarına uygun bir hâlde yaşar ve ders vermek, kitap yazmak, vazetmek ve zühd ü takvada bulunmak, zahirî şeylerle meşgul olmak gibi, onların istediği şeylerle uğraşırdık. Emir Pervâne bana: "Asıl olan ameldir" dedi. Ben de ona dedim ki: Nerede amel ehli, hani amel isteyen? Gelsin de ona ameli göstereyim. Sen şimdi söz istiyorsun ve bir şey duymak için kulak kesilmişsin, eğer söylemeyecek olursam üzüleceksin. Amel iste biz de sana gösterelim. Bu dünyada ameli gösterebileceğimiz bir mert istiyoruz. Amele müşteri bulamayıp, söze bulduğumuzdan, sözle meşgulüz. Sen amelden ne anlarsın? Çünkü âmil (amel eden) değilsin. Amel amelle, ilim ilimle anlaşılır; suret suret ile, mana da mana ile bilinir. Sen bu yolun yolcusu olmadığından ve yol boş bulunduğundan, biz yolda ve amelde olsak da bunu nasıl göreceksin? Bu amel, namaz ve oruç mudur. Bunlar amelin suretidir. O, içindeki manadır. Âdem zamanında Mustafa'nın (Tanrı'nın selam ve salâtı onun üzerine olsun) zamanına kadar namaz ve oruç böyle değildi. Fakat amel vardı o hâlde bu suret amel olur mu? Amel insandaki manadır. Mesela sen "İlâç tesirini gösterdi." (Amel etti) dediğin zaman orada amelin sureti yoktur. O ancak ondaki manadır. "Şu adam falan şehrin âmilidir" dedikleri vakit sûreten bir şey görmezler, fakat onunla ilgili olan işler vasıtasıyla, ona âmil derler. Öyleyse amel, halkın bundan anlamış olduğu şey değildir. Onlar amelin zahiren görünen şey olduğunu sanırlar. İçi dışı bir olmayan adam amelin görünüşünü yerine getirirse bunun ona hiç faydası olur mu? (olmaz). Çünkü onda bağlılık doğruluk ve inanmanın manası yoktur. Her şeyin aslı sözdür. Senin sözden haberin yok. Hem de bunu küçümsüyorsun. Söz, amel ağacının meyvesidir. Çünkü o amelden doğar. Ulu Tanrı âlemi sözle yarattı. Ve "Ol" deyince o da olur.

İman kalptedir. Fakat onu sözle ifade etmezsen faydası olmaz. Namaz da fiildir. Eğer Kur'an okumazsan o namazın sahih olmaz. Sen şimdi sözün itibarı yoktur demekle bu sözle aksini söylemiş oluyorsun. Çünkü mademki sözün değeri yoktur biz bu söz muteber değildir, sözünü duyduğumuz zaman sen bunu da sözle söylemiyor musun?

Biri: "Biz hayır işlediğimiz iyi ve doğru işler yaptığımız için, eğer Tanrı'dan bir karşılık ve iyilik umarsak bunun bize bir zararı olur mu, olmaz mı?" diye sordu.

Mevlana buyurdu ki: Vallahi ümitli ve imanlı olmak lâzımdır, işte korku ve ümit (havf ü reca) de budur. Biri benden: "Ümit güzel, hoş bir şey; fakat korku da ne oluyor?" diye sordu. Ona cevap olarak dedim ki: "Bana korkusuz bir ümit, yahut ümitsiz bir korku göstersene. Bunlar birbirinden ayrı olmadığı hâlde, böyle bir şeyi nasıl soruyorsun? Mesela biri buğday ekerse, elbette buğday biteceğini ümit eder. Fakat yine de Allah esirgesin, bir afet, bir engel çıkıp (zarar vermesin) diye, içinde bir korku da vardır. Bununla anlaşılmış oldu ki korkusuz ümit yoktur. Ümitsiz bir korku, yahut korkusuz bir ümit asla tasavvur olunamaz. (İnsan) ümitli olur da karşılık ve ihsan beklemezse, o işte mutlak surette, daha hararetli olur, daha ciddi davranır. Ümit, beklemek onun kanadıdır; kanatları ne kadar kuvvetli ve sağlam olursa, o kadar yükseklere uçabilir. Eğer ümidi olmazsa tembelleşir, kendisinden bir hayır beklenmediği gibi, kullukta da bulunamaz. Mesela bir hasta acı ilâçları içer ve birçok tatlı şeyleri terk eder. Eğer onun sağlığa kavuşmak ümidi olmasaydı, buna nasıl tahammül ederdi?

İnsan konuşan bir hayvandır. İnsan, hayvanlıktan ve söz söylemekten mürekkeptir. Hayvanlık onda daimîdir, ayrılmaz. Sözde böyledir, her zaman onda mevcuttur. İnsan görünüşte bir söz söylemezse de içinden konuşur; her zaman konuşkandır. Tıpkı çamur karışmış bir seylap gibidir. Bu seylâbın temiz olan suyu onun sözü (nutku), o çamur da hayvanlık tarafıdır. Fakat bu çamur onda arızîdir. Görmüyor musun insanların çamurları ve kalıpları gitmiş, çürümüş bir eser kalmamış olduğu hâlde, onların iyi kötü (bütün) sözleri, hikâyeleri ve bilgileri kalmıştır. Gönül ehli (olan insan) bir küll'dür. Sen onu görünce, hepsini görmüş olursun. *"Çünkü avın hepsi, yaban merkebinin içindedir."*(M.), derler. Dünyadaki bütün yaratıklar onun cüzleridir ve o küll'dür.

Beyit:
(Bütün iyi veya kötü şeyler, Dervişin cüz'üdür. (Böyle olmazsa) o, derviş değildir.)

İşte kesin olarak, o küll'ü gördüğünden, bütün âlemi ve ondan sonra her kimi görürsen, onu tekrar görmüş olursun. Onların sözü, bu küll'ün sözleri içinde bulunmaktadır ve onların sözünü işittiğin için, bundan sonra işiteceğin her söz, tekrardan ibaret olur.

Beyit:
(Kim onu bir yerde görürse, sanki her insanı ve her yeri görmüş olur).

Şii:r
(Ey Tanrı'nın kitabının nüshası olan sen ve ey Şah'lığın Cemâli'nin aynası olan sen! Âlemde senin dışında olan bir şey yoktur. Her istediğini kendinden iste (ara). Çünkü her şey sensin).

ON SEKİZİNCİ FASIL

Naîb: "Bundan önce kâfirler puta tapar ve saygı gösterirlerdi. Biz de şimdi aynı şeyi yapmaktayız. Gidip Moğol'un önünde eğilip onlara saygı gösteriyor, kendimizi Müslüman biliyoruz, içimizde de hırs, heves kin, kıskanma gibi ve daha başka putlarımız var. Bunların hepsine itaat ediyoruz. İşte bu yüzden hem içimizden, hem de dıştan kâfirlerin yaptığı şeyi yapıyoruz. Yani tapınıyoruz, üstelik de kendimizi Müslüman biliyoruz" dedi.

(Mevlâna) buyurdu ki: Yalnız burada başka bir şey var. Mademki bunun kötü ve beğenilmeyen bir şey olduğu hatırınıza geliyor, öyleyse mutlaka sizin kalp gözünüz (iç gözünüz) eşsiz benzersiz, niteliksiz ve pek büyük bir şey görmüş olmalıdır. İşte bu yüzden bunlar ona çirkin ve kusurlu görünüyor. Tuzlu su, tatlı su içen adama tuzlu gelir ve eşya zıddı ile belli olur. Ulu Tanrı sizin canınıza iman nuru koyduğu için, canınız bu işleri çirkin görüyor. Eğer böyle olmasaydınız bu şekilde görmezdiniz. Nitekim başkalarının böyle bir derdi olmadığından, bulundukları halden memnundurlar ve: "Esas rolü oynayan budur." derler. Ulu Tanrı size istediğiniz şeyi verir, her ne için himmet gösterirseniz, size müyesser olur. *"Çünkü kuş kanatlarıyla yükselir, mümin de himmeti ile."* (M).

Yaratıklar üç kısma ayrılır: Birincisi meleklerdir. Bunlar sırf akıldır, ibadet, kulluk ve zikir yaratılışlarında vardır. Onların besini ve yiyecekleri budur, bununla yaşarlar. Tıpkı balık gibi, balığın diriliği sudandır; yatağı sudur. (Melekler) hakkında teklif yoktur. Çünkü onlar şehvetten sıyrılmış, temizlenmiştir. Böyle şehvetle meşgul olmaması ve nefsinin istediği şeyleri yerine getirmemesi, ne büyük bir devlettir. İşte bunlardan sıyrılmış, temizlenmiş olunca tabiatıyla onun için hiçbir mücahede bahis konuşu olamaz. İbadette bulunsa dahi, bunu ibadet saymazlar, çünkü bu onun yaratılışının icabıdır. Esasen onsuz yaşayamaz ikincisi, yani başka bir sınıf da hayvanlar (behaim) sınıfıdır. Bunlar sırf şehvettir; kötülükten kendilerini alı koyan akılları yoktur ve üzerlerine teklif vaki olmamıştır. (Üçüncüsü), geriye akıl ve şehvetten mürekkep olan zavallı insan kalır. (Bunun üzerine teklif vaki olmuştur); yarısı şehvet, yarısı melek, yarısı hayvan, yarısı yılan, yarısı da balıktır. Balık olan kısmı onu suya doğru çekiyor; yılan olan tarafı ise, toprağa doğru sürüklüyor. Bunlar birbirleriyle keşmekeş içinde ve dövüşmektedirler. *"Aklı daima şehvetine galip gelen kimse meleklerden daha yüksek, şehveti aklına galip gelen ise hayvanlardan daha aşağıdır."* (H.).

Beyit:
(Melek bilgisiyle, hayvan da bilgisizliğiyle kurtuldu, insanoğlu bu ikisi arasında keşmekeşte kaldı).

İnsanların bazısı o kadar akla uydular ki (sonunda) tamamen melekleştiler, sırf nur oldular. Bunlar veliler ve nebîlerdir. Ümit ve korkudan kurtulmuşlardır. *"Tanrı'nın dostları için hiç bir korku yoktur. Bunlar zerre kadar hile mahzun olmazlar."* (Kur'an, Sure: 10, Âyet: 62) Şehvet bazı kimselerin akıllarına gelip geldiğinden, onlar tamamen hayvanlaşmıştır. Bazıları da keşmekeş içinde kalmıştır. Bunlar içlerinde daimî bir üzüntü, keder, ıstırap, özleyiş bulunan ve yaşayışlarından memnun olmayan insanlar, velîlerdir. Velîler, müminleri kendi yerlerine ulaştırmak ve kendileri gibi yapmak için, onların kendilerine gelmesini beklerler. Şeytanlar da kendi taraflarına ve cehennemin dibine götürmeye çalışırlar.

Beyit:
(Onu biz de istiyoruz, başkaları da. Bakalım talih kime yar olacak ve dost kimi sevecek?)

"Tanrı'nın yardımı eriştiği vakitte." (Kur'an, Sure: 110, Âyet: 1) Kur'an'ın zahirine bakan müfessirler, bu âyeti şöyle tefsir ederler: Mustafa (Tanrı'nın selamı Ve salâtı onun üzerine olsun): "Bütün dünyayı Müslümanlaştırayım, Hak yoluna sokayım." diye çalıştı. Fakat öleceğini anlayınca: "Halkı istediğim gibi davet etmek için yaşayamadım!" dedi. Bunun üzerine Yüce Tanrı buyurdu ki: "Üzülme senin bu dünyadan göçüp gideceğin zaman, ordular ve kılıç kuvveti ile aldığın vilayetlerin hepsini, sana ordusuz itaat ettirir ve iman bağlattırırım. Halkın bölük bölük Müslüman olduğunu gördüğün zaman, bu senin davetinin kemal bulduğuna delalet eder. Tanrı'yı tesbih et ve ondan

günahlarını bağışlamasını dile. Çünkü bu, senin oraya göç etmenin zamanı geldiğine bir işarettir." Muhakkikler bu âyetin manası şöyledir diyorlar: İnsan, kötü vasıflarını kendi ameli ve gayreti sayesinde atabileceğini, temizleyeceğini zanneder. Bunun için pek çok çalışıp çabalar ve bütün gücünü, kuvvetini, imkânlarını seve seve harcar. Fakat sonunda ümidini keser. İşte o zaman Ulu Tanrı ona buyuruyor ki; "Sen bu işin; senin gücün, kuvvetin, amelin ve çalışıp çabalamanla olabileceğini sanıyordun. Bu benim koyduğum bir kaidedir. Yani, sen bizim bağışımızın sana ulaşması için neyin var, neyin yoksa yolumuzda feda etmelisin. Senin bu zayıf ayaklarla dolaşıp bitiremeyeceğini bildiğimiz hâlde, sana bu sonsuz yolda, bu zayıf ayakların ve ellerinle dolaşmanı emrediyoruz. Sen hatta yüz bin yılda, bu yolda bir tek menzile ulaşamayacaksın. Fakat bu yolda yürürken elden ayaktan düşer ve artık yürümeye takatin kalmazsa, o zaman Tanrı'nın inâyeti, senin elinden tutar. Mesela meme emen bir çocuğun elinden tutarlar ve büyüyünce de, yürümesi için onu kendi başına bırakırlar. İşte şimdi senin gücün tükendi. Bu güce, kuvvete sahipken ve mücahede de bulunurken ara sıra, uyku ile uyanıklık arasında, sana lütfumuzu gösterirdik; sen de bunun vasıtasıyla bizi talepte kuvvet bulup ümitlenirdin. Şimdi o alet kalmadığı hâlde, bizim lütuflarımıza, inâyetlerimize bak ki sana doğru nasıl akın akın geliyorlar. Yüz bin kere çalışıp çabalamana rağmen bunun bir zerresini görememiştin. *"İşte bunun için artık Rabbını överek şanını yücelt, bağışlanma, dile."* (Kur'an, Sure: 110, Âyet: 3) Sen, o işin senin dinden ayağından geleceğini sanır, bunun bizim elimizde olduğunu görmezdin. Bu düşüncen ve zannından dolayı Tanrı'dan özür dile. (Mademki) bunların hepsinin bizden olduğunu gördün, tövbe et, af dile.

Biz Emir'i, dünya (menfaatlerimiz) veya onun terbiyesi, bilgisi ve ameli için sevmiyoruz. Başkaları onu, sadece bunlar için seviyorlar. Çünkü onlar Emir'in yüzünü değil, arkasını görüyorlar. Emir aynaya benzer. Bu sıfatlar ise, aynanın arkasında bulunan değerli inciler ve altınlar gibi, aynanın arkasına yerleştirilmiştir. Onlar altın ve inciye âşıktır. Gözleri aynanın arkasındadır. Hâlbuki aynaya âşık olanların gözü altında, incide değildir. Bunlar her zaman yüzlerini aynaya çevirmişler ve onu ayna olduğu, aynalığı için severler. Çünkü onda güzel bir yüz gördükleri için (bakınca) içleri sıkılmaz. Yüzleri çirkin ve kusurlu olanlar, aynada çirkinliklerini gördükleri zaman, hemen tersine çevirip o incileri ararlar (seyrederler). İşte bunun için aynanın arkasına binbir türlü şekiller yapar, mücevherler koyarlar. Fakat bunun aynaya ne zararı dokunur?

Ulu Tanrı her ikisinin de belli olması için, insanlıkla hayvanlığı bir araya getirmiştir. Eşya zıddı ile belli olur. Zıddı olmayan bir şeyi tarif etmek imkânsızdır. Yüce Tanrı'nın zıddı olmadığından: *"Ben gizli bir hazine idim bilinmek istedim* (H.K.) buyrulduğu gibi, bu nurun belli olması için, karanlık olarak yaratılmış bulunan bu âlemi yarattı. Bunun gibi nebîleri ve velîleri de: *"Benim sıfatlarımla çık, halka görün."* (H.K.) diyerek vücuda getirdi.

Onlar Tanrı'nın nurunun mazharıdırlar. Dost düşmandan, gözde olan yabancı bulunandan bunlar vasıtasıyla ayırt edilir. Çünkü o mananın mana olarak zıddı yoktur ve ancak suret yoluyla gösterilebilir. Mesela Âdem'in karşısın da İblis, Musa'nın yanında Firavun, İbrahim'in karşısında Nemrut ve Mustafa'nın mukabilinde Ebu Cehl'in belli olduğu gibi ve buna daha başka sonsuz örnekler verilebilir. Şu hâlde mana itibarıyla zıddı yoksa da velîler vasıtasıyla Tanrı'ya zıt peyda olur. Mesela: *"Onlar ağızlarıyla Allah'ın ışığını söndürmek isterler. Allah ise nurunu tamamlayacak. Kâfirler karşı gelse de."* (Kur'an, Sure: 61, Âyet: 8) âyetinde buyrulduğu gibi (onlar) ne kadar düşmanlık, aksilik ederlerse, bunların işleri de o kadar ilerler ve o kadar çok tanınmış olurlar.

Şiir:
(Ay ışığını saçar, köpek havlar. Köpeğin huyu, yaratılışı buysa ay ne yapsın? Göktekiler aydan nur alırlar. O kırağı yerinde olan köpek de kim oluyor?)

Birçok kimseler vardır ki Ulu Tanrı mal, nimet, altın, emirlik ve güç, kuvvet vermekle onlara azap verir. Ruhları bu şeylerden kaçar. Fakir bir Arap yurdunda, bir emirin ata binmiş olduğunu görüp onun alnında velîlerin ve nebîlerin nurunu müşahede edince: *"Ben kullarını nimetlerle azaba sokan Tanrı'yı överim, tesbih ederim."* (K. K.) dedi.

ON DOKUZUNCU FASIL

Bu hafız Kur'an'ı doğru okuyor. Evet! Kur'an'ın sûretini doğru okuyor. Fakat manasından haberi yok. Esasen onun gerçek manası kendisine anlatılmış olsa, kabul etmez ve yine körü körüne okur. Bunun benzeri: Mesela bir adamın elinde kunduz olsa, ona elindekinden daha iyi bir kunduz getirdikleri zaman almak istemezse, kunduzu tanımadığı anlaşılır. Biri bunun kunduz olduğunu ona söylemiş, o da bunu taklid ile eline almıştır. Mesela cevizlerle oynayan çocuklara ceviz içi veya ceviz yağı verdiğiniz zaman almazlar. Çünkü onlara göre ceviz, elinize aldığınız zaman hışır hışır ses çıkarır. Halbuki bunların ne sesi, ne de hususi vardır. Tanrı'nın hazineleri ve ilimleri çoktur. Hafız Kur'anı bilerek okuyorsa (Tanrı'nın) diğer kitabını (Kur'an'ını) niçin kabul etmiyor? Kur'an okuyan birine anlattım ki: Kur'an, de ki: *"Tanrı'nın sözleri için deniz mürekkep olsa, bir misli de ona ilâve edilse sözler bitmeden denizler tükenirdi."* (Kur'an, Sure: 18, Âyet: 109) buyuruyor. Kur'an elli dirhem mürekkeple yazılabilir. Bu Tanrı'nın ilminden bir işaret bir parçadır ve O'nun bütün bilgisi bundan ibaret değildir. Bir aktar bir kâğıt parçasına ilâç sarsa, sen: "Bütün dükkân bunun içinde." der misin? Bu aptallık olur. Nihayet Musa, İsa ve daha başkaları zamanında da Kur'an vardı; Hak kelâmı mevcuttu. Fakat Arapça değildi. İşte bunu anlatıyordum. Baktım o hafıza tesir etmiyor, ben de (yakasını) bıraktım.

Rivayet etmişlerdir ki: Peygamber (Tanrı'nın selam ve salâtı onu üzerine olsun) zamanında ashabdan her kim, yarım veya bir sure öğrense, ona büyük adam derler ve bir yahut yarım sureyi biliyor, diye parmakla gösterirlerdi. Çünkü onlar Kur'an'ı adeta yerlerdi. (İyice hazmederlerdi.) Bir veya yarım batman ekmek yemek hakikaten güç bir iştir. Fakat ağızlarına alıp, çiğneyip çiğneyip atarlarsa, bu şekilde yüz bin merkep yükü ekmek yenebilir. (Peygamber): *"Ne kadar Kur'an okuyan vardır ki Kur'an ona lânet eder."*(H.) buyurmamış mıdır? İşte bu, Kur'an'ı okuduğu hâlde, manasını bilmeyen kimse hakkında söylenmiştir. Fakat böyle olması da yine iyidir.

Tanrı bir kavmin gözünü, bu dünyayı kurmaları ve bayındır etmeleri için, gafletle bağladı. Eğer insanlardan böyle bir gurubu, öbür dünyadan habersiz etmeseydi, o zaman bu dünya hiç bayındır olur muydu?

Bu mamurluğu, öbür dünyadan gafil olmak vücuda getirmiştir. Mesela bir çocuk hiçbir şeyden haberi olmadığı ve boş bulunduğu için büyür, gelişir ve boyu uzar. Aklı kemale erince bu büyüyüp gelişme durur. İşte bunun için yapıcılığın sebebi gaflet, yıkıcılığın sebebi ise akıllılıktır. Bu söylediklerin ikiden hâli değildir. Bunu ya kıskandığından, ya da sevgisinden söylüyor. Allah esirgesin! Katiyen kıskançlık olamaz. Çünkü değeri olan bir şeyi kıskanmaya acınır. Değeri olmayan bir şeyi kıskanmaya ne denir bilmem. Bu olsa olsa, son derece merhametli, şefkatli olmasındandır. Bundan maksadımız sevgili dostu manaya doğru çekip götürmektir.

Hikâye ederler ki, bir adamın Hacc'a giderken yolu çöle düştü. Çok susamıştı. Uzaktan ufacık, eski bir çadır görüp oraya gitti. Bir cariye gördü ve ona: "Sözün kısası ben misafirim!" diye, seslendi ve inip oraya oturdu. Su istedi, verdiler. Bu içtiği su, ateşten daha sıcak, tuzdan daha tuzluydu. Dudağından, damağından, midesine ininceye kadar her geçtiği yeri yaktı, kavurdu. Adam son derece merhametli ve şefkatli olduğundan, kadına öğüt vermeğe başladı ve: "Sizin bana hakkınız geçti. Beni kavuşturduğunuz rahatlık karşısında şefkat hissim kabardı. Size şimdi söyleyeceğim şeyleri iyice dinleyiniz. İşte Bağdad, Basra, Vâsıt ve daha başka şehirler buraya yakındır. Eğer isterseniz kona göçe, düşe kalka oraya kendinizi ulaştırabilirsiniz. Tatlı ve soğuk sular orada çoktur. Çeşitli yiyecekler, türlü türlü hamamlar vardır." diye, böylece o şehirlerin nimetlerini, güzelliklerini, tatlı ve eğlenceli taraflarını kadına sayıp durdu. Az sonra kadının kocası olan Arap geldi. Bir kaç tane çöl faresi avlamıştı. Bunları pişirmesini karısına emretti. Pişince biraz da misafire verdiler. O bunları istemeye istemeye yedikten sonra, gece yarısı çadırın dışında yatıp uyudu. Kadın kocasına: "Bu misafirin dediklerini hiç duydun mu?" dedi ve misafirin kendisine anlattığı şeylerin hepsini kocasına anlattı. Kocası: "Ey kadıncağız, böyle şeyleri dinleme, çünkü dünyada kıskanç insanlar çoktur. Bazı kimselerin devlete ve rahata kavuştuklarını görünce kıskanır, onları bulundukları yerlerden tedirgin ve mahrum etmek isterler." dedi. İşte bu halk da böyledir. Biri şefkatinden oturup öğüt vermek istese, bunu onun kıskançlığına hamlederler. Yalnız onda eğer bir esas (kabiliyet) varsa sonunda (öğütlerin tesiriyle) manaya teveccüh eder. Çünkü "Elest" gününden bir damla damlatıldığından, bu katre onu nihayet bu sıkıntı ve minnetten kurtarır. Sen daha ne kadar bizden uzak, bize yabancı olarak, perişanlık ve gelip geçici hevesler içinde kalacaksın? Kendi şeyhinden veya birinden benzerini, yani aynı cinsten olan sözleri duymamış olan bir topluluğa insan nasıl söz söyler?

Şiir:
(Soyunda bir tek büyük adam olmadığı için, büyüklerin adımı işitmeye tahammül edemedi.)

Manaya yönelmek, insana başlangıçta o kadar hoş gelmezse de, gittikçe daha çok tatlılaşır. Bu, suretin aksinedir. Suret önce hoş, lâtif görünür; fakat onunla ne kadar çok beraber bulunursan, ondan o kadar soğursun. Kur'an'ın sureti nerede, manası nerede!

İnsana da bak. Nerde onun sureti ve nerede manası! Eğer insanın suretinin manası giderse, cesedini evde bir lâhza olduğu gibi bırakmazlar.

Mevlâna Şemseddin (Tanrı onun ruhunu takdis etsin) buyurdu ki: "Büyük bir yolcu kafilesi bir yere gidiyordu. Orada bayındırlıktan ve sudan eser yoktu. Ansızın kovasız bir kuyu buldular ve bir kova ile ipler ele geçirip kuyunun dibine sarkıttılar. Kova ipten ayrıldı. Başka bir kova sarktılar, o da koptu. Bundan sonra kafiledeki adamları ipe bağlayıp kuyunun dibine indirdiler. Bunlarda orada kaldılar. İçlerinde akıllı birisi vardı. O, "Ben gideyim." Dedi. Onu da aşağı sarkıttılar. Kuyunun dibine inmesine az bir şey kalmıştı ki korkunç bir siyah göründü. Akıllı adam: "Kurtulmaya kurtulamayacağım, ama hiç olmazsa aklımı başıma toplayıp kendimden geçmeyeyim. Bakalım başıma neler gelecek." dedi. Siyah (Ona): "Masalı kısa kes. Benim esirimsin. Doğru cevap vermekle başka bir şeyden elimden kurtulamazsın. (söyle bakalım) bütün yerlerin en iyisi neresidir?" dedi. Akıllı adam kendi kendine ben şimdi onun elinde esir ve biçareyim. Eğer ona Bağdat veya başka yer 'En iyi yerdir.' dersem bulunduğu yaşadığı yeri kötülemiş olurum, deyip "En iyi yer insanın bir arkadaşının bulunduğu yerdir ve burası yerin dibinde fare deliğinde de olsa yine en iyi yerdir" cevabını verdi. Bunun üzerine Siyah: Aferin! Aferin! Kurtuldun. Yeryüzünde yegâne insan olan sensin. Seni serbest bırakıyorum. Diğerlerini de hatırın için azat ediyorum. Bundan böyle kan dökmeyeceğim.

Sana olan sevgimden dünyadaki bütün insanları sana bağışladım. Ve sonra kafileyi suya kandırdı.

Bunun için maksat manadır. Bu manayı başka bir surette söylemek mümkündür. Fakat mukallit olanlar ancak maddî ve müşahhas bir şeyle sözü kabul ediyorlar. Onlara söz anlatmak güçtür. Mesela bu sözü onlara başka bir misalle söylersen anlamazlar.

YİRMİNCİ FASIL

Buyurdu ki: Tacüddin-i Kubaî'ye: "Bu ulûm talebesi aramıza girip, halkın dinî inançlarını sarsıyor ve onları inançsız bir hâle getiriyorlar." dediler. O da: "Hayır, onlar aramıza girip bizi inançsız, imansız etmiyorlar; haşa! haşa! Onlar bizden değildir. Mesela; bir köpeğe altından bir tasma taksan, ona bu tasma için av köpeği demezler. Sen ister altın, ister yünden tasma tak, yine sokak köpeği olmaktan kurtulamaz. Av köpeği ayrı ve belli bir cinstir. O cübbe ve sarık ile de insan âlim olmaz. Âlimlik insanın zatında bulunan bir hünerdir. Bu hüner ister ipekli bir kabâ (esbab), ister yünden bir aba içinde olsun fark etmez. Mesela, peygamber zamanında ikiyüzlü, (kötü düşünceli ve kötü işli) kimseler, din yolunu kesmek istiyorlardı. Bunun için gerçekten dindar olmayıp, sadece dindar görünen birini, din yolunda gevşetmek düşüncesiyle namaz cübbesi giyerlerdi. Bunlar kendilerini Müslüman'mış gibi göstermeselerdi buna muvaffak olamazlardı. Böyle olmasaydı, bir Frenk veya Yahudi dine sövüp sayınca, onu kim dinlerdi?

"Vay haline o namaz kılanların ki kıldıkları namazın değerine aldırış etmezler. Gösteriş yaparlar ve en sakınılmayacak yardımlıkları esirgerler." (Kur'an, Sure: 107, Âyet: 4,5,6,7) Bütün söz bundan ibaret. Sende o nur var, fakat insanlığın yok. İnsanlık dile; istenilen budur geri kalanı sözü uzatmaktan başka bir şey değildir. Sözü çok söyledikleri için, onunla ne demek istenildiği unutuluyor, kayboluyor.

Bir bakkal bir kadını seviyordu. Hanıma hizmetçisiyle haber gönderip: "Ben şöyleyim, böyleyim; âşığım, yanıyorum. Rahatım, huzurum yok. Bana zulmediliyor. Dün şöyleydim. Dün akşam böyle oldum." Gibi uzun uzun masallar okudu. Hizmetçi de hanımın yanına gelip: "Bakkalın selamı var; diyor ki, 'Gel sana şunu yapayım, bunu edeyim' dedi. Hanım: "Bu kadar soğuk mu söyledi." Deyince cariye:

"O uzun söyledi, fakat demek istediği buydu." Cevabını verdi. "Esas olan maksattır, geri kalanı baş ağrısı" cevabını verdi. (dedi)

YİRMİ BİRİNCİ FASIL

Buyurdu ki: gece gündüz kavga edip bir kadının huyunu güzelleştirmek ve düzeltmek istiyorsun. Onun pisliğini kendinle temizliyorsun. Kendini onunla temizlemen, onu kendinle temizlemenden daha iyidir. Sen onun vasıtasıyla iyileş, güzelleş, ona doğru git. İmkânsız olsa bile onun dediği şeyi kabul et. Kıskançlık her ne kadar erkeklerin vasıflarından ise de bu huyu bırak. O (başka) erkeklerin sıfatlarını sana söylese de kıskanma; çünkü sendeki iyi vasıflardan sonra kötü vasıflar meydana gelir. Bu bakımdan Peygamber (Tanrı'nın selâm ve Salâtı onun üzerine olsun): *"Müslümanlıkta bekârlık yoktur."* (H.) buyurmuştur. Rahipler yalnız, oturur ve dağlarda yaşarlar. Evlenmezler ve dünyayı terk ederler. Aziz ve yüce olan Tanrı Peygamber'e çok ince bir yol gösterdi. O yol nedir? Kadınların kaprislerine, kötülüklerine tahammül etmek ve onların söyledikleri imkânı olmayan şeyleri, dinlemek; onların koşturmasına dayanmak suretiyle, kendini iyileştirmek ve düzeltmek için evlenmektir. (Tanrı) ona: *"Sen en yüksek ahlak üzeresin." (Kur'an, Sure: 68, Âyet: 4)* buyurmuştur.

İnsanların kötülüklerine katlanmak, tıpkı kendi pisliğini onlara sürmek suretiyle kendini, temizlemek gibidir. Onların bu koşturmasına ve kötülüğüne katlanmak senin huyunu düzeltir, onlarınki ise bozulur. Şimdi mademki bunu öğrendin, artık kendini temizle ve onları, pisliklerini temizlediğin bir bez parçası olarak bil. Nefsinle başa çıkamazsan da kendi aklına şu dersi ver ve de ki: Farzedelim o aranızda nikah olmayan serseri bir sevgilidir. Şehvetime yenilince onun yanına giderim, işte bu suretle hamiyeti ve kıskançlığı içinden çıkar at. Nefsini terbiye edip, sende mücahede ve tahammül zevki meydana gelinceye ve böyle onların imkânsız bulunan şeylerinden, sende türlü türlü hâller hâsıl oluncaya kadar, bunu bu şekilde kabul etmeye çalış. Sonra da kendi kendine verdiğin bu ders olmadan da kendi mücahedenin ve eski hâline esef etmenin müridi olursun. Çünkü artık kendi faydalarını açıkça onda görürsün.

Rivayet ederler ki: Peygamber (Tanrı'nın selâm ve salâtı onun üzerine olsun) ashabı ile savaştan dönmüştü ki: "Bu gece şehrin kapısında uyuyun, yarın şehre gireriz." diye davul çalmalarını emretti. (Ona): "Ey Tanrı'nın Elçisi buna sebep ne?" dediler. O buyurdu ki: "Kadınlarınızı yabancı erkeklerle bir arada görünce üzülürsünüz; bundan bir karışıklık ve gürültü çıkar." Ashaptan biri (verilen emri) işitmeyip gitti ve karısını bir yabancıyla gördü. İşte Peygamberin (Tanrı'nın selâm ve salâtı onun üzerine olsun) yolu, (Âlem-i Muhammedî) yüz gösterinceye kadar, (yani şeriatın ruhu insanda hâsıl oluncaya kadar) kıskançlığı, hamiyeti terk etmek, kadının masrafı, giyim sıkıntısı gibi yüz binlerce sayısız sınırsız zahmete katlanmak ve sıkıntı çekmektir. İsa'nın (Ona selâm olsun) yolu, yalnız kalmak (halvet) ve şehveti körleştirmek için çalışmaktı.

Muhammed'inki (Tanrı'nın selâm ve salâtı onun üzerine olsun) ise, insanların ve kadınların zahmetine katlanmak, tasalarını çekmekti. Mademki Muhammed'in yolunda gidemiyorsun, hiç olmazsa İsa'nın yolunu tut ki büsbütün mahrum kalmayasın. Eğer yüz tokat yemekten bir lezzet duyuyorsan, bunun semeresini ya gözünle görür yahut: "Mademki buyurmuşlar, haber vermişlerdir, o hâlde böyle bir şey vardır. Bir zaman bekleyeyim de haber verdikleri o semere bana da erişsin!" diye gaib'e inanırsın. Bundan sonra: "Çektiğim bu zahmetlerden eğer şimdi bir şey elde etmemişsem de sonunda hazinelere kavuşacağım." deyip buna gönül bağladığından dolayı hazinelere erersin. Hatta istediğin ve beklediğinden fazlasına kavuştuğunu görürsün. Bu söz şimdi tesir etmezse de, daha çok olgunlaştığın zaman sana pek çok tesir eder. Kadın ne oluyor, dünya ne oluyor? (o zaman anlarsın). Sen desen de, demesen de o kendi bildiği gibidir ve bildiğinden şaşmaz. Söylemekle ona tesir edilmez; hatta daha kötü olur. Mesela bir ekmek al, koltuğunun altına koy ve insanların görmesine mani ol. Eğer sen: "Ben bunu insanlara vermeyeceğim. Vermek şöyle dursun göstermeyeceğim bile!" dersen, ekmek ucuzluğundan, bolluğundan sokaklara atılmış olsa ve köpekler bile onu yemese, sen böyle görülmesine mani olmaya başlayınca bütün insanlar onu görmek isteyip senin arkanda dolaşır, dururlar ve: "Biz elbette o sakladığın ve görmemizi istemediğin ekmeği görmek isteriz!" diye, ya birini araya kor yalvarırlar, yahut da onu zorla almak isterler. Sen o ekmeği bilhassa, bir yıl yeninde saklasan, göstermemek ve vermemekte aşırı gitsen, insanların da buna karşı isteği ve alâkası haddini aşar. Çünkü insanlar men edildikleri şeye karşı haris olurlar. Sen ne kadar kadına: "Kendini sakla, örtün!" diye emretsen, kendini gösterme arzusu onda o nispette fazlalaşır. Halkta da gizlendiğinden dolayı o kadını görmek temayülü o kadar artar. Şu hâlde sen oturmuş, iki taraftan bu görmek ve görülmek arzusunu, rağbetini arttırıyor ve bununla da onu ıslah ettiğini zannediyorsun.

Bu yaptığın şey fesatçılığın ta kendisidir.

Onda eğer kötü bir işi yapmamak cevheri varsa, sen mani olsan da olmasan da, o güzel yaradılışına temiz ve iyi huyuna uyacaktır. Sen merak etme. Aklını, işini, gücünü karıştırma; bunun aksine de olsa, o yine kendi bildiği yolda gidecektir. Ona mani olmak, muhakkak ki rağbetini artırmaktan başka bir şeye yaramaz.

Bu adamlar: "Biz Şemseddin Tebrizî'yi gördük; evet efendi, biz onu gördük." diyorlar. Ey ahlâksızlar! Onu nerede gördünüz. Bir evin damı üzerinde duran deveyi görmeyen adam: "Ben iğne deliğini gördüm ve ona iplik geçirdim!" diyor. Ne güzel söylemişler o hikâyeyi! iki şeye güleceğim geliyor: Biri, zencinin parmaklarının ucunu siyaha boyaması, diğeri de bir körün dışarıyı seyretmek için pencereden başını dışarıya çıkarmasıdır. İşte onlar da tıpkı böyledirler. İç gözleri kör olanlar, bu vücut penceresinden başlarını çıkarırlar. Sanki ne görecekler? Akıllı bir adamın yanında onların takdir veya inkâr etmelerinin ne değeri olur? Akıllıya göre her ikisi de birdir. Çünkü her ikisi de görmemişler ve saçmalıyorlar. Önce görme hassası hâsıl etmeli, ondan sonra bakmalıdır. Görme hassası hâsıl olsa bile, ona lâzım olmadıkça nasıl görebilir. Dünyada pek çok gören, vâsıl olmuş bulunan veliler vardır. Bunların ötesinde başka veliler de bulunur ve bunlara, Hakk'ın gizlediği, göstermediği (Mestûran-ı Hak) adını verirler.

Veliler : "Ey Tanrımız! O gizlediklerinden birini bize göster!" diye ağlayıp sızlamadıkça yalvarmadıkça onların kendilerine gösterilmesi lâzım gelmez. Dış gözleri olmakla beraber; onu göremezler. Bu serseriler pek kötü oldukları ve kendileri lüzum hissetmedikçe hiç kimse onların yanına gidemediği, onları göremediği halde Hakk'ın gizlediklerini, kendileri istemedikten sonra kim görebilir? Bu iş pek kolay değildir, melekler bile bundan aciz kalmışlardır. *"Biz ise sana hamd ederek seni takdis, seni tenzih ediyoruz demişler"* (Kur'an, Sure: 2, Âyet: 30) Biz de âşığız, ruhanîyiz, sırf nuruz. O insanoğulları bir avuç aç, obur ve kan dökücüden ibarettir. *"Kan dökerler."* (Kur'an, Sure: 2, Âyet: 30) âyeti bunlar hakkında inmiştir. Bunların hepsi, insanın kendi üzerine titremesi (kendinden korkması) içindir. Ruhanî olan meleklerin ne malı, ne mevkii ve ne de perdeleri vardır. Onların besini sırf nurdur; Tanrı'nın Cemâline olan aşkları ise, yegâne aşklarıdır ve uzağı gören keskin gözleri, bir insanın: "Ben kimim, nereden bileyim? Eyvah" diye kendinden korkup kendi üzerine titremesi, hatta bir nur vurduğu ve bir zevk baş gösterdiği zaman: "Buna layık mıyım?" diyerek Tanrı'ya binlerce defa teşekkür etmesi için, ikrarla inkâr arasında dolaşır.

Siz şimdi Şemseddin'in sözünden daha çok zevk alacaksınız. Çünkü insan vücudu gemisinin yelkeni imandır. Yelken olunca, rüzgâr onu muazzam bir yere götürür, olmayınca söz havadan ibarettir.

Âşıkla maşuk arasında tam bir teklifsizlik bulunması ne güzel şey! Bu teklif ve tekellüfler, çekinmeler yabancılar içindir. Âşığa aşktan başka her şey haramdır. Bu sözü daha iyi anlatırdım. Fakat şimdi zamansız olur. (Suyun) gönül havuzuna ulaşması, akması için çok çalışması, dereler aşması lâzımdır. Yoksa ya konuşan ya da dinleyen sıkılır: "Sözün tesir etmiyor," diye bahane bulur. Milletin bezginliğini gidermeyen hatip iki para etmez. Hiç bir âşık sevgilisinin güzelliği hakkında delil göstermez ve kimse de âşığın gönlünde, maşuğunun kinine delalet eden bir delil gösteremez. İşte bunun için burada delilin bir faydası olmadığı anlaşılmış oluyor. Burada sadece aşk talibi olmak lâzım gelir. Şimdi bu beyitte mübalağa etmiş olsak da aşk hakkında mübalağa edilmiş olmaz: "Ey senin suretin binlerce manadan daha güzel olan." (sevgili)! buyrulduğu gibi, müridin, şeyhin sureti için kendi manasını feda etmiş olduğunu görüyoruz. Çünkü bir şeyhe gelen mürit, kendi manasından geçip, şeyhe muhtaç olmuş bulunan kimsedir.

Bahâeddin: "(Bunlar) şeyhin sureti için manadan olmuyorlar; kendi manalarını, belki şeyhin manası için terk ediyorlardır," diye sordu. Mevlâna buyurdu ki: Bu böyle olmamalıdır. Çünkü eğer böyle olursa, o zaman her ikisinin de şeyh olması lâzımdır. Şimdi içinde bir nur hâsıl etmen için çalışıp çabalaman gerekir. Bu nurla, seni perişan eden bu ateşten, kurtulur ve güven içinde kalırsın, içinde böyle bir nur hasıl olan kimsenin gönlünde emirlik, vezirlik mansıbı gibi dünya hâlleri, bir yıldırım gibi parlayıp geçer. Bunun için dünya ehlinin içinde de Tanrı korkusu, evliya âleminin şevki kabilinden gayb âleminin ahvali parlar ve bir yıldırım gibi gelip geçer. O zaman Hak ehli Tanrı'nın olur ve Tanrı'ya yönelirler. O'nunla meşgul ve O'nun rahmetine katılmıştır. Şehvet gibi dünyaya ait hevesler baş gösterir, fakat karar bulmaz; geçip gider. Dünya ehli ahiretle ilgili hâllerde bunun tamamen aksine olur.

YİRMİ İKİNCİ FASIL

Şerif-i Pay-Suhte (Ayağı yanık Şerif) der ki: *"O mukaddes olan ve nimetler bağışlayan (Tanrı) dünyadan müstağnidir, hepsinin canıdır, fakat kendisi candan müstağnidir. Senin vehminin ihata ettiği her şey onun kıble yönüdür. O ise (yönden) müstağnidir."* Bu söz çok saçma! Ne padişahı ve ne de kendini övmektir. Ey sersem adam! O senden müstağni olunca bundan ne zevk alıyorsun. Bu, dostların değil düşmanların hitabıdır. Çünkü düşman: "Ben senden müstağniyim, sana muhtaç değilim." der. Sen şimdi ateşli bir âşık olan şu Müslüman'a bâki zevk hâlinde sevgilisinin kendisinden müstağni olduğunu söylüyorsun. Bu tıpkı şuna benzer: Mesela bir külhancı külhana oturup: "Sultan benden müstağnidir, bana ihtiyacı yoktur ve bütün külhancılardan vazgeçmiştir," derse ve padişah kendisinden vazgeçmiş olursa, acaba bunun külhancı için zevki neresinde? Evet, külhancı eğer: "Ben külhanın damında idim. Sultan geçiyordu. Kendisini selamladım. Bana pek çok baktı, yanımdan geçtiği hâlde yine bakıyordu." derse bu gerçekten zevkli bir sözdür. Fakat, padişah külhancılardan vazgeçmiştir, demek ne biçim padişahı övmektir ve külhancı için bunun ne zevki olur?

Senin vehminin kavradığı her şey... Ey sersem herif, senin gibi bir adamın vehminden, afyondan başka ne geçer! Senin vehminle hayalinle herkesin ne alâkası var! Eğer sen kendi vehminden onlara bahsedecek olursan bundan sıkılıp kaçarlar. Vehim nedir ki Tanrı ondan müstağni kalmasın? İstiğna âyeti bizzat kâfirler hakkında inmiştir. Haşa ki bu hitap müminler için olsun! O'nun istiğnası sabit olmuştur. Yalnız eğer sende değerli bir hâl varsa, o zaman senin aziz ve şanlı oluşundan dolayı, senden müstağni olması ayrı bir mesele. Şeyh-i Mahalle: "Önce görmek, sonra işitip söylemek (gelir). Mesela herkes sultanı görür, fakat onunla konuşan ancak, onun has adamıdır." diyordu. Mevlana buyurdu ki: Bu yanlış, saçma ve talihsizliktir. Çünkü Musa (Ona selam olsun) önce konuştu, işitti; sonra Tanrı'nın didârına talip oldu. Söz söylemek makamı Musa'nın, görmek makamı ise Muhammed'indir (Tanrı'nın selam ve salah onun üzerine olsun). "O hâlde bu söz nasıl doğru olabilir ve nasıl olur?" dedi. Buyurdu ki: Biri Mevlana Şemseddin Tebrizî'nin (Tanrı onun ruhunu takdis etsin) yanında: "Ben kesin bir delille Tanrı'nın varlığını ispat ettim." dedi. Ertesi sabah Mevlana Şemseddin buyurdu ki: "Dün gece melekler gelmiş: Allah ona ömürler versin! Bu dünyadakiler hakkında kusur etmedi ve Tanrı'ya şükürler olsun ki bizim Tanrı'mızı ispat etti." diye o adama dua ediyorlardı. Ey zavallı adamcağız, Tanrı'nın varlığı sabittir buna delil istemez. Eğer bir iş yapmak istiyorsan, kendini derecen ve makamınla onun önünde ispat et. Yoksa O delilsiz olarak sabittir. *"Hiçbir şey yoktur ki O'na hamd ederek şanını tenzih etmesin."* (Kur'an, Sure: 17, Âyet: 44.) Bunda şüphe yoktur.

Fakihler (Mollalar) akıllıdır ve kendi fenlerinde her şeyi yüzde yüz görürler. Fakat bunlarla o âlem arasına "Yecuzu Lâ Yecuz" (Caizdir, caiz değildir) kaydında bulunduklarından, bir duvar çekmişlerdir. Eğer bu duvar onlara perde vazifesini görmezse, onlar hiç okuyup öğrenemezler ve bütün bu işleri de yüz üstü kalır.

Büyük Mevlâna (Tanrı onun aziz olan ruhunu takdis etsin) bunun benzerini buyurmuştur: O âlem deniz gibidir. Bu dünya köpüğe benzer. Aziz ve Yüce olan Tanrı bu köpük parçasını bayındır kılmak istediğinden birçok insanların arkalarını denize çevirmiştir. Onlar eğer bununla meşgul olmazlarsa birbirlerini yok ederler. Bu yüzden o köpük parçası da yıkılır, harap olur. O hâlde bu, padişah için kurulan bir çadırdır. Bir milleti, bir çadırı onarıp yapmak için meşgul ederler.

Biri der ki: "Eğer bu ipi takmasaydım çadır dik durur muydu?" Öbürü: "Eğer çivi (kazık) yapmasaydın! İpleri nereye bağlarlardı?" der. Böylece herkes bilir ki bunların hepsi o şahsın kölesidir ve bunlar da çadır da oturup sevgililerini seyredeceklerdir. Eğer çuhacı vezirlik için, çuhacılığı bırakırsa bütün dünya çırçıplak kalır. İşte bunun için ona, işine karşı öyle bir zevk bağışlamışlardır ki o, bu zevkle her şeye razı olur ve sevinç duyar. Şu halde o ulusu, bu bir köpük parçası gibi olan dünyaya düzen vermek, âlemi de velînin nizamı için yaratmışlardır. Ne mutlu o kimseye ki âlemi onun işlerini nizama koymak için var etmişlerdir! Yoksa âleme düzen vermek için yaratılmış olanlara değil. Aziz ve Celil olan Tanrı her birine işinde bir sevinç ve zevk bağışlar. Çünkü o adam yüz yıllık ömrü olsa, aynı işi yaptığı hâlde, işine karşı duyduğu aşk daha çok artar ve kendisine işinin incelikleri ilham oldukça, bundan daha büyük bir zevk ve tad alır. *"Hiçbir şey yoktur ki O'na hamd ederek şanını tenzih etmesin."* (Kur'an, Sure: 17, Âyet: 44.) İpi yapanın ayrı, çadır direğini yapan marangozun ayrı, kazık yapanın ayrı, çadır bezini dokuyan dokumacının ayrı ve çadırda oturup eğlenen, içen velilerin ise ayrı bir teşbihi vardır.

İşte bu topluluk bizim yanımıza geliyor. Eğer susacak olursak incinirler. Bir şey söylesek, onlara göre söylemek lâzım geldiğinden, o zaman da biz inciniriz. Çünkü gidip: "Bizden sıkıldı, usandı ve bizden kaçıyor..." diye dedikodu ederler. Odun tencereden nasıl kaçar? Kaçsa kaçsa tencere kaçar. Çünkü ateşe dayanamaz. Odunun ve ateşin kaçması kaçma değildir. Belki onun zayıf olduğunu gördüğü için ondan uzaklaşır. İşte bu yüzden bütün hâllerde tencere kaçmaktadır. Bizim kaçmamız da onların kaçmağıdır. Biz aynayız. Onlar da bir kaçma olunca bu bizde görülür ve biz onlar için kaçıyoruz. Ayna, (insanların) onda kendilerini seyrettikleri şeydir. Onlar bizi sıkılmış bir hâlde görüyorlarsa bu, kendi sıkıntılarıdır. Sıkıntı ve üzüntü, zayıflığın vasfıdır, Onun için buraya sıkıntı sığmaz. Onun burada işi ne?

Hamamda Şeyh Salâheddîn'e büyük bir alçak gönüllülük gösterdim. Şeyh de bana karşı fevkalâde mütevazı hareket etti. Onun bu hareketi karşısında dert yandım ve içime şöyle geldi: Tevazuun hududunu aşıyorsun. Yavaş yavaş tevazu göstermek daha iyidir. Önce onun elini yıka, sonra ayağını, sonra da azar azar görünmez bir hâle getir. O zaman buna alışır ve zahmete sokmak, hizmete karşılık hizmet etmek hissini duymaz. Çünkü sen bu şekilde, onu, alçak gönüllüğe yavaş yavaş alıştırmış oluyorsun. İşte dostluğu ve düşmanlığı da böyle tedricen göstermek lâzım. Mesela düşman olan birine önce azar azar öğüt verirsin. Dinlemezse döversin; yine aldırış etmezse onu kendinden uzaklaştırırsın. Kur'an'da buyrulmuştur ki: *"Serkeşlik etmelerinden endişe ettiğiniz kadınlara öğüt verin, onları yataklarında yalnız bırakın, onları dövün."* (Kur'an, Sure: 4, Âyet: 34)

Dünyanın işleri böyle yürür. Baharın barışını ve dostluğunu görmüyor musun? Başlangıçta azar azar sıcaklık gösterir, sonraları artırır. Ağaçlara bak. Sıcaklık yavaş yavaş geldiği zaman önce gülümser. Sonra azar azar yaprak ve meyvelerden elbiseler giyerler. Dervişler gibi hepsini birden ortaya kor ve varlarını yoklarını feda ederler. İşte bunun için dünya ve ahiret işlerinde de her kim acele gösterir ve mübalağa ederse, bu iş ona müyesser olmaz. Riyazet etmek isteyen için şu yolu göstermişlerdir. Bir batman ekmek yiyebiliyorsa, her gün bir dirhem azaltacak olursa gitgide, aradan bir veya iki yıl geçmeden, ekmek yarım batmana inmiş olur. Bunu öyle yapar ki vücudu bu azalmanın farkında olmaz. Bunun gibi ibadet, tâat, halvet ve namaza teveccüh etmek de aynen böyledir. İnsan önce yalnız namaz kılmazsa nasıl Tanrı yoluna girer? Evvela, bir zaman beş vakit namazını kılıp, sonradan artırır. Bunun sonu gelmez...

YİRMİ ÜÇÜNCÜ FASIL

İbni Çâvuş'a lâzım olan, Şeyh Salâheddin aleyhinde kötü söz söylemekten dilini tutmasıdır. Böyle yaparsa, onun bu hareketi kendisine bir fayda sağlar; kalp gözünü kaplayan karanlıklar sıyrılır ve önündeki perdeler açılır. İbni Çâvuş onun için neler diyor? İnsanlar böyle bir Tanrı erine ulaşmak için yurtlarını, analarını, babalarını, kanlarını, çoluk çocuklarını, akrabalarını bırakarak Hint'ten, Sind'e geldiler. Demirden yaptırmış oldukları ayakkabıları parça parça oldu. Bu zahmeti, o âlemden koku almış olan bir eri bulmak ümidi ile çekiyorlardı. Bu dünyada ne kadar insanlar, özleyiş içinde ölmüşler ve bu aradıklarını bulamamışlar, böyle bir ere kavuşamamışlardır. Sen ise böyle bir erle evinde (oturduğun yerde) karşılaşıyorsun da bir de ondan yüz çeviriyorsun. Bu senin için büyük bir bela ve gaflettir.

İbni Çâvuş, Şeyhlerin Hak ve din'in salahı (Selah'ül-Hak ve'd-Din) (Tanrı onun saltanatını devamlı etsin) hakkında çok güzel sözler (de) söyledi: "O büyük adamdır. Büyüklüğü yüzünden bellidir; ben onun yanında bulundum..." (dedi). Sizden bahsederken: "Mevlâmız, Efendimiz, Tanrı'mız, Yaratıcımız!" derdi. O bu tabirleri hiçbir zaman değiştirmemiştir. Şimdi ona ne oldu? Kötü ve bozuk niyetler mi gözlerini ondan perdeledi? Bu gün ise Şeyh Salâheddin'den konuşulurken:

"O hiçbir şey değildir." diyor. Salâheddin ona ne kötülük etti? Onun kuyuya doğru gittiğini görünce, bütün insanlara karşı olan şefkatinden, ona da: "Kuyuya doğru gitme!" dedi. Fakat işte bu şefkat onun hoşuna gitmedi.

Sen Salâheddin'in hoşuna gitmeyecek olan bir şey yaparsan, büsbütün onun kahrına gazabına uğrasın. Böyle olunca sıkıntı ve kederden gönlün nasıl kurtulur? Gitgide cehennem dumanı içinde boğulursun sen hoşlanmadığın ve istediğinin aksine olan pek çok şeylere katlanman gerekir. Yoksa istediğine ulaşamazsın.

Velilerin ve nebîlerin makamı olan ölmez bir hayat kazanmak istersen, hoşlanmadığın şeylere katlanmadan, nefsindeki kötülüklerden vazgeçmeden bu nasıl olur? Şeyh sana eski şeyhler gibi hükmetmiyor ve: "Karını, çocuklarını, malını ve mansıbını terket!" diyor. Eski şeyhler: "Karını bırak, onu biz alacağız!" derlerdi ve müritleri de buna tahammül ederlerdi. Şeyh size kolay bir şey teklif ettiği zaman niçin buna katlanmıyorsunuz? Sizin hoşlanmadığınız birçok şeyler vardır ki belki onlar sizin hakkınızda hayırlı olur. Nefislerini körlük, bilgisizlik kaplamış olan bu adamlar ne söylüyorlar? Bunlar hiç düşünmüyorlar; insan, bir kadına, bir çocuğa âşık oluğu zaman ne düşkünlüklere katlanır. Onu kandırmak, gönlünü hoş etmek için varını yoğunu feda eder. Gece gündüz bununla uğraşır. Bundan hiç usanmadığı hâlde başka şeylerden sıkılır. Şeyhin ve Tanrı'nın sevgisi bundan aşağı mıdır? O ise, yapılması pek kolay olan birtakım hikmetler söylediği için şeyhini terk etmeye kalkıyor. Bu da gösteriyor ki o henüz gerçek âşık olmamıştır. Eğer gerçek âşık ve isteyici olsaydı, bunun birkaç misline tahammül eder ve bunlar ona baldan, şekerden daha tatlı gelirdi.

YİRMİ DÖRDÜNCÜ FASIL

Buyurdu ki: Tokat tarafına gitmek lâzım. Çünkü o tarafın iklimi sıcaktır. Antakya tarafının da böyledir. Fakat orada daha çok Rumlar vardır ve ekseriyetle onlar dilimizi anlamazlar. Anlayanlar da olabilir...

Bir gün bir toplulukta konuşuyorduk. Bunlar arasında kâfirlerden de bir grup vardı. Konuşma esnasında bunlar ağlıyor, seviniyor ve türlü türlü hâller gösteriyorlardı. Biri: "Onlar bunu ne bilip ne anlarlar? Bu türlü sözleri belli başlı Müslümanlardan binde biri anlarken onlar neyi anlayıp da ağlayacaklar?" diye sordu. Mevlâna buyurdu ki: Bu sözün kendini anlamalarına lüzum yoktur. Onlar özünü, aslını anlıyorlar. Hepsi Tanrı'nın birliğini itiraf eder; O'nun yaratıcı, yiyecek verici, her şeye tasarruf edici olduğunu ve sonunda Ona dönüleceğini bağış ve cezanın O'nun tarafından olduğunu bilirler ve Tanrı'nın vasfı ve zikri olan bu sözü işittikleri zaman, hepsi muzdarip olur veya hepsinde bir sevinç ve zevk meydana gelir. Bu sözden onlara sevdiklerinin ve istediklerinin kokusu gelmektedir. Yollar her ne kadar çeşitli ise de gaye birdir. Görmüyor musun ki Kâbe'ye giden ne çok yol vardır. Bazısının yolu Rum'dan, bazısının Şam'dan, bazısının Acem'den, bazısının Çin'den, bazısının da deniz yolundan Hint ve Yemen'dendir. Bunun için yollara bakarsan, ayrılık büyük ve sınırsızdır. Fakat gayeye, maksada bakacak olursan hepsi birleşmiş, hepsinin kalbi Kâbe hakkında anlaşmış ve orada bir olmuştur. Ona olan aşkları çok büyüktür. Çünkü oraya hiçbir anlaşmazlık, aykırılık sığmaz. O söylediğimiz çeşitli yollarla olan ilgi, küfür ve imanla karışık değildir. Oraya ulaştıkları zaman, yollarda birbirleriyle yaptıkları çarpışmalar, dövüşüp çekişmeler ve karşı koymalar ona erer. Yolda iken biri öbürüne: "Sen sebatsızsın, kâfirsin." der ve bir başkası diğerine bunu böyle gösterir. Fakat Kâbe'ye varınca bu kavgaların sadece yolda ve maksatlarının bir olduğu anlaşılır. Mesela, eğer kâsenin canı olsaydı, kendini yapanın kulu olurdu ve onunla sevişirdi. Bu yaptıkları kâseyi, bazısı: "Bunu şöyle sofraya koymalıdır." yine bazısı: "Onun içini yıkamalı." bazısı da: "Onun dışını yıkamak lâzımdır." bazısı: "Hepsini yıkamalı." ve bazısı da: "Yıkamaya lüzum yoktur." der. İşte anlaşmazlık bu gibi şeylerdedir. Fakat kâseyi yaratan, yapan biri olduğunda ve onun kendi kendine var olmadığında hepsi anlaşmıştır ve hiç kimse bunun aksini söyleyemez.

Geldim şimdi insanlara: İnsanlar can ve gönülden Tanrı'yı severler, O'nu isterler ve O'na yalvarırlar, her şeyi O'ndan beklerler ve neleri var, neleri yoksa hep O'ndandır. O'ndan başkasını kendi üstlerinde kudret ve tasarruf sahibi olarak bilmezler. Böyle bir mana, ne itikat, ne de iman etmektir. O'nun içimizde bir ismi yoktur. Fakat içten dil oluğuna doğru, o mana suyu akınca donar; şekil ve cümle olunca ona küfür ve iman adı verilir. Bunun gibi bitkilerin de yerden çıkmaya başladıkları zaman evvela bir şekilleri yoktur. Fakat bu dünyaya yüz çevirince, önce lâtif ve nazik görünür, rengi beyaz olur. Bu dünyada adım atıp ilerledikçe kirlenir, kabalaşır, rengi değişir. Yalnız mümin ile kâfir bir arada oturdukları zaman, birbirleriyle konuşmazlar, söz etmezlerse birdirler. Düşünce muaheze edilmez. (İnsanın) içi hürriyet âlemidir. Düşünceler lâtiftir, onlara hüküm olunmaz. *"Biz görünene hükmederiz sırları Tanrı bilir."* (H.) buyrulmuştur. Bu düşünceleri sende Yüce Tanrı meydana getiriyor ve sen bunları yüz bin çalışıp çabalama ve La havle ile kendinden çıkarıp atamazsın. İşte bu yüzden "Tanrı'nın alete ihtiyacı yoktur." derler. O tasavvurları ve düşünceleri, kalem ve boya gibi aletler olmadan, sende nasıl hâsıl ettiğini görmüyor musun? Düşünceler, havadaki kuşlar ve yabani ceylanlar gibidir. Bunları yakalayıp kafese koymadan önce satmak şer'an caiz değildir. Havadaki kuşu satamazsın. Satışta satılan şeyi teslim etmek şarttır. Mademki buna gücün yetmiyor, öyleyse neyi teslim edeceksin? Düşünceler içimizde oldukça adları, sanları ve alâmetleri yoktur. Bu yüzden onların ne kâfirlikleri ne de Müslümanlıkları hakkında bir hüküm verilemez. Hiç kadı var (yargıç) mıdır ki: "Sen içinden böyle itiraf ettin veya şöyle sattın yahut gel içinden böyle düşünmediğine yemin et!" desin. Diyemez, çünkü bir kimsenin içine hükmedilmez. Düşünceler, havadaki kuşlar gibidir. İbare ve cümle, söz haline geldiği andan itibaren onun kâfirliğine ve Müslümanlığına, iyiliğine ve kötülüğüne hükmolunabilir. Cisimlerin âlemi olduğu gibi, tasavvurların, tahayyüllerin ve vehimlerin de âlemi vardır. Ulu Tanrı ise bütün âlemlerin fevkindedir ve ne içte ne de dıştadır.

Şimdi sen Tanrı'nın bu tasavvurlar üzerindeki tasarrufuna bak? Onları niteliksiz, benzersiz, kalemsiz ve aletsiz olarak nasıl tasvir ediyor! Bu hayali ve tasavvuru ele geçirmek için, göğsü yarıp parça parça etsen, bu düşünceyi orada bulamazsın. Onu kanda, damarda, yukarıda ve aşağıda hulâsa hiçbir parçada bulamazsın. O niteliksiz, nasılsız ve yönsüz olduğundan, dışarıda da ele geçiremezsin. O'nun bu tasavvurlarda tasarrufu o kadar eşi görülmemiş ve lâtif olunca, bütün bunları yaratan o olduğuna göre, onun nişansız, benzersiz ve ne kadar lâtif olması lazım geldiğini sen artık düşün. Bu kalıplar insanlardaki manalara nispetle kesiftir. Lâtif, benzersiz ve niteliksiz olan manalar ise, Tanrı'nın lütuflarına nazaran kesif cisimler gibidir.

Nazım:
O, kutlu ruh, eğer perdeler arkasından görünseydi, insanların akıllarını vücut (gövde) sayarlardı.

Yüce Tanrı bu tasavvurlar âlemine ve hatta hiç bir âleme sığmaz. Eğer tasavvurlar âlemine sığmış olsaydı, tasavvur edenin onu kavramış olması gerekirdi ve bu bakımdan o, tasavvurların yaratıcısı olmazdı. İşte böylece onun bütün âlemlerin ötesinde, üstünde olduğu anlaşılmış oluyor.

Ulu Tanrı Peygamberine dosdoğru rüyayı gösterdi. *"Tanrı dilerse Mescid-i Haram'a girersiniz."* (Kur'an: Sure: 48, Âyet: 27) Hepsi: Kabe'ye gireriz !„ der. Bazısı da: inşallah Kabe'ye gireriz„ diyor. Bu şartı koşanlar aşıklardır. Çünkü âşık kendini, elinden iş gelir ve istediğini yapar göremez. Sevgilisini iş yapan ve faaliyet gösteren bilir. Bunun için: "Sevgili isterse oraya gireriz," diyor. İşte dışı görenler için Mescid-i Haram, halkın ziyaret için gittiği Kâbe'dir. Âşıkların ve Tanrı'nın has, seçkin kullarının indinde ise Mescid'i Haram, Tanrı'nın visalidir. Bunun için: "Eğer Tanrı isterse, ona ulaşırız ve Didâr'ı ile şereflenmiş oluruz!" diyorlar. Fakat sevgilinin: "İnşaallah!" dediği enderdir. Bunun hikâyesi pek tuhaftır. Tuhaf olan bir hikâyeyi işitmek ve dinleyebilmek için de tuhaf bir adam lâzımdır.

Tanrı'nın bir takım kulları vardır ki onlar azizdir, sevgilidir ve sevilirler. Yüce Tanrı onları taliptir. Âşıkların bütün vazifesini onlar için yerine getirir. Âşıkın: "İnşallah erişiriz!" dediği gibi, Yüce Tanrı da: "O garip (aziz) isterse!" der. Fakat biz şimdi bunu şerhi ile uğraşacak olursak vâsıl olan veliler ipin uçunu kaçırırlar; (Onlar böyle olursa) bu türlü sırlar halka nasıl söylenebilir?

Mısra:
Kalem buraya geldi, ucu kırıldı.

Minarenin üzerindeki deveyi göremeyen, devenin ağzındaki bir tel kılı nasıl görür?

Şimdi geldik ilk hikâyeye: O, "İnşallah" diyen âşıklar: İşi yapan sevgilidir "O isterse Kâbe'ye gireriz," demek isterler. Bunlar Tanrı'da gark olmuşlardır. Oraya başkası sığamaz. Nerede başkası? Orada başkasının sözünü etmek bile haramdır. Kendini yok etmedikçe oraya kimse giremez. *"Tanrı'dan başka kimse yoktur."* (K.K.)

Ulu Tanrı, Peygamberine *"Rüyayı gösterdi."* (Kur'an, Sure: 48, Âyet: 27) buyurduklarında bu rüya âşıkların ve sadıkların rüyasıdır. Yorumu öteki dünyada belli olur. Bütün âlemin hâlleri belki bir rüyadır ve yorumu öbür dünyada belli olacaktır. Mesela rüyanda ata bindiğin zaman muradın olur. Atın muradla ne ilgisi var? Sana bütün para verdiklerini görürsen, bunun yorumu şudur: Bir bilginden güzel ve doğru sözler işiteceksin. Para söze ne bakımdan benzer? Seni darağacına astıklarını görürsen, bir ulusun başı olursun. Darağacının başlıkla ne alâkası var, ona nereden benziyor? Bu dünyanın hâli de bu söylediğimiz gibi bir rüyadır ve bu hususta, *"Dünya uyku uyuyanın rüyası gibidir."* (H.) buyrulmuştur. Yalnız o rüyanın yorumları, öbür dünyada başka türlü olup, buna benzemez. Ona, ilahi yoran (Muabbir-i İlahî) derler. Çünkü her şey onu için keşfedilmiştir. Mesela bir bahçıvan bahçeye girip ağaçlara bakınca, dalların uçlarında meyve görmeden: "Bu hurmadır, şu incirdir, öbürü nardır, öteki armut, beriki de elmadır." diye hüküm verebilir. Onun ilmini bildiğinden: "Ne oldu? o rüya nasıl bir sonuç verdi?" gibi tabirleri görmesi için kıyamete lüzum yoktur. O, ne sonuç vereceğini, tıpkı bahçıvanın o dalın ne meyve vereceğini peşinen bilmesi gibi başından görmüştür. Mal, kadın, elbise gibi bütün şeyler, başkaları için istenir; bizzat matlup değildir. Görmüyor musun ki yüz dirhem paran bulunsa ve sen aç olsan, ekmek bulamasan bu parayı yiyemezsin ve kendine yiyecek yapamazsın. İşte bu kadın, para, evlat, şehvet ve giyecekler ise, soğuktan korunmak içindir. Böylece bütün şeyler zincir gibi birbirine bağlı olarak, ta aziz ve celil olan Tanrı'ya kadar uzayıp gider. İstenilen, aranılan O'dur ve O'nu, başka şey için değil, kendisi için isterler, çünkü O, her şeyin üstünde ve hepsinden daha iyidir. Daha yücedir, daha şerefli, daha güzel ve hoştur. Bu durumda O'nu O'ndan daha aşağı olan bir şey için nasıl isterler? Sonuç O'ndadır ve O'na erişmekle bütün arzularına kavuşurlar. Artık bundan ilerisi, ötesi yoktur.

Bu insan nefsi, şüphe ve zan yeridir. Sen ondan bunları hiçbir yolla ve hiçbir zaman yok edemezsin. Ancak bu âşık olmakla mümkün olabilir. Âşık olunca içinde artık hiçbir şüphe ve zan kalmaz. *"Senin bir şeye karşı olan sevgin, seni kör ve sağır eder."* (H.) buyrulmuştur.

İblis, Âdem'e secde etmeyip, Tanrı'nın emrine karşı gelince: *"Beni ateşten yarattın da onu çamurdan yarattın."* (Kur'an, Sure: 7, Âyet:12) dedi. Yani, benim zatım ateşten, onunki çamurdandır. Yüksek olanın aşağı olana secde etmesi nasıl yakışık alır? İşte İblis, Tanrı ile böyle mücadele etmesi, ona karşılık vermesi yüzünden, Tanrı'nın lânetine uğradı ve huzurundan kovuldu: "Ah Allah'ım! Hepsini sen yaptın. Senin bozgunculuğundur. Bir de bana lânet edip beni huzurundan uzaklaştırıyorsun." dedi. Âdem de günah işlediği için Tanrı ona: "Ey Âdem ben yaptığım hâlde, sen yapmışsın gibi gösterdim. Ve işlediğin günahtan dolayı seni azarladığım hâlde, benimle niçin tartışmadın? Senin delilin yok muydu? Ve niçin bana 'Hepsi senden, sen yaptın; dünyada senin istediğin her şey olur ve istemediğin hiçbir şey olmaz.' demedin. Bu kadar yerinde, doğru ve açık bir delilin olduğu halde, hiçbir şey söylemedin." buyurdu. Âdem: "Ey Tanrım! Biliyorum, fakat senin önünde terbiyemi elden bırakmak istemedim. Sana olan aşkım bırakmadı ki karşı geleyim." dedi.

Buyurdu ki: "Bu şeriat su içecek yerdir." Yani kaynaktır. (Tıpkı) padişahın divanına benzer. Orada emir, nehy, ölüm cezası, adalet gibi padişahın hükümleri, gerek halka gerek hususi kimselere karşı mevcuttur ve padişahın divanının hükümleri sınırsız ve sayısız olup, birçok düzenleyici ve faydalı şeylerle doludur. Âlemin kararı bununla kaimdir. Fakat dervişlerin ve fakirlerin hâlleri padişahla görüşmektir. Hâkimin ilmini bilmek nerede! İlim-i ahkâmı bilmek nerede! Ve ilm-i hakimi bilmek ve padişahla görüşmek nerede! Bunlar arasında çok büyük farklar bulunur. Ashap ve onların durumları medreseye benzer. Bu medresede mollalar vardır. Her mollanın bir hocası olur ve mollaya kavrayışına, anlayışına göre bir aylık bağlar. Birine on, birine yirmi, birine otuz kişilik kadar verir. Biz de sözü her kesin anlayacağı, kavrayacağı ölçüde söylüyoruz. Çünkü, Peygamber: *"İnsanlarla, onların akılları nispetinde konuş."* buyurmuştur. Tanrı daha iyisini bilir.

YİRMİ BEŞİNCİ FASIL

Herkes bu imareti (Türbe yapmak veya onarmak) ya cömertliğini göstermek ya ad kazanmak veya sevaba girmek gibi bir düşünceyle yapıyor. Tanrı'nın ise, bundan maksadı velilerin derecesini yükseltmek, onların türbelerine, sandukalarına saygı göstermektir. Onlar esasen büyük ve saygı değerdirler. Saygıya ihtiyaçları yoktur. Mesela çerağ yüksek bir yere konulmak isterse, bunu kendisi için değil, başkaları için ister. O, ister aşağıda, ister yukarda olsun, bulunduğu her yerde nurlu bir çerağdır. Bununla sadece nurunun, ışığının başkalarına ulaşmasını istiyor. Göklerin üzerinde olan bu güneş, aşağıda da olsa yine aynı güneştir. Yalnız böyle olursa dünya karanlık içinde kalır. Şu hâlde o kendisi için değil, başkaları için yüksekte bulunmaktadır. Hulâsa onlar da aşağıda veya yukarıda olmaktan, halkın saygı göstermesinden münezzeh ve böyle kayıtlardan kurtulmuşlardır. Sana da o âlemin bir parçacık lütfu ve bir zerre zevki yüz gösterecek olursa, o anda aşağı yukarı, efendilik, başlık kaydından hatta sana bunların hepsinden daha yakın olan kendinden usanıp bıkarsan. O hâlde bu nurun ve zevkin madeni, kaynağı ve esası olan onların (velilerin), aşağı ve yukarı ile kayıtlı olmadıklarını hiç düşünmüyor musun? Onlar Tanrı ile övünürler. Tanrı ise aşağıdan yukarıdan müstağnidir. Bu yukarılık ve aşağılık, bizim gibi başı ve ayağı olan insanlar içindir.

Mustafa (Tanrı'nın selamı ve salah onun üzerine olsun) buyurdu ki: *"Beni, Yunus İbni Meta'ya onun urûcu balığın karnında benimki arş üzerinde olduğu için üstün tutmayın." (H.)* Yani: Beni eğer ondan üstün tutmak istiyorsanız, bunu o, balığın karnında, ben arşın üzerinde urûc ettiğimiz için yapmayınız. Çünkü Yüce Tanrı ne aşağıda ne de yukardadır. O'nun tecellisi ister aşağıda ister yukarda olsun birdir ve balığın karnında da bu böyledir. O aşağıdan ve yukarıdan münezzehtir. Onun için hepsi birdir.

Birçok insanlar vardır ki, bir takım işler yaparlar. Bu işlerde onların istedikleri başka, Tanrı'nın maksadı başkadır. Aziz ve celil olan Tanrı, Muhammed (Tanrı'nın selâmı ve salâtı onun üzerine olsun) dininin yücelmesini, meydana çıkmasını ve dünya kaldıkça kalmasını istediğinden, Kur'an için kaç tane tefsir yazıldı. Dörder, sekizer ve onar ciltlik tefsirler yazdılar. Bunları yazanların düşüncesi, kendi üstünlüklerini ve bilgilerini göstermekti Zemahşerî'de nahvin ve dinin bütün incelikleriyle süslü ve fâsih cümlelerle, ibarelerle Keşşâf'ı yazdı. Bunu kendi fazlını göstermek ve istediği şeyin hâsıl olması için yapmıştır. Hâlbuki bu da Muhammed dinini yükseltmekten ibaretti.

Bütün insanlar Tanrı için çalışırlar, onun işini görürler, fakat pek tabii Tanrı'nın bu işteki maksadını bilmezler. Bu işi yapmaktaki gayeleri, düşünceleri başkadır. (Mesela) Tanrı dünyanın kalmasını ister; onlar şehvetle meşgul olurlar. Bir kadınla kendi zevkleri için yaşarlar. Buradan bir çocuk hâsıl olur. Böylece kendi zevkleri ve lezzet almaları için bir iş görürler ve dünya bizzat bununla kalır, karar bulur. Hiç de o niyetle, yapmadıkları halde, gerçekte Tanrı'nın kulluğunu yerine getirmiş olurlar. Bunun gibi, mescidler yapar; kapısı, duvarı ve tavanı için o kadar para harcarlar. Halbuki onun değeri kıblededir ve maksat kıbledir. Onların maksadı bu olmamakla beraber, yine kıblenin değeri, büyüklüğü artmış olur.

Velilerin büyüklüğü görünüşte değildir. Vallahi onlar için de aşağılık, yükseklik vardır. Fakat bu niteliksiz ve benzersiz olur. Mesela bu gümüş para, şu bakır paradan üstündür ve bakır paranın fevkindedir, ne demektir? Görünüşte bakır paranın üstünde değildir. (Mesela, gümüş parayı evin damı üzerine koysan, altını da aşağıda bıraksan, herhâlde altın gümüş paradan daha üstündür.) Lâl ve inci ise, ister aşağıda ister yukarda bulunsun, altının fevkindedir. Bunun gibi kepek eleğin üstünde, un ise onun altındadır. Kepek undan nasıl üstün olabilir? Görünüşte un altta kalmış olmakla beraber, gerçekte üstün olması lâzımdır. Bunun için buğdayın üstünlüğü sureten değildir; onda bulunan cevherdendir. Bu bakımdan bütün hâllerde daima üstün gelir.

YİRMİ ALTINCI FASIL

Biri içeri girdi. Mevlâna buyurdu ki: O azizdir; alçak gönüllüdür ve bu ondaki cevherden ileri geliyor. Mesela üzerinde pek çok meyveler bulunan bir dalı, meyveleri aşağı doğru eğer. Meyvesiz dalın ucu servi ağacı gibi havada olur ve meyve çoğaldıkça, büsbütün yere inmemesi için, o dala direkler dayarlar. Peygamber (Tanrı'nın selâm ve salâtı onun üzerine olsun) çok alçak gönüllüydü. Çünkü her iki âlemin meyveleri onda toplanmıştı. Tabiatıyla herkesten daha mütevazı olacaktı.

"Selâm vermek hususunda hiç kimse Tanrı'nın elçisinden evvel (önde) gelememiştir." (H.) Peygamberden (Tanrı'nın selâm ve salât onun üzerine olsun) önce hiç kimse asla selâm vermemiştir. Çünkü o, fevkalâde alçak gönüllü olduğundan, daima evvel davranıp selâm

verirdi. Zahiren evvela selâm vermese bile, yine alçak gönüllüydü. İlk önce o söze başlardı. Onlar selâm vermeyi Peygamber'den öğrenmiş ve duymuşlar da gelip geçenlerden hepsinin nesi var, nesi yoksa hep onun sayesindedir ve hepsi onun gölgeleridir. Bir insanın gölgesi, kendisinden önce eve girerse, gerçekte önce giren gölgenin sahibidir. Her ne kadar görünüşte gölge sahibinden önce eve girmiş ve sureten ora tekaddüm etmiş olsa da, nihayet gölge onun fer'idir. Bu ahlâk onda yeni ve bugünlük değildir. Ta Âdem'in zerrelerinden, o zamandan beri bu onun zerrelerinde mevcuttu. Yalnız bunların bazısı aydınlık, bazısı yan aydınlık, bazısı ise karanlıktı. Bu şimdi meydana çıkıyor, fakat bunlardaki aydınlık daha evvele aitti ve onun zerresi insanda hepsinden daha saf, daha nurlu ve daha alçak gönüllüdür.

Bazı kimseler (bir şeyin) başına, bazıları da sonuna bakarlar. Sonuna bakanlar aziz ve büyük insanlardır. Çünkü onların gözleri akıbette ve ahirettedir. Başına bakanlar ise, Tanrı'ya daha yakındırlar. Onlar: "Sonuna bakmamıza ne lüzum var? Mademki baştan buğday ekmişler, sonunda arpa bitmeyecektir. Arpa ekmişlerse buğday çıkmayacaktır." derler. Şu hâlde bunların görüşleri başkadır. Bir kavim daha vardır ki bunlar Tanrı'ya daha yakın ve daha seçkin olurlar ve ne başa ne de sona bakarlar. Baş, son bunların akıllarına gelmez. Tanrı'da gark olmuşlardır. Bir kavim de vardır ki dünyaya gark olmuştur ve son derece gafil olduklarından ne başına ne de sonuna bakarlar. Cehennem ateşinin yemidirler. Böylece Muhammed'in asl olduğu malum oldu. Çünkü hakkında: *"Sen olmasaydın felekleri yaratmazdım."* (H.K.) buyrulmuştur.

Şeref, tevazu, hikmetler ve yüksek makamların hepsi, ne varsa, onun bağışı ve onun gölgesindendir. Çünkü ondan hâsıl olmuştur. Mesela bu el ne yaparsa akıl sayesinde yapar. Onun üstünü aklın sayesi kaplamıştır. Her ne kadar aklın gölgesi yoksa da onun gölgesiz olan bir gölgesi vardır. Bunun gibi, mesela mananın da varlıksız bir varlığı vardır. Bir insanda aklın sayesi, gölgesi olmazsa onun bütün organları çalışmaz, işlemez bir hâl alır. Ayağı doğru yolda yürüyemez. Gözü görmez. Kulağı her işittiğini yanlış işitir. Şu hâlde bütün organlar akıl sayesinde her işi muntazam, iyi ve yerinde olarak yaparlar. Hakikatte bütün bu işler akıldan hâsıl olur. Organlar alettir. Bu tıpkı zamanın halifesi gibidir. Bu büyük adam akl-ı kül mesabesindedir.

Zamanındaki halkın, insanların akılları onun organlarıdır. Her ne yaparsa, onun sayesinde yapar. Eğer onlardan yanlış bir hareket meydana gelirse bu, akl-ı küllün gölgesini, başlarından kaldırmış olmasından dolayıdır. Mesela bir adam delirmeye başlayınca biçimsiz ve hoşa gitmeyen işler yapar. Bundan, aklının başından gittiği, artık aklın başına gölge salmadığı ve onun gölgesinden, himayesinden uzak kaldığı anlaşılır. Akıl, melek cinsindedir; gerçi meleğin sureti kolu ve kanadı var ve aklın yoksa da, gerçekte aynı şeydir ve bir işi görürler. Mesela eğer onların suretlerini eritirsen hepsi akıl olur. Kolundan, kanadından hariçte bir şey kalmaz. O halde hepsinin akıl olduğunu, fakat tecessüm etmiş olduklarından dolayı onlara akl-ı mücessem denildiğini öğrenmiş olduk. Mesela mumdan, kanatlı ve tüylü bir kuş yaparlar. Fakat o yine aynı mumdur. Görmüyormusun erittiğin zaman bu kuşun kanadı, başı, tüyleri, ayağı tamamen mum oluyor ve dışarı atılacak bir şey kalmıyor; büsbütün mum haline geliyor. Mum o mumdur ve ondan yapılan kuşun da yine aynı mum olduğunu bilmiş olduk. Sadece bu, kuş yapılan mum, bir cisim peyda etmiş, bir şekil almıştır. Buna rağmen yine mumdur. Mesela buz da sudur. Eritirsen su olur. Fakat buz tutmadan önce su idi ve kimse onu eline alamazdı, avucunda tutamadı. Hâlbuki buz hâline gelince elle tutulabilir, eteğe konulabilir oldu. Aradaki ayrılık, bundan fazla değildir. Buz aynı sudur, ikisi bir şeydir.

İnsanın durumu da böyledir. Eşek, belki meleğin nuru ile arkadaşlık etmek sayesinde melek olur, ümidiyle meleğin kanadını getirip eşeğin kuyruğuna bağlamışlardır. Onun melekleşmesi, ancak onunla aynı vasıfları taşıması ile mümkün olabilir, İsa'nın akıldan bir kanadı vardı ve gökyüzüne uçtu. Eğer eşeğinin de yarım kanadı olsaydı, eşeklikte kalmazdı. (Merkebin) bir insan olmasına niçin şaşılsın? Tanrı her şeyi yapabilir. Mesela çocuk doğduğu zaman eşekten de beterdir. Elini pisliğine sokar, sonra yalamak için ağzına götürür. Annesi buna mani olmak ister ve çocuğu döver. Hiç olmazsa eşeğin bir nevi temyiz hassası vardır, idrar yaparken üzerine sıçramaması için ayaklarını açar. İşte bu eşekten daha kötü olan çocuğu ulu Tanrı insan yapabilir. Şu hâlde eşeği insan yapabilmesine niçin hayret etmeli! Tanrı'nın huzurunda garip olan hiçbir şey yoktur.

Kıyamette insanın eli, ayağı ve diğer şeyleri gibi bütün organları, birer birer konuşurlar. Felsefeciler bunu yorup derler ki: "El nasıl konuşabilir? Yalnız elde bir alâmet, bir işaret hâsıl olur ve bu konuşma söz yerine geçer. Mesela bir yara veya bir çıban çıkınca el, "Sıcaklık veren bir şey yedim de böyle oldum." diye (hâl diliyle) haber verir, konuşur. Yahut siyahlanır veya yaralanırsa, "Bana bıçak değdi; kendimi kara tencereye sürdüm." diye konuşur, haber verir. İşte elin veya diğer organların konuşması bu tarzda olmalı.

Sünniler: "Haşa, katiyen! Bu görünen el (mahsus) ve ayak, dil gibi söz söyler ve kıyamet gününde, insan: "Ben çalmamıştım." diye inkâr edince, eli açık bir dille: "Evet sen çaldın, ben de aldım." der. O eline, ayağına bakıp: "Sen konuşmazdın, şimdi nasıl oldu da konuşuyorsun?" diye sorar. O da der ki: *"Her şeyi söyleten Allah bizi de söyletti."* (Kur'an, Sure: 41, Âyet: 21) Beni, her şeyi dile getiren konuşturdu. O kapıyı ve duvarı, taşı ve keseği de söyletir. Herkese konuşma kuvveti bağışlayan, yaratan beni de konuşturdu. Senin dilini nasıl söyletti? Senin dilin bir et parçasıdır, benim elim de öyle. Bir et parçasından ibaret olan dilin söz söylemesi sana göre akla uygun (geliyor) ve her zaman gördüğün için imkânsız görünmüyor; yoksa dil Tanrı'nın yanında bahanedir. Ona: "Konuş!" diye emrettiği için konuşmuştur. Bunun gibi her neye emretse, o şey de kokuşur.

Söz, insanın değeri kadar gelir (söylenir). Bizim sözümüz bir suya benzer. Bu suyu subaşı (Mirab) akıtır. Su kendisini subaşının hangi çöle akıttığını nereden bilsin? Hıyar tarlasına mı, lahana tarlasına mı, yoksa soğan tarlasına mı veya bir gül bahçesine mi? Şu kadarını bilirim ki su çok geliyorsa orada kurak yerler fazladır; az gelirse sulanacak yer ufak bir bahçe veya dört duvarla çevrili küçücük bir yerdir.

"Tanrı hikmetini dinleyenlerin himmetleri ölçüsünde vaizlerin diline telkin eder." (K.K.) Ben kunduracıyım; deri çok, fakat ayağın büyüklüğüne göre keser dikerim. Ben bir şahsın gölgesiyim, onun boyu ne kadarsa, ben de o kadarım. Yerde bir hayvancık vardır. Yeraltında yaşar, karanlıkta bulunur. Gözü ve kulağı yoktur. Esasen bulunduğu yerde, göze ve kulağa ihtiyaç da yoktur. Mademki muhtaç değildir, ona niçin göz, kulak versinler. Tanrı, gözü ve kulağı az olduğu için veya hasisliğinden dolayı mı vermiyor? (Hayır)! O ancak ihtiyaca göre verir. İhtiyacı olmadan bir kimseye verdiği şey, o kimse için sadece yük

olur. (Fakat) Tanrı'nın lütfü, keremi ve hikmeti bir kimseye yük olmak şöyle dursun, onun yükünü üzerinden alır. Mesela marangozun keser testere, törpü ve daha başka aletlerini, "Bunları al!" diye terziye verirsen, bunlar terziye yük olur. Çünkü o bunlarla çalışamaz. İşte bunun için bir şeyi ihtiyaca göre verirler.

O kurtların yer altında ve karanlıklarda yaşadıkları gibi, bu dünyada da birtakım insanlar vardır ki bu âlemin karanlığıyla yetinir ve buna razı olurlar. Bunların o âleme ihtiyaçları olmadığı gibi Tanrı'nın didârını görmek lüzumunu da duymazlar. (Bu durumda) o basiret gözü, akıl kulağı onların sanki ne işine yarar? Esasen bu sahip oldukları gözle, bu dünyanın işi görülür. O tarafa gitmek istemedikten sonra, işlerine yaramayan bu basireti niçin onlara versinler!

Rubai:
(Zannetme ki (Tanrı) yoluna düşmüş erler yoktur. Kâmil sıfatlılar nişansız da değildir. Sen sırların mahremi olmadığın için, başkalarının da olmadığını mı sanıyorsun?)

İşte dünya gafletle kaimdir. Gaflet olmasa bu âlem kalmaz. Tanrı şevki (aşkı) ahiret düşüncesi, sarhoşluk, kendinden geçiş ve vecd o âlemin mimarıdır. Eğer onların hepsi yüz gösterirse, hepimiz tamamen o âleme gideriz ve burada kalmayız. Ulu Tanrı iki âlemin var olması için burada bulunmamızı istiyor. İşte iki âlemin mamur kalması için de biri gaflet, diğeri uyanıklık olmak üzere iki kâhyayı görevlendirmiştir.

YİRMİ YEDİNCİ FASIL

Buyurdu ki; Eğer ben sizin ben varken veya yokken, (bana karşı göstermiş olduğunuz) lütuflarınıza, gayretlerinize ve terbiyenize karşı teşekkür etmek, saygı göstermek ve özür dilemek hususunda kusur ediyorsam, bu büyüklendiğim veya bunlara ihtiyacım olmadığı yahut velinimetin hakkının sözle veya işle nasıl ödeneceğini bilmediğim için değildir. Sadece sizin temiz inancınızdan, bunu bilhassa ve tamamen Tanrı (rızası) için yaptığınızı anladığımdan, ben de özrünü dilemeyi O'na bırakıyorum. Çünkü siz hepsini O'nun için yaptınız. Ben eğer bunun özrünü dilemek için meşgul olur, dilimle iltifatta bulunur ve översem, Tanrı'nın size vereceği mükâfatların ve sevapların (hepsi değil de) sanki bazısı size ulaşmış olur. Bu özür dilemeler, övmeler, tevazular, hepsi dünya lezzetidir. Mademki dünyada, bir malı ve makamı vermek gibi sıkıntılara ve zahmetlere katlandın, bunun karşılığını Tanrı tarafından görmen daha iyi olur. İşte ben bu bakımdan özür dilemiyorum. Özür dilemek, dünyayı istemektir. Çünkü servet yenilmez, başka bir şey için istenir. Servetle, at, cariye ve köle alırlar. Övünmek, her yerde söylenmek için memurluk ve makam isterler. İşte dünya bizzat büyük ve saygı değer olan, övülen şeydir. (Dünya dedikleri, dünya ile kazanılan şeydir)

Şeyh Nessâc Buhârî, büyük ve gönül sahibi bir adamdı. Okumuş adamlar ve büyükler onu görmeye gelir ve karşısında iki dizleri üzerine çöküp otururlardı. Şeyh ümmi idi. Kur'an'ın ve hadislerin tefsirini onun ağzından işitmek istedikleri zaman: "Ben Arapça bilmem, siz ayetin yahut hadisin tercümesini söyleyin ki ben de onlara mana vereyim," derdi. Onlar ayetin tercümesini söylerler o da tefsirine ve tahkikine başlardı: "Mustafa (Tanrı'nın selâm ve salât onun üzerine olsun) bu ayeti söylerken falan makamdaydı. O makamın ahvali şöyledir." der ve o makamın derecelerini, yollarını oraya erişmenin usulünü bütün etrafı ile anlatırdı.

Bir gün Alevî-yi Muarrif (Teşrifatçı Alevî) onun yanında kadıyı övüyor: "Böyle kadı dünyada bulunmaz. Rüşvet almıyor, istediği gibi hüküm vermiyor, tarafsızca, hiç çekinmeden, dosdoğru hakkın yerine gelmesi ve halk arasında adaletin yayılması ve tesisi için çalışıyor." dedi. Bunun üzerine şeyh: "Senin burada o rüşvet almıyor, demen bir defa yalan. Sen Alevî bir adam, üstelik Mustafa'nın (Tanrı'nın selâm ve salâtı onun üzerine olsun) neslinden olduğun hâlde, rüşvet almıyor diye onu övüyorsun. Bu rüşvet almak değil de nedir ve bundan daha iyi rüşvet ne olabilir ki karşısında onu övüyorsun." dedi.

Şeyhülislâm Tirmîzî: "Seyyid Burhâneddin (Tanrı onun büyük ruhunu takdis etsin) tahkike ait sözleri pek güzel anlatıyor. Bu da şeyhlerin kitaplarını, yazılarını ve esrarını okumasından ileri geliyor." dedi. Biri bunun üzerine: "Sen de okuduğun hâlde nasıl oluyor da böyle sözler söylemiyorsun?" diye sorunca, o: "Onun bir aşkı, bir derdi, bir cehdi, bilgisi ve ameli var." cevabını verdi. O adam: "Öyleyse niçin böyle söylemiyor, bunu aklına getirmiyor da mütalâadan bahsediyorsun? Esas olan odur ve biz onu diyoruz. Sen de ondan bahsetsene!" dedi.

Onlarda öbür dünyanın derdi yoktu. Gönüllerini tamamen bu dünyaya bağlamışlardı. Bazısı ekmek yemeğe, bazısı da ekmeği seyretmeye gelmişti. Bu sözü öğrenip satmak istiyorlar. Bu söz bir gelindir, bir güzeldir. Güzel bir cariyeyi satmak için alırlar; böyle olunca o cariye kendisini alanı nasıl sever ve ona nasıl gönül verir? O tüccar cariyeyi satmaktan zevk duyar ve bunun için onu alır. Kendisi için alacak mertlik ve insanlık onda ne gezer. Zayıf, korkak olan bir adamın eline halis bir Hint kılıcı geçse, bunu satmak için alır. Yahut pehlivanlara mahsus bir yay eline düşse, bunu da satmak için alır. Çünkü o yayı çekecek kuvvetli bir pazısı yoktur. Yayı sadece kirişi için ister. Bunu kullanamaz, fakat yine de kirişe âşıktır. Korkak onu sattığı zaman, parasını allığa ve rastığa verir. Başka ne yapacak! Satınca bundan daha iyi ne alabilir ki?

Bu söz Süryanice'dir, sakın anladım demeyiniz! Bunu ne kadar anlar, aklında tutarsan, o kadar o büyük anlayıştan uzaklaşırsın; bunun anlaşılması ancak anlayışsızlıkla kâbil olur. İşte senin uğradığın bela ve katlandığın sıkıntılar, güçlükler bu yanlış anlamadan ileri gelir. Bu senin bağındır. Bir şey olman için bu bağdan kurtulman lâzım. Sen su tulumunu denizden doldurdun ve: "Deniz benim tulumuma sığdı." diyorsun. Bu olamaz. Evet, eğer, "Benim tulumum denizde kayboldu." dersen yerinde olur. Esas şu, aklın seni padişahın kapısına getirinceye kadar iyidir. Aranır ve istenir. Fakat kapıya geldiğin zaman sen onu boşa. Çünkü o artık senin için zararlıdır, yolunu keser, ona ulaşınca kendini bırak. Artık senin nedenle, niçin ile bir işin kalmamıştır.

Mesela, kabâ yahut cübbe biçtirmek için biçilmemiş bir kumaş istersin. Akıl seni terzinin önüne kadar götürür ve buraya götürünceye kadar, senin için faydalıdır. Fakat onu hemen bırakman ve terzinin karşısında da kendi tasarruf ve bilgini terk etmen lâzımdır. Bunun gibi bir hastanın aklı da kendisini doktora götürünceye kadar iyidir, faydalıdır; götürdükten sonra o artık bir rol oynamaz. Hastanın kendisini doktora teslim etmesi lâzım gelir. Senin gizli iniltilerini esbabın kulakları işitir. Bir şeyi olan veya kendisinde bir cevher yahut bir hastalık bulunan insan (belli olur). Deve katarları arasındaki mest deve, nihayet gözünden, yürüyüşünden ve ağzından akan salyalardan, saçılan köpüklerden ve daha başka şeylerden anlaşılır. *"Çehreleri yüzlerindeki secde izinden bellidir."* (Kur'an, Sure: 48, Âyet: 29) buyrulmuştur. (Mesela) bir ağaç kökünün yediği her şey o ağacın dalından, yaprağından ve meyvesinden anlaşılır. Yemediğinden dolayı sararıp solan da nasıl gizli kalabilir?

Bu yüksek sesle çıkardıkları hay huyların sırrı, onların bir sözden birçok sözleri anlamaları, bir harften birçok işaretleri bilmeleridir. Mesela bir kimse Vasît ve mufassal (Mutavvel) kitapları okumuş olsa, kafasındaki uyanıklıktan dolayı bir kelime duyunca, vaktiyle şerhini okumuş olduğu için, o bir tek meseleden birtakım esasları ve meseleleri anlar ve bir tek harf onun zihnini uyandırır. Yani, ben bunun altında birçok şeyler görüyorum. Bunları anlıyorum ve ben bu bapta çok zahmetler çektim. Geceleri sabahlara kadar çalıştım. Sonunda hazineler elde ettim, demektir. *"Biz senin göğsünü genişletmedik mi?"* (Kur'an, Sure: 94, Âyet: 1) buyrulduğu gibi, gönlün şerhi sonsuzdur. O şerhi okumuş olan küçük bir işaretten birçok şeyler anlar. Yeni başlamış olan bir kimse ise, o söylenen sözün yalnız kelime manasını anlayabilir. Onun bunlardan ne haberi ve ne hay huyu (telâşı) olsun.

Söz, dinleyenin anlayışı nispetinde gelir. O, hikmeti çekmedikçe hikmet de çıkmaz. Onu ne kadar çeker ve ondan ne kadar gıda alırsa hikmet de ona o nispette gelir. (İlham olur). Yoksa: "Bana niçin söz ilham olmuyor" derse, o zaman ona: "Allah, Allah! Sen niçin çekmiyorsun, istemiyorsun?" cevabı verilir. Sana işitme kuvvetini vermeyen kimse, söz söyleyene de söz söylemek faktörünü vermez. Mustafa (Tanrı'nın selâm ve salât onun üzerine olsun) zamanında bir kâfirin Müslüman ve cevher sahibi bir kölesi vardı. Bir sabah efendisi ona: "Tasları getir, hamama gidelim." diye emretti. Yol üstündeki mescitte Mustafa (Ona selâm olsun) ashabı ile (Tanrı onlardan razı olsun) namaz kılıyordu. Köle: "Aman efendim Allah aşkına! Şu tası birazcık tut. İki rekat namaz kılayım da sonra hizmetinize geleyim." deyip mescide gitti ve namazını kıldı. Mustafa (Ona selâm olsun) mescitten çıktı. Ashabı da hep birden çıktılar. Köle yalnız başına orada kaldı. Efendisi onu kuşluk vaktine kadar bekledi. Ve: "Hey köle dışarı çık!" diye bağırmaya başladı. Köle "Beni bırakmıyorlar, artık iş işten geçtir" dedi. Efendisi onu kimin bırakmadığını görmek için başını uzatıp içeri bakınca, orada bir ayakkabı ile gölgeden başka bir şey göremedi. Kimsenin de hareket ettiği yoktu. Bunun üzerine: "Senin dışarı çıkmana kim mani oluyor?" diye sorunca Köle: "Senin içeri girmene mani olan ki sen onu görmüyorsun." dedi.

İnsan her zaman göremediği ve işitemediği, düşünmediği bir şeye âşıktır. Gece gündüz onu arar ve ister. Ben o görmediğim kimsenin kuluyum, insan gördüğü ve anladığı şeyden sıkılır, usanır ve kaçar. İşte bu yüzden filozoflar görmeyi inkâr ederler. Onlar derler ki: "O şeyi gördüğüm zaman bıkabilirim ve bu doğru olmaz." Sünniler ise derler ki: "Onu görmek, O bir hâlde ve bir renkte iken mümkün olabilir." Çünkü *"O her an şan içindedir."* (Kur'an, Sure: 55, Âyet: 29) buyurulduğu gibi, bir anda yüz renge girer. Yüz bin defa tecelli etse, her an görünüşünde, görünüşlerin biri öbürüne benzemez. Şu anda sen Tanrı'yı işte bütün eserlerinde ve işlerinde, her lâhza bir türlü görüyorsun. Tanrı'nın bir işi öbürüne hiç benzemez, Sevinçliyken başka, ağlarken başka, korku içindeyken başka, ümit ederken de başka türlü tecelli eder. Mademki Tanrı'nın işleri, hareketleri, tecellisi ve eserleri türlü türlüdür. O halde O'nun zatının tecellisi de böyle olur. Yani tıpkı işlerinin tecellisi gibidir. Sen, Tanrı'nın kudretinden bir parça olduğun hâlde bir anda bin türlü olur ve bir kararda bulunmazsan (O'nun kendisi nasıl olur?) bununla, onu kıyas et. Tanrı'nın bazı kulları vardır ki Hakk'a Kur'an vasıtasıyla ulaşırlar. Bazı daha has olan kulları da vardır ki onlar Tanrı'dan gelir ve Kur'an'ı burada bulup Tanrı'nın göndermiş olduğunu bilirler.

"Her şeyi beyan eden, hatırlatan Kur'an'ı biz gönderdik. Herhalde onu biz koruyacağız." (Kur'an, Sure: 15, Âyet: 9)

Müfessirler bu ayetin Kur'an hakkında inmiş olduğunu söylerler. Bu da iyi; fakat şu kadar var ki bu, senin içine bir arzu ve şevk koydu. Bunları koruyan biziz ve ziyan ettirmeyiz. Bir yere ulaştırırız. Sen bir defa Allah! de sonra sebat et ki bütün belalar başına yağsın, demektir. Biri geldi ve Mustafa'ya (Tanrı'nın selâm ve salâtı onun üzerine olsun) "Seni seviyorum." dedi. Peygamber: "Aklını başına topla! Ne söylediğini biliyor musun?" deyince, o yine, "Seni seviyorum." diye tekrarladı. Mustafa Aklını başına al, ne söylediğini biliyor musun?" dedi. Ve o: "Seni seviyorum." karşılığını verdi. Bunun üzerine

Mustafa: "Öyleyse bunda sebat et ki şimdi seni kendi elinle öldürteceğim. Vay haline!" buyurdu. Mustafa (Tanrı'nın selâm ve salâtı onun üzerine olsun) zamanında bir adam: "Ben senin dinini istemiyorum. Bu dini geri al. Senin dinine girdiğimden beri bir gün rahat etmedim. Malım, karım elimden gitti. Çocuğum öldü. Saygı gösterenim kalmadı. Kuvvetim ve şehvetim tükendi." dedi. Peygamber de buyurdu ki: "Haşa! Bizim dinimiz nereye giderse gitsin, gittiği yerdeki adamı kökünden söküp atmadıkça, evini barkını yıkıp yerini süpürmedikçe geri gelmez. *"Ona ancak temiz olanlar dokunabilirler."* (Kur'an, Sure: 56, Âyet: 79) O öyle bir sevgilidir ki sende kendine olan sevgiden kıl kadar bir şey kalsa, sana yüzünü göstermez ve kendi vuslatına yol vermez. Dostun sana yüz göstermesi için kendinden ve dünyadan usanıp bıkmalı ve kendi kendinin düşmanı olmalısın. İşte bizim dinimiz de yerleştiği bir gönülden, onu Hakk'a ulaştırmadıkça ve kendine yaramayan şeylerden ayırmadıkça el çekmez. Peygamber (Tanrı'nın selam ve salâtı onun üzerine olsun) o adama: "İşte sen bunun için rahat etmedin ve gam yiyorsun. Gam yemek, o evvelce seni aldatan sevinçlerden istiğfar etmektir. Bunlardan bir şeyler midende kaldıkça, sana yemek için bir şey vermezler. İstiğfar ederken insan yiyemez. Midesi boşalıp çıkarma bilince yemek yer. Sen de sabret ve üzül. Çünkü gam yemek ve üzüntü çekmek istiğfar etmektir, İşte bundan sonra gerçek sevinç hâsıl olur. Bu öyle bir sevinç ki gamı ve kederi yoktur; dikensiz bir güle ve baş ağrısı veremeyen bir şaraba benzer. Sen, gece gündüz dünyada rahatlık ve huzur arıyorsun. Fakat bunun bu dünyada hâsıl olması imkânsızdır. Yine de onu aramaktan bir an geri kalmıyorsun. Dünyada bulduğun rahatlık ise bir şimşek gibidir, çabuk gelip geçer ve bir yerde durmaz. Hem de nasıl bir şimşek. Dolularla, yağmurlarla, karlarla ve türlü türlü mihnetlerle dolu bir şimşek. Mesela bir kimse Antalya'ya gitmek istemiş, fakat yanlışlıkla Kayseri yolunu tutmuş olsa, bununla beraber Antalya'ya varacağını ümit edip gayreti elden bırakmasa, bu yoldan Antalya'ya ulaşmasına imkân yoktur. Eğer Antalya yolundan giderse, topal ve zayıf da olsa oraya erişir. Çünkü gidilecek yolun sonu burasıdır. Dünya işi zahmet çekmeden müyesser olmadığı gibi, ahiret işi de böyledir. Bunun için, hiç olmazsa bu zahmeti ahiret için çek de emeğin boşa gitmesin. "Sen, Ey Muhammed! 'Dinini al. Çünkü ben onunla rahat edemiyorum.' diyorsun. Bizim dinimiz bir kimsenin maksadını hâsıl etmeden, onun yakasını bırakmaz."

Rivayet ederler ki çok fakir bir öğretmen vardı. O kadar fakirdi ki kış mevsiminde tek kat bir cübbe giymişti. Bu arada sel bir ayıyı dağdan indirmiş, sürükleyip götürüyordu. Ayının kafası suyun içinde gizlenmiş olduğundan, çocuklar yalnız sırtını görüp öğretmenlerine: "Öğretmen, işte ırmağa bir post düşmüş, sen de çok üşüyorsun, onu alsana!" dediler. Öğretmen, soğuğun şiddeti ve çok muhtaç olduğundan postu almak üzere suya atılınca, ayı keskin pençelerini ona geçirdi. Böylece öğretmen de suda ayının pençesine düşmüş oldu. Çocuklar: "Hey öğretmen, öğretmen, ya postu getir, yahut getiremiyorsan kendin gel!" diye bağırıp durdular. Öğretmen: "Ben postu bırakıyorum ama o beni bırakmıyor, ne yapayım?" dedi. Tanrı'nın şükrü de seni nasıl bırakır? Kendi elimizde olmayıp Tanrı'nın elinde olduğumuza şükretmeliyiz. Mesela çocuk küçükken ve annesiyle sütten başka bir şey bilmezken ulu Tanrı hiç onu bıraktı mı? Onu ilerletti, yemek yiyecek, oyun oynayacak hâle getirdi. Böylece onu oradan alıp, akıl makamına ulaştırdı. İşte çocuğun içinde bulunduğu bu hal tıpkı o âleme benzer. Orada, ilk önce seni başka bir meme ile oyalar, bırakmaz ve nihayet o (öyle bir) makama ulaştırır ki bundan evvelkinin hamlık çocukluk olduğunu ve hatta hiçbir şey olmadığını anlamış olursun.

"Bu zincirlerle bukağılarla cennete sürüklenerek götürülen kavme şaştım. Bunları tutunuz, bağlayınız, ondan sonra vuslata götürünüz. Sonra cemâl'e sonra kemal'e götürünüz." (H)

Balıkçılar, balığı bir defada sudan çekip çıkarmazlar. Oltanın çengeli balığın boğazına girince onu birazcık çekerler ve sonra bırakırlar, tekrar çekeler. Bunu, balığın kanının akıp bitkin bir hâle gelmesi kuvvetini kaybetmesi ve zayıflaması için yaparlar. Aşk oltası da insanın damağına takılınca, pis kanların azar azar akması ve kudretini kaybetmesi için Tanrı onu yavaş yavaş çeker. Çünkü *"Allah kiminin kalbini darlaştırır, kimini açar."* (Kur'an, Sure: 2, Âyet: 245)

Lâ ilâhe İllallah. Bu avamın imanıdır. Has olanların imanı: Lâ hüve illâ Hüve'dir. (Başka bir hüviyet yoktur, ancak O'nun hüviyeti vardır.) Mesela bir kimse rüyasında padişah olduğunu, tahta çıktığını, etrafında kölelerin, perdedârların ve emirlerin ayakta yerlerini aldığını gördüğü zaman; "Padişah ben olmalıyım, benden başka bir padişah yoktur!" der. Uykuda böyle söyler, fakat uyanıp da evde kendisinden başka bir kimse olmadığını görünce: "Bu benim, benden başka kimse yok." der. İşte bunu görmek için uyanık bir göz lâzımdır, uykulu göz göremez, esasen onun vazifesi değildir.

Her grup (tâife) başka bir grubu kötülüyor. Bunlar: "Biz doğruyuz, haklıyız: Vahiy bize gelmiştir. Onlar yanılmışlardır." derler. Öbürleri ise aynı şeyi, bunlar için söylerler. Böylece yetmiş iki millet birbirlerinin düşüncesini, sözünü kötüleyip dururlar. Şu hâlde hep birden, hepsine birden vahiy gelmediğini itiraf ediyor veya vahyin yokluğunda anlaşmış, birleşmiş oluyorlar. Fakat bu cümleden yalnız bir kişi için vahyin mevcut oluşunda müttefiktirler.

"Mümin zekidir. Hakkı ve batılı ayırdedicidir. Akıl ve fetanet sahibidir." (H.) buyrulduğu veçhile, o birin hangisi olduğunu bilmesi için Hakk'ı bâtıl'dan ayıran zeki bir mümin lâzımdır. İşte iman da bu ayırdetme ve anlamadır. Biri: "Bu bilmeyenler çok, bilenler ise azdır. Eğer bilmeyen ve cevher sahibi olmayanlara bilen ve cevher sahibi olanlar arasında bir ayırma yapmak istesek ve bununla meşgul olsak, bu iş uzun sürmez mi?" diye sordu.

(Mevlâna) buyurdu ki: Her ne kadar bilmeyenler çok iseler de onlardan pek azını tanımakla, hepsini tanımış, anlamış olursun. Mesela bir avuç buğdayı tanıdığın, bildiğin zaman, yeryüzündeki bütün buğdayları tanır ve bilirsin. Veya birazcık şeker tatmışsan, yüz türlü helva yapsalar, tadından içinde şeker bulunduğunu bilirsin. Çünkü şekeri tanıyordun, tatmıştın. İnsanın, bir boynuz (büyüklüğünde) şekeri yedikten sonra, bunun ne olduğunu bilmemesi için iki boynuzlu olması lâzım.

Bu sözün size tekrarlanmış gibi görünmesi, ilk dersinizi anlamamış olmanızdandır. Bu yüzden her gün aynı şeyi söylemek icap ediyor. Tıpkı şunun gibi: Bir öğretmen varmış. Küçük bir çocuk üç ay yanında kalmış ve eliften başka bir şey öğrenememiş, eliften ileriye gidememiş. Çocuğun babası gelip öğretmene: "Hizmetimizde kusur etmiyoruz. Eğer bir kusur işlemişsek buyurunuz, daha fazla hizmet edelim." demiş. Öğretmen: "Hayır, sizin kusurunuz yok. Fakat çocuk bundan ileri gidemiyor." deyip çocuğu çağırmış ve ona: "Elifin bir şeyi yoktur, de!" demiş. Çocuk öğretmenin bu, "Elifin bir şeyi yoktur." sözünü bile tekrar edememiş. Öğretmen çocuğun babasına:

"Durum böyle, görüyorsunuz. Bunu öğrenip geçmedikçe, ben ona yeni bir ders nasıl vereyim?" deyince çocuğun babası: "Âlemlerin Rabbi'ne hamdolsun!" diye dua etmiş. Bu, "Âlemlerin Rabbi'ne hamdolsun!" dememiz Tanrı'nın ekmeği ve nimeti azaldığı için değildir. Onun ekmeği ve nimeti sonsuzdur. Fakat bizde iştah kalmadı ve misafirler de doydular. İşte bunun için hamd Tanrı içindir (Elhamdülillah) denilir. Bu ekmek dünyanınkine benzemez. Çünkü dünyanın ekmeğini ve yiyeceklerini iştahın olmasa bile zorla alabildiğin kadar yiyebilirsin ve cemâd olduğu için onu istediğin yere sürükleyebilirsin; o da senin istediğin yere gelir. Canı yoktur ki gitmemezlik edebilsin. Hâlbuki bunun aksine olarak, hikmetten ibaret olan Tanrı'nın nimeti ise diridir. Tam iştahın olup yemek istediğin zaman, sana doğru gelir ve senin yiyeceğin, iştahın olmadan onu, zorla kendine doğru çekip yiyemezsin, yüzünü senden bir örtü ile saklar ve göstermez. Kerametlerin hikâyesini buyuruyordu: Bir kimse eğer burada bir günde veya bir anda Kâbe'ye gitse, bu o kadar şaşılacak bir iş değildir. Keramet göstermek sayılmaz. Semum yeli bile aynı kerameti gösterir ve bir günde, bir anda istediğin yere gider. Keramet, seni aşağı bir hâlden, yüksek bir hâle getirmesidir. Sen oradan buraya sefer eder, bilgisizlikten akla, ölülükten diriliğe kavuşursun. Mesela önce toprak ve cemâdın, seni bitki âlemine getirdi; bitki âleminden alaka ve mudga âlemine yolculuk ettin. Buradan hayvanlık âlemine hayvanlıktan da insanlık âlemine sefer ettin. İşte keramet budur. Ulu Tanrı böyle bir seferi sana yakınlaştırdı. Bu gelip geçtiğin yollar, duraklar, senin aklında, hayalinde yokken ve hangi yoldan nasıl geleceğini bilmezken, seni getirdiler. İşte sen de apaçık görüyorsun ki geldin. Böylece seni daha başka türlü türlü âlemlere de götürecekler. Bunu inkâr etme ve sana bundan haber verirlerse kabul et.

Ömer'e (Tanrı ondan razı olsun) zehirle dolu bir kâseyi armağan olarak getirdiler. Ömer: "Bu neye yarar?" diye sordu. Ona: "Bu, birini açıkça öldürmeyi uygun görmedikleri zaman, onu bundan bir parça içirmek suretiyle, gizlice öldürmeye yarar. Kılıçla öldüremeyecekleri bir düşman olunca bundan bir parça verip düşmanı, haberi olmadan öldürürler." dediler. Ömer: "Çok iyi bir şey getirdiniz. Veriniz içeyim; çünkü içimde öyle büyük bir düşmanım var ki ona kılıç yetişemiyor ve dünyada bana ondan daha çok düşmanlık eden biri yoktur." dedi.

"Bunun hepsini bir defada içmene lüzum yok, bir zerresi yüz bin kişiyi öldürmeye yeter." dediler. Ömer: "Bendeki düşman da bir kişi değil, bin kişiliktir ve yüz bin kişiyi yere vurmuştur." deyip kâseyi aldı ve bir yudumda hepsini içti. Bunun üzerine orada bulunanların hepsi birden Müslüman oldular ve: "Senin dinin haktır." dediler. Ömer: "Hepiniz Müslüman oldunuz fakat bu kâfir hâlâ olmadı." dedi. Ömer'in o iman'dan kastı, avamın imanı değildi. Onda bu iman hatta fazlasıyla vardı. Belki sıddîk'ların iman'ına sahipti. Fakat onun istediği nebîlerin, has kulların imanı ve ayn-el yakîn idi. İşte bunu ümit ediyordu. Mesela şunun gibi: Bir aslanın şöhreti dünyanın her tarafına yayılmıştı. Bir adam merakını yenmek için, uzak bir yoldan onun bulunduğu ormana geldi. Bu uğurda bir yıllık yolu yürümek zahmetine katlanmış, menziller aşmıştı. Ormana gelip de uzaktan aslanı görünce, durakaldı. Çünkü daha ileri gidemiyordu. Ona: "Eh! Sen bu aslanın aşkıyla bu kadar yol yürüdün. Onun bir hususiyeti var. Her kim önüne korkmadan, çekinmeden çıkar da muhabbetle onu okşarsa aslan ona kötülük etmez. Fakat korkar ve ürkersen aslan kızar. Hatta bazılarının, kim bilir benim için ne kötü şeyler düşünüyorsunuz? diye canına kıyıyor. Bir yıllık yol yürüdükten sonra bu durmak da ne oluyor?" dediler. Bunun üzerine yoldan gelen (diğer kimseler) de kendi kendine: "Mademki bir yıllık yolu teptin geldin. Şimdi ise tam aslanın yanındasın. O hâlde durup bakmanın manası ne? Aslana bir iki adım daha atıver." dedi(ler.) Fakat kimsede bir adım daha atacak cesaret yoktu. "O kadar yol yürüdük, bize kolay geldi. Fakat şimdi burada bir adım bile atamıyoruz," dediler. İşte Ömer o imanla, aslanın önünde ve ona doğru atılacak bir tek adımı kastetmişti. Bu adım nadirdir. Ancak Tanrı'nın has kulları ile yakîni olanların kârıdır. Adım bu adımdır. Geri kalanı bu adımın eseridir. Bu iman, ellerini canlarından yıkamış olan nebîlerden başkasına nasip olmaz.

Yâr hoş şeydir. Çünkü yâr, yârin hayalinden kuvvet alır, gelişir ve yaşar. Buna şaşmamalı. Mecnun'a Leyla'nın hayali kuvvet vermiyor muydu? Ve onun yiyeceği içeceği bundan ibaret değil miydi? Mecazi bir sevgilinin hayali ona böyle bir kuvvet verir ve tesir yaparsa, gerçek sevgilinin, sevgilisine kuvvet bağışlamasına niçin şaşılsın. Onun hayali, surette ve gaybette mevcuttur. Şu hâlde ona nasıl hayal denir? O, hayal değil, gerçeklerin ruhudur. Âlem hayalle kaimdir ve sen göründüğü, hissolunduğu için bu âleme gerçek diyorsun. Halbuki âlem senin hayal dediğin manaların sadece feridir. Hayal olan bilakis âlemin bizzat kendisidir. O mana, bunun gibi yüz tanesini daha meydana getirir, çürütür. Bu âlem yıkılır yok olur. İşte o zaman o mana, bundan daha güzel olan yeni, iyi ve eskimez bir âlem hâsıl eder. O eskilikten ve yenilikten münezzehtir. Ferleri ise bunlarla sıfatlanmıştır. Bunları ihdas eden odur ve her ikisinden de münezzeh ve üstündür. Mesela mimar, içinden bir ev planı çizip onun genişliği şu kadar, boyu bu kadar, sofası ve sahanlığı da o kadar olmalıdır, diye karar verirse buna hayal demezler. Çünkü o gerçek, bu hayalden doğar ve bunun feridir. Evet, eğer mimardan başka birisi, böyle bir şekli içinden tasarlar ve tahayyül ederse, işte o zaman buna hayal derler. Usulen halk böyle mimar olmayan, ev yapmaktan anlamayan kimseye: "Bu seninki bir hayalden ibarettir!" derler. Tanrı daha iyisini bilir.

YİRMİ SEKİZİNCİ FASIL

Fakirden (dervişten) bir şey istememek (soru sormamak) iyi olur. Çünkü istemekle onu sanki kışkırtmış ve bir yalan uydurmaya mecbur etmiş olursun. O şeyi cismanî olan bir kimse istediği için, ona hakkıyla verilecek cevabı söylemek mümkün olmaz. Çünkü o kimse böyle bir cevaba lâyık değildir. Ve bu lokma onun ağzına ve damağına yakışmaz. İşte bu bakımdan ona hazmedebileceği kadar ve kısmetine uygun olan bir cevap vermek için, yalandan bir cevap uydurmak lâzımdır ki çekilip gitsin. Fakirin her söylediği gerçektir, yalan değildir. Sorana göre bu doğrudur. Fakat yine yalan sayılır; ama dinleyenlere nazaran doğrudur. Hatta doğrudan daha doğrudur,

Bir dervişin, bir müridi vardı ve derviş için dilencilik ederdi. Bir gün mürit dilendiği şeylerden ona bir lokma getirdi. Derviş yedi ve (o) gece rahatsız oldu. Müridine: "Bunu kimden alıp getirdin?" diye sordu. Mürit: "Onu bana güzel bir kız vermişti." dedi. Derviş: "Vallahi ben yirmi yıldan beri hiç böyle rahatsız olmamıştım. Bu, o kızın lokmasının yüzünden oldu!" dedi. İşte bunun için dervişin sakınması ve herkesin lokmasını yememesi lâzımdır. Çünkü o lâtif ve naziktir. Ona her şey dokunur ve işte böylece sebebi açığa çıkar. Mesela tertemiz, bembeyaz bir elbisede birazcık siyahlık hemen görünür, fakat senelerden beri kirden, pisten kararmış, beyazlığını kaybetmiş olan siyah bir elbiseye bin türlü yağ ve pislik de damlasa, ne giyen, ne de başkaları bunun farkına varır. Şu hâlde derviş, zalimlerin, haram yiyenlerin ve cismanî kimselerin lokmasını yememelidir. Çünkü bunların lokması dervişe dokunur ve onda kötü, bozuk düşünceler peyda olur. Mesela o kızın lokmasından, dervişin rahatsızlanması gibi. Tanrı daha iyisini bilir,

YİRMİ DOKUZUNCU FASIL

Taliplerin ve sâliklerin evradı (tesbihleri) mücahede ve ibadetle meşgul olmak, her işi zamanına göre ayırmaktır. O zaman, her işte onları bir kontrolör gibi, alışılmış olduğu üzere bu işe çekip sürükler. Mesela sabahleyin kalkınca, o saatte ibadetle meşgul olması her şeyden önce gelir. Çünkü bu zamanda nefis daha saf ve sâkindir. Herkes kendisine yakışan ve nefsine lâyık olan ibadeti yerine getirir, Tanrı'nın kulluğunu yapar. Kur'an'da: *"Saf saf dizenler biziz. Tanrı'nın şanını yükseltip alanlar biziz."* (Kur'an, Sure: 37, Âyet: 165, 166) buyrulduğu gibi yüz bin saf vardır. Bir kimse ne kadar içini temizlerse, onu o kadar öne alırlar ve ne kadar az temizlerse, o nispette arka sıralara atarlar. Çünkü *"Onları Tanrı'nın bıraktığı yere götürünüz."(H.)* buyrulmuştur. Bu hikâye uzundur ve kimse bu uzunluktan kurtulamaz. Her kim bunu kısaltmaya kalkarsa, kendi ömrünü ve canını kısaltmış demektir. (Tabii) "Tanrı'nın korudukları müstesnadır."

Bu vâsılların evradına gelince, sizin anlayacağınız kadarını söylüyoruz. Bunların virdi şöyledir: Mukaddes ruhlar ve temiz melekler, *"Sayılarını ancak Tanrı'nın bildiği"* (Kur'an, Sure: 14, Âyet: 9) ve son derece kıskançlığından isimlerini halktan gizlediği Tanrı erleri, sabahleyin bunların ziyaretine Kur'an'da: *"Ve insanların küme küme Allah'ın dinine girdiklerini görürsün."* (Kur'an, Sure: 110, Âyet: 2) *"Ve melekler her kapıdan onların yanına girer."* (Kur'an, Sure: 13, Âyet: 23) buyrulduğu gibi girerler. Onların yanına oturduğun hâlde görmüyorsun. O sözlerden, selam ve gülümsemelerinden bir şey anlamıyorsun ve duymuyorsun. Bu olmuştur ve şaşılacak bir şey değildir. Mesela hasta, ölümü yaklaşınca hayaller görür, yanına oturandan haberi olmaz, ne dediğini işitmez. Hâlbuki bu gerçekler hayallerden bin defa daha lâtiftir. İnsan hasta olmayınca bunu görmez ve duymaz. O gerçekleri ise ölmeden evvel ölmedikçe insan göremez.

Ziyaretçi, velilerin durumlarının ne kadar nazik olduğunu ve onların ne kadar büyük olduklarını, sabahın erken saatinde bu kadar meleğin ve temiz ruhların ona saygı göstermek, tâzim etmek için geldiklerini bilir ve böyle bir vird esnasında meliklerin gelip şeyhi rahatsız etmemeleri için, pek çok bekler. Mesela köleler padişahın sarayı kapısında hazır bulunurlar. Her sabah onların virdi(zamana göre işleri) şöyledir: Her birinin belli bir yeri, belli bir ödevi ve belli bir saygı duruşu vardır. Bazısı uzaktan hizmet eder ve padişah onlara bakmaz, görmemezlikten gelir. Fakat köleler falanın saygı gösterdiğini görürler. (Biri) padişah olunca, onun da virdi, kölelerin her bir taraftan huzuruna gelmesidir. Çünkü onun için artık kölelik kalmamış ve *"Tanrı'nın huyları ile huylanınız"* (H.) ve *"Ben onun kulağı ve gözü olurum."* (H.K.) gerçeği hâsıl olmuştur. Bu da pek yüksek bir makamdır. Bunu söylemek boştur. Çünkü onun büyüklüğü, azameti, ayın=A, zı=za, mim=me ve te = t harfleri ile anlaşılmaz. Onun azametinden, büyüklüğünden pek az bir şey sana yol bulsa, ne ayn ne de ayn'ın çıktığı yer kalır. Ne el, ne de himmet. Nurlar ordusuyla vücut şehri harap olur. *"Padişahlar bir kasabaya girdiler mi onu altüst ederler."* (Kur'an, Sure: 27, Âyet: 34) Bir deve küçücük bir eve girince evi yıkılır. Fakat bu harabede binlerce hazine bulunabilir.

Beyit:
(Hazine viranede olur. Köpek mamur olan yerde bulunur.)

Sâliklerin makamını uzun uzadıya anlattığımızdan, vâsılların hâllerinin şerhi için ne diyelim? Sadece sâliklerin sonu vardır, bunun yoktur; sâliklerin sonu visaldir; Vâsılların sonu ne olabilir? Ayrılığı olmayan bir koşuşma. Üzüm hiç koruk olur mu? Olmuş meyve yeniden hamlaşır mı?

Beyit:
(İnsanlarla konuşmayı haram sayarım; hâlbuki senin sözün olunca, sözü uzatırım).

Vallahi ben sözü uzatmıyorum, kısa kesiyorum!

Şiir:
(Ben kan içiyorum, sen de şarap sanıyorsun. Sen can alıyorsun ve can verdiğini zannediyorsun).

Bunu kısa kesen, doğru yolu bırakıp da falan ağaç yakındır, diye tehlikeli çöl yolunu tutana benzer.

OTUZUNCU FASIL

Hristiyan bir cerrah şöyle anlattı: "Şeyh Sadreddîn'in ashabından bir topluluk bize geldiler, yanımızda içtiler ve bana: 'İsa, sizin zannettiğiniz gibi Allah mıdır?' dediler. Ben de: 'Biz bir Tanrı'nın var olduğunu biliyoruz. Fakat dinimizi korumak için bunu bilhassa gizliyor ve inkâr ediyoruz.' dedim."

Mevlâna bunu işitince, Tanrı'nın düşmanı yalan söylüyor, haşa! Bu olamaz. Bu şeytanın şarabından sarhoş olup yolunu şaşırmış ve Tanrı'nın kapısından kovulmuş olan bir düşüğün sözüdür. Yahudilerin oyun, düzen ve hilelerinden bucak bucak kaçmış, boyu iki arşından daha kısa, zayıf bir adam nasıl olur da bu yedi kat göğün koruyucusu olur? Hem öyle ki bu göklerden her birinin kalınlığı, gidilecek olsa, beş yüz yıl sürer ve bir gökle diğer göğün arasındaki uzunluk beş yüz yıl var. Her birinin kalınlığı beş yüz yıl ve birinden ötekine olan beş yüz yıldır. Arşın altında bir deniz vardır. Onun da derinliği bu kadardır. Bu denizin ve bunun birkaç misli denizlerin tasarrufu onun elindedir. Bu zayıf adam bunların nasıl idare edicisi olur ve bunu senin aklın nasıl alır? Bundan başka İsa'dan önce yerin ve göğün yaratıcısı kimdi? Tanrı zalimlerin dediklerinden münezzehtir. Sonra Hristiyan'ın: "İsa'nın toprak olan kısmı toprağa, pak olan kısmı ise pak olana gitti." dediğini söylediler. Mevlâna buna cevap olarak dedi ki: Eğer İsa'nın ruhu Tanrı ise, o hâlde ruhu nereye gitmiş olabilir. Ruh ancak aslına, yaratanına gider. Eğer İsa, asıl ve yaradan ise, o halde onun gideceği yer neresidir? Hristiyan yine: "Biz bu inancı babamızdan bulduk ve onu kendimize din edindik." dedi. Ben de ona karşılık olarak dedim ki: Eğer babandan sana, kalp para ve bozuk altın kalmış olsa sen onu ayarı tam başka maddelerden saf ve temiz bir altınla değiştirmez misin, yoksa bu kalp altını üstün mü tutarsın? Babandan sana çolak bir el miras kalsa ve sen bu çolak eli düzeltecek bir ilaç ve doktor bulsan, bunu kabul etmez misin? Bu çolak el bana babamdan böyle kaldı. Ben bunu bozmak, değiştirmek istemem mi dersin ? Sen babanın, yaşayıp öldüğü bir yer ve yurtta büyüyüp yetişsen, oranın suyu tuzlu olsa, sonra bundan başka suyu tatlı, toprağı verimli, ahalisi sıhhatte bir yer ve yurt bulsan, sen o fena yerden buraya nakletmek, daima onun tatlı suyunu içmek ve bütün hastalıklardan kurtulmak istemez misin? Yoksa biz bu yer ve yurdu, bu hastalık yapan tuzlu suyu ile bulduk. Burada kalacağız, deyip oraya yapışır kalır mısın? Katiyen bunu akıl ve duygu sahibi bir kimse söylemez. Tanrı sana babanın aklından başka bir akıl, görüşünden başka bir görüş ve iyiyi kötüyü ayırdetme kuvvetinden başka bir kuvvet vermiştir. Sen bunları işlet, yokluğa sürükleyen değil, doğru yola götüren bir akla uy...

Yoraş'ın babası eskici idi. Sonra sultana intisap etti. Sultan ona, padişahlara hizmet edep ve erkânını, silah kullanmayı öğretti. Yüksek mertebelere çıkardı. O: "Biz babamızdan eskici olarak dünyaya geldik, eskici olarak kalmak isteriz. Bu mertebeleri istemeyiz. Sen bize çarşıda bir dükkân aç. Orada eskicilikle uğraşalım" demedi. Mesela: Köpek o kadar aşağılık olduğu halde, av avlamak sanatını öğreniyor. Sultanın avcısı oluyor; anasından, babasından öğrendiği, gördüğü, samanlıklarda, yıkık yerlerde yatmayı ve leş yemeye karşı olan hırsını unutuyor. Sultanın alayının arkasından gidiyor. Av arkasından koşuyor. Doğan da böyledir. Sultan ona terbiye verdikten sonra o: "Biz babamızdan dağların izbe yerlerinde oturmayı ve leş yemeyi öğrendik. Artık sultanın davulunun sesine ve avına rağbet etmeyiz." demiyor.

Hayvan, aklı ile babasından anasından varis olduğu şeyden daha güzelini bulduğu vakitte ona sarılıyor. Böyle olunca artık akıl ve temyiz ile bütün yaratıklara üstün olan insanın, bu hususta hayvandan daha aşağı olması pek kötü bir şeydir. Bundan Tanrı'ya sığınırız. Evet doğrudur. Eğer derlerse ki; insanın tanrısı onu izaz etti, kendisine yakınlaştırdı. Kim ona hizmet ederse Tanrı'ya hizmet, kim ona itaat ederse Tanrı'ya itaat etmiş sayılır. Eğer Tanrı İsa'dan daha üstün bir peygamber gönderdi ise, İsa vasıtasıyla gösterdiğini, bununla fazlasıyla göstermiştir. Bu, peygambere uymak Tanrı'ya uymaktır. Onun kendisine uymak değil. Ona yapılan ibadet Tanrı'ya ibadettir. Onu sevmek Tanrı'yı sevmektir. Tanrı'nın gayrısından olan sevgi yine Tanrı içindir. Bu böyle senin Tanrı'na kadar gider. Her şeyin sonu O'na varır. Yani sen her şeyi gaye için seversin. Başkası için onun talebinde bulunursun ve bu sevgi böylece Tanrı'da nihayet bulur. Sonunda onun zatını, aynını seversin.

Beyit:
(Kâbe'yi örtülerle süslemek hevâ ve hevestendir. Beyit kelimesindeki (Ya) harfi, yani onun putluktan çıkıp Beytullah (Allah Evi) olması, ona süs olarak kâfi gelir.)

Gözlerdeki tabii kara renk, sürme ile meydana getirilen renk gibi değildir. Elbiselerin güzelliği fakirlerin simalarının güzelliklerini ve kemalini örttüğü gibi, onun yırtık pırtık olması da, zenginliğin letafet ve haşmetini örter. Fakirlerin esvabı parça parça olduğu zaman, kalbi açılır ve tecellilerin yeri olur.

Baş olur, altın küpüne süslenir; baş da olur altın külah ve mücevherlerle süslenmiş taçla (saçlarının) kıvrımlarının güzelliği örtülür. Çünkü güzellerin saçlarının kıvrımları, aşkı fevkalâde çekici ve gönüllerin tahtıdır. Altın taç cansız cisimdir. Onu giyen gönlün sevgilisidir.

Süleyman'ın (ona selam olsun) yüzüğünü her şeyde aradık. Onu nihayet fakr'da bulduk. Bu güzelle de düşüp kalktık, hiçbir şey onu bunun kadar memnun etmedi. Ben (nihayet kötü bir kadınım. Küçüklüğümden beri benim işim budur) dedi. Bütün engelleri, bunun (fakr) kaldırdığını ve aradaki perdeleri bunun yaktığını bilirim. Bütün ibadetlerin aslı esası budur. Geri kalan teferruattır. Mesela koyunun boğazını kesmeden, bacağından üflesen ne faydası olur?

Oruç insanı bütün zevklerin, güzelliklerin kaynağı olan yokluğa doğru götürür. *"Allah, sabredenlerle beraberdir."* (Kur'an , Sure: 2, Âyet: 249) Çarşıdaki bütün dükkan, içki, mal veya sanat gibi şeylerin hepsinin, insan nefsinde bir ip ucu bulunur ve bu uç gizlidir. Bir işin olması gerektiği müddetçe, o ip ucu hareket etmez, belli olmaz. Bunun gibi her milletin, dinin, keramet in, mucizelerin ve nebîlerin ahvalinin de her insanın ruhunda bir ip ucu vardır, icap etmedikçe, bu ip ucu kımıldamaz ve görülmez. *"Biz her şeyi apaçık bir kitapta zaptetmişizdir."* (Kur'an, Sure: 36, Âyet: 12)

"İyiliği ve kötülüğü yapan bir mi yoksa iki şey midir?" diye sordular. Karşılık: Düşündükleri sırada, münazara hâlinde bulunduklarından, mutlaka iki olmalıdır. Çünkü bir insan kendine muhalefet edemez. İşte bu bakımdan kötülük iyilikten ayrılamaz, iyilik de kötülüğü bırakmaktır. Kötülük olmadan, kötülüğü terk etmek imkânsızdır. Yani bu iyilik, kötülüğü bırakmaktır, demektir. Eğer kötülük etmek sâikası olmasaydı, iyiliğin terki olmazdı. Öyle ise fâil iki değil birdir.

Mecusiler derler ki: "Tanrı iyiliklerin yaratıcısıdır; Ehrimen kötülükleri, hoşa gitmeyen şeyleri yaratır. Bizde karşılık olarak deriz ki: Sevilen, hoşa giden şeyler hoşa gitmeyenlerden ayrı değildir. Çünkü sevilenin zıddı olan sevilmeyen, hoşlanılmayan olmadan hoşa gidenin olması imkânsızdır. Sevilen, hoşa gitmeyenin zevali demektir ve hoşa gitmeyen bir şey olmadan da onun zevaline imkân yoktur Sevinç, kederin yok olmasıdır. Keder, keder olmadan yok olmaz. O halde fail birdir ve bir olur; parçalar ayrılmaz.

Dedim ki: Bir şey fânî olmadıkça faydası belli olmaz. Mesela konuşurken, sözün harfleri ziyan olmadan dinleyicilere faydası dokunmaz.

Ârifi kötüleyen gerçekte ârifin iyiliğini söyleyendir. Çünkü ârif kendisinin kötülenmesine sebep olan o sıfattan kaçar ve onun düşmanıdır. Bu bakımdan o sıfatı kötüleyen, ârifin düşmanını kötülemiş olan ve ârifi övendir. Çünkü ârif böyle bir kötülemeden kaçar; bunu yapan ise övülmüş bir insan olur. Eşya zıddı ile belli olur. Ârif bilir ki (ve der ki): Benim düşmanım, beni, kötüleyen değil, beni kötüleyen benim düşmanımın düşmanıdır. Ben şenim, neşeliyim, etrafımda bir duvar var. Duvarın üzerinde birtakım dikenler vardır. (Dışardan) geçenler bahçeyi görmezler, sadece duvarın üstündeki süsü görüp, onu kötülerler. Şu hâlde bahçe buna niçin kızsın? Bu kötülemenin zararı, yalnızca bahçeye germek için duvarla uyuşması gereken kimseyedir. Hâlbuki o kimse de duvarı kötülemekle bahçeden uzak kalıyor. Şu hâlde kendisine kötülükte bulunmuş ve kendini helâk etmiş olur. Bunun için Mustafa (Tanrı'nın selâm ve salâtı onun üzerine olsun): *"Ben çok gülücü ve çok öldürücüyüm."* (H.) buyurmuştur. Yani, bu demektir ki: öldürürken kızgın olduğum hiçbir düşmanım yoktur. O, kâfirin kendisini yüz türlü ölümle öldürmemesi için, onu yalnız bir türlü öldürür. Bunun için tabii düşmanını öldürdüğü zaman çok gülücüdür (sevinçlidir).

OTUZ BİRİNCİ FASIL

Polis her zaman hırsızları yakalamak için arar. Hırsızlar da ondan kaçarlar. Fakat ne tuhaf bir durum hâsıl olmuştur ki, bu defa bir hırsız polisi aramakta, onu yakalamak, ele geçirmek istemektedir. Ulu Tanrı, Bâyezîd'e: "Ey Bâyezîd! Ne istiyorsun?" buyurdu. Bâyezîd: *"Bir şey istememeyi istiyorum."* (K.K.) cevabını verdi.

İnsan için ancak iki hâl mevcuttur, üçüncüsü yoktur. Ya ister veya istemez. Bu tamamıyla istememek vasfı, insanın vasfı değildir. Böyle olan kimse kendinden boşalmış, yok olmuş ve kalmamıştır. Çünkü böyle olmasaydı, insanlık vasfı onda mevcut olacağından, o vakit ya ister veya istemezdi. Ulu Tanrı onu mükemmel etmek ve tam bir şey yapmak istemiştir. Bundan böyle onda öyle bir hâl meydana gelir ki oraya artık ikilik ve ayrılık sığmaz. Tam bir vuslat (vasi) ve birlik olur. Çünkü bütün zahmetler, sıkıntılar, üzüntüler bir şey istediğin zaman olmayınca meydana geliyor. Bir şey istemezsen üzüntü de kalmaz.

İnsanlar kısımlara ayrılmışlardır. Onlar için bu (Tanrı'ya ulaştıran) yolda dereceler ve mertebeler vardır. Bazısını çalışıp çabalamakla bir yere ulaştırırlar. Bunlar içlerinde olanı ve düşüncelerini fiil hâline getirmezler. Bu, beşerin elindedir. Fakat insanın içinde arzu ve düşünce gürültüsünün kopması insanın kudreti dahilinde değildir. Bunu Tanrı'nın cezbesinden başka bir şey ondan yok edemez. De ki: *"Hak geldi, bâtıl yok oldu."* (Kur'an, Sure: 17, Âyet: 81) *"Ey Mümin, gir! Senin nurun, benim ateşimi söndürdü."*(H). Eğer Mümin tamamen gerçek iman sahibi olursa, en yerinde olan işi yapmış olur; bunda ister onun, ister Tanrı'nın cezbesi olmuş olsun. Mustafa'dan (Tanrı'nın selâm ve salâtı onun üzerine olsun) sonra kimseye vahiy gelmeyecek derler. Niçin olmasın? Olur. Ama ona vahiy demezler. Onun manası bu, *"Mümin Tanrı'nın nuruyla bakar."*(H.) Sözünün manasıdır. Tanrı'nın nuru ile baktığı için o, her şeyi, evveli ve sonu, orada olanı ve olmayanı görür. Çünkü bir şey Tanrı'nın nurundan gizli kalabilir mi? Esasen böyle olursa o, Tanrı'nın nuru değildir. Şu hâlde ona her ne kadar vahiy demezlerse de, bu vahiy'in manasıdır.

Osman (Tanrı ondan razı olsun) halife olunca minbere çıktı. Halk: "Acaba ne buyuracak?" diye bekliyordu. O sustu ve hiçbir şey söylemedi. Sadece halka baktı ve onlarda öyle bir hâl ye vecd hâsıl etti ki, artık dışarı çıkacak hâlleri kalmamıştı. Birbirlerini unutmuşlardı. Nereye oturmuşlardı? (Şimdiye kadar) Yüzlerce zikir, vaiz ve hutbeden onlarda öyle bir hâl hâsıl olmamıştı. (Bu defa) onlar için o kadar amel ve vaiz ile meydana gelmemiş olan birçok faydalar hâsıl olmuş ve sırlar keşfolunmuştu. Oturum sonuna kadar Osman böylece bir şey söylemeden baktı. Minberden inmek isteyince: *"Sizin için faal imanı olmak, çok söyleyen bir iman olmaktan daha hayırlıdır."*(K.K.) buyurdu. Bunu doğru söylemiştir. Çünkü söz söylemekten maksat bir fayda vermek, kalbe tesir etmek, ahlâkı değiştirmek, ve incelikler göstermektir. Hâlbuki o, hiç konuşmadan konuştuğu zamankinden daha fazla onlarda bütün bunları meydana getirdi ve onlar sözle elde ettikleri faydaların birkaç mislini, sözsüz olarak elde ettiler, İşte bunun için onun söylediği tamamen sevaptır.

Şimdi gelelim şuna: (Osman) kendisine "Faal" dedi. Hâlbuki minberde iken gözle görülebilen hiçbir iş yapmadı. Namaz kılmadı, hacca gitmedi, sadaka vermedi, zikretmedi ve hatta hutbe okumadı. O hâlde amel ve fiil sadece bu görünen hareket ve faaliyetlerden ibaret değildir. Bunlar belki o amelin sureti, görünüşüdür ve o, candır. Mustafa (Tanrı'nın selâm ve salâtı onun üzerine olsun): *"Benim ashabım yıldızlar gibidir; onlardan hangisine uyarsanız, hidayete erişirsiniz."* (H.) buyuruyor. İşte bir kimse yıldıza bakarak yolunu bulur. Hiç yıldız ona söz söyler mi? Hayır, söylemez. Fakat o kimse sadece yıldıza bakmak suretiyle, yolunu yanlış yollardan ayırt ediyor ve menziline erişiyor. Bunun gibi sen de Tanrı'nın velilerine baktığın zaman, hiç söz söylemeden, bir şeyden bahsetmeden ve dedi ki demişte bulunmadan maksadın hâsıl olur ve seni vuslat menziline ulaştırırlar.

Şiir:
Aşkın kolay olduğunu sanan bir defa bana baksın. Benim halim onun ne kadar korkunç olduğunu ona haber verir

Hiçbir şey, Tanrı'nın âleminde imkânı olmayan bir şeye tahammül etmek kadar güç değildir. Mesela sen bir kitap okumuş olsan, düzeltsen, işaretlesen; biri de yanına oturup yanlış okusa, sen buna tahammül edebilir misin? imkânı yok edemezsin, okumamış olsan, ister yanlış, ister doğru okusun, senin için fark etmez. Çünkü zaten sen de doğruyu yanlıştan ayırt edemiyorsun. İşte bu bakımdan muhal olan bir şeye tahammül etmek çok büyük bir müşahededir.

Veliler ve nebîler kendilerini mücahededen alıkoymazlar. İlk mücahedeleri nefislerini öldürmek, arzu ve şehvetlerini terk etmektir. Bu, büyük bir savaştır. Vâsıl olup emniyet, makamına yerleşince, eğri ve doğru onlara keşfolunur. Doğruyu eğri ile bilirler ve görürler. Bununla beraber yine de büyük bir mücahede içindedirler. Çünkü bu halkın bütün işleri eğri ve yanlıştır. Nebîler ve veliler, bunları göre göre hepsine tahammül ederler. Eğer böyle yapmayıp onlara eğri olduklarını söyleyecek olurlarsa, bir kişi yanlarında kalmadığı gibi, hiç kimse de onlara Müslüman selamı vermez. Ulu Tanrı onlara pek büyük bir sabır verdiği için, hepsine katlanırlar ve karşısındakilere ağır gelmesin diye, gördükleri yüz yolsuzluktan ve kusurdan ancak birini söyleyip, geri kalanını saklarlar. Hatta onu överler ve: "Senin yaptığın bu iş doğrudur, yerindedir." derler, İşte böylece bu eğrilikleri, yanlışlıkları birer birer düzeltmeye muvaffak olurlar. Mesela bir öğretmen öğrenciye yazı yazmasını öğretirken, tek harfleri bitirip sıra satıra gelince, önce çocuk bir satır yazıp öğretmene gösterir. Bunun hepsi öğretmenin nazarında eğridir. Fakat o yine: "Hepsi güzel iyi yazmışsın; aferin, aferin! Yalnız bu bir tek harfi biraz çirkin yazmışsın. Böyle olacak. Ha! Şu harfi de iyi yazamamışsın." der ve çocuğu incitmeden, incelikle böylece o satırın birkaç harfini kötülemek suretiyle yazısını düzeltir. Şöyle yapmalı, diye gösterir. Geri kalanı beğenir ve "Aferin!" der. Çocuğu ürkütmez ve bu aferinlerle onun zayıf tarafını kuvvetlendirir. İşte bu şekilde yavaş yavaş öğretir ve ona yardım eder.

İnşallah; Biz de Ulu Tanrı'dan, Emirin arzularını müyesser kılmasını ümit ediyoruz. Gönlünde olanı, istediği her şeyi ve içinde olmayan ve ne olduğunu bilmediği devletler de ona nasip olsun. Bunları görüp, bu bağışlara erince, ilk arzu ve temenni ettiği şeylerden dolayı: "Mademki önümde böyle bir şey vardı, bu kadar nimete ve devlete mazhar olduğum hâlde, nasıl olup da böyle bir şey dilemişim." diyerek mahcup olsun.

Atâ (vergi) insanın aklından, hayalinden bile geçirmediği şeye derler. İnsanın vehmettiği şey kendi himmeti ve değeri ölçüsünde olur. Tanrı'nın atâsı da onun büyüklüğü nispetindedir. Gerçek bağış, Tanrı'ya lâyık olan bağıştır. Yoksa kulun himmetine ve vehmine göre olan değil. *"Hiçbir gözün görmediği hiçbir kulağın işitmediği, hiçbir insan kalbine doğmadığı"*(H.) buyrulduğu gibi, senin benim bağışımdan, atamdan ümit ettiğin her şeyi, gözler görmemiş, kulaklar benzerini duymamış ve gönüller de esini tasavvur etmemiş olmalarına rağmen, benim bağışım, âtam bütün bunların haricindedir.

OTUZ İKİNCİ FASIL

Yakîn sıfatı şeyh-i kâmildir; güzel ve doğru zanlar ise, onun müritleridir. Bunlar derece derece olurlar. Zan, kuvvetli (galip) zan, daha kuvvetli zan, kuvvetlinin kuvvetlisi zan ve bunun gibi... Zan kuvvetli oldukça, yakîne daha yakın olur ve inkârdan uzaklaşır. *"Ebubekir'in imanı tartılsa bütün dünya imanına galip gelir."* (H.) Bütün doğru zanlar yakînden süt emerler ve onunla büyürler. Bu süt emmek, büyüyüp gelişmek ise, o zannın bilgi (ilim) ve amel ile artmasının, yetişmesinin alâmetidir. Böyle her zan, yakîn olur ve onda fenâ bulur. Çünkü yakîn olunca zan kalmaz. O yakın şeyhinin ve müritlerinin suretleri olan bu cisim âleminde (Dünyada) şeyhler ve müritleri de kalmazlar. Çünkü bu suretler (nakışlar) devirden devire, yüzyıldan yüzyıla değişirler. Hâlbuki o yakîn şeyhi ve onların doğru zanlar olan çocukları devirlerin ve yüzyılların geçmesine rağmen, değişmeksizin âlemde kaimdirler. Yanlış, bozuk ve münkir zanlar, yakîn şeyhinin sürgün ettikleridir ki bunlar şeyhten her gün daha çok uzaklaşır ve her gün değerlerini daha çok kaybederler. Çünkü her gün o kolu zannın çoğalması için faaliyetlerini artırmaktadırlar. *"Kalplerinde dert var, Allah da dertlerine dert kattı."* (Kur'an, Sure: 2, Âyet: 10) "İşte efendiler hurma, esirler de diken yiyorlar. Ulu Tanrı buyurdu ki: *"Onlar hâlâ ibretle bakmazlar mı o deveye, nasıl yaratılmıştır o?"* (Kur'an, Sure: 88, Âyet: 17) *"Ancak tövbe iman eden ve doğru dürüst işler işleyenler cennete girerler. Ulu Tanrı onların kötülüklerini iyiliklere çevirir,"* (Kur'an, Sure: 25, Âyet: 70) buyrulmuştur.

Zannını bozmak, kötüleştirmek için yapmış olduğu her tahsil şimdi zannın düzelmesi için kuvvet olur. Mesela çok bilmiş bir hırsız tövbe edip polis olduğu zaman, vaktiyle uğraştığı hırsızlık, yankesicilik gibi bütün işler, şimdi adalet ve ihsanı kuvvetlendirmeye yarar. Bu adam önce hırsızlık yapmamış olan polislerden daha üstündür. Çünkü hırsızların durumunu bilir. Bunun gibi böyle bir kimse yani (yakîn sahibi) şeyh olursa o kâmil, büyük âlemin en büyüğü ve zamanın Mehdi'si olur.

OTUZ ÜÇÜNCÜ FASIL

Dediler ki: Bizden kaçın ve bize yaklaşmayın. Siz benim muhtaç olduğum şeysiniz, ben sizden nasıl kaçınabilirim! İyice bilmelidir ki her insan nerede olursa olsun, daima kendi ihtiyacının yanında bulunur ve ondan ayrılmaz. Hayvan da böyledir; daima ihtiyacıyla beraberdir. Bu ona, anasından babasından daha yakındır. Âdeta ona yapışıktır, onun bağıdır. Onu şu tarafa, bu tarafa doğru çeker. Tıpkı bir gem gibi insanın kendi kendisini bağlaması mümkün olmaz. Çünkü her zaman o bu bağdan kurtulmak ister. Bu bakımdan kurtulmak isteyen bir kimsenin kendisini bağlatması imkânsızdır. Şu halde onu başka birinin bağlamış olması muhakkaktır. Mesela sağlık isteyen birinin, kendi kendisini hasta etmemesi lâzım gelir. Çünkü insanın hem hastalığı hem sağlığı bir arada istemesi muhaldir. İnsan daima kendi ihtiyacının yanında bulunduğuna göre, bu ihtiyacı sağlayanın da yanında olur. Yulara yapışık olduğundan bu yuları çekene yapışmıştır. Yalnız şu kadar var ki gözü yularda olduğu için bir değeri, itibarı olamaz. Gözü eğer yuları çekende olsaydı ve bu yulardan kurtulsaydı yuları, yularını çeken olurdu. Yularcının peşinde yularsız gitmediği ve gözü onda olmadığından dolayı ona yular vurdular. *"Biz onun burnunu damgalayacağız."* (Kur'an, Sure: 68, Âyet: 16) buyrulduğu gibi, ağzına gem vuralım ve istemediği hâlde onu çekelim. Çünkü o gemsiz olarak arkamızdan gelmiyor.

Nazım:
(Onlar: 'Sekseninden sonra oyun olur mu?' diyor. Ben de onlara cevap olarak: 'Sekseninden evvel oyun olur mu?' dedim).

Ulu Tanrı kendi fazlından, ihtiyarlara çocukluk bağışlar. Çocukların bundan haberi yoktur. Onlar dünyayı göremediklerinden ve dünyadan bıkıp usanmadıklarından, çocukluk insana tazelik ve oynamak arzusu verir, insanı güldürür, sıçratır. İşte ihtiyar da dünyayı taptaze görür. Oynamak, sıçramak ister. Cildi tazelenir, kanı ve eti artar. İhtiyarlığın ehemmiyeti ve şerefi büyüktür, ihtiyarlık alâmetleri büyüdükçe eğlenmek, oynamak hevesi artar. O hâlde ihtiyarlığın büyüklüğü Tanrı'nınkinden de fazla olur. Çünkü Tanrı'nın Celalinin baharı ortaya çıkıyor ve ihtiyarlık sonbaharı onu yeniyor, bırakmıyor. Binaenaleyh, Tanrı'nın fazlının baharı zayıftır. Bir (insan) dişinin dökülmesiyle, Tanrı'nın baharının gülümsemesi eksilir ve bir saçın ağarmasıyla, Tanrı'nın fazlının yeşilliği solar. Sonbahar yağmurunun ağlaması içinde, gerçekle bağı bozulur ve hayatının zevki kaçar. Tanrı, zalimlerin dediğini çok yükseltir.

OTUZ DÖRDÜNCÜ FASIL

Ben onu yırtıcı bir hayvan şeklinde gördüm. Tilki postu ile örtülüydü. Almak istedim. O ufak bir odada deliklerden dışarı bakıyor ve öteye beriye sıçrıyordu. Sonra Celâl-üt Tebrizî de onun yanında bir hayvan suretinde göründü. O benden sıçrayıp kaçtı, fakat ben onu yakaladım. Beni ısırmak istiyordu. Kafasını ayaklarımın altına attım. Öyle bir ezdim ve çiğnedim ki içinde ne var ne yoksa hepsi dışarı fırladı. Sonra derisinin güzelliğine baktım. Bu altın, cevher, inci, yakut ve bunlardan daha kıymetli şeylere layık olduğunu gördüm. Ona: "Ben alacağımı aldım, şimdi sen, ey ürkek hayvan, nereye istersen kaç, neresini gözün kestiriyorsa fırlayıp oraya git!" dedim. O yenilmekten kaçıyordu. Hâlbuki saadeti, mağlubiyetindedir. Herhalde bunu dekayık-ı sehabiye v.s. gibi tasavvur etti. O bunun her istediğini öğrenmek için çalıştığı ve onunla zevk aldığı yol ile elde edeceğini düşündü. Bu ise mümkün değildir. Çünkü arif, öyle bir hâlde bulunur ki onu tuzaklarla avlamak mümkün olmaz. Bu tuzaklar ne kadar sağlam ve düzgün de olsa bu avı yakalamaya lâyık değildir. Ârifin ihtiyarı elindedir. Hiç kimse onu ihtiyarı elinde olmadan yakalayamaz. Mesela sen gözetme yerinde bir av avlamak için otursan, av senin oturduğun yeri ve yaptığın hileleri görür. Avın ihtiyarı elindedir, istediği yerden ve yoldan geçip gider. Senin yanından belli bir yoldan geçmek zorunda değildir. Çünkü *"Allah'ın toprağı geniştir."(Kur'an, Sure: 39, Âyet: 10) "Hiç kimse onun ilminden, onun istediğinden fazla ihata edemez."* (Kur'an, Sure: 2, Âyet: 55) Sonra bu dakikalar senin dil ve idrakine geçti mi artık onlar hakiki olarak kalmaz. Bir temasla bozulur. Her bozulmuş ve bozulmamış şey ârifin ağzına düşünce ve idrakine ulaşınca olduğu gibi kalmaz; başka bir şey olur. Tanrı'nın inâyetleri ve kerametleri ile örtülür. Asâyı görmedin mi? Musa'nın elinde nasıl bambaşka bir şey oldu. Onda asâ mahiyetinde bir şey kalmadı. O inleyen direk, Peygamber'in elindeki o dal, Musa'nın ağzındaki o dua, Davud'un elindeki demir ve o dağlar bu dokunma ile eski hâlleri ile kalmadılar, olduklarından başka bir şey oldular. İşte bu dakikalar ve dualar bu karanlık ve cismanî elde olduğu gibi kalmazlar.

"Kâfir yedi mide ile yemek yer." (H.) Bu cahil Ferrâş'ın seçip eve soktuğu eşek sıpası yetmiş mide ile yemek yiyor. Eğer bir mide ile yese de, yetmiş mide ile yiyormuş gibi geliyor. Çünkü sevilmeyen bir adamın yaptığı her şey sevilmez ve sevilen adamın yaptığı bir şey de sevilir. Eğer Ferrâş orada olsaydı, yanına girer kendisine öğüt verirdim. Ve bu herifi evden kovup, atıncıya kadar evden çıkmazdım. Çünkü bu onun, dinini, ruhunu, kalbini ve aklını bozuyor. Keşke bu onu bu fesatlara sevk edecek yerde şarap içmek v.s... gibi kötü şeylere sevk etseydi, hakkında inâyet sahibi inâyetine mazhar olmak şartıyla daha hayırlı olurdu. Fakat o, evi namazlıklarla doldurdu. Keşke Ferrâş onu bu, namazlıklara sarıp yaksaydı ne iyi olurdu? Bu yolla Ferrâş da ondan ve onun şerrinden kurtulurdu. Çünkü bu onun Sahib-ül İnaye hakkındaki inancını bozuyor. Önünde onunla alay ediyor. Bu adam Ferrâş'ı tesbihler, dualar (virdler) ve salâvatlarla avlamış. İnşaallah Tanrı bir gün Ferrâş'ın gözlerini açar da, onun yüzünden ne zararlara uğradığını, Sahib-ül İnaye'nin rahmetinden ne kadar uzaklaştığını görür ve kendi eliyle kafasını uçurur ve ona: Sen beni mahvettin. Bütün suçların üzerimde toplandı. Bütün kötü işlerin suret buldu. Benim kötü işlerimi ve bozuk inançlarımı mükâşefe ile, benim arkamdan evin bir köşesinde toplanmış bir hâlde gördüler. Ben bunları Sahib-ül İnaye'den saklıyordum ve onları arkamda gizliyordum. Hâlbuki o bu sakladığım bütün kötülükleri öğreniyor ve bana: Sen bunları niçin saklıyorsun? Nefsin elinde olan Tanrı'ya yemin ederim ki, eğer ben senin kötü

işlerinin habis suretlerini çağırırsam, onlar birer birer benim gözümün önüne gelirler, kendilerini bana gösterirler, hâllerinden bana haber verirler. Tanrı bu mazlumları ibadet yoluyla yolundan alıkoyan, yol kesen bu gibi günahkârların elinden kurtarsın. Padişahlar meydanda gûy-u çevgân oyunu oynarlar. Bu, savaşlarda, dövüşlerde hazır bulunmayan şehir ahalisine, savaş erlerinin nasıl savaştıklarını, düşmanların kafasını nasıl kestiklerini ve kafalarının, topun meydanda yuvarlanmasıyla nasıl yerlerde yuvarlandıklarını, düşmana nasıl saldırdıklarını ve nasıl geri çevirdiklerini göstermek, bir örnek vermek içindir. Meydanda oynanan bu oyun gerçek savaşı göstermek için bir usturlâb gibidir. Tanrı erleri için namaz kılmak, sema' etmek de, onların gizlice Tanrı'nın emirlerine uymak ve nehiylerine uymamanın bir misalidir. Semada muganni, namazda imam gibidir. Eğer muganni ağır söylerse, sema' da ağır, hafif söylerse hafif olur. Bu onların içinde emir ve nehyin münâdisine nasıl uyduklarının bir misalidir.

OTUZ BEŞİNCİ FASIL

Bu hafızlar nasıl olup da âriflerin ahvalini anlamıyorlar, buna şaşıyorum. *"Yemin edip duran düşkün"*(Kur'an, Sure: 68, Âyet. 10) diye şerhettiği gibi, koğucu bilhassa kendisidir: "Falanın sözüne bakma, o her ne derse seninle yine şöyledir, böyledir." der. *"Kusurlar araştırıcı koruculukla söz gezdirici, iyiliği önleyici saldırgan günaha dadanmıştır."*(Kur'an, Sure: 68, Âyet: 11,12) Hele Kur'an ne garip, kıskanç bir sihirbazdır, insanı kendisine öyle bağlar ki hasmın kulağına anlayacağı şekilde açıktan açığa fısıldar. Fakat hasmın ondan (o manadan) ve tadından haberi olmaz, yahut da bu tadı gerisin geriye alır, çalar. *"Tanrı onların yüreğine mühür vurdu."* (Kur'an, Sure: 2, Âyet: 7) buyrulduğu gibi ne kadar hoş işitiyor, hatmediyor ve anlamıyor! Ondan söz ediyor, fakat yine kavramıyor; Tanrı lâtiftir, kahrı ve anahtarı da lâtiftir. Ama O'nun açma (fetih) anahtarı o kadar lâtif, o kadar lâtiftir ki anlatılamaz. Eğer benim parçalarım bütünümden çözülecek, açılacak olursa, bu onun sonsuz lütfundan ve açıcılığından, eşsiz fatihliğindendir. Ölüm ve hastalığı sakın benim için suçlandırmayınız. Çünkü o, arada işin gerçeğini örtmek için bulunuyor. Beni asıl öldüren O'nun benzeri olmayan lütfudur. Bu ileri sürülen bıçak veya kılıç, yabancıların gözlerini, bu uğursuz gözlerin katlin hakikatini görmemeleri bakımından, uzaklaştırmak ve kapatmak içindir.

OTUZ ALTINCI FASIL

Suret (yüz) aşkın feridir. Çünkü aşk olmadan onun değeri yoktur. Fer asılsız olmayan şeydir. Bu yüzden Tanrı'ya suret denilmediği gibi fer de denilmez. Çünkü suret, fer'dir.

(Biri): "Aşk, suretsiz tasavvur olunamadığına ve gerçekleşmediğine göre, suretin fer'i olmalıdır." dedi. Biz: Aşk niçin suretsiz tasavvur olunmasın? diyoruz. Hatta aşk sureti meydana getirir ve ondan yüz binlerce suret hâsıl olur. Bunlar aynı zamanda gerçekleşmiş, şekil almış suretlerdir. Ressam olmadan resim olmadığı gibi, resimsiz de ressam olmaz; fakat resim fer ressam asldır. Tıpkı parmağın hareketi ile, yüzüğün hareketi gibi içinde bir ev yapmak aşkı olmazsa, hiç mimar evin suretini, planını yapar mı? Mesela buğday bir yıl altın, ertesi yıl toprak pahasında olduğu hâlde (görünüşü) sureti aynıdır. Şu hâlde onun değeri, ona olan aşk ile meydana gelmektedir. Bunun gibi senin isteyip öğrendiğin, ballandığın sanatın ancak senin için bir değeri vardır. Onu isteyen rağbet eden olmayınca bu hüneri, sanatı öğrenmez, onunla meşgul olmazlar.

Aşk bir şeye muhtaç olmak, bir şeyden yoksul bulunmaktır. O hâlde ihtiyaç asl, muhtaç ise fer olur, derler. Buna karşılık biz deriz ki: Sen bu sözü ihtiyacın olduğundan söylüyorsun ve bu ihtiyaçtan meydana gelmiş, onu söyletmek arzundan doğmuş oldu. Öyleyse ihtiyaç önce meydana gelir, söz de ondan doğar. O hâlde söz yokken ihtiyaç mevcuttur. Bu yüzden aşk ve ihtiyaç onun fer'i olamaz. O: "İhtiyaçtan maksat bu söz değil miydi? O hâlde maksat nasıl fer' olur?," dedi. Biz de: Maksat, her zaman fer' olur. Çünkü ağacın kökünden maksat onun fer'i, yani gövdesi, dalları v.s. dir, dedik.

OTUZ YEDİNCİ FASIL

O cariyenin davasına dair buyurdu ki: Bu iddia yalandır, burada kalıp daha ileri gitmeyecektir. Fakat bu topluluğun vehminde ondan bir şey meydana geldi. Bu vehim ve insanın içi, dehliz gibidir. Önce dehlize, sonra eve girilir. Bu dünyanın hepsi bir ev gibidir. Dehlizde görünen her şey mutlaka evin içinde de zahir olur. Mesela bu oturduğumuz evin önce şekli, planı mimarın içinde hâsıl olup, sonra da evin kendisi meydana çıkmıştır. Bu dünya bir evdir. Vehimler, düşünceler ve fikirler de evin dehlizidir, dedik.

Dehlizde meydana geldiğini gördüğün her şeyin evin içindede görüleceğini hakikaten bilmelisin. Bu dünyada peyda olan hayırlı veya hayırsız bütün şeyler, evvela dehlizde peyda olur. Sonradan burada görünmüştür. Ulu Tanrı dünyada tuhaf, garip şeyler, bahçeler, çimenlikler, bilgeler ve kitap gibi türlü türlü şeyler meydana getirmek istendiği zaman, insanın içine bunların isteğini ve temayülünü kor. İşte bu arzu ve meyillerden sonunda bütün bu şeyler meydana çıkar. Bunun gibi bu dünyada gördüğün her şeyin öbür dünyada da bulunduğunu bil. Mesela ıslak bir yerde gördüğün her şey, denizde mevcuttur. Çünkü bu ıslaklık o denizdendir.

Yerin, göğün, Arş ve Kürsî'nin ve diğer acayip şeylerin yaratılmasının isteğini ulu Tanrı ilk önce ruhlara vermişti. Hiç şüphe yok ki dünya bu yüzden yaratılmıştır.

Halk: "Âlem kadimdir." diyorlar. Onların bu sözü nasıl kabul edilir? Bazısı da: "Hadîstir." derler. Böyle söyleyenler âlemde daha kadim olan veliler ve nebîlerdir. Yüce Tanrı âlemin yaratılması iradesini onların ruhlarında hâsıl ettikten sonra, âlem meydana gelmiştir. Onlar âlemin hadîs oluşunu gerçekten bilip, kendi makamlarından haber veriyorlar. Mesela bizim ömrümüz altmış, yetmiş seneyi buldu ve bu oturduğumuz evin daha önce olmayıp birkaç yıldan beri yapılmış olduğunu gördük, biliyoruz. Eğer bu evin kapısında, duvarında dünyaya gelen akrep, yılan, fare gibi ve daha pis birtakım kötü hayvanlar gözlerini açtıkları zaman evi yapılmış olarak görmüşler ve onun kadim olduğunu söylerlerse bu bizim için evin eskiliğine dair bir delil olamaz. Çünkü biz onun sonradan yapıldığını gördük. Nasıl ki bu evin kapısından bacasından çıkan, yetişen hayvanlar, bu evden başka bir şey görmez ve bilmezlerse, bu dünya evinden çıkmış, bitmiş ve yetişmiş insanlar da vardır ki onların kadim bir aslı yoktur. Buradan gittikleri gibi burada kaybolurlar.

Eğer bunlar dünyanın velîler ve nebîlerden daha kadim (eski) olduğunu söylerlerse bu delil sayılmaz. Çünkü velîler ve nebîler dünyada yüz binlerce yıl önce mevcut idiler. Yıl ne demek? Sayı ne demek?

Çünkü onların ne yılı ne de sayısı vardır; Dünyanın sonradan meydana gelişini (hudûsunu) görmüşlerdir. Tıpkı senin bu evin sonradan yapıldığını görmen gibi. Bir de bundan sonra o zavallı filozof sünnilere: "Âlemin hadîs oluşunu neyle bildin?" diyor. Hey eşek! Sen âlemin eskiliğini (kıdemini) neyle bildin? Âlem kadimdir, demenin manası: "Hadîs değildir," demektir. Ve bu delil nefy içindir, ispat için delil vermek bundan daha kolaydır. Çünkü nefy için şahitlikte bulunmanın manası şudur: Mesela bir adam falan işi yapmamıştır. Fakat bunu bilmek güçtür. Böyle söyleyenin o kimse ile başından sonuna kadar ömrünü, gece gündüz, uyurken ve uyanıkken beraber geçirmesi lâzımdır ki: "Evet bu işi yapmamıştır!" diyebilsin. Bu durumda bile bu söz gerçek olamaz.

Çünkü belki bu adam uyuyup kalmıştır, veya öbürü bir ihtiyaçtan dolayı evine gitmiş olabilir; Bu gibi sebeplerden dolayı, onunla her an beraber kalmış olmasına imkân yoktur. İşte bu bakımdan nefy için şahitlik doğru olmaz. Çünkü bu bir insanın kudreti dahilinde değildir. Fakat ispat için şahitlik mümkündür ve kolay olur. Çünkü: "Bir an onunla beraberdim, şöyle söyledi, böyle yaptı." diyebilir ve bu şahitlik muhakkak surette makbuldür ve hem insanın kudreti dahilindedir. Ey Köpek! Hadîs oluşuna bir delil göstermeyi, senin âlemin kadim oluşuna delil göstermenden daha kolay değil mi? Senin şahitliğin, âlemin hadîs olmayışı sonucunu verir. Bu durumda nefy için bir delil vermiş olursun. Mademki her ikisi için de delilin yoktur ve âlem hadîs midir, yoksa kadim midir? Bunu da görmedin, o halde kadim olduğunu neyle bildin, niçin diyorsun. O da sana: "Ey ahlaksız, sen kadim olduğunu neyle bildin?" diyor. Şimdi senin davan daha güç ve daha imkânsız değil mi?

OTUZ SEKİZİNCİ FASIL

Mustafa (Tanrı'nın selâm ve salâtı onun üzerine olsun) ashapla oturmuştu. Kâfirler itiraza başladılar. Buyurdu ki: Siz Dünyada bir kişi vardır ki o vahiy sahibidir ve vahiy ona gelir, herkese gelmez. Onun alametleri olur ve bunlar sözünde, işinde, yüzünde ve bütün cüzlerinde görünür, diyorsunuz. Mademki şimdi siz bu alâmetleri gördünüz, o hâlde yüzünüzü bu alâmetlerin sahibine çeviriniz ve ona sıkıca yapışınız ki o da sizin elinizden tutsun. Bunun üzerine kâfirler utandılar ve artık bir söyleyecekleri kalmayınca kılıca sarıldılar, gelip sahabeye zulmettiler, onları dövdüler, onlarla alay ettiler. Mustafa (Tanrı'nın selâm ve salâtı onun üzerine olsun): "Sabrediniz ki onlar: 'Bize galip geldiler, zorla dinlerini kabul ettirmek istiyorlar.' demesinler. Bu dini Tanrı ortaya çıkaracaktır." buyurdu. Sahabe, uzun zaman gizli gizli namaz kıldı ve Mustafa'nın (Tanrı'nın selâm ve salâtı onun üzerine olsun) adını açıkça söylemediler. Bir müddet sonra: "Siz de kılıç çekiniz ve bu uğurda dövüşünüz." diye onlara vahiy geldi. Mustafa'ya (Tanrı'nın selâm ve salâtı onun üzerine olsun) ümmî derler. Fakat bu, yazıyı ve bilgileri bilmediği için değildir; yazısı, bilgisi ve hikmeti anadan doğma olup; sonradan kazanılmış olmadığı için ona ümmî derlerdi. Ayın üzerine sayılar yazan bir kimse yazı yazamaz mı? Dünyada onun bilmediği ne var ki? Hepsi ondan öğrenirler, cüz'î aklın, küllî akılda olmayan nesi var acaba? O görmediği bir şeyi kendisinden bulmak, yaratmak, kabiliyetini taşımaz. Bu insanların yazdıkları kitaplar yeni hendeseler ve yeni binalar, yeni eserler değildir. Onlar, buna bir şey ilâve edememişlerdir. Kendiliklerinden yeni bir şey bulanlar küllî akıldır. Çünkü cüz'î akıl öğrenmeye ve küllî aklın öğretmesine muhtaçtır. Akl-ı kül öğretmendir. Onun öğrenmesine lüzum yoktur.

Bunun gibi bütün, ilk önce var olan şeyleri inceleyecek olursan onların aslı ve başlangıcı da vahiydir ve nebîlerden öğrenilmiştir. Nebîler akl-ı küldür. Mesela karga hikâyesinde, Kabil, Hâbil'i öldürmüş ve ne yapacağını şaşırmıştı. Bu arada bir karga da başka bir kargayı öldürmüştü. Kabil karganın toprağı eşerek, ölü kargayı oraya gömdüğünü ve üzerine toprak örttüğünü görmek suretiyle mezar yapmayı ve ölüyü gömmeyi ondan öğrendi. Bunun gibi bütün sanatlarda da her cüz'î akıl sahibinin öğrenmesi gerekir. Akl-ı kül her şeyi ortaya koyan, bulan, meydana getirendir. Akl-ı küllü, akl-ı cüz'îye bağlayan velîler ve nebîlerdir. Mesela el, ayak, göz, kulak ve insanın bütün duyguları kalpten ve akıldan öğrenmek kabiliyetini taşırlar. Ayak yürümeyi, gitmeyi akıldan, el tutmayı kalpten ve akıldan, göz ve kulak da işitip, görmeyi onlardan öğrenirler. Fakat eğer akıl ve kalp olmazsa, bu duyguların hiçbiri çalışmaz; ve hatta bir iş yapamazdı. İşte senin bu cismin de aklına ve kalbine nispetle, kesif ve kabadır, akıl ve kalbin ise lâtiftir. Bu kesif cismin lâtif olanla kaimdir; tazeliği, letafeti onun sayesindedir. Onsuz, tembel, işlemez, pis, kirli ve yersizdir. Cüz'î akıl da, küllî akla nispetle alettir. Ondan öğrenir, faydalanır ve onun karşısında kaba görünür.

Biri dedi ki; "Bizi himmetle an! Asıl olan himmettir. Söz olmadan da olur; çünkü o fer'dir."

Mevlâna buyurdu ki: Bu himmet cisimler âleminden önce, ruhlar âleminde mevcuttu. Şu hâlde bizi cisimler âlemine boşu boşuna getirmediler? Buna imkân yok. Öyleyse sözün de rolü olmalı ve faydası bulunmalıdır. Eğer kayısı çekirdeğinin sadece içini ekersen bir şey bitmez. Hâlbuki onu kabuğu ile diktiğin zaman biter. İşte bu bakımdan suretin de rol oynadığını anlamış olduk. *"Kalp huzuru olmadan kılınan namaz, namaz olmaz."* (H.) buyrulduğu gibi, namaz da içtedir. Fakat sen onu mutlaka şekillere sokarsın. Görünüşte rükû (eğilmek), secde etmek (kapanmak) ile ona bir suret vermek lâzımdır. Bunları yaptığın zaman, ondan nasibini alır, muradına erersin.

"Onlar, namazlarına devam ederler." (Kur'an, Sure: 70, Âyet: 23) âyetindeki namaz, ruhun namazıdır. Sureten, şeklen kılınan namaz geçicidir, devamlı olmaz. Çünkü ruh deniz âlemidir. Sonsuzdur; cisim ise deniz kıyısı ve karadır; sınırlı ve ölçülüdür. İşte bu yüzden devamlı namaz ancak ruhun olabilir. Ruhun da eğilmesi, kapanması (secde etmesi) vardır; fakat bunları açıkça şekillerle göstermek lâzımdır. Çünkü mananın suretle bağlılığı vardır, ikisi bir olmadıkça fayda vermezler. Bu suret, mananın feri'dir. Suret uyruk, gönül padişahtır, dediğin zaman bu isimler izafîdir. Mademki bu onun fer'idir diyorsun, eğer fer'i olmazsa ona nasıl asıl adı verilebilir? O hâlde o, bu fer'in aslıdır ve eğer olmasaydı onun da adı olmazdı. Mademki kadın dedin, çaresiz erkek demelisin; Mademki Tanrı dedin, kul da demen lâzım ve mademki hakim dedin, bir mahkum lâzımdır.

Hüsâmeddin Erzincânî, dervişlerin meclisine girmeden, onlarla düşüp kalkmadan evvel, pek büyük münakaşalar yapan bir münazaracı idi. Her gittiği ve oturduğu yerde tam manasıyla münakaşalar, münazaralar yapar, konuşmayı iyi idare ettiği gibi güzel de konuşurdu. Fakat dervişlerle düşüp kalkmaya başladıktan sonra onun bu münakaşa ve münazara âdeti eski hararetini kaybetti.

Mısra:

(Aşkı, aşktan başka bir şey söndüremez)
"Allah'la oturmak isteyen tasavvuf ehliyle oturur."(H) Bu bilgiler, fakirlerle (dervişlerle) beraber bulunurken elde edilecek faydalara göre, *"Dünya hayatı oyundan ve eğlenceden ibarettir."* (Kur'an, Sure: 47, Âyet: 36) buyrulduğu gibi, oyun oynamak ve ömrü ziyan etmektir. İnsan ergin, akıllı, yetkin olunca, vaktini oyunla geçirmez ve oyun oynasa bile utancından, kimse görmesin diye gizler. Bu zahirî ilim ve söylentiler ile dünya heveslerinin hepsi rüzgâr, insan ise topraktır. Toprak, rüzgâra karışınca nereye gitse gözleri rahatsız eder. Mevcudiyetinden rahatsızlık ve itirazdan başka bir şey hâsıl olmaz. Fakat, onlar Peygambere gönderilen *"Kur'an'ı işittikleri zaman hakkı tanıdıklarından dolayı gözleri yaşlarla dolup taşar."* (Kur'an, Sure: 5, Âyet: 83) buyrulduğu gibi her ne kadar toprak ise de işittiği her söze ağlar ve gözyaşları ırmak gibi akar. Şimdi rüzgâr yerine toprağa su karışmış olduğundan iş aksinedir. Toprak suyu bulduğu için hiç şüphe yok ki yeşillikler, fesleğenler, menekşeler, gül ve güllükler biter.

Bu fakr yolu öyle bir yoldur ki orada bütün arzularına erersin ve her temenni ettiğin şey mutlak surette bu yolda eline geçer. Orduları bozguna uğratmak, düşmanı yenmek, ülkeler almak, insanları esir etmek, kendi akranlarından üstün olmak ve daha buna benzeyen ne kadar şey varsa, eğer fakr yolunu seçmişsen hepsi sana gelir, hepsine kavuşursun. Diğer yolların aksine olarak bu yolu tutan hiç kimse şikayet etmemiştir. Başka yolları takip eden ve başka yollarda çalışan yüz binlerce kişiden ancak birinin istediği olmuş ve bu da içini ferahlatacak, rahat ettirecek bir şekilde bile değil. Çünkü o maksadın hasıl olması için her yolun birtakım usulleri ve vasıtaları vardır. Bu arzular ancak bu yollar vasıtasıyla hâsıl olur. Bu yol uzundur, afetler ve engellerle doludur; belki de o sebepler, vasıtalar istenilen şeyle uyuşmazlar.

Şimdi sen fakr âleminden geldiğin ve onunla meşgul olduğundan, Ulu Tanrı sana, vehmine ve hayaline hiç gelmeyen mülkler, âlemler bağışlar; o zaman evvelce istediğin, dilediğin şeylerden: Ah! Böyle şeyler varken bu kadar ehemmiyetsiz, küçük bir şeyi nasıl istemişim? diye utanırsın. Ulu Tanrı da sana: "Gerçi sen ondan münezzeh oldun, usanıp bıktın ve artık istemiyorsun, ama, bir zamanlar bunlar senin aklından geçmişti ve bizim için sonradan bunların hepsini terk ettin. Keremimiz sonsuzdur. Sana elbette onu da müyesser kılarız." buyurur.

Mesela, Mustafa (Tanrı'nın selâm ve salâtı onun üzerine olsun) hakikate vâsıl olmadan ve şöhret kazanmadan önce Arab'ın fesahat ve belâgatını görüp: "Keşke ben de böyle fesahat ve belâgat sahibi olsaydım!" derdi. Fakat ona gayb âlemi keşfolunup Tanrı ile kendinden geçince, içindeki bu arzu soğudu ve hiçe indi. Ulu Tanrı buyurdu ki: "O dilediğin fesahat ve belâgat sana verdim. Muhammed: "Ey Tanrım, bu benim ne işime yarar? İstemiyorum, vazgeçtim." dedi. Ulu Tanrı: "Üzülme, o da olur. Feragatin yerinde kalsın. Ziyanı yok." buyurdu ve ona öyle bir söz verdi ki bütün âlem onun zamanından bugüne kadar onun şerhinde cilt cilt kitaplar yazdılar ve hâlâ da yazıyorlar, fakat henüz o sözü kavramaktan ve anlamaktan acizdirler. Yine yüce Tanrı buyurur ki: Ashap zayıf olduğundan, can korkusundan ve kıskançların kötülüğünden senin adını halkın kulağına gizli gizli fısıldıyorlar. Ben senin büyüklüğünü öyle yayacağım ki, dünyadaki bütün iklim bölgelerinde ve her taraftaki yüksek minarelerde günde beş vakit yüksek ve güzel seslerle adın söylenecek ve bu suretle doğuda, batıda meşhur olacaksın.

İşte her kim kendisini bu yolda feda ederse onun bütün din ve dünya ile ilgili olan arzuları yerine gelir. Şimdiye kadar hiç kimse bu yoldan şikâyet etmemiştir. Bizim sözlerimizin hepsi nakit, başkalarınınki nakildir. Nakil, nakdin ferdidir. Nakit insanın ayağına benzer. Nakil ise ayak şeklinde ağaçtan yapılmış bir kalıp gibidir. Bunu hakiki ayaktan ilham alarak yapmışlar, çalmışlardır. Eğer dünyada ayak olmasaydı, bu kalıbı yapmasını ne bileceklerdi? İşte bunun için bazı sözler nakit, bazısı nakildir. Bunlar biri birine benzerler; fakat ayırt edebilmek için temyiz sahibi bir insan lâzımdır. Temyiz imandır. Küfr ise temyizden mahrum olmaktır. Görmüyor musun Firavun zamanında, Musa'nın asâsı yılan ve sihirbazların değnekleri, ipleri ejderha olunca, temyiz sahibi olmayan bunların hepsini aynı renkte görerek ayıramadığı halde, temyiz sahibi, temyiz vasıtasıyla sihri gerçekten ayırt edebildi; şu halde imanın temyiz olduğunu anlamış olduk.

Bu fıkhın aslı vahiy değil midir? Yalnız halkın duyguları, düşünceleri ve tasarruflarıyla karıştıktan sonra güzelliği, hoşluğu kalmamıştır? Mesela şimdi o güzellikten, lütuf ve vahiyden ne kalmıştır? Turut'tan şehre doğru akan bu su, kaynağının bulunduğu yerde kim bilir ne kadar temiz ve ne kadar güzeldir? Hâlbuki şehre girince şehrin bağlarından, bahçelerinden ve helâlardan, ahalinin evlerinden geçer. O kadar insan elini, yüzünü, ayağını ve diğer uzuvlarını, giyeceklerini, halılarını onunla yıkar. Merkeplerin, atların pislikleri ve idrarları ona karışır. Aynı su buradan başka bir kolla başka bir tarafa akınca, bakarsın toprağı güllük yapmış, susuzu suya kandırmış, çölü yeşertmiştir. Fakat ilk temizliği ve berraklığının kalmadığını ve birçok kötü şeylerin karışmış olduğunu anlamak için temyiz sahibi bir insan lâzımdır. Bu bakımdan *"Mü'min zekidir, temyiz fetanet ve akıl sahibidir."* (H). Yaşlı bir adam, yüz yaşında bile olsa oyunla vakit geçirince akıllı sayılmaz; hâlâ ham ve çocuktur. Bunun gibi oyun oynamayan bir çocuk da ihtiyardır. Burada yaşın değeri yoktur. *"İçimi bozulmayan su"* (Kur'an, Sure: 47, Âyet: 15) dünyanın bütün pisliklerini temizlediği hâlde, bozulmadan eskisi gibi temiz, tatlı ve berrak kalan sudur. Bu su midede bozulmaz, kokmaz ve bozuk bir hılt olmaz. Çünkü o hayat suyudur.

Bir kimse namazda feryat eder, ağlarsa onun namazı boşa gider mi, gitmez mi? Bunun cevabı uzun ve etraflıdır: Eğer o kimseye bu mahsusat âleminin dışında bir şey gösterdikleri için ağlamışsa, döktüğü gözyaşlarına, gözyaşı derler. O ne ve nasıl bir şey görmüştür? Namazın cinsinden olan, namazı tamamlayan bir şey görmüş olmalıdır. Namazdan maksat onun doğru ve tamam olmasıdır. Eğer bunun aksini görmüşse, dünya için veya bir düşmana yenildiğinden, ondan öç almak duygusuyla yahut bir kimseyi: "Onun bu kadar giyeceği var da benim yok!" diye kıskandığından ağlamışsa, namazı daha kötü, yanlış, noksan ve faydasız olur. O hâlde iman doğru ile yanlışı nakd ile nakli ayırt edebilen temyizdir. Her kim bundan mahrumsa, bu söz onun indinde ziyan olur ve temyizi olan ise, bu söylediğimiz sözlerden nasibini alır.

Mesela iki akıllı ve kifayetli şehirli, bir köylünün faydalanması için gidip şahitlik etseler, köylü bilgisizliğinden ve saflığından her ikisinin de sözlerine aykırı olan bir şey söylese, onların şahitliği bir sonuç vermez ve zahmetleri boşuna gider. İşte bunun için derler ki; köylünün şahidi kendisiyle beraberdir (kendisidir).

Fakat sarhoşluk başa vurunca, sarhoş, burada bir temyiz eden var mıdır, yok mudur ve bu söze lâyık mıdır, değil midir? diye bunların hiç birisine bakmadan saçma sapan konuşur. Mesela bir kadının göğüsleri sütle dolup ağrıyınca, mahallenin köpek yavrularını toplar ve sütünü onlara verir.

Kıymetli bir inciyi bir çocuğun eline versen, çocuk bunun değerini bilmediğinden, senden ayrılıp biraz öteye gidince, eline bir elma tutuşturup inciyi alırlar. Çünkü çocuğun temyiz hassası yoktur. Yani elma ile incinin değerini tefrik edemez. İşte bunun için bu temyiz büyük bir nimettir. Bunun gibi bizim sözümüz de temyiz sahibi olmayanın eline düştü.

Ebâyezîd'i babası, çocukluğunda fıkıh öğrenmesi için mektebe götürdü. Müderrisin önüne gelince Ebâyezîd: "Bu bana öğretmek istediğin fıkhullah mıdır?" dedi. Ona: "Hayır Ebu Hanife'nin fıkhıdır." dediler. O: "Ben fıkhullah'ı öğrenmek istiyorum." dedi. Babası onu nahivci'nin (gramer hocasının) yanına götürünce: Bu nahvullah mıdır?,, diye sordu. Nahivci: "Hayır, Sibeveyh'in nahvidir." karşılığını verdi. O da: "Ben bunu istemem." deyip gitti. Böylece, babası onu hangi üstadın yanına götürdü ise aynı şeyi söyledi ve nihayet aciz kalan baba onu kendi başına bıraktı. Bundan sonra Ebâyezîd bu arzu içinde Bağdat'a geldi ve Cüneyd'i görür görmez, işte "Fıkhullah!" diye bağırdı. Kuzu nasıl olur da kendisini sütüyle besleyen anasını tanımaz? Çünkü o akıldan ve temyizden dünyaya gelmiştir. Sen sureti bırakıver!

Bir şeyh vardı. Her zaman müritlerini karşısında elpençe divan durdururdu. Ona: "Ey Şeyh bunları niçin oturtmuyorsun? Hâlbuki dervişlerin âdeti böyle değildir; bu emirlerin, padişahların adetidir." dediler. Şeyh: "Hayır, susunuz. Onların feyiz bulmaları için, tarikata saygı göstermelerini ve onu fevkalâde üstün görmelerini istiyorum." *"Her ne kadar saygı kalbde olursa da dış için aynasıdır (unvanıdır)"* (K.K.) denilmiştir. Unvan'ın manası nedir? Mesela bir mektubun başlığından (unvanından) onun içindekini, kime gideceğini, kime yazıldığını bilirler. Aynı şekilde kitabın başlığında da içinde ne gibi bölümler, parçalar ve bahisler bulunduğunu anlarlar. Saygının dış görünüşünden, yani baş eğmek, ayakta durmak gibi şeylerinden, o insanın içinde nasıl bir saygı ve hürmet olduğu anlaşılır ve Tanrı'ya nasıl tazim ettikleri belli olur. Görünüşte saygı göstermezlerse, bundan içinde Allah korkusu olmadığı, Allah adamlarını küçümsediği ve onları gözünde büyütmediği meydana çıkar.

OTUZ DOKUZUNCU FASIL

Cevher Hadîm-i Sultan: "Bir kimseye sağlığında beş vakit telkinde bulundukları hâlde anlamıyor ve aklında tutmuyor da öldükten sonra ona ne sorarlar ki öğrenmiş olduğu bütün soruları unutur?" diye sordu. Dedim ki: O kimse öğrendiği şeyi unutursa muhakkak içi, kafası saf, temiz ve öğrenmediği, bilmediği bir sorunun sorulmasına müsait olur. Sen şimdi o saatten şu ana kadar, benim sözlerimi işitiyor ve (bunların) bazılarını kabul ediyorsun. Çünkü daha önce aynı cinsten sözler işitmiş ve kabul etmiştin. Şu anda bazısını yarı kabul ediyor, bazısında duraklıyorsun. Senin içindeki tartışmayı kimse duyuyor mu? Arada bir alet yok. Gerçi kulağın var, fakat içindeki bu sesten kulağına bir şey gelmez. İçinde anlayacak olsan, konuşan birini bulamazsın. Senin bu ziyarete gelişin de bizzat dilsiz, dimağsız ortaya atılmış bir sorudur, bize bir yol gösteriniz ve gösterdiğiniz yolu daha çok aydınlatınız demektir. Bizim, sizinle konuşmadan veya konuşarak oturmamız da sizin gizli sorularınızın cevabıdır. Buradan tekrar padişahın huzuruna gidince, onunla da bir sual ve cevap hâsıl olur. Padişahın kölelerine bir söz söylemeden, ne biçim duruyorsun? Nasıl yemek yiyorsun, neye bakıyorsun? gibi soruları olur. Bir kimsenin eğer içindeki nazarı (görüşü) eğriyse hiç şüphe yok ki onun cevabı da eğri olur. Çünkü doğru cevap vermek için kendine hâkim olamaz. Mesela bir insan kekeme olunca, ne kadar doğru konuşmak istese yine konuşamaz. Kuyumcunun âlimi mihenk taşına vurması (altına tevcih edilen) bir sorudur; Ve altın da: "Ben buyum, halisim, yahut katışığım!" diye cevap verir.

Şiir:
(Erittiğin vakit, pota sana onun altın mı, yoksa altınla kaplı bakır mı olduğunu bizzat haber verir)

Açlık tabii bir sorudur. Vücut evinde bir bozukluk olunca: "Tuğla ver, çamur ver." der. Yemek, (açlığa karşı) al! diye, yememek ise, buna henüz ihtiyaç yok! şeklinde verilmiş bir cevaptır. Sıva henüz kurumamıştır demek, üzerine henüz alçı sürmek doğru değildir, demektir. Doktorun gelip hastaların nabzını tutması soru, damarın atması cevaptır. Gaitaya bakması soru, onun rengi vesaire, konuşmadan verilen cevaptır. Tohum saçmak, bana falan meyve lâzımdır şeklinde bir sualdir; ağaç bitmesi, dil söylemeden verilen cevaptır. Bu cevap sessiz, sözsüz olduğundan soruşu da sessiz olmalıdır. Tohum çürür ve ağaç bilmezse de yine soru ve cevap mevcuttur. Cevap vermemenin de cevap olduğunu bilmiyor musun? Bir padişah bir adamdan üç defa mektup aldı ve cevap vermedi. Adam tekrar: "Üç defadır huzurunuza arz ediyorum, ya kabul buyurun ya buyurmayım!" diye yazınca, padişah mektubun arkasına: "Cevap vermemek cevaptır; fakat ahmağa verilecek cevap, susmaktır," yazdı.

Tane atıldıktan sonra ağacın bitmemesi, cevap vermemektir. Fakat bu da mutlaka cevap olur. İnsanın her yaptığı hareket sorudur ve sevinci, üzüntüsü ve karşılaştığı her şey cevaptır. Güzel bir cevap alınca Tanrı'ya şükretmesi lâzımdır. Ve bu şükür de o sorunun cinsinden olmalıdır. Hoş olmayan bir cevap işitince de hemen tövbe etmeli ve artık onun cinsinden soru sormamalıdır.

"Onlara azabımız eriştiği zaman, yalvarıp yakarmalı, ağlayıp sızlamalılardı. Fakat onların yürekleri kaskatı olmuş" (Kur'an, Sure: 6, Âyet: 43) buyrulduğu gibi cevabın, sorularına uygun olduğunu da anlamadılar ve *"Şeytan da onlara yaptıklarını hoş göstermişti."* (Kuran, Sure: 6, Âyet: 43) Yani kendi sorularının cevaplarını görüp: "Bu çirkin cevap, o soruya lâyık değildir." dediler ve dumanın odundan olup, ateşten olmadığını bilmediler. Odun ne kadar kuru olursa dumanı o kadar az olur. Bir gül bahçesini bahçıvana teslim etsen, oradan pis kokular gelirse, kabahat gül bahçesinde değil bahçıvandadır.

Dedi ki; "Anneni niçin öldürdün?" "Ona yakışmayan bir şey gördüm de ondan," dedi. "Peki ama (O) yabancıyı öldürseydin ya!" Deyince, "Her gün birini mi öldürseydim?" cevabını verdi. Şimdi senin de başına ne gelirse nefsindedir. Nefsini düzelt, terbiye et ki her biriyle dövüşmene lüzum kalmasın.

"Hepsi de Tanrı tarafındandır." (Kur'an, Sure: 4, Âyet: 78) derlerse, buna cevap olarak deriz ki: Kendi nefsini azarlamak ve âlemi ondan kurtarmak da Tanrı tarafındandır. Mesela bir adam zerdali ağacının meyvesini silkip yiyordu. Bağ sahibi ona: "Allah'tan korkmuyor musun?" deyince adam: "Neden korkayım? Ağaç Allah'ın ben de Allah'ın kuluyum. Allah'ın kulu Allah'ın malından yiyor." dedi. Bağ sahibi,

"Dur da cevabımı vereyim," diyerek ip getirdi ve adamı güzelce ağaca bağladı. (Adam) "Allah'tan korkmuyor musun," diye feryat edip cevabını verinceye kadar güzelce dövdü. Bunun üzerine: "Niçin korkayım sen Allah'ın kulusun, bu da Allah'ın sopası; Allah'ın sopasını Allah'ın kuluna vuruyorum!" dedi.

Netice şudur ki âlem bir dağa benzer. İyi ve kötü olarak ne dersen aynını dağdan işitirsin. Ben iyi söyledim, dağ kötü cevap verdi, der ve zannedersen bu imkânsızdır. Çünkü bülbül dağda öttüğü zaman oradan karga veya insan yahut eşek sesi gelmesi mümkün olmaz. Böyle olunca, kesin olarak eşek sesi çıkardığını bilmelisin.

Şiir:
Dağa gelince sesini güzelleştir, orada niçin eşek sesiyle bağırıyorsun?

Bu yeşil gök kubbe seni daima güzel sesli olarak tutsun...

KIRKINCI FASIL

Biz su üzerindeki kâse gibiyiz. Kâsenin su üzerinde gitmesi, kendi ihtiyarıyla değil, suyun irade ve hükmü iledir. Bu genel olarak böyledir. Yalnız bazıları suyun üzerinde olduklarını bilir, bazıları bilmezler. Buyurdu ki: Eğer genel olsaydı, *"Müminin kalbi Tanrı'nın kudret parmaklarından iki parmağı arasındadır."* (H.). Tahsis doğru ve *"Esirgeyen Tanrı Kur'an'ı öğretti."* Kur'an, sure: 55, Âyet: 1,2) âyeti de genel olmazdı. Bütün ilimleri o öğrettiği hâlde, Kur'an'ın tahsisi ne oluyor ve bunun gibi *"O gökleri ve yeri yarattı."* (Kur'an, Sure: 6, Âyet: 1) âyetinde, mademki bütün şeyleri genel olarak o yaratmıştır. O hâlde yerin ve göklerin tahsisi nedendir? Hiç şüphe yok ki bütün kâseler O'nun kudret ve yürütme suyu üzerindedir. Yalnız O'na çirkin bir şeyi muzaf etmeleri terbiyesizlik olur. Mesela: Ey pisliklerin, pis kokuların yaratıcısı, dememek lâzım gelir veya ey göklerin yaratıcısı, ey akılların yaratıcısı dersen, genel olmakla beraber, bu tahsisin faydası olur. Binaenaleyh bir şeyin tahsisi, onun seçkinliğine delalet eder.

Hulâsa kâse suyun üzerinde gidiyor ve su öyle bir hâlde onu götürüyor ki bütün kâseler seyrediyorlar. Yine kâseyi su üzerinde o tarzda götürür ki bu defa, bütün kâseler tab'an ondan kaçarlar, ar ederler ve su onlara kaçmak ilhamını verir; ondan kaçmak kudretini yaratır. Bundan dolayı: "Allah'ım bizi ondan uzaklaştır, Allah'ım bizi ondan uzaklaştır," derler.. İşte şimdi böyle genel gören kimse: "Teshir edilmiş olması bakımından her ikisi de su tarafından teshir edilmiştir." (der). Fakat bu fikirde olmayan da: "Eğer sen suyun bu kâseyi su üzerinde nasıl dolaştırdığını ve bundaki letafeti ve güzelliği görseydin, ona bu genel sıfatı vermeye cesaretin olmazda cevabını verir. Mesela bir kimsenin sevgilisi, varlık bakımından pislikler, gübrelerle müşterek olduğu hâlde, hiç âşığın hatırına onun cisim ve mütehayyiz olmak, altı yön içinde bulunmak, hadîs ve yok olmaya kabiliyetli olmak gibi genel sıfatlardan ve pisliklerden müşterek olduğu gelir mi? Asla! Bu düşünce aklına sığmaz. Aynı zamanda her kim sevgilisinin bu genel vasıfları, müşterek sıfatları olduğunu hatırına getirirse ona, düşman olur ve onu kendi şeytanı gibi görür. İşte bunun için sende ancak bu kadarını içine sığdırabildin ki onun bu genel ve müşterek sıfatına baktın. Bizim kendimize mahsus olan güzelliğimizi görebilecek bir adam olmadığın için, seninle münakaşa ve münazara etmemiz doğru değildir. Çünkü bizim münazaramız güzellikle karışmıştır. Bu itibarla anlamayan, ehli olmayan birine bu güzelliği göstermek ona zulüm olur, bunu yalnız ehline göstermek lâzımdır.

"*Hikmeti, ehli olmâyana öğretmeyin. Yoksa o hikmete zulmetmiş olursunuz. Ehli olandan da esirgemeyin, çünkü o zaman da ehline zulüm etmiş Olursunuz.*" (H.) buyurmuştur. Bu, nazar ilmidir; münazara bilgisi değil. Mesela sonbaharda gül açıp, meyva yetişmez ki bunun hakkında münazara yapılsın. Yani muhalif olan sonbaharda, bitkilerin yaşayabilmesi için kudretli olması lâzımdır. Hâlbuki gül ona karşı koyacak bir yaradılışta değildir. Güneşin nazarı tesir edince bu ılık ve yumuşak havada, gül o sıcaklık sayesinde yetişir. Aksi hâlde başını içine çeker. İşte o zaman ona: "Eğer bir kuru yaprak değilsen, mertsen benim önümde yerden çık, bit!" der. Ve gül: "Ben senin yanında kuru bir dalım, mert değilim, istediğini söyle," deyip yenildiğini kabul eder.

Beyit:
(Ey Sadıkların Padişahı! Benim gibi iki yüzlü bir kimse gördün mü? Ben senin sağlarınla sağım, ölülerinle ölüyüm?)

Sen ki Bahâeddin'sin eğer dişleri dökülmüş, yüzü kertenkele derisi gibi katmer katmer olmuş bir kocakarı gelir de sana: "Mertsen, gençsen işte karşındayım. İşte at, işte güzel! Mertliğini göster bakalım." derse, eğer sen mertsen dersin ki: Allah korusun! Vallahi mert değilim; o sana anlattıkları şeyi yalan söylediler. Eş sen olacağına göre, mert olmamak daha uygun olur. Mesela farz et ki akrep iğnesini kaldırmış senin uzvuna doğru yürüyor. Sevimli, güler yüzlü ve neşeli bir adam olduğunu duydum. Hadi gül de gülüşünü göreyim (deyince), sen geldiğin için gülmüyorum. Artık yaradılıştan neşeli değilim. (Sana benim hakkımda) söyledikleri şeyler yalandır. Gülmemi icap eden faktörlerin hepsi senin buradan gitmeni, benden uzaklaşmanı düşünmekle meşgul, dedi. (O): "Ah ettin, zevki kaçtı; ah etme ki zevki kaçmasın." dedi.

Mevlâna buyurdu ki: "Bazen olur ki ah etmezsen zevk kaçar. Bazen da aksine olur. Eğer böyle olmasaydı, Tanrı: *"İbrahim çok ah edici, halim bir adamdı."* (Kur'an, Sure: 9, Âyet: 114) buyurmazdı. Hiçbir tâat izhar etmemek lâzım. Çünkü her nevi gösteriş zevktir ve sen bu söylediğin sözü zevk duymak için söylüyorsun. Mademki bu söz sana zevk veriyor, o hâlde konuş ki zevk gelsin. Hâlbuki sen zevk gelmesi için, zevk veren şeyi yok ediyorsun. Mesela uyumuş bir kimseye: "Kalk gündüz oldu, kervan gidiyor." diye seslenirsen, bazıları: "Çağırma! O şimdi zevk içinde, zevkini kaçırma." derler. Seslenen: "Onu uyandırmamak ölüm zevkidir; hâlbuki bu, onu ölümden kurtarma zevkidir." ölüm der ki: "Rahatsız etme. Çünkü bu sesleniş düşünmesine mani olur." Yaşama zevki de: "Bu sesle, uyuyanın aklı başına gelir; yoksa onun bu uykuda ne düşüncesi olabilir? Uyandıktan sonra düşünmeye başlar." (der). O hâlde ses iki türlü olmalıdır. Eğer seslenen ondan bilgice üstün olursa, onun fikrinin ilerlemesini, fikir faaliyetinin artmasını mucip olur. Çünkü uyaranı bilgili olduğundan onun uyanıklığı da ilahi olur. Onu gaflet uykusundan uyarıp, kendi âleminden haberdar eder ve oraya doğru çeker. Böylece elde ettiği fikir ve düşüncesi yükselir. Çünkü onu yüksek bir yerden çağırmışlardır. Fakat bunun aksine olarak eğer uyaran uyartılandan akılca aşağı olursa, uyarttığı zaman uyananın nazarı aşağıda dolaşır. Çünkü onu uyaran süflîlerin süflîsi (aşağılıkların aşağısı) olduğundan, nazarı elbet süflîye düşecek, düşüncesi de süflîlik âlemine gidecektir.

KIRK BİRİNCİ FASIL

Bu tahsiller yapan, zahirî ilimler öğrenmekte olan kimseler eğer bizim aramıza katılırlarsa, öğrendikleri ilmi unuttuklarını zannediyorlar. Halbuki bize geldikleri zamanda, belki onların bütün ilimleri canlanıyor. İlimlerin hepsi şekildir. Canlandıkları zaman tıpkı cansız bir bedenin dirilmesine benzerler. Bütün bu bilgilerin aslı oradandır. O harfsiz ve sessiz olur. Çünkü *"Allah Musa'ya hitap ederek onunla sözleşti."* (Kur'an, Sure: 4, Âyet: 164) buyrulduğu gibi, ulu Tanrı, Musa (Tanrı'nın selâmı onun üzerine olsun) ile konuştu. Fakat harfli ve sesli olarak söz söylemedi ve damağı dili ile de konuşmadı. Çünkü harfin görünmesi için harfe, dudağa ve damağa ihtiyaç vardır. O Yüce ve Mutlu olan (Tanrı), ağız, dudak ve damaktan münezzehtir. Bu yüzden nebîlerin de bu sessiz ve harfsiz âlemde Tanrı ile söyleşmeleri, işitmeleri vardır. Öyle ki bu cüzî akılların vehimleri ona ermez, onu kavrayıp anlayamazlar. Yalnız nebîler bu harfsiz âleminden harf âlemine gelirler ve çocuk olurlar. Peygamber, *"Çocuklar için öğretmen olarak gönderildim."* (H.) buyurmuştur. Şimdi her ne kadar bu cemaat harf ve seste kalmış olup o âlemin ahvalini kavrayamaz iseler de yine ondan kuvvet alır ve onunla gelişip büyürler, rahata kavuşur ve dinlenirler. Mesela bebek annesini her ne kadar adamakıllı tanımaz ve bilmezse de onunla sükunet bulur, avunur ve rahat eder. Ondan kuvvet alır. Meyve de dalında rahat eder, tatlılaşır ve olgunlaşır; buna rağmen ağacın mahiyetinden haberi yoktur. Bunun gibi her ne kadar insanlar o büyükten ve onun harfinden, sözünden kuvvet bulur, yetişmiş olur ve onu layıkıyla bilmezler ve ona eremezlerse de bütün insanlarda harf ve sesin ötesinde bir şey vardır ve her insan çok büyük bir âlemdir. Bütün halkın delilere karşı temayülü olduğunu görmüyor musunuz? Onların ziyaretine gider ve: "Onun büyük bir adam olmak ihtimali var!" derler. Evet bu doğrudur. Böyle bir seyyardır. Fakat onun yerinde yanlışlık etmişlerdir. O şey akla sığmaz, ama her akla sığmayan da o değildir. Her ceviz yuvarlaktır. Fakat her yuvarlak olan ceviz değildir. Biz onun alâmetlerinin ne olduğunu söyledik. Her ne kadar onun hâli söze ve zaptedilmeye gelmezse de, akıl ve can ondan kuvvet alır, beslenip yetiştirilmiş olurlar. Onların etraflarında dönüp dolaştıkları bu delilerde ise bu alâmet (mana) yoktur. Bunlar sayesinde hâlleri değişmez ve rahata kavuşmazlar.

Onlar sükûn ve huzur bulduklarını zannederlerse de biz buna sükûnet ve rahat demeyiz. Mesela bir çocuk annesinden ayrılıp kısa bir zaman başka biriyle avunsa, rahat etse bile buna sükunet der miyiz? Bu yanılmıştır. Doktorlar derler ki: İnsanın mizacına hoş gelen ve onun iştahını açan her şey, o insana kuvvet verir, kanını temizler. Fakat bu insanda bir hastalık olmadığı zaman böyledir. Mesela toprak yiyen bir kimsenin toprak hoşuna gider ve her ne kadar toprak onun hoşuna gitmiş olsa da biz ona: Bu toprak onu ıslah edicidir, mizacını düzeltir, demeyiz. Bunun gibi, mesela safravî olanın ekşi şeyler hoşuna gider ve şekerden hoşlanmaz. Bu hoşluğun değeri yoktur. Çünkü bu, bir hastalıktan dolayı ona hoş gelmektedir. Bir hastalık ve bir illetten önce insanın hoşuna giden şey hoştur. Mesela birinin elini kesseler veya kırsalar, onu eğri olarak sarıp boynuna assalar, operatör onu düzeltir ve eski hâline yerleştirir, getirir. Fakat bu o kimsenin hoşuna gitmez. Istırap çeker ve o eğri hâli onun daha fazla hoşuna gider. Doktor ona der ki: "Senin önce elinin doğru, sağlam olması hoşuna gidiyordu ve bundan rahattın; eğri yaptıkları zaman üzülüyor, kederleniyordun. Şimdi eğer bu eğrilik hoşuna gidiyorsa bu, aldatıcı bir hoşluktur, değeri yoktur. Bunun gibi ruhlar âleminde mukaddes melekler Tanrı'nın zikrinden ve Tanrı'nın rahmetine gark olmaktan hoşlanırlardı. Onlar eğer, cisimlerle karıştıktan sonra rahatsız, üzgün iseler ve çamur yemek hoşlarına gidiyorsa da onların doktorları olan velî ve nebî: Bu senin hoş dediğin hiç de hoş değildir ve bu aldatıcı bir hoşlanma, bir yalandır. Hoşluk başka bir şeydir ki sen onu unutmuşsun. İşte o senin önce hoşuna giden, senin aslî, doğru olan mizacının hoşlandığı şeydir. Bu toprak yemek hastalığı senin hoşuna gidiyor ve bunun hoş olduğunu sanıyorsun, böyle olmadığını söyledikleri zaman buna inanmıyorsun." der.

Ârif, nahiv talebesinden birinin yanına oturmuştu. Nahiv talebesi: "Kelime bu üç şeyden hariç değildir. Ya isim, ya fiil, veya harf olur," dedi. Ârif üstünü basını parçalayıp: "Eyvahlar olsun benim yirmi senelik ömrüm, çalışmam boşuna gitti. Ben bu üçün haricinde başka bir kelime vardır, ümidiyle çalıştım, çabaladım. Sen benim emeğimi ziyan ettin," dedi. Ârif gerçi o bir sözle maksada erişmişti. Fakat nahiv talebesini bu şekilde tenbih etmek istemişti.

Rivayet etmişlerdir ki: Hasan ve Hüseyin (Tanrı onlardan razı olsun) çocukken, bir adamın yanlış ve şeriata uymayan bir tarzda abdest aldığını gördüler. Ona en iyi şekilde, nezaketle abdest almayı öğretmek istediler. Adamın yanına gelip: "Bu bana yanlış abdest alıyorsun," diyor. Her ikimiz de senin önünde abdest alalım. Bak bakalım ikimizden hangimizin abdesti daha doğrudur?" dediler. Ve her ikisi de adamın önünde abdest aldılar. Adam: "Ey oğullarım, sizin abdestiniz çok doğru, şeriata uygun ve güzel! Ben zavallının abdesti ise yanlıştı." dedi. Misafir ne kadar çok olursa evi o kadar geniş yaparlar, döşemesi ve yemeklerini de ona göre hazırlarlar. Görmüyor musun ki çocukcağızın boyu küçücük olduğundan, misafir olan düşüncesi de, onun ev gibi olan kalıbına göredir. Bu çocuk süt ve sütannesinden başka bir şey bilmez. Büyüdüğü zaman, bir misafir gibi olan düşünceleri de çoğalır ve vücut evi daha çok büyür, genişler. Hele aşk misafirleri gelince eve sığmazlar, evi yıkar, harap ederler. Yeniden birtakım evler yaparlar. Bu padişahın perdeleri ve debdebesi, ordusu ve adamları onun evine sığmaz. O perdeler bu kapıya layık değildir; ve böyle sayısız, sınırsız maiyyet erkânına da ucu bucağı olmayan yerler lâzımdır. O perdeleri asınca hepsi aydınlık verir ve bütün perdeleri ortadan kaldırır, bütün gizliler açığa çıkar. Bunlar bu dünyadaki perdelerin aksine olur. Bu dünyadaki perdeler ise engeli bilhassa arttırırlar. *"İnsanların beni ne mazur görmeleri ve ne de paylamamaları için birtakım hadiselerden şikâyet ediyorum. Fakat o hadiseleri tayin etmiyorum. Tıpkı ağlayan bir mum gibi ki bu ateşin arkadaşlığından mı yoksa baldan ayrıldığı için mi gözyaşı döktüğü anlaşılmaz."* Bir adam: "Bunu Kadı Ebu Mansûr Herevî söylemiştir." dedi. (Mevlâna buyurdu ki;) Kadı Mansûr kapalı söz söyler; onun hükümleri tereddütle karışmış ve biraz bulanık olur. Fakat Mansûr buna dayanamadı, kızdı; apaçık söyledi ve yaydı: Bütün âlem kazanın eseridirler ve kaza ise şahidin esiridir. Şahid açıklar ve gizlisi yoktur. Mevlâna o adama; Kadının kitabından bir sayfa oku dedi. O da okudu: Sonra buyurdu ki: Tanrı'nın öyle kulları vardır ki bir kadını çarşaflı görünce ona: "Yüzündeki peçeyi aç da yüzünü göreyim; bakayım kimsin, nesin? Eğer sen yüzün kapalı olarak geçersen ve ben de seni göremezsem bu kimdi nasıl bir kimseydi? diye merakımdan rahatım, huzurum kaçacak. (Yoksa) ben senin yüzünü görünce, seni rahatsız edecek ve sana gönül bağlayacak bir adam değilim. Tanrı beni çoktan beri sizden temiz ve fariğ kılmıştır. Sizi görünce huzurumu, rahatımı ve iyi düşüncelerimi bozmayacağınızdan eminim. Fakat görmezsem acaba kimdi? diye merak ederim. Nefislerine düşkün olan diğer bir gurubun aksine olarak ki bunlar güzellerin yüzlerini açık olarak görürlerse, huzurları kaçar ve onları rahatsız ederler. O hâlde onlar için yüzlerini açmamaları haklarında hayırlıdır. Gönül ehli olanlara ise, fitne ve fesattan kurtarmak için, açmaları yerinde olur. Bir adam dedi ki, "Kimse Harezm'de âşık olmamalı. Çünkü orada güzeller çoktur. Evvela bir güzel görüp ona gönül bağladıktan sonra, daha güzelini görünce ilkinden soğurlar." Buyurdu ki: Eğer Harezm'in güzellerine âşık olmazlarsa da Harezm'e âşık olmaları lâzım gelir. Çünkü onda güzeller sayısız ve kusursuzdur ve bu fakr Harezmî'dir. Onda mana güzelleri ve ruhanî suretler sınırsızdır. O güzeller kime gelir kararını alırsa, ondan sonra evvelkini unutturacak başka bir güzel yüz gösterir. Sonu yoktur. O hâlde fakr nefsine âşık olalım ki onda böyle güzeller mevcuttur.

KIRK İKİNCİ FASIL

Seyfeddin Buhârî Mısır'a gitti. Herkes aynayı sever ve aynada kendi sıfatlarını ve faydalarını görmeye âşıktır. O yüzünün hakikatından haberdar değildir, örtüyü kendi yüzü zanneder. Örtünün aynası onun yüzünün aynasıdır, beni yüzünün aynası olarak gör.

Sence de benim ayna olduğum sabit olsun. O: "Nebîler ve veliler bozuk ve yanlış bir zan içindedirler. Bunlarda da kuru bir davadan başka bir şey yok." dediği zaman Mevlâna: Sen bunu bir lâtife olarak mı söylüyorsun, yoksa sen de bu fikirde misin? Eğer böyle düşünüyorsan vücutta görmek bir gerçek olmuştur. Bu vücuttaki şeylerin en azizi ve şereflisidir. Bununla nebîleri de tavsiye etmiş oluyoruz. Çünkü onlar da görmekten başka bir şey iddia etmediler. Sen de bunu itiraf ediyorsun. Görmek, görülen bir şey olmadan vücut bulmaz. Çünkü görmek müteaddî fiillerdendir. Görmek için mutlaka onun yanında görülen bir şey olmalıdır. Burada görülen matlup gören taliptir. Yahut aksinedir, işte bu senin inkârınla, vücuttaki talip matlup ve görmek sabit oldu demektir. Bununla Allahlık ve kulluk, nefyinde isbatı bulunan bir kaziyye olur. Bunun elbette sabit olması vaciptir. Bu cemaat, bu gafil şeyhe mürid olmuş, ona tazim ediyor, dediler. Ben de: Pekala! Bu gafil şeyh, taştan yapılmış bir puttan daha aşağı değil ya! Taştan bir putun önüne gidip ona saygı gösteriyorlar; tapınıyorlar. Ondan bir şeyler istiyorlar. O put ise bundan bir şey duymuyor, bir şey anlamıyor. Bunların aşkı bu battal şeyhin hayaliyledir. Hayal, bu müritlerin birleşmesinden, ayrılığından hiçbir hâllerinden haberdar değildir. Bu aldatıcı hayalin aşkı, insanı böyle vecde getirirse, gerçek, her şeyden haberi olan, her şeyi gören sevgilinin aşkıyla bir insan ne olmaz. Mesela bir âşık, sevgilisi zannı ile, karanlıkta bir direği kucaklasa, ona karşı ağlasa, şikâyetlerde bulunsa, bundan gerçek sevgilinin vuslat lezzetini bulamaz.

KIRK ÜÇÜNCÜ FASIL

Herkes bir yere gitmek ve bir geziye çıkmak isteyenin kafasında, oraya gidersem bana birçok hayırlar ve faydalı işler müyesser olur, vaziyetim düzelir, dostlarım sevinir, düşmanları yerinir gibi birtakım makul düşünceler belirir. Adamın programı böyledir. Fakat Tanrı'nın iradesi (istediği) tamamen başka türlü olur. Bu kadar tedbirler alıp planlar kurduğu hâlde, arzusuna uygun olarak bunların bir tanesi bile gerçekleşmez. Bununla beraber o yine kendi tedbir ve ihtiyarına güvenir.

Beyit:
(Kul tedbir alır ve takdirin ne merkezde olduğunu bilmez. Tedbir ise Tanrı'nın takdiri karşısında kalmaz.)

Bu şuna benziyor: Mesela bir adam rüyasında yabancı bir şehre düşmüş. Orada hiç bir tanıdığı yoktur. Ne kimse onu, ne de o kimseyi tanıyor. Sersemleşmiş bir hâlde dolaşıp duruyor. Pişman olup: "Niçin ben bu şehre geldim? Bir tanıdığım, bir arkadaşım yok." diye özleyiş ve üzüntü duyuyor. Ellerini, ovuşturuyor, dudağını ısırıyor, uyanınca bakıyor ki ne şehir ve ne de o insanlar var. O üzüntü, esef ve özleyiş duymanın faydası olmadığını anlıyor ve bunlar için pişmanlık duyuyor. Hepsini ziyan olmuş kabul ediyor. Fakat yeniden uyuyup rüyaya dalınca kendisini tesadüfen yine böyle bir şehirde görür. Üzülüp kederlenmeye, tasalanmaya başlar. Böyle bir şehre geldiğine pişman olur ve ben uyanıkken o duyduğum üzüntüden dolayı pişman olmuştum ve bunun boş rüya ve faydasız olduğunu biliyordum diye hiç aklına getirmez. İşte insanlar da yüz bin defa azim ve tedbirlerinin yanlış olduğunu ve arzularına göre hiçbir işin ilerlemediğini, yalnız ulu Tanrı'nın onlara bir unutkanlık verdiğini, böylece hepsini unuttuklarını gördükleri hâlde, yine kendi düşünce, irade ve tedbirlerine uyarlar. *"Tanrı insanın özü ile kalbi arasına girer."* (Kur'an, Sure: 8, Âyet: 24)

İbrahim Edhem (Tanrı'nın rahmeti onun üzerine olsun) padişahken ava çıkmıştı. Bir ceylanın arkasından koştu. O kadar koştu ki askerlerinden tamamen ayrıldı, uzaklaştı ve yorgunluktan atı kan ter içerisinde kalmış olduğu hâlde, yine atını sürüyor, koşturuyordu. 0 sahrada iş haddini aşınca ceylan söze geldi ve yüzünü ona çevirip: "Sen bunun için yaratılmadın; Tanrı seni, beni avlaman için yaratmamış, yoktan var etmemiştir. Farz et ki beni avladın. Sanki ne olacak?" dedi. İbrahim bunu işitince bağırıp kendisini attan yere attı. O sahrada çobandan başka kimse yoktu. İbrahim ona yalvardı ve mücevherlerle, padişah esvaplarımı, silahlarımı ve atımı benden al ve o abanı bana ver, kimseye de bir şey söyleme, benim durumumdan bahsetme." dedi. Abayı giydi ve yolu tuttu. Şimdi bak, onun istediği neydi, Tanrı'nın istediği neydi! O ceylan avlamak istedi, Yüce Tanrı onu ceylan ile avladı. Bilesin ki bu dünyada yalnız O'nun istediği olur. Murad O'nun mülküdür ve maksadlar da uyruklarıdır.

Ömer, (Tanrı ondan razı olsun) İslâm olmadan önce, kendi kızkardeşinin evine geldi. Kardeşi, Kur'an okuyor ve yüksek sesle: *"Taha ma enzelna"* *"Biz sana Kur'an'ı üzülüp, sıkıntı çekmen için göndermedik."* (Kur'an, Sure. 20, Âyet: 1,) diyordu. Kardeşini görünce Kur'an'ı sakladı ve sustu. Ömer kılıcını kınından çıkarıp: "Söyle bakalım ne okuyordun ve niçin sakladın? Yoksa hemen şu anda boynunu kılıçla koparırım, kurtuluş yok." dedi. Kız kardeşi pek çok korktu ve onun kızgınlığını, dehşetini bildiği için can korkusuyla itiraf edip dedi ki: "Ulu Tanrı'nın bu zamanda Muhammed'e (Tanrı'nın selâm ve salâtı Onun üzerine olsun) gönderdiği kelâm'dan okuyordum. Ömer: "Oku, işiteyim." dedi. Kız kardeşi, Tâha suresini okudu. Ömer pek çok kızdı ve kızgınlığı yüz misli arttı: "Eğer şimdi seni öldürsem, bu aciz bir kimseyi öldürmek olur. Evvela gidip onun kafasını keseyim, ondan sonra senin işine bakayım," dedi. Böylece son derece kızgın olarak, yalın kılıçla Mustafa'nın mescidine doğru yollandı. Yolda Kureyş'in ileri gelenleri onu görüp: İşte Ömer, Muhammed'in canına kıymaya gidiyor. Her hâlde bu iş gelse gelse Ömer'in elinden gelir." dediler. Çünkü Ömer çok kuvvetli ve mert tabiatlı idi. Karşılaştığı her orduya galip gelir ve onların kesik kafalarını nişan olarak getirirdi. O kadar ki Mustafa (Tanrı'nın selâm salâtı onun üzerine olsun) daima: "Ey Tanrım benim dinimi Ömer'le destekle; yahut Ebu Cehl ile derdi. Çünkü, her ikisi de kendi zamanlarında kuvvet, mertlik ve korkusuzluklarıyla tanımışlardı. Sonunda Ömer Müslüman olunca ağlar ve "Ey Tanrı'nın Elçisi vay bana! Eğer Ebu Cehl'in adını benden önce söyleseydin ve: 'Silahını benim dinimi Ebu Cehl ile destekle veya Ömer ile!' deseydin benim halim ne olurdu? Ben şimdi yolumu şaşırır, dalalette kalmış olurdum." derdi. Hulasa yolda yalın kılıçla Tanrı'nın Elçisi'nin (Tanrı'nın selâm ve salâtı onun üzerine olsun) mescidine yöneldi. Bu esnada Cebrail (Tanrı'nın selâmı onun üzerine olsun) Mustafa'nın (Tanrı'nın selâm ve salâtı onun üzerine olsun): "Ey Tanrı'nın elçisi işte, Ömer geliyor! İslâm olunca onu kucakla!" diye vahiy getirdi. Ömer mescide girer girmez, nurdan bir okun Mustafa'dan (Tanrı'nın selâm ve salâtı onun üzerine olsun), fırlayıp kendi kalbine saplandığını açıkça gördü. Feryad edip, baygın bir hâlde yere düştü. Ruhunda bir aşk ve sevgi meydana geldi ve sevgisinin çokluğundan, adeta Mustafa'da (Tanrı'nın selâm ve salâtı onun üzerine olsun) erimek ve yok olmak istiyordu. "Ey Tanrı'nın elçisi bana iman teklif et ve o kutlu kelimeyi söyle ki işiteyim." dedi. Ömer Müslüman olunca: "Şimdi yalın kılıçla seni öldürmeye gelmiştim. Bu günahın şükrânesi ve kefareti olarak, bundan sonra senin arkandan kimin kötü bir söz söylediğini işitirsem onu sağ bırakmayıp, bu kılıçla kafasını gövdesinden hemen ayıracağım." diye yemin etti. Mescidden çıkar çıkmaz ansızın babası karşısına çıkıp: "Dininden döndün değil mi?" dedi. Ömer derhal babasının başını gövdesinden ayırdı ve kanlı kılıç elinde giderken, Kureyş'in büyük adamları kanlı kılıcını görüp: "(Düşmanın) başını getireceğine bize söz vermiştin. Hani getireceğin baş?" dediler, Ömer: "İşte," dedi. Onlar: "Bu kafayı buradan getirdin!" dediler. O: "Hayır, bu önce getirmek istediğim kafa değildir. Başka bir kafadır." dedi. Şimdi bak!

Ömer'in kasdı ne idi ? Ulu Tanrı'nın ondan muradı ne oldu? Bundan da, bütün O'nun işlerinin olduğunu bilmiş ol.

Beyit:
"Ömer elinde kılıç Tanrı'nın elçisini öldürmek için gelir. Tanrı'nın tuzağına düşer ve şansından Peygamber'in nazarına mazhar olur."

İşte eğer size de ne getirdiniz? diye sorarlarsa, baş getirdim deyiniz. Biz bu başı görmüştük, derlerse, hayır bu o baş değildir,başka bir baştır. Baş kendisinde bir sır bulunan baştır. Yoksa içinde sır olmayan bin baş bir para etmez. Bu âyeti okudular: *"Biz evi insanlar için toplanma yeri yaptık. Onu emin bir yer kıldık, Müminlere: İbrahim'in makamına namazgah edinin."*(Kur'an, Sure: 2, Âyet: 125) İbrahim (Tanrı'nın selâmı onun üzerine olsun): "Ey Tanrım beni kendi rıza hil'atınla şereflendirdin ve seçkin kıldın. Benim zürriyetime de bu şeref ve kerameti nasip et." dedi. Ulu Tanrı: *"Zalimler ahdime nail olmaz"* (Kur'an , Sure: 2, Âyet: 125) buyurdu. Yani, zalim olanlar benim hilatime ve kerametime lâyık değildirler, demektir. İbrahim ulu Tanrı'nın zalimler ve isyankârlara inâyeti olmadığını anlayınca bir kayıt koyup: "Ey Tanrım, o iman getirenleri ve zalim olmayanları kendi rızkınla nasiplendir; onlardan bunu esirgeme." dedi. Ulu Tanrı buyurdu ki: "Rızık umumidir. Herkesin ondan nasibi vardır. Ve bu misafirhaneden bütün mahluklar faydalanır ve hisselerini alırlar. Yalnız Tanrı'nın bu rıza ve kabul hil'ati ve keramet şerefi has ve seçkin kullarına nasip olur. Dışa bakıp, dışı görenler (zahir ehli)derler ki: Bu ayetteki beytden (evden) maksat Kâbe'dir ki her kim oraya sığınırsa afetlerden korunur ve orada avlanmak haramdır. Bir kimseye eziyet etmek doğru değildir. Ulu Tanrı onu seçmiştir; doğru ve güzel. Ancak bu Kur'an'ın dış manasıdır. Muhakkikler derler ki: Beyt (ev) insanın içidir. Yani, "Ey Tanrım, içimi nefsin meşgaleleri ve vesveselerinden boşalt. Bozuk ve yanlış heves ve düşüncelerden temizle ki onda hiçbir korku kalmasın; emniyet görünsün ve orası tamamen senin vahiy yerin olsun. Oraya şeytan ve vesveseler girmesin, yol bulmasın. Bunun gibi mesela ulu Tanrı şeytanların meleklerin sırlarını işitmemeleri ve hiç kimsenin onların durumlarını bilmemeleri, her türlü zarar ve ziyandan uzak bulunmaları için gökyüzüne şahapları memur etmiştir. Yani, "Ey Tanrım sende kendi inâyet bekçilerini bizim içimize memur et ki şeytanların vesveseleri, heva vü hevesleri ve nefsimizin hilelerini bizden uzaklaştırsınlar. Bu mana bâtıl ehli (yanlış anlayışlılar) olanlarla, muhakkiklerin verdiği manadır. *"Herkes kendi yerinden kalkar."* (M.) Kıran (para) iki yüzlüdür. Bazısı onun bir yüzünden faydalanır, bazıları öbür yüzünden; her ikisi de doğrudur. Çünkü ulu Tanrı her iki kavmin de ondan faydalanmasını ister. Mesela bir kadının bir kocası ve bir de süt emen çocuğu olsa, kadın her ikisinden de ayrı bir zevk alır. Çocuğun zevki annesinin sütü ve memesindendir. Kocası ise eşi olduğu için zevk alır. İnsanlar yolun çocuklarıdır. Herkes Kur'an'dan zahiri bir tad alır ve sütünden gıdalanır. Yalnız olgunlar için Kur'an'ın manasında ayrı bir zevk vardır ve onlar başka türlü anlarlar.

İbrahim'in makamı ve musallası Kâbe etraflarında bir yerdir ki zahir ehli: "Orada iki rekât namaz kılmalıdır!" derler. Bu iyi Evet, yalnız İbrahim'in yeri muhakkikler yanında orasıdır ki, sen orada Hak için kendini ateşe atarsın ve kendini bu makama çalışıp çabalamak suretiyle ve cehdetmekle eriştirirsin. Tanrı yolunda yahut bu makamın yakınında, o kendini Tanrı uğrunda feda etti. Yani onun indinde nefsin tehlikesi kalmamıştır ve hiç de kendinden korkmaz.

İbrahim'in makamında iki rekat namaz kılmak iyidir. Fakat bu öyle bir namaz ki onun kıyamı bu âlemde, rükû öbür âlemdedir.

Kâbe'den maksat velîlerin ve nebîlerin gönülleridir ve burası Tanrı'nın vahyinin yeridir. Kâbe, onun ferdidir. Eğer gönül olmasa Kâbe ne işe yarar? Velîler ve nebîler tamamen kendi muratlarını terk etmişler ve Tanrı'nın muradına o şekilde uymuşlardır ki O'nun buyurduğu her şeyi yapar ve o'nun inâyeti olmayan kimselerden, isterse anneleri ve babaları olsun, nefret ederler ve o kimse artık gözlerine düşman gibi görünür.

Beyit:
Biz kendi gönlümüzün dizginini senin eline bıraktık. Sen her ne kadar piştimi? desen, ben yandı bile! derim.

Sen her ne söylersen misaldir. Mesel değildir. Misal başka, mesel başkadır.

Ulu Tanrı, kendi nurunu kandile benzetmiştir. Bu misaldir ve velilerin vücudunu bu şişeye benzetir. Bu da misaldir. Yoksa onun nuru kevn ü mekâna sığmadığı hâlde kandile, şişeye nasıl sığar? Celali yüce olan Tanrı'nın nurlarını doğduğu yerler gönüle sığar mı? Fakat istediğin zaman onu kalbinde bulursun. Yalnız bu, zaafiyet bakımından bu nur ordadır, demek değil, belki bunu orada, resmini aynada bulduğun gibi bulursun, demektir. Bununla beraber senin resmin aynada değildir. Yalnız aynaya baktığın için orada kendini görüyorsun. Mesela akla uygun olmayan şeyleri misal ile söylerlerse, akla uygun gelir. Aklı olunca da mahsus olur. Şunun gibi: Biri gözünü kapatınca garip, tuhaf şeyler görüyor. Ve mahsus suretler, şekiller müşahede ediyor. Gözünü açtığı zaman hiçbir şey görmüyor, dersen hiç kimse bunu akla uygun bulmaz ve inanmaz. Yalnız bunun için bir misal söylersen, o zaman iyice anlaşılır. Mesela bir kimse rüyasında yüz bin türlü şey görüyor. Uyanıkken bunun bir tanesini bile görmesi imkânsızdır. Bunun gibi, biri içinden bir ev tasavvur etse; evin şeklini, enini, boyunu tasarlarsa, bunu hiç kimse aklına sığdırmaz. Fakat mimar onun şeklini, bir kâğıda çizerse, o zaman belli olur ve onun ne olduğu, nasıl olacağını belirtirse akla uygun gelir ve ondan sonra, makul olduğundan evi kurarsa mahsus bir şekil olur. Bundan da anlaşılıyor ki bütün makul olmayan (yani akla ilk bakışta uygun gelmeyen şeyler) misal vermek suretiyle makul ve mahsus oluyor. Tıpkı şunun gibi: Derler ki, öteki dünyada herkesin sevap, günah defteri dağılır. Bazısının sağ eline, bazısının da sol eline gelir. Ve yine, öteki dünyada melekler, arş, ateş ve cennet vardır. Bir mizan (terazi), hesap ve kitap bulunur, derler. Fakat buna bir misal vermedikçe, onun bu dünyada her ne kadar benzeri yoksa da, belli olmaz. O ancak misalle belli olur. Onun bu âlemde benzeri şunun gibidir: Mesela padişah, kadı, terzi, ayakkabıcı ve daha başkaları gibi, bütün insanlar gece uyurlar. Bunlar uyuyunca bütün düşünceleri uçar ve hiç kimsede bir düşünce kalmaz. Fakat İsrafil'in nefesi gibi olan sabahın aydınlığı üfleyip, onların cisimlerindeki bütün zerreleri dirilttiği zamanın her birinin düşüncesi uçuşan nameler gibi, herkese doğru gelir ve hiç yanlışlık olmaz. Terzinin düşüncesi terziye doğru, fakihin ki fakihe doğru, demircinin ki demirciye doğru, zalimin düşüncesi zalime, adilin düşüncesi adile doğru gelir. Hiç bir kimse gece terzi olarak uyuyup sabahleyin ayakkabıcı olarak kalkar mı? Çünkü onun işi gücü ne ise yine onunla meşgul olur ve o dünyada da böyle olacağını bilmelisin. Bu imkânsız değildir; hatta bu dünyada da hakikat olmuştur. O halde eğer bir kimse bu misale hizmet eder ve ipin ucuna varırsa, o dünyanın bütün ahvalini görür, müşahede eder, kokusunu alır ve bu ona keşfedilmiş olur. İşte o zaman hepsinin Tanrı'nın kudretine sığdığını bilir. Mesela mezarda çok çürümüş kemikler görürsün. Bunlar rahatlığa müteallik olmalı. Memnun, kendinden geçmiş bir hâlde uyumuş ve o zevkten, mesttikten de haberi vardır. Bu, toprağı hoş olsun dedikleri boşuna değildir. Eğer toprağın hoşluktan haberi olmasaydı, bunu nasıl söylerlerdi?

Şiir:
(O aya benzeyen güzelin ömrü yüz yıl ve benim gönlüm de onun ok torbası olsun. Gönlüm, kapısının toprağında ne güzel can verdi. Yâ Rabbi! Ona, toprağı hoş olsun! diye kim dua etmişti?)

Bunun benzeri, mahsusat âleminde vakidir. Mesela bir yatakta uyuyan iki kişiden biri kendisini sofralar, gül bahçeleri ve cennet ortasında, öbürü ise yılanlar, cehennem zebanileri ve akrepler arasında görüyor. Eğer ikisinin arasını karıştırsan ne bunu ne de onu görürsün. O hâlde bazısının parçaları da mezarda rahat, zevk ve memnunluk içinde kendinden geçmiş olur, bazısının ki ise azap, elem ve mihnet içinde bulunur. Sen de ne bunu ne de onu görebilirsin. Bunda şaşılacak ne var sanki? İşte böylece makul olmayanın, misal vermekle, makul olduğu ve misalin mesele benzemediği anlaşılmış oldu. Mesela ârif ferahlığa ve zevke "bahar" adını vermiştir. Keder, üzüntü, sıkıntıya da "sonbahar" der. Sevinç, memnunluk bahara veya üzüntü, keder sonbahara nereden benzer? Bu ancak misaldir ve bu olmadan o mana kavranamaz, tasavvur ve idrak edilemez. Bunun gibi ulu Tanrı buyurur ki: *"Körle gören bir değil, karanlıkla aydınlık da bir değil, gölge ile sıcaklık da bir değil."* (Kur'an, Sure: 35, Âyet: 19-21) Burada Tanrı imanı aydınlığa ve küfrü karanlığa, yahut imanı hoş bir gölgeye, küfrü de amansız, beyni kaynatan yakıcı bir güneşe nisbet buyurmuştur. İmanın letafeti ve nuru, o âlemin nuruna, yahut küfrü ve karanlığı bu âlemin karanlığına nasıl benzer?

Eğer bir kimse biz konuşurken uyursa, o uyku, boş bulunmaktan değil, belki güvendendir. Mesela bir kervan çok korkunç bir yolda ve gecenin karanlığında ilerlerken, düşmanlardan bir zarar gelmesi korkusuyla develeri boyuna sürüp koşturur; kulaklarına köpek yahut horoz sesi gelip de köye varınca güzelce uyurlar. Yolda hiç ses seda ve gürültü, patırdı yokken, korkudan uykuları gelmiyordu. Hâlbuki köyde emniyet olduğundan, bütün o köpek havlamalarına ve horoz seslerine rağmen iç huzuru ve sevinç içinde derin bir uykuya dalıyorlar. Bizim sözümüz de emniyet ve mamurluktan geliyor; nebîlerin, velîlerin sözüdür. Ruhlar tanıdıklarının sözünü duyunca güven duyup korkudan kurtulurlar. Çünkü bu sözden ona ümit ve devlet kokusu gelir. Mesela bir kimse karanlık bir gecede kervanla yolculuk etse, korkusunun fazlalığından, haramilerin her an kervanın içine girdiklerini sanır, onları sözleriyle, sesleriyle tanımak için konuşmalarını duymak ister; bir şey duymayınca da emin olur. *"Ey Muhammed sen: Oku! de."* (H.) Demek istiyor ki; Senin zatın o kadar lâtiftir ki nazarlar ona eremez. Fakat konuştuğun zaman, ruhlarına âşina olduğunu anlarlar ve bundan emin olup rahat ederler. Onun için sen konuş ey Muhammed!

Şiir:
Cismin o kadar zayıf ki sadece bir insan olduğun anlaşılıyor. Seninle karşı karşıya konuşmazsam, safiyetten beni göremezsin

Tarlada bir hayvancık vardır ki pek küçük olduğundan göze görünmez. Fakat ses çıkardığı zaman, onu sesiyle görürler. Yani yaratıklar bu dünya tarlasında batmışlardır. Senin zatın pek lâtif olduğundan göze görünmez. Seni tanımaları için söz söylemelisin. Bir yere gitmek istediğin zaman oraya önce senin gönlün gider, görünür ve oranın durumunu öğrendiği zaman dönüp gövdeni sürükler. İşte bütün bu yaratıklar (insanlar) nebîlere ve velîlere nispetle gövdeler gibidir. Onlar ise âlemin kalbidir. Önce onlar o dünyada dolaştılar, beşerlikten, et ve deriden kurtulduktan sonra, hem dünyanın, hem bu dünyanın altını üstünü öğrendiler; menziller katlettiler. İşte böylece bu yolun nasıl bilineceğini öğrenmiş oldular; sonra da gelip insanları: "O aslî olan âleme geliniz. Çünkü burası haraplık âlemidir. Fani (yokluk) sarayıdır. Biz güzel bir yer bulduk. Size bildiriyoruz." diye davet ettiler. İşte bu yüzden ruh bütün hallerde sevgili ile beraberdir ve onun menziller katetmeye ihtiyacı olmadığı gibi, yol kesiciden ve esterin palanını kaybolmasından da korkmasına lüzum yoktur. Bunlarla kayıtlı bulunan zavallı gövdedir.

Şiir:
Kalbime, 'Ey kalbim, bilgisizliğinden kimin hizmetinden mahrum olduğunu biliyor musun?' dedim. Kalbim de bana: 'Beni yanlış anlıyorsun. Ben daima hizmetle meşgulüm, sergerdan olan sensin' (dedi)

Her nerede ve her ne halde olursan ol, dost ve âşık olmaya çalış. Muhabbet senin mülkün olunca, sonuna kadar, her zaman dost olursun. İster mezarda, ister kıyamette, ister cennette olsun. Madem ki sen buğday ektin, muhakkak buğday biter ve ambarda bu aynı buğday, tandırda da bu buğday bulunur.

Mecnun Leyla'ya mektup yazmak istedi kalemi eline alıp şu beyti yazdı: "Hayalin gözümde, adın ağzımda, yadın kalbimde. Ben nereye yazayım?" Senin hayalin gözlerimde yerleşmiş, adın dilimden düşmüyor, yâdın canımın içinde yer etmiş, o halde mektubu kime yazayım? Sen ki bu yerlerde gezip dolaşıyordun. Kalemi kırıp kâğıdı yırttı.

Birçok insanların kalbi bu sözlerle dolu olabilir. Fakat kelime ve cümleler hâline getiremezler. Her ne kadar söylemek ister de, söyleyemezlerse buna şaşılmaz; ve bu kimselerin durumu, aşka mani değildir. Belki esas olan kalbin dileği aşk ve sevgidir. Mesela çocuk sütün âşığıdır ve ondan yardım görür, kuvvet alır. Bununla beraber sütü anlatamaz ve onun tarifini yapamaz; cümleler hâline getiremez ve: "Ben süt içmekten ne zevk alıyorum? Onu içmemekle nasıl zayıflıyorum, üzülüyorum?" diyemez. Fakat buna rağmen yetişkin bir kimse, her ne kadar yüz türlü şeylerle sütü anlatsa, tarif etse de o bunlarla sütten hiç bir tad almaz.

KIRK DÖRDÜNCÜ FASIL

O gencin adı nedir? (Diye sordu). (Biri): "Seyfeddin." dedi. Bunun üzerine buyurdu ki: "Seyf (Kılıç) kındadır. Görülemez. Seyfeddin, din için savaşan, çalışması çabalaması tamamen Tanrı için olan, doğruyu yanlıştan ayırt edebilen, hakkı bâtıldan ayıran kimsedir Yalnız o, ilk savaşı kendisi ile yapar ve kendi ahlâkını düzeltir, süsler. *"Evvela nefsinden başla!"* (H.), denildiği gibi, bütün öğütleri kendine verip der ki: "Eh sen de insansın! Elin, ayağın, kulağın, aklın, gözün ve ağzın var. Devletler bulan, muratlarına eren nebîler ve velîler de insan idiler ve benim gibi kulakları, akılları, dilleri ve elleri, ayakları vardı. Onlarda nasıl bir mana vardı ki kendilerine yol veriyor ve kapılar açıyor da bana bu nimeti vermiyorlar? Ve bu adam kendi kendini ikaz edip gece gündüz: Sen ne yaptın? Nasıl hareket ettin de bir türlü bunların hoşuna gitmedin? diye kendisiyle dövüşür. İşte bunları yaparsa Seyfullah ve lisânül-Hak olabilir. Mesela on kişi bir eve girmek istese; bunlardan dokuzu girip biri dışarıda kalsa ve onu içeri bırakmasalar, bu mutlaka kendi kendine düşünür ve: "Acaba ben ne yaptım ve ne terbiyesizlik ettim de beni içeri almadılar?" diye ağlar. İşte böyle günahı üstüne alması ve kendini edepsiz, kusurlu bilmesi lâzımdır ve: "Bunu bana Hak yaptı. Ben ne yapayım ki o böyle istiyor; eğer isteseydi bana da yol verirdi." dememelidir. Bu, Tanrı'ya kinaye yollu, bir küfür ve kılıç çekmektir. O halde bu manada Seyfullah değil, Seyfun alel-Hak (Allah üzerine çekilmiş bir kılıç) olur. *"Ulu Tanrı, akraba ve yakından münezzehtir; doğmamıştır ve doğurulmamıştır.*" (Kur'an, Sure: 112, Âyet: 3) Hiç kimse O'na yol bulmadı. Ancak kullukla yol buldu. *"Müstağni olan Tanrı'dır. Muhtaç olan sizlersiniz."* (Kur'an, Sure: 47, Âyet: 38)

Hakk'a yol bulan bir kimse hakkında: "O benden daha yakın daha aşina ve daha çok ilgiliydi, demen doğru değildir. Çünkü O'na yakınlık ancak, O'na layıkıyla kulluk etmekle müyesser olur. O umumiyetle, kayıtsız şartsız mûtîdir. Denizin kenarını incilerle doldurur. Dikene gül hil'atini giydirir. Bir avuç toprağa hayat, ruh bağışlar. Garazsız, eskiden alâkası olmadan, bütün âlemin cüz'leri ondan nasip alırlar. Bir kimse falan şehirde cömert bir adam olduğunu ve pek çok bağışlar ve ihsanlarda bulunduğunu duyunca, elbette ondan faydalanmak, nasip almak ümidi ile oraya gider. Tanrı'nın nimetleri bu kadar meşhur ve bütün dünyanın O'nun lütuflarından haberleri olduğu hâlde, niçin O'ndan dilenmiyor, hilat, para ümit etmiyorsun da tembel tembel oturup: "Allah isterse bana kendisi verir." diyorsun. Köpeğin aklı ve idraki olmadığı hâlde, acıkıp ekmeği olmayınca, senin önüne gedip kuyrukçuğunu sallıyor; yani: "Bana ekmek ver, benim ekmeğim yok, senin var," diyecek kadar anlayış gösteriyor. Sen, köpekten de mi aşağısın? O, yerde yatıp "Eğer isterse bana kendisi ekmek verir." demeye razı olmayarak yalvarıyor, kuyruğunu sallıyor. Sen de böyle yap ve Tanrı'dan iste ve dilen ki böyle bir atâ sahibinin önünde dilencilik etmek çok yerinde olur. Madem ki şansın yoktur o hâlde hasis olmayan ve devlet sahibi bulunan bir kimseden şans iste. Tanrı sana çok yakındır ve senin her düşündüğün, her tasavvur ettiğin şeyle beraberdir. Çünkü bu tasavvuru ve düşünceyi O yaratır; seninle beraber bulunur. Yalnız sana pek fazla yakın olduğundan O'nu göremezsin ve ne kadar gariptir ki yaptığın her işte aklın seninle beraberdir ve o işe başlar, fakat sen onu da görmezsin. Gerçi eserleriyle görürsün; fakat zatını, kendisini göremezsin. Mesela biri hamama gidip ısınsa hamamın neresinde dolaşsa sıcaklık ve ateş onunla beraberdir. Ateşin, sıcaklığın tesiri ile ısınır, fakat ateşi göremez. Dışarı çıkıp onu açıkça gördüğü zaman, ondan ısınmış olduğunu anlar ve hamamın sıcaklığının da ondan ileri geldiğini bilir. İnsanın vücudu da tuhaf bir hamamdır. Onda ruhun, aklın ve nefsin sıcaklığı hepsi vardır. Yalnız hamamdan çıkıp o âleme gidersen, aklın zatını açıkça görürsün ve ruhun, nefsin zatını müşahede edersin. O akıllılık aklın hararetindendir. Zekâ, şeytanlıklar ve hayaller nefistendir. Hayat ruhun eseri idi. Böylece her birinin özünü gözünle açıkça görürsün. Fakat madem ki bir hamamdaki ateşi bu duygu ile görmek mümkün değildir; o hâlde onu ancak eseri ile görebiliriz. Mesela hiç akar su görmemiş birini, gözü bağlı olarak suya attıkları zaman vücuduna yumuşak ve ıslak bir şey dokunur fakat bunun ne olduğunu bilmez. Gözünü açtıkları zaman, bunun su olduğunu açıkça görür. Önce onu tesiriyle anlamıştır, şimdi ise bizzat kendisini görmüştür. Binaenaleyh Tanrı'dan dile, ihtiyacını iste ki Kur'an'da: *"Beni çağırın, bana dua edin, dualarınızı kabul ederim."* (Kur'an, Sure: 40, Âyet: 60) buyrulmuş olduğu gibi, duaların hiç ziyan olmaz. Semerkand'da idik. Ve Harezmşah Semerkand'ı muhasara etmiş, asker çıkarmış, savaşıyordu. O semtte çok güzel bir kız vardı ve şehirde benzeri yoktu. Her zaman o kızın: "Allah'ım beni zalim düşmanların eline bırakmaya nasıl razı olursun. Biliyorum ki bunu hiç bir zaman bana reva görmezsin; benim sana güvenim var, dediğini duydum. Şehri yağma ettiler ve şehrin bütün halkını, o kızın cariyeleri de dahil esir aldılar. Fakat kıza hiçbir kötülük gelmedi. O kadar güzelliğine rağmen kimse ona bakmadı bile. İşte kim kendini Tanrı'ya teslim ederse, âfetlerden, felâketlerden emin olup selâmette kalır. O'nun huzurunda hiç kimsenin dileği ziyan olmaz.

Bir derviş oğluna şöyle öğretmişti: Çocuk babasından ne istese babası ona: "Allah'tan iste!" derdi. Çocuk ağlar, onu Tanrı'dan dilerdi ve o zaman istediği şeyi hazırlarlardı. Bu, senelerce böyle devam etti. Bir gün çocuk evde yalnız kalmıştı. Canı herise istedi. Âdet edinmiş olduğu üzere: "Herise istiyorum!" dedi. Ansızın gaipten bir herise kasesi hazır oldu, çocuk doyasıya yedi. Annesi babası gelince ona: "Bir şey istemiyormusun?" diye sordular. Çocuk: "Herise istedim ve yedim." cevabını verdi. Babası: "Çok şükür Tanrıma ki bu makama eriştin ve Tanrı'ya güven ve tevekkülün kuvvetlendi." dedi.

Meryem'in annesi Meryem'i doğrunca onu Tanrı evine (mabede) vakfedeceğini adamış ve ona hiç bir iş buyurmayacağını vaat etmişti. Mabedin köşesine bıraktı. Zekeriya ona bakmak istedi. Fakat herkes aynı şeyi yapmak istiyordu. Aralarında anlaşmazlık çıktı. O zamanın âdeti şöyleydi: Herkes suya bir çöp atar, kimin çöpü suyun üstünde kalırsa, o şey onun olurdu. Tesadüfen Zekeriya'nın falı doğru çıktı. Hak bunundur, hakkıdır, dediler. Zekeriya her gün Meryem'e bir yiyecek getiriyordu ve mabedin köşesinde aynı şeyden buluyordu; (nihayet): "Senin vasin benim, bunu nereden alıyorsun?" dedi. Meryem: "Yiyeceğe ihtiyacım olunca, her ne istersem ulu Tanrı bana gönderiyor. O'nun keremi ve rahmeti sonsuzdur; O'na güvenenin güveni boşa gitmemiştir." dedi. Zekeriya: "Ey Tanrım mademki herkesin ihtiyacını veriyorsun, benim de bir dileğim var, onu da yerine getir. Ve bana bir evlat ver ki senin dostun olsun ve ben onu buna teşvik etmeden, seninle ünsiyeti bulunsun. Senin ibadetinle uğraşsın." dedi. Ulu Tanrı Yahya'yı dünyaya getirdi. Babası iki büklüm ve zayıf olduktan sonra, annesi gençken doğurmadığı ve çok ihtiyarladığı hâlde, hamile olmuştu. İşte bütün bunların, Tanrı'nın kudreti önünde bahane olup, hepsinin O'ndan ve eşya üzerinde mutlak hakimin de O olduğunu bilmelisin. Mümin bu duvarın arkasında biri vardır, bizim durumumuzu birer birer görür, bilir; biz onu göremeyiz. Fakat her şey ona yakîn olur diyendir. Ve o: "Hayır, bütün bunlar hikâyedir," deyip inanmayan kimsenin aksinedir. Bu inanmayan kimse bir gün gelir pişman olur. Ve

"Ah! kötü söyledim, hata ettim, hepsi bizzat O idi ve ben O'nu inkâr ediyordum." Diye pişmanlık duyar. Mesela sen biliyorsun ki ben duvarın arkasındayım ve sen rebap çalıyorsun hiç bakmıyorsun, arasını kesmeden fasılasız çalıyorsun. Çünkü sen rebapçısın. Bu namaz bütün gün kıyam, ruhu ve sücud etmek için değildir. Bundan maksat, namazda, insanda hâsıl olan o hâldir, işte bu hâl daima seninle bir olmalı. Uykuda olsan, uyanık bulunsan, yazarken, okurken ve bütün hâllerde Tanrı'nın zikrinden hâlî kalmazsın. Böyle namaz kılanlar hakkında; *"Ve namazlarına devam ederler."* (Kur'an, Sure: 70, Âyet: 23) buyrulmuştur. Şu halde o konuşma, susma, yemek yeme, uyumak, kızmak, kusur bağışlamak gibi bütün vasıflar değirmenin dönmesine benzer. Döner ve onun bu dönüşü mutlaka su ile olur. Çünkü kendini su olmadan da denemiş ve susuz dönmediğini görmüştür. Eğer değirmen bu dönmeyi kendisinden bilirse, bu koyu bir bilgisizlik ve gaflettir. Bu dönmenin meydanı dardır, çünkü o bu âlemin ahvalindendir. Tanrı'ya yalvar ve de ki: "Allah'ım bana, bu dönüp dolaşmadan başka, ruhanî bir seyir nasip et. Çünkü bütün dilekler senden hasıl oluyor ve senin keremin, rahmetin bütün varlıklara şâmildir. O hâlde ihtiyacını zaman zaman göster ve O'nu hatırlamadan, O'nun adını anmadan geri kalma. Çünkü O'nun yâdı, ruh kuşuna kuvvet, kol ve kanattır. Eğer, bütün o maksatların hâsıl olursa, nur üstüne nur olur. Hakk'ın yâdı ile azar azar içini aydınlatır ve sende dünyadan bir kesilme hâsıl olur. Mesela bir kuş göğe uçmak ister, gerçi göğe ulaşamazsa da yalnız zaman zaman yerden uzaklaşır; diğer kuşlardan daha çok yükselir. Veya mesela bir kutuda misk olsa, kutunun ağzı dar olduğundan elini soksan da onu çıkaramazsın. Fakat bununla elin kokar ve eline güzel bir koku siner; burnun bu kokudan hoşlanır. İşte Tanrı'yı anmak da bunun gibidir. Her ne kadar O'nun zatına ulaşamazsan da yine yad etmekle Celali yüksek olan (Tanrı) sende eserini meydana getirir ve O'nu zikriyle büyük faydalar hâsıl olur.

KIRK BEŞİNCİ FASIL

Şeyh İbrahim aziz bir derviştir. Onu görünce dostları hatırlıyorum. Mevlâna Şemseddîn'in ona pek çok inâyeti vardı ve daima: "Bizim Şeyh İbrahim." der ve kendine izafe ederdi

İnayet başka bir şey, içtihat ayrı bir iştir. Nebîler, peygamberlik derecesine içtihat vasıtasıyla erişmediler, o devleti inâyetle elde ettiler. Yalnız âdet şöyledir: O inâyet her kimde hâsıl olursa, onun tabiatı ve yaşayışı, içtihat ve salah yoluna uygun olmalıdır. Bu avam içindir. Çünkü avam bu suretle onlara ve sözlerine incinir. Avamın gözleri içi görmez, dışı görür. Dış görünüşe uyduklarından onun vasıtası ve bereketiyle içe yol bulurlar. Firavun da ihsanda bulunmak, hayırlar işlemek, bağışlar etmek suretiyle pek çok çalıştı, cehd gösterdi. Fakat Tanrı'nın inâyeti olmadığından hiç şüphe yok ki o tâat, içtihat ve ihsan ona bir şey temin etmedi ve onların hepsini örttü. Onda bir nur yoktu, o da hepsini kapattı. Mesela bir emir kaledekilere hayır ve ihsanda bulunsa, maksadı isyan etmek, padişaha karşı gelmek olsa şüphesiz onun bu ihsanının değeri ve nuru olmaz. Firavun da Tanrı'nın inâyetinden tamamen mahrum edilemez. Belki Ulu Tanrı'nın ona gizli bir inâyeti vardır ve bir hayra dayanarak onu ilençli kılmıştır. Çünkü padişah için kahır ve lütuf, zindan ve hilat da lâzımdır. Gönül ehli olanlar Firavun'dan Tanrı'nın inâyetini tamamen nefyetmezler; fakat zahir ehli onu büsbütün reddedilmiş olarak bilir. Hâlbuki zahiri yerine getirmek için, böyle demek lâzımdır. Padişah birini asar, herkesin ortasında sallandırır. Bunu her ne kadar içerde, halktan gizli bir yerde ve ufacık bir çivi ile asmak mümkün ise de, insanların görüp ibret alması ve hükmün yerine geldiğini, padişahın emrinin kuvvetli ve tesirli olduğunu göstermek için böyle yaparlar. Bütün darağaçları odundan değil midir? Dünyanın mansıbı devleti ve yüksekliği de çok yüksek bir darağacıdır. Ulu Tanrı bir kimseyi tutmak isterse, dünyada ona yüksek bir mevki, mansıp, padişahlık nasip eder. Tıpkı Firavun, Nemrud ve daha bunlar gibi. Bütün bu dünya bir darağacı gibidir; ulu Tanrı bütün yaratıkların oradan haberdar olmaları için, hepsini oraya çıkarıyor. Çünkü ulu Tanrı: *"Ben gizli bir hazine idim bilinmek istedim."* (H. K.) buyuruyor. Yani ben bütün dünyayı yarattım ve bunlardan maksat, bizim bazen lütufla, hazan kahırla görünmemizdir. Bu, mülkünü tarif etmek, etrafıyla anlatmak için bir tanıtıcı kâfi gelecek bir Padişah değildir. Eğer bütün âlemin zerreleri hepsi O'nu tarif etseler, yine anlatmakta kusur eder, aciz kalırlar. O halde bütün yaratıklar gece gündüz Hakk'ı gösteriyorlar. Yalnız bazısı bunu bilir ve gösterebilir, bazısı bilmez, gafildir. Fakat ne olursa olsun izhar-ı Hak sabit olur. Mesela bir emir birini dövmelerini, terbiye etmelerim emretse, dövülen kimse bağırıp çağırır. Bununla beraber döven de dövülen de emirin hükmünün yerine geldiğini gösterirler. Her ne kadar dövülen acısından bağırıyorsa da, herkes dövenin de dövülenin de emirin hükmü altında bulunduklarını ve her ikisinden de bir kimsenin hükmünün yerine getirildiğini bilirler. Tanrı'nın varlığını ispat eden kimse, daima Hakk'ı izhar eder ve O'nun vücudunu inkâr eden de yine O'nu ispat eder. Çünkü bir şeyi inkâr etmeden ispat etmek, tasavvur olunamaz ve bunun bir zevki olamaz. Mesela bir münazaracı bir toplantıda her hangi bir meseleyi ortaya atsa, eğer orada "Kabul etmiyorum." diyen bir muarız bulunmazsa, o neyi ispat edecek ve nüktesinin de ne zevki olur? Zira ispat bir nefye karşı yapılırca hoş olur. İşte bu âlemde Tanrı'nın vücudunu göstermek için kurulmuş bir meclistir. Tanrı'nın varlığını kabul ve ispat eden yahut etmeyen olamazsa, güzelliği kalmaz ve her ikisi de Tanrı'yı ispat edicidir.

Yaran, Emir-i İğdişan'ın yanına gittiler. O: "Hepinizin burada ne işi var?" diye onlara çıkıştı. "Bizim bu kalabalığımız, bir kimseye kötülük etmek için değildir. Kendimize sabır ve tahammülde yardımcı olmak ve birbirimizi desteklemek için toplandık," dediler. Mesela bir taziyet için halk toplanır. Bu, ölümü uzaklaştırmak için değildir. Maksat felaket sahibini teselli etmek ve içinde bulunduğu dehşeti gidermektir. *"Müminler bir nefs-i vahid gibidirler"* (H.) Dervişler bir vücud hükmünü taşırlar. Eğer organlardan biri ağrırsa, geri kalan organlar da ağrır, muzdarip olurlar. Göz görmesini, kulak işitmesini, söylemesini bırakıp, hepsi orada (o ağrıyan yerde) birleşirler. Dostluğun şartı, kendini dost uğruna feda etmek, dost için mücadeleye atılmaktır. Çünkü hepsinin yüzü bir şeye çevrilmiştir ve bir denize gark olmuşlardır, imanın eseri ve İslâm'ın şartı budur. Vücut ile taşınan bir yük canla taşınana nasıl benzer. *"Bizi bir zarara uğratmazsın, Biz Tanrı'mıza döneceğiz."* (Kur'an, Sure: 26, Âyet: 50) Mümin mademki kendisini hakka feda ediyor, o halde belaya uğradığı, tehlikeyle karşılaştığı zaman elini ve ayağını niçin bırakmıyor? Mademki hakka doğru gidiyor, ele ayağa ne lüzum var. Eli ayağı O'ndan (Kendisinden) bu taraf gelmen için verdi. Ayağı ve eli yapan tarafa gittiğinden elden ayaktan düşen ve elsiz ayaksız kalsan firavun gibi gitsen ne lazım gelir?

Zehir, gümüş vücutlu sevgili elinden içilebilir. Sevgili çok tatlı, pek çok tatlıdır. Tuzun olduğu yerde ciğer bile yenilir. Tanrı daha iyisini bilir.

KIRK ALTINCI FASIL

Ulu Tanrı iyiliği ve kötülüğü irade edicidir. Fakat o, hayırdan başka bir şeye razı olmaz. Çünkü, *"Ben bilinmez bir hazineydim; bilinmek istedim."* (H.K.) buyurmuştur. Hiç şüphe yok ki Tanrı emir ve nehyetmek iradesinde bulunur. Emir ise memur emredildiği şeyi tab'an istemezse doğru olmaz. Mesela "Ey aç, tatlı ve şeker ye" diye emrolunmaz; buna emir denilmez, bu ikram sayılır. Nehiy de insanın hoşlanmadığı bir şey hakkında olmaz. Mesela taş yeme, diken yeme, diye nehyolunmaz. Buna nehiy denilmez. Bir hayrın işlenmesi hakkında emir vermek ve kötülükten menetmek için, kötülüğe meyleden bir nefis bulunması lâzımdır. Böyle bir nefsin varlığını istemek, kötülüğü istemek demektir. Fakat O, kötülüğe razı olmaz; olsaydı iyiliğini emretmezdi. Mesela bir öğretmen ders okutmak isterse, bu öğrencinin bilgisizliğini de ister. Çünkü öğrencinin bilgisizliği olmadan öğretme olamaz. Bir şey istemek onun levazımını da istemektir. Bu öğretmen öğrencinin bilgisizliğini istemez. Böyle olsaydı ona öğretmezdi. Doktor tababetini icra etmek için herkesin hastalığını ister. Çünkü onun doktorluğu, halkın hastalığı ile vücut bulabilir. Fakat halkın hastalığına da razı olmaz. Eğer bunlara razı olsaydı onları iyi etmezdi. Ekmekçi para kazanması için halkın aç olmasını ister. Fakat onların açlığına gönlü razı olmaz. Yoksa ekmek satmazdı. Bir padişahın emirleri, padişahlarının düşmanları ve muhalifleri olmasını isterler. Bunlar olmazsa, onların mertlikleri ve sultana olan sevgileri görünmezdi. Sultanın bir ihtiyacı olmasa bunları başına toplamazdı. Fakat bunlar muhalefete razı olmazlar. Öyle olsaydı düşmanlarla savaşmazlardı. İnsan da bunun gibidir. Kendi nefsinde kötülük faktörlerinin bulunmasını Tanrı ister. Çünkü o insan şükür, tâat ve ittika edeni sever. Bu ise insan nefsinde bu faktörlerin var olmasıyla mümkün olur. Bir şeyi istemek, onun levazımını (onunla birlikte olan şeyleri de) istemek demektir. Fakat o buna razı olmaz. Çünkü o mücahede ile bu şeyleri nefsinden yok edebilir. Bundan da anlaşıldı ki insan bir yönden kötülüğü bir yönden de iyiliği istemektedir. Fakat buna karşı koyan: "İnsan hiçbir şekilde kötülüğü istemez," der. Bu ise imkânsızdır. Bir şeyi istemek fakat, onun levazımını istememek olamaz. Tabiaten kötülüğe meyletmekle, hayırdan nefret eden serkeş bir nefis de emir ve nehyin levazımındandır. Bütün dünyada bulunan kötülükler bu nefsin levazımından olur. Bu kötülükleri ve bu nefsi irade etmeyen, nefsin gereği olan emir ve nehyi de istemez. Eğer insan iyilik ve kötülüğe razı olsaydı, onları emir ve nehy etmezdi. Hulasa kötülük başkası için istenir. Eğer insan her iyiliği isteyicidir, denilirse kötülükleri defetmek de bir iyilik sayılır. Kötülüğü defetmek isterse, bunu yapmak ancak kötülüğün varlığı ile olur. Yahut iman isteyenlerden biri der ki; iman ancak küfürden sonra mümkün olabilir. Bunun için küfür imanın levazımındandır. Doğrudan doğruya kötülüğü istemesi çirkindir, fakat hayır için istenirse çirkin olamaz. Tanrı *"Sizin için kısas'da hayat vardır."* (Kur'an, Sure: 2, Âyet: 179) buyuruyor. Hiç şüphe yok ki kısa; bir kötülüktür. Tanrı'nın binasını yıkmakta. Fakat bu pek ufak bir kötülüktür. Halkı katilden kurtarmak külli bir hayırdır. Cüz'î bir kötülüğü, küllî bir iyilik için istemek çirkin değildir. Mesela Tanrı'nın cüz'î iradesini terk etmek ve külli kötülüğe rıza göstermek çirkindir. Anne çocuğunun azarlanmasını istemez. Çünkü o cüz'î kötülüğe bakar. Fakat baba azarlanmasını ister; bu, babanın küllî kötülüğe baktığı içindir. Tanrı çok bağışlayıcıdır ve azabı şiddetlidir. O, günahların vücudu ile bağlayıcı olabilir. Bir şeyi irade, onun levazımını da irade etmek demektir. Mesela bize bağış, barış ve ıslah ile emrediyor. Düşmanlık olmadan böyle bir emrin faydası olamaz. Sadr-ı İslâm diyor ki: Bu tıpkı Sadr-ı İslâm'ın söylediği gibidir. O: Tanrı: *"Tanrı yolunda sarfediniz,"* (Kur'an, Sure: 2 Âyet: 195) buyuruyor, diyor. O bununla bize mal kazanmayı emrediyor. Çünkü mal kazanmak, mal ile olur. Bu, kazanmak için emir sayılır. Bir kimse diğerine: "Kalk namaz kıl!" derse, o bununla abdest alması, su bulması ve namazın levazımından olan şeyleri tedarik etmesi için emir vermiş demektir.

KIRK YEDİNCİ FASIL

Şükür bir bağdır, nimetler de bir av. Şükür sesi işittiğin zaman daha fazla elde edinmiş olmağa hazırlan. Tanrı bir kulunu severse, onu belâya uğratır. Sabrederse, kendisi için seçer. Şükrederse onu daha fazla beğenir ve ayırır. İnsanların bazıları Tanrı'ya kahrı için, bazıları da lütfü için şükrederler. Bu her ikisi de hayırlıdır. Çünkü şükür, kahrı lütuf şekline koyan bir panzehirdir. Kemale ermiş olan akıllı açıktan açığa veya gizlice cefaya şükreden kimsedir ve bu Tanrı'nın beğenip seçtiği bir insandır. Eğer onun muradı ateşe gitmekse, şükür ile maksatlarına bir an önce ulaşmış olur. Çünkü dıştaki şikâyet içtekini azaltır. Peygamber (Ona selam olsun): *"Ben çok gülen ve öldüren bir adamım."* (H.) buyurmuştur. Yani benim, cefa eden adamın yüzüne karşı gülmem, onun için bir ölümdür. Burada gülmekten maksat şikâyet yerinde şükürdür.

Hikâye ederler ki, ashaptan bir adamın yakınında bir Yahudi vardı. Yahudi bu ashaptan olan adamın evinde otururdu ve odasından, ashabın evine, çamaşır suları, ayakyolu pislikleri akardı. Ashaptan olan o zat, Yahudi'ye şükreder ve ailesinin de şükretmelerini emrederdi. Böylece sekiz yıl geçti. Nihayet bu Müslüman öldü. Yahudi de başsağlığı için onun evine gidince orada bu pislikleri ve bunların odasından aktığı delikleri gördü. Bu şekilde geçmiş yıllarda neler olup bittiğini öğrendi. Çok pişman oldu ve Müslüman'ın ailesine: "Allah lâyığınızı versin. Bunu şimdiye kadar niçin söylemediniz? Bir de bana her zaman teşekkür ediyordunuz."dedi. Onlar da karşılık olarak, "Merhum bize şükretmemizi emreder ve şükrü bırakmamamız için de bizi korkuturdu." dediler. Bunun üzerine Yahudi Müslüman oldu, iman getirdi.

Beyit:
Mutrib insana nasıl zevk ve sevinç verirse, iyi adamları anmak da insanı iyiliğe teşvik eder.

Bunun için Tanrı Kur'an'da, Peygamberleri ve salih kullarını zikrediyor. Onların yaptığı işlere muktedir olduğu hâlde, suçları bağışlayanlara şükrediyor. Şükür, nimet memesini sağmaktır. Dolu olsa bile sen sağmadıkça süt gelmez.

Şükretmeyişin sebebi ve şükre mani olan şey nedir? diye sordu. Şeyh buyurdu ki: Şükretmeyişin sebebi ham bir açgözlülüktür. Aç gözlü her zaman eline geçenden fazlasını bekler. Onu bu hâle getiren tamahkârlığıdır ve beklediğinden az bir şey eline geçmesi, şükretmesine mani olur. Binaenaleyh kendi kusurundan haberi olmadığı gibi, vermek istediği (şeyin) kusurundan ve vechinden de gafildir. Muhakkak ki tamahkârlık, olmamış meyveyi, çiğ eti ve ekmeği yemek gibidir ve mutlaka şükretmemek (bir) hastalığın doğmasını mucip olur. Zararlı bir şey yediğini öğrenince insanın onu çıkarması lâzımdır. Ulu Tanrı kendi hikmetiyle onu şükürsüzlük hastalığına uğratmıştır. Bunun için istifra etmeli ve o bozuk, kötü zandan boşalmalıdır ki bir tek hastalığı, yüz hastalık olmasın. Ve *"Biz onları, dönebilmeleri için, iyiliklerle de kötülüklerle denedik."* (Kur'an , Sure: 7, Âyet: 168)

Yani, biz onları beklemedikleri yerden zırhlandırırız ki bu da gayb âlemidir. Onların görüşleri (nazarları), Tanrı'nın şerikleri gibi olan sebepleri görmekten nefret ederler.

Bâyezîd dedi ki: "Yâ Rabbi! Ben sana hiç ortak koşmadım." Tanrı: "Ey Bâyezîd! Süt gecesi de ortak koşmadın mı ve bu süt bana dokundu, demedin mi? Halbuki yarar ve fayda veren benim.." buyurdu. Bâyezîd sebebe baktığı için Tanrı onu müşrik saydı ve ona sütten sonra ve sütten evvel zarar veren benim. Fakat sütü bir günah, verdiği zararı da öğretmenin verdiği öğüt gibi yaptım. Bir öğretmen, "Meyve yeme!" dediği hâlde öğrenci yerse ve öğretmen onun ayağına vurursa o öğrencinin, "Ben meyve yedim, bunun zararı ayağıma dokundu.,, demesi doğru değildir. İşte böyle kim dilini Tanrı'ya ortak koşmaktan korursa, Tanrı onun ruhunu şirkten temizler Tanrı'nın indinde az olan çoktur.

Hamd ile şükür arasında fark şudur: Şükür, nimetler üzerine oku ve ben onun güzelliğine, yiğitliğine şükrettim, denmez. Hamd ise umumidir.

KIRK SEKİZİNCİ FASIL

Bir adam cemaate imamlık ediyordu. "Bedeviler kâfirlik ve iki yüzlülükte, şehirlilerden beterdirler." (Kur'an , Sure: 9, Âyet: 97) âyetini okudu. Orada Arap başlarından biri bulunuyormuş. Bu başkan imama, adamakıllı bir tokat attı imam öbür rekatta: "Bedevilerden öyleleri vardır ki Allah'a ve ahirete inanır." (Kur'an, Sure: 9, Âyet, 99) âyetini okudu. Arap: "Tokat seni yola getirdi " dedi. Biz her gün gayb âleminden bir tokat yiyoruz. Bu yaptığımız her hangi bir kötülükten bizi tokatla uzaklaştırıyorlar. Tekrar başka bir şeye teşebbüs ediyoruz, yine böyle oluyor. "İşte bunun için, bizde tokat yoktur." buyrulmuştur.

Bu *"hasif, kazif"* demektir. Yine *"Mafsalları kesmek, dosttan ayrılmaktan daha kolaydır."* (M.) derler. Hasif'ten maksat dünyaya dalmak ve dünya ehlinden olmaktır. Kazif ise gönül âleminden çıkmaktır. Mesela bir kimse yemek yer ve o yediği şey midesinde ekşirse çıkarır. Fakat bu yemek ekşimeyip de çıkarmasaydı, bu da insanın bir parçası olacaktı. İşte mürid de dalkavukluk eder ve saygı gösterir. Maksad şeyhin kalbinde yer etmektir ve Allah korusun, müridden bir hareket meydana gelir de şeyhin hoşuna gitmez, onu kalbinden çıkarırsa bu tıpkı yediği yemeği çıkarmasına benzer. Mesela o yemeği çıkarmamış olsaydı, insanın bir parçası olacaktı. Halbuki ekşidiği için onu dışarı attı. Bu mürid de zamanın geçmesiyle şeyh olmak isterken, hoş olmayan bir hareketinden dolayı şeyh onu kalbinden çıkarıp attı.

Rubai:
Senin aşkın âleme dellal çağırttı ve kalpleri velveleye verdi. O zaman hepsini yakıp kül etti. Sonra da getirip istiğna yeline verdi.

O istiğna havasında, bu kalbin küllerinin zerreleri, sevinç içinde gülüp oynuyor, bağırıp çağırıyorlar. Eğer bu olmasa onlara bu haberi kim getirir ve kim daima tazeler? Eğer kalpler kendi hayatlarını oynamakta ve berhava olmakta görmeseler, niçin böyle hâlâ yanmaya rağbet gösteriyorlar?

Böyle olduğu hâlde o dünya şehvetlerinin ateşinde yanan, kül olan gönüllerin hiç seslerini duyuyor ve bir güzelliğini görüyor musun?

Şiir:
İsraf benim tabiatımda yoktur. Bana takdir edilen rızkın bir gün gideceğini bildim. İşte o rızkı elde etmek için çalışıyorum onu elde etmek için çalışmak bana zahmet veriyor. Halbuki otursam, ben zahmet çekmeden, o ayağıma gelir.

Ben rızık temin etmek usulünü iyice anlamış bulunuyorum. Boş yere koşup, ihtiyacım olmadan zahmet çekmek adetim değildir. Altın, yiyecek, giyecek ve şehvet ateşinden rızkım olan şey bana oturduğum yerde erişir. Eğer ben bu rızkın peşinde koşarsam, bunları istemek beni yorar, muzdarip eder ve küçültür. Eğer sabredip yerimde oturursam, zahmet çekmeden, kendimi küçültmeden rızkım gelir. Çünkü o rızk da beni istemekte ve kendisine çekmektedir. Nasıl ki ben onu çekmeyip ona doğru gidersem, o da beni çekemediğinden bana gelir. Sözün hulasası şu: Din işiyle meşgul ol fakat bu sözün nuru her an daha çok görünür. Mesela nebîlerin (Onlara selam olsun) ömürlerinin gecesi geçtiği hâlde, sözlerinin nuru hâlâ geçmemiş ve tükenmemiştir; sonu gelmeyecektir. Mecnun hakkında: "Mecnun eğer Leyla'yı seviyorsa buna neye şaşmalı. Her ikisi de çocuktu ve bir mektepte okuyorlardı." dediler. Mecnun: *"Bu adamlar aptal! Hangi güzel sevilmez"* (M.) dedi. Güzel bir kadına meyletmeyen bir erkek var mıdır? Ve kadın da bunun gibi. Aşk odur ki âşık gıdasını ve tadını, anne, baba ve kardeş sevgisini, evlat muhabbetini, şehvet zevkini ve her türlü lezzetini ondan alır. Nasıl ki Zeyd ile Amr gramerde misal hâline gelmişse, Mecnun da âşıklara misal olmuştur.

Rubai:
Meze, kebap ve hararet veren şeyler yer ve saf şarap içersen, bu tıpkı rüyanda mütemadiyen su içmene benzer. Uykudan uyanınca susuzluk duyarsın; uykuda içtiğin suyun sana faydası olmaz.

"Dünya uykuda olan bir adamın gördüğü rüya gibidir." (H.). Dünya ve dünya nimetleri, bir insanın rüyasında bir şeyler yemesi gibidir. O hâlde dünyaya ait ihtiyaçları istemekte bir kimsenin rüyasında bir şey istemesi ve istediği şeyi ona vermeleri, sonunda uyanınca, bu uykuda ona verdikleri şeylerin hiçbir faydası olmaması gibidir. Yani uykuda bir şey istemiş olur ve onu kendisine verirler. *"Lütuf ve ihsan istenildiği kadardır."* (M.).

KIRK DOKUZUNCU FASIL

Biz insanın bütün hâllerini birer birer anladık ve onun bünyesinden, huyundan, sıcakkanlılığından, soğukluğundan kıl ucu kadar bir şey gözümüzden kaçmadı. Fakat onda baki kalacak olan şeyin ne olduğu bir türlü belli olmadı, dedim.

(Mevlâna) buyurdu ki: Eğer onu bilmek sadece sözle mümkün olsaydı, kendisinin de bu kadar çalışmasına, bu kadar türlü türlü mücadeleye ihtiyacı olmazdı ve hiç kimse kendini zahmete sokmaz ve feda etmezdi. Mesela bir adam denize gelip, tuzlu sudan ve balıklar, timsahlardan başka bir şey görmezse: "Bu inci nerededir, yoksa bizzat yok mudur?" der. Hâlbuki sadece denizi görmekle nasıl inci hâsıl olur. Eğer yüz binlerce defa deniz suyunu tas tas ölçse, inciyi bulamaz, inciyi bulmak ve ona varmak için dalgıçlık lâzımdır. Bu da her dalgıcın kârı değildir. Bunun için şanslı, maharetli bir dalgıç olmalıdır. Bu hususta öğrenilen bilgiler ve hünerlerin hepsi deniz suyunu tasla ölçmek gibidir. İnciyi bulmak ise ayrı bir şeydir. Bütün hünerlerle süslü, mal ve güzellik sahibi olan birçok kimseler olabilir. Fakat onlarda bu mana bulunmaz; ve yine dış görünüşü perişan olan, yüz güzelliğine fesahate ve belâgata sahip olmayan birçok kimseler de vardır ki, o ölümsüz manaya sahip bulunurlar. Bu, insanın onunla seçkin, büyük ve diğer yaratıklardan üstün olduğu şeydir. Kaplanlar, timsahlar, aslanlar ve diğer yaratıkların hünerleri ve özellikleri olduğu hâlde, o ölümsüz olan mana onlarda yoktur. Eğer insan o manaya yol bulmuşsa, kendi üstünlüğünü elde etmiş demektir. Yoksa o üstünlükten, faziletten hiçbir nasibi yoktur. Bütün bu hünerler ve süsler aynen, incileri aynanın arkasına yerleştirmek gibidir. Hâlbuki aynanın yüzünün bundan haberi olmaz. Ona temizlik, saffet lâzımdır. Yüzü çirkin olan bir adam, aynanın arkasına tama eder. Çünkü aynanın yüzü koğuşudur. Güzel yüzlü olan ise onun yüzüne can ve gönülden bakar. Onu arar, çünkü bu onun güzelliğini göstermektedir.

 Yusuf-u Mısrî'ye yoldan bir arkadaşı geldi. Ona: "Bana ne armağan getirdin" dedi. Yoldan gelen: "Sende olmayan ne var ki ve senin neye ihtiyacın olabilir? Yalnız, senden daha güzel bir kimse olmadığından, her an kendi yüzünü seyretmen, incelemen için sana bir ayna getirdim." dedi. Tanrı'da olmayan ne vardır ve O'nun neye ihtiyacı olabilir? Tanrı'nın önüne onda kendisini görmesi için parlak bir ayna götürmelidir. *"Tanrı sizin suretleriniz ve amellerinize bakmaz. Belki ancak kalplerinize niyetlerinize bakar."* (H.).

Şiir:
Oralar öyle memleketler ki, ne istersen bulunur. Yalnız kerim adamlar bulunamaz.

Orası öyle bir şehir ki, onda güzel yüzlerden ve tabiatının istediği lezzetli ve türlü türlü şeylerden her istediğin bulunur; fakat bir tek akıllı adam bulamazsın. Keşke bunun aksine olsaydı! Bu söylediğin şehir insanın vücududur. Eğer onda yüz binlerce hüner olsa da, o mana olmayınca onun yıkılması, yok olması daha iyidir. Eğer o mana bulunup da zahirî süsler olmazsa bundan korkulmaz. Çünkü onun ruhu mamur olmalıdır.

İnsanın ruhu, içinde bulunduğu her halde Hak ile meşguldür ve onun zahiri meşguliyeti, içinin meşguliyetine mani değildir. Mesela hamile bir kadının uğraşmak, yemek yemek, uyumak gibi, içinde bulunduğu bütün hallerde karnında çocuk büyür, kuvvet ve duygu kazanır. Hâlbuki annenin bundan haberi yoktur. İşte insan da o ruhu yüklenmiştir. Onu insan yüklendi. *"Çünkü o çok zalim ve çok cahildir."* (Kur'an, Sure: 33, Âyet: 72)

Şu kadar var ki, Ulu Tanrı ona karanlık ve bilgisizlik içinde bırakmaz, insan suretini taşıyan bir kadına, birçok dostlar ve yüzlerce âşinalar geliyor. İnsanın hâmil olduğu ruhtan böyle dostlar, âşinalar gelse buna niçin şaşılsın. Ölümden sonra da ondan neler zuhur eder. El verir ki bu mamur olsun. Çünkü ruh, ağacın kökü gibidir. Gerçi toprakta gizlidir, fakat eseri dallarında görünür. Eğer bir ağaçtan dal kırılsa, kök kuvvetli olduktan sonra yine yetişir. Fakat kök çürük olursa, o zaman ne dal, ne de yaprak kalır. Ulu Tanrı: "Ey Peygamber sana selam olsun." buyurdu.

Bu demektir ki: Sana ve senin cinsinden olan herkese selam olsun. Eğer Ulu Tanrı'nın maksadı bu olmasaydı. Mustafa karşı koymaz ve: "Selam bizim üzerimize ve birçok salih kullar üzerine olsun." demezdi. Çünkü selam ona has olsaydı, Peygamber o salih kullarına izafe etmezdi. Bununla demek istedi ki: "O senin bana verdiğin selam, benim üzerime ve benim cinsimden olan salih kullar üzerine olsun!" Mesela Mustafa abdest alırken; "Namaz sahih değildir, ancak bu abdestle sahihtir." buyurdu. Bundan maksat muayyen değildir. Bu muayyen bir abdest olsaydı, hiç kimsenin namazı doğru olmazdı. Çünkü burada yalnız Mustafa'nın abdestinin ve namazının sıhhati bahis konusudur. O hâlde maksat her kimin abdesti bu cinsten değilse, onun namazı doğru olmaz, demektir. Mesela, bu tıpkı nar çiçeği gibidir, derler. Bunun ne manası var? Yani bu gülnar (nar çiçeği) işte budur, demek midir? Hayır, belki bu gülnar cinsindendir, demektir.

Bir köylü şehire gelip bir şehirliye misafir oldu. Şehirli ona helva getirdi. Köylü de iştahla yedi ve ona: "Ey şehirli! Ben gece gündüz havuç yemeye alışmıştım. Şimdi helvayı tattım ve havucun tadı gözümden düştü. Her zaman helva bulamayacağıma göre, elimdekinden de soğudum. Şimdi ne yapayım, ne çare bulayım?" dedi. Köylü helvayı tattıktan sonra artık şehri arzular. Çünkü şehirli onun gönlünü çalmıştır, çaresiz gönlünün peşinden gidecektir.

Bazı kimseler vardır ki, selam verirler ve selamlarından is kokusu gelir. Bazıları da vardır ki, selam verirler ve onların selamından mis kokusu gelir. Bunu, koku alma duygusu olan bir kimse, anlar. İnsanın elde ettiği dostu, sonunda pişmanlık duymaması için, önceden denemesi lâzımdır. Bu Hakk'ın sünnetidir. *"Nefsinle başla."* (H.) buyrulmuştur. Eğer nefis kulluk iddiasında bulunursa, onu sınamadan kabul etme. Abdest alırken suyu burunlarına götürürler, sonra tadarlar ve yalnız görmekle yetinmezler.

Bu, belki suyun rengi, şekli yerinde olur da, tadı ve kokuşu bozuk olur denemektir ve bu bir suyun temizliği bakımından denemedir. Denedikten sonra da yüzlerini yıkarlar. Senin iyi veya kötü, kalbinde olan her şeyi, Ulu Tanrı senin haricinde de gösterir. Ağacın kökü gizlice ne yerse, eseri dalında ve yaprağında görülür; *"Çehreleri yüzlerindeki secde izinden bellidir."* (Kur'an, Sure: 48, Âyet: 29) *"Ve biz onun burnunu damgalayacağız."* (Kur'an, Sure: 68, Âyet: 16) buyrulduğu gibi farz edelim, kimse senin içinde olanı bilmiyor. Fakat yüzünün rengini ne yapacaksın?

ELLİNCİ FASIL

Her şeyi aramadıkça bulamazsın. (Yalnız) Bu dost müstesna. Çünkü onu bulmadıkça aramazsın. İnsanın talebi ne demektir? Bulamadığı bir şeyi aramak ve gece gündüz onu aramakla (vakit) geçirmektir. Ancak bulduğu ve maksadının hâsıl olduğu halde o şeyi talep, şaşılacak bir şeydir ve böyle bir talep, insanın vehmine sığmaz. İnsanoğlu; bunu tasavvur edemez. Çünkü insanın talebi, bulmamış olduğu yeni bir şey içindir. Bu talep ise, bulduğu hâlde istemektir ve bu Hakk'ın talebidir. Çünkü ulu Tanrı her şeyi bulmuştur ve her şey onun kudretinde mevcuttur. *"O; 'Ol' dedi. Ve O da olur." "O şerefli bir bulucudur."* (Kur'an, Sure: 36, Âyet: 82, 83)

Vacid her şeyi bulmuş olandır. Bununla beraber: "Çünkü O taliptir ve galiptir." buyrulduğu gibi Ulu Tanrı talip'tir. Binaenaleyh bununla: "Ey insan sen bu kadar hadîs olan ve insanın sıfatı bulunan bu talepte ne kadar ısrar edersen, maksadından o kadar uzaklaşırsın. Senin istediğin Hakk'ın istediğinde yok olur ve Hakk'ın talebi, senin talebini kaplarsa, o zaman Hakk'ın talebiyle talip olursun. Biri: "Biz Hakkın velisi hangisidir? Hakk'a vasıl olan hangisidir? Bilemiyoruz. Bunu bilmek için hiçbir kesin delilimiz yoktur. Ne sözle, ne işle ve ne de kerametle bilebiliyoruz. Çünkü söz belki öğrenilmiş olabilir, iş ve keramet ise papazlarda da vardır. Onlar da insanın kalbinden geçen şeyleri biliyorlar ve sihir yoluyla çok tuhaf şeyler göstermişlerdir." dedi ve bu türlü şeyleri saydı, durdu.

Mevlâna buyurdu ki: Senin kimseye imanın var mı, yok mu? O: "Evet, inanıyorum, âşığım." dedi. Mevlâna buyurdu ki: Senin o kimse hakkında inanın bir delile, bir alamete mi dayanıyor, yoksa o kimseyi şöyle göz atıp da mı yakaladın? O: "Haşa ki delilsiz ve alametsiz olsun!" dedi. Mevlâna; O hâlde niçin inanmanın bir delili ve alameti yoktur diyorsun ve birbirine zıd şeyler söylüyorsun, cevabını verdi.

Her veli ve büyük adam: Benim Hakk'a yakın olduğum kadar hiç kimse Hakk'a yakın değildir ve Hakk'ın da bana olan inâyeti kadar kimseye inâyeti yoktur, zannediyor.

Mevlâna buyurdu ki: Bu haberi kim verdi, veli mi, yoksa veli olmayan mı? Eğer bunu veli söylediyse, şu hâlde o, her velinin kendisi hakkındaki inancını bildiğine göre, bu inâyete mazhar olmamış olur. Yok eğer bu haberi veli olmayan ve veliden başka biri söylemişse, şu hâlde gerçekten Hakk'ın velisi ve has kulu o olur. Çünkü Ulu Tanrı bu sırrı bütün velilerden gizlediği halde ondan saklamamıştır. O kimse buna şu misali verdi: Padişahın on cariyesi vardı. Cariyeler padişahın yanında: "Hangimizin daha aziz olduğunu bilmek istiyoruz." dediler. Padişah: "Bu yüzük yarın kimin evinde olursa o benim için daha azizdir." buyurdu. Ertesi gün, o yüzükten on yüzük yapılmasını emretti ve her cariyeye bir yüzük verdi.

Buyurdu ki: "Sual henüz çözülmedi; bu söylediğiniz de cevap değildir ve bununla ilgisi yoktur. Bu haberi on cariyeden birisi mi verdi? Yoksa onların dışında olan biri mi? Eğer o on cariyeden biri söylemişse, öyleyse bu yüzüğün yalnız kendisine mahsus olmadığını ve her cariyenin de onun gibi bir yüzüğü olduğunu biliyor demektir. Binaenaleyh onun bir üstünlüğü yoktur ve diğerlerden daha fazla sevilmemektedir. Eğer bu haberi o on cariyeden başkası söylediyse, o halde bizzat o, padişahın gözdesi ve sevgilisi olur.

Biri: "Âşık düşkün, değersiz ve sabırlı olmalıdır," dedi ve bu türlü vasıflardan sayıp durdu.

Mevlâna buyurdu ki: Âşık böyle olmalıdır. Fakat sevilen onun böyle olmasını isterse! Eğer sevgilinin istemediği olursa, şu hâlde o âşık olamaz. Çünkü kendi arzusu ve kendi muradına uyuyor. Eğer sevgilinin isteğine uyarsa ve sevgilisi de onun düşkün ve değersiz olmasını istemezse, o zaman âşık nasıl düşkün ve değersiz olur. Binaenaleyh âşığın hâlinin belli olmadığı, yalnız sevgili onu nasıl isterse, öyle olacağı anlaşılmış oluyor.

İsa buyurmuştur ki: *"Ben bir hayvanın nasıl başka bir hayvanı yediğine şaşarım."* (K.K). Yalnız dışa bakan ve dışı gören kimseler derler ki: "Madem ki insan hayvan eti yiyor, öyleyse o da hayvandır. Bu yanlıştır. Niçin? Çünkü insan ne zaman et yerse, o et hayvan değildir; cemâddır. Yani cansız cisimdir; hayvan öldürüldüğünden, hayvanlığı kalmamıştır. Yalnız maksat şudur ki şeyh müridi, nasılsız ve benzersiz olarak yutuyor. Ben asıl böyle nadir bir işe şaşıyorum!

Biri sordu ki: İbrahim (Ona selam olsun) Nemrud'a: "Benim Tanrı'm ölüyü diriltir; diriyi de öldürür." buyurdu. Nemrud: "Ben de birini azledersem onu öldürmüş ve birine de mansıp verirsem, onu diriltmiş olurum." dedi.

O zaman İbrahim bu sözünden geri döndü ve bir başka delil getirip dedi ki: "Benim Tanrım güneşi doğudan çıkarıyor, batıdan batırıyor; sen bunun aksini yap". Bu söz görünüşte ona aykırıdır. Mevlâna buyurdu ki: Haşa ki İbrahim onun deliliyle susturulmuş olsun ve ona verecek cevap bulamasını. Belki bu, başka bir misalle getirilmiş bir cevaptır. Bununla İbrahim, Ulu Tanrı cenini rahim doğusundan çıkarır ve mezar batısında gömer, demek istiyor. Şu halde İbrahim'in delili aynı demektir. İnsanı Ulu Tanrı her an yeniden yaratıyor ve onun içine başka bir şeyi yeniden yeniye gönderiyor. Bunların birincisi ikincisine, ikincisi üçüncüsüne benzemiyor. Fakat insan bundan yani, kendisinden habersizdir (yani kendisini tanımaz).

Sultan Mahmud'a (Tanrı'nın rahmeti onun üzerine olsun) bir (bahri) at getirmişlerdir. Çok güzel ve gösterişli bir attı. Sultan bayram günü ona bindi; bütün halk atı görmek için evlerinin damlarına çıkmış seyrediyorlardı. Yalnız bir sarhoş içerde kalmıştı. Onu da zorla: "Sen de gel, bu denizatını gör." diye dama götürdüler. O: "Ben kendimle meşgulüm, istemiyorum. Onunla uğraşamam," dedi ise de, nihayet çıkıp damın kenarına kadar geldi. Bu adam çok sarhoştu. Sultan oradan geçerken, sarhoş onu at üzerinde görüp: "Bu atın benim yanımda ne değeri var? Eğer şu anda bir mutrib şarkı söylese ve bu at da benim olsa, hemen atı ona bağışlardım." dedi. Sultan bunu duyunca çok kızdı ve onu zindana atmalarım emretti. Bunun üzerine bir hafta geçti. Adam sultana birini gönderip: "Benim ne günahım vardı? Suçum neydi? Âlemin Şahı buyursun da bende bileyim." dedirtti. Sultan, onu huzura getirmelerini emretti; getirdiler. Ona: "Ey edepsiz sersem! Sen o sözü nasıl söyledin ve buna nasıl cesaret ettin?" deyince, adam: "Ey âlemin şahı! O sözü ben söylemedim. O sırada sarhoş bir adamcağız damın kenarına oturmuştu. İşte o söyledi ve gitti. Şimdi ben o değilim. Akıllı, zeki bir adamım." dedi. Bu söz şahın hoşuna gidip ona hilat verdi; ve onu zindandan çıkardı. Her kim bizimle alâka tesis eder, bu şaraptan içerse, nereye giderse gitsin ve kiminle oturursa otursun konuştuğu her kavimle, gerçekte bizimle beraber oturur ve bu cinsle karışır kaynaşır. Çünkü yabancıların sohbeti, dostun sohbetinin letafetinin aynasıdır. Yabancı ile karışmak, bir cinsten olanla muhabbet ve kaynaşmayı icap ettirir. *"Eşya zıddı ile belli olur."* (M.).

Ebubekir Sıddîk (Tanrı ondan razı olsun) şekere ümmî adını vermişti. Yani, bu anadan doğma tatlı demektir. İşte bu yüzden diğer meyveler: "Biz bu kadar acı çekerek, tatlılık mertebesine eriştik, sen tatlılığın lezzetini ne bilirsin? Çünkü acılığın zahmetini, meşakkatini çekmedin?" diye şekere karşı övünürler.

ELLİ BİRİNCİ FASIL

Beyit:
Fakat, insanın meyli son haddine gelince, dostluk baştan başa düşmanlık haline gelir.

Bu beytin manasını sordular. Mevlâna buyurdu ki: Düşmanlık âlemi, dostluk âlemine nispetle dardır. Çünkü dostluk âlemine kavuşmak için insanlar düşmanlık âleminden kaçarlar. Dostluk âlemi de dostluğun ve düşmanlığın kendisinden var olduğu âleme nazaran dardır. Dostluk ve düşmanlık, inkâr ve iman ikiliğe sebep olur. Çünkü küfür inkârdır. İnkâr edene, inkar edeceği bir kimse lâzımdır. Bunun gibi kabul edene de kabul edeceği bir kimse gerekir. Bundan da anlaşılıyor ki birlik ve yabancılık, ikiliği muciptir. O âlem ise küfrün ve imanın, dostluk ve düşmanlığın fevkinde, ötesindedir. Mademki dostluk ikiliği icap ettirir ve orada ikilik olmayan bir âlem mevcuttur, sırf birlik vardır. Oraya erişince, bu ikisi sığamayacağından, dostluk ve düşmanlıktan çıkmış olur. Şu halde oraya, eriştiği zaman ikilikten ayrılmış demektir. İkilik, aşk ve dostluk olan o ilk âlem, şimdi söylediğimiz âleme nispetle daha düşük ve aşağıdır. Binaenaleyh onu istemez ve kendisine düşman bilir. Mesela Mansur'da Hakk'ın dostluğu son hadde varınca, kendi kendinin düşmanı oldu ve kendini yok ettirdi. "Ene'l-Hakk" dedi. Yani, "Ben fenâ buldum, yok oldum; yalnız Hak kaldı, işte O kadar!" demek istedi. Bu alçak gönüllülüktür. Kulluğun, bendeliğin son haddidir. Yani yalnız O'dur, demektir ve o kadar. Hâlbuki: "Sen Tanrı'sın ve ben kulum." dersen bu, iddia ve büyüklükte bulunmak sayılır. Bununla sen, kendi varlığını da ispat etmiş oluyorsun.

Böylece ikilik lâzım gelir ve bu "O Allah'tır!" dediğin de ikiliktir. Çünkü ben olmadıkça o mümkün olamaz. Şu hâlde Ene'l Hakk'ı Hakk söylemiştir. Zira O'ndan gayrı bir varlık yoktu, Mansur da yok olmuştu ve o söz Hakk'ın sözüydü. Hayal âlemi, tasavvurlar âlemine nispetle daha geniştir. Çünkü bütün tasavvurlar hayalden doğar. Hayal âlemi de, hayali var eden o âleme nispetle dardır. Bu sözle ancak bu kadar anlaşılabilir, yoksa gerçek, mananın kelime ve cümlelerle belli olması imkânsızdır. Biri: "O halde cümle ve sözün faydası nedir?" diye sordu.

Mevlâna buyurdu ki: Sözün faydası şudur ki seni istemeye sevk ve teşvik eder, heyecanlandırır. Yoksa istenilen sözle hâsıl olmaz. Eğer böyle olsaydı, bu kadar mücahedeye ve kendini yok etmeye ne lüzum vardı? Mesela şunun gibi: Uzakta kımıldayan bir şey görüyorsun ve iyice görmek için arkasından koşuyorsun. Yoksa onun hareketi vasıtasıyla değil, insanın natıkası da insanın içinde bunun gibidir. Sen onu görmemekle beraber, o seni mananın talebi için kışkırtır. Biri: "Ben o kadar ilimler okudum, öğrendim ve zihnimde manalar zapt ettim. Fakat insanda baki kalacak olan mananın hangisi olduğu bir türlü belli olmadı ve ona yol bulamadım?" dedi.

Mevlâna buyurdu ki: Eğer o sadece söz ile belli olsaydı, vücudun yok olmasına ve bu kadar zahmetlere lüzum kalmazdı. Bunun için o kadar çalışmak lâzımdır ki... Yok olup bitinceye kadar çalışmalısın. Biri: "Ben bir Kâbe olduğunu işitmiştim. Fakat o kadar baktığım halde Kâbe'yi göremiyorum. Gidip damdan bakayım." diyor, nihayet dama çıkınca boynunu uzatıyor ve göremiyor. Kâbe'yi inkâr ediyor. Kâbe'yi görmek sadece bununla hâsıl olmaz. Yerinde göremediğin gibi. Mesela kışın, kürkü nasıl candan ararsın. Halbuki yaz gelince çıkarıp atıyorsun. Ondan için sıkılıyor. İşte kürkü istemek, sıcaklık elde etmek içindir. Çünkü sen kışın sıcağa âşıktın. Soğuğu defedecek bir şeyle ısınmıyor muydun ve kürk vasıtasına muhtaç değil miydin? Fakat artık mani kalmayınca kürkü çıkarıp attın.

"*Gökler yarılır.*" (Kur'an, Sure 84, Âyet: 1) "*Ve yer yerinden oynadığı zaman.*" (Kur'an, Sure: 99, Âyet: 1) bu sana işarettir. Yani sen kavuşma tadını tattın. İşte bir gün gelir ki bu parçaların ayrılığı tadını tadar, o âlemin genişliğini de müşahede eder ve bu darlıktan kurtulursun, demektir. Mesela birini çarmıha gerseler, o orada rahat olduğunu zannederek kurtulma zevkini unutur. Hâlbuki çarmıhtan kurtulunca ne azap içinde olduğunu anlar.

Bunun gibi çocukların da rahatı ve gelişmese orada ellerini bağladıkları hâlde, beşikle olur. Fakat büyük bir adamı beşiğe koysalar, burası onun için zindan ve azap olur. Bazı kimseler güllerin açılıp goncalardan baş çıkarmasından hoşlanır; bazısı ise bütün gül yapraklarının birbirinden ayrılıp, kendi asıllarına bağlanmış, olmalarından zevk duyar. İşte bazıları hiçbir dostluk, aşk ve sevgi, küfür ve iman kalmamasını, böylece asıllarına kavuşmalarını isterler. Çünkü bütün bunlar duvardır. Darlığa, sıkıntıya ve ikiliğe sebep olur. Hâlbuki o âlem genişliği, huzur ve mutlak birliği muciptir.

O söz pek o kadar yüksek değildir ve kuvveti yoktur. Hem nasıl büyük olabilir? Nihayet sözdür. Hatta bizzat za'fı mucip olur. Müessir olan Hak'tır ve müheyyiç olan da Hak'tır. O arada örtüdür, perdedir, iki üç harfin bir araya gelmesi nasıl hayat ve heyecana sebep olur? Mesela biri senin yanına geldi. Sen hatırını sayıp ona: "Nasılsın, iyi misin? Hoş geldin." dedin, o da bunlarla sevindi ve bunlar onun seni sevmesine sebep olmuştur.

Birine sövdün ve o iki üç kelime onun kızmasına, kırılmasına vesile oldu. İşte iki üç kelimenin, sevgi ve rızanın artması, kızgınlık ve düşmanlığın şiddetlenmesi ile ne ilgisi var? Sadece Ulu Tanrı, her hangi birinin gözü. Tanrı'nın cemâline ve kemaline erişmesin diye, bunları sebep ve perdeler yapmıştır. İnce, zayıf perdeler, zayıf gözlere göredir. O, perdelerin gerisinde hükümler verir, sebepler yaratır. Bu ekmek gerçekte, hayatın sebebi değildir. Fakat onu ulu Tanrı hayatın ve kuvvetin vasıtası yapmıştır. Nihayet o cansız bir cisimdir ve insan hayatına sahip değildir. O hâlde kuvvetin artmasına nasıl sebep olur? Eğer onda bir dirilik olsaydı, bizzat kendini diriltirdi.

ELLİ İKİNCİ FASIL

Beyit:
Ey kardeş! Sen yalnız o düşüncesin. Sende bundan başka ne varsa kemik ve sinirdir.

Bu beytin manasını sordular. Buyurdu ki: Sen bu manaya bak ki, o aynı düşünce, belli olan özel bir düşünceye işarettir. Biz onu genişletmek için buna (endişe) düşünce adını verdik. Fakat gerçekte bu endişe, yani düşünce değildir. Eğer bu düşünce olsa bile bu, insanların anlamış olduğu düşünce değildir. Bizim endişe kelimesinden anladığımız da budur. Eğer bir kimse bu manayı daha umumî, sade ve basit anlatmaya kalkarsa, halkın anlaması için der ki: "İnsan konuşan bir hayvandır." Buradaki nutk (söz), ister gizli ister açık olsun, düşünce demektir ve ondan gayrısı hayvan olur. O hâlde insan fikir ve düşünceden ibarettir; geri kalan kemik ve sinirdir. Bu söz doğrudur, güneş gibidir. İnsanlar onunla dirilir ve hararetlidir. Güneş her zaman mevcuttur, hazırdır ve her şey onun sayesinde sıcak bulunur. Fakat güneş göze sığmaz ve insanlarda ondan diri olduklarını, ısındıklarını bilmezler. Fakat, ister şükür, ister şikayet ister hayır, ister kötü olan bir sözle ve bir cümle vasıtasıyla söylenmiş olsun, güneş göze görünür. Tıpkı gökteki güneşin her zaman parladığı hâlde, ışığı bir duvara vurmayınca göze görünmemesi gibi. Bunun gibi harf ve ses vasıtası olmadıkça söz güneşinin parıltısı da peyda olmaz. Her zaman varsa da o *"Lâtiftir, görünmez."* (Kur'an, Sure: 6, Âyet: 103) buyrulduğu veçhile, görünmesi için bir kesafet lâzımdır.

Biri dedi ki: "Tanrı'nın hiçbir manası ona görünmedi ve Tanrı'nın kelâmı ona hiçbir mana ifade etmiyordu. Bunun için şaşırmış, donup kalmıştı." Kendisine: "Tanrı şöyle yaptı, böyle buyurdu, şöyle menetti," dedikleri zaman ısındı ve Tanrı kelâmının manasını anladı. Demek ki her ne kadar Hakk'ın letafeti mevcut ve onun üzerine ışıklarını salıyorsa da, o bunu görmüyordu. Tanrı'nın emir ve nehyi yaratmak kudret ve kuvvetini ona şerh etmeden, yani bunların vasıtası olmadan, bu letafeti göremiyordu. Evet, bazı kimseler vardır ki doğrudan doğruya bal yemeyip, ancak zerd-birinç, helva ve daha başka yemeklere karıştırmak suretiyle yiyebilirler. Bu, kuvvetleninceye kadar böyle devam eder; sonra balı vasıtasız olarak yiyebilecek hâle gelirler. İşte bundan da nutkun daima parlayan, lâtif, hiç kesilmeyen, kararmayan bir güneş olduğunu öğrendik. Yalnız sen, güneşin ışığını görmen ve ondan zevk alman için maddî, kesif bir vasıtaya muhtaçsın. Bu şekilde öyle bir yere erişirsin ki artık o zaman, herhangi bir kesafet vasıtası olmadan o ışığı ve letafeti görür; ona alışır ve onu çekinmeden seyredersin.

Ondan kuvvet bulur ve o letafet denizinde tuhaf renkler görür, garip temaslar yaparsın. Ne kadar tuhaftır ki bu nutuk ister konuş, ister konuşma, daima sende mevcuttur. Hatta düşünürken bile yine nutuk vardır, her ne kadar senin düşüncende can yoksa da biz bu hâlde bile nutuk olduğunu söyleriz ve insan konuşan bir hayvandır (deriz). Bu hayvanlık sende mevcuttur. Yaşadığın müddetçe, nutkun da seninle her zaman beraber olması lâzım gelir. Mesela hayvanlıkta geviş getirmek, hayvanlığın görünmesine sebeptir. Fakat bunun bulunması daima şart değildir. Nutkun da söz söylemesi ve konuşması icap eder. Fakat şart değildir.

İnsanın üç hâli vardır. Birincisi, insan Tanrı'nın etrafında dolaşmaz ve kadından, erkekten, maldan, çocuktan, taştan ve topraktan her şeye hizmet eder, tapınır; Tanrı'ya ibadet etmez. İkinci hâlde o insanda bir bilgi ve mârifet hâsıl olunca Tanrı'dan başkasına hizmet etmez. Üçüncü hâlde ise, bu ikinci hâlden ilerleyip, susar; ne Tanrı'nın hizmetini yerine getiriyorum der, ne de getirmiyorum. Bu her iki mertebenin de dışına çıkmış olur. Bu gurup insanlardan bu dünyada bir ses çıkmaz. Tanrı, senin için ne hazırdır ne de kayıp. O her ikisinin Yaratan'ıdır, yani huzur ve gaybeti yaratandır. O hâlde bu her ikisinden de ayrıdır. Çünkü eğer hazır olsa, gaybet olmamalı ve gaybet mevcutsa hazır da yok olmalı. Huzurun yanında gaybet vardır. Binaenaleyh O, huzur ve gaybet ile tavsif olunamaz. Yalnız zıddan zıd meydana gelir. Zıddın zıddı doğurması gerekir. Çünkü onun gaybet halinde, huzuru yaratmış olması lâzım ve huzur gaybetin zıddıdır. Gaybet için de bu böyledir. O hâlde zıddan zıddın doğması doğru olmaz ve Tanrı'nın kendi gibisini, benzerini yaratması yakışık almaz. Çünkü "O'nun eşi yoktur." denilmiştir. Zira mümkün olursa, benzer benzerini yaratır; o zaman da tercih bila-müreccih olur. Aynı zamanda bir şeyin, kendi nefsini icat etmesi lâzım gelir. Hâlbuki her ikisi de mümkün değildir. Mademki buraya kadar geldin dur ve tasarruf etme! Aklın artık burada tasarrufu kalmaz; deniz kıyısına erişince durur. Çünkü artık durmak da kalmaz.

Bütün sözler, bilgiler, hünerler ve sanatlar bu sözden lezzet alırlar. Eğer o olmazsa hiçbir işte ve sanatta tad kalmaz. Fakat bunun gayesi nedir? Bilmezler ve bilmek de şart değildir. Mesela bir adam zengin, koyun, at sürüleri ve daha başka şeyleri olan bir kadını almak istemiş olsa ve bu koyunlara, atlara baksa, bahçeleri sulasa, gerçi o bu işlerle meşgul olur; fakat o, işin zevkini kadının varlığından almaktadır. Çünkü o kadın ortadan kalkınca, bu işlerde de hiçbir tad kalmaz, hepsinden soğur ve hepsi ona cansız görünür. Bunun gibi dünyanın bütün hünerleri, bilgiler ve daha başka şeyler hayatı, zevki, hararetinin nurundan alırlar. Eğer onun zevki ve varlığı olmazsa, bütün o işlerde bir tad ve haz kalmaz. Hepsi ona ölü gibi görünür.

ELLİ ÜÇÜNCÜ FASIL

Buyurdu ki: Önce şiir söylediğimiz zaman içimizde (bizi buna teşvik ve sevk eden) büyük bir dâiye vardı. Bu bizim şiir söylememize âmil oldu. Bunun için, o zamanlar hissin bizim üzerimizde tesiri oluyordu. Şimdi ise bu his zayıflamış ve batmak üzere olduğu hâlde yine eserleri vardır. Ulu Tanrı'nın âdeti böyledir. Her şeyleri doğduğu zaman terbiye ediyor ve bundan büyük eserler ve hikmet ortaya çıkıyor. Batış hâlinde de o aynı terbiye kalmaktadır, kaimdir.

"Doğunun ve batının Rabbıdır." (Kur'an, Sure: 73, Âyet: 9)

Bunun manası: Tanrı doğan ve batan dâiyeleri (Faktör) terbiye eder demektir.

Mu'tezile der ki: Fiilleri yaratan kul olduğu gibi, ondan meydana gelen her işin yaratanı da yine kuldur. Hâlbuki böyle olmaması lâzım. Çünkü ondan meydana gelen her fiil, ya mağlup olduğu akıl, ruh, kuvvet ve cisim gibi bu âlet vasıtasıyladır veya vasıtasız olarak meydana gelir. Onun bu vasıtalarla fiillerinin yaratıcısı olması doğru değildir. Çünkü onun bunların hepsini yaratmaya kudreti yoktur. O hâlde bu alet vasıtasıyla fiilleri yaratan da olmaz. Çünkü alet onun hükmü altında değildir ve bu alet olmadan da, fiilini yaratan olması imkânsızdır. Çünkü o alet olmadan, ondan bir iş hasıl olması mümkün değildir. Binaenaleyh kesin olarak anlamış olduk ki fiilleri yaratan Hak'tır, kul değildir. Kuldan meydana gelen ister iyi, ister kötü olsun her fiili kul bir niyet ve bir planla yapar. Fakat o işin hikmeti, kulun tasarladığı kadar değildir.

Ona, o işte hâsıl olan kadar mana, hikmet ve faydanın faydası, ancak o işin ondan meydana gelmesi kadardır. Fakat onun umumi faydalarını Tanrı bilir. Mesela ahirette ve dünyada iyi ad sahibi olmak ve emniyette bulunmak niyetiyle namaz kılıyorsun. Fakat o namazın faydası senin düşündüğün gibi bu kadarcık değildir. Bununla öyle yüz binlerce faydalar verecektir ki o senin vehmine bile girmez. O faydaları ancak Tanrı bilir. Kulu bu işi yapmağa sevk eden O'dur. İşte bu yönden insan Tanrı'nın kudretinin kabzası elinde bir yay gibidir ve Ulu Tanrı onu bütün işlerde kullanır ve gerçekte işi yapan Hak'tır yoksa yay değil. Yay alettir, vasıtadır. Lâkin dünyanın kararı bakımından, kendisi Hak'tan gafildir. Ben kimin elindeyim? diye kendisinden haberdar olan o yay ne kadar büyük ve mukaddestir! Kararı ve sütununun direği gaflet olan bu dünyaya ne söyleyeyim?

Bir kimseyi uyandırdıkları zaman onun dünyadan usandığını ve soğuduğunu, adeta eridiğini ve yok olduğunu görmüyor musun? İnsanın küçüklükten beri büyüyüp gelişmesi gaflet vasıtasıyla olmuştur. Yoksa insan hiç bir zaman gelişip büyüyemezdi. O halde bu gaflet vasıtasıyla mamur olup büyüdüğünden ulu Tanrı onu yeniden, ister istemez, o gafletleri yıkamak ve temizlemek için zahmetlere ve mücahedelere sokar. İnsan bundan sonra o âleme âşina olabilir. İnsanın vücudu bir çöplüğe benzer, gübre yığını gibidir. Fakat bu gübre yığını azizdir. Çünkü onda padişahın yüzüğü bulunuyor. İnsanın vücudu tıpkı buğday çuvalı gibidir. Padişah: "O buğdayı nereye götürüyorsun ki, benim ölçeğim onun içindedir." diye bağırıyor. O götüren, ölçekten gafil ve buğdaya batmıştır. Eğer ölçekten haberi olsa, buğdaya nasıl iltifat eder? Binaenaleyh seni ulvî âleme çeken ve süflî âlemden soğutan ve ayıran her düşünce, o ölçeğin mumun dışarı vuran aksidir. İnsan o âleme meylediyor ve eğer bunun aksine olarak süflî âleme meylederse bunun alâmeti, o ölçeğin perdede gizli bulunmuş olmasıdır.

ELLİ DÖRDÜNCÜ FASIL

Biri: "Kadı İzzeddin sana selam gönderiyor ve her zaman sizin iyiliğinizi, hayrınızı söylüyor, sizi övüyor." dedi.

Mevlâna buyurdu ki: Her kim bizi hayırla yad ederse onun da dünyada, yadı hayırla olsun! Eğer bir kimse başka biri hakkında iyi şeyler söylerse o hayır, iyilik kendisinin olur ve gerçekte kendisini övmüştür. Bunun benzeri şöyledir:

Mesela, bir kimse kendi evinin etrafına güller, fesleğenler dikse, her bakışında gül ve fesleğen görür ve kendisini her zaman cennetteymiş gibi hisseder. İnsanların iyiliğini söylemeye alışmış ve onların hayrıyla meşgul olan kimse, onun sevgilisi olur ve onu hatırlayınca sevdiğini yâd etmiş olur. Bu gül ve güllüktür, ruh ve rahattır. Birinin kötülü günü söyleyince, o kimse gözünde sevimsizleşir. Onu hatırlayıp da, hayali gözünün önüne gelince sanki, yılan yahut akrep veyahut çerçöp görmüş gibi olur. Bunun için mademki gece gündüz gül ve güllük ve İrem bağları görebileceksin. O halde niçin dikenlerin ve yılanların bulunduğu bir yerde dolaşıyorsun? Bütün insanları sev ki, daima çiçekler ve gül bahçeleri içinde bulunasın.

Eğer hepsini düşman bilirsen, düşmanların hayali gözünün önüne gelir ve sanki, gece gündüz dikenlikler ve yılanlar arasında geziyormuş gibi olursun. Şu hâlde herkesi seven ve her şeyi hoş gören evliya bunu başkaları için değil, Allah saklasın gözlerine çirkin, sevimsiz ve iğrenç bir hayal görünmesin, diye yaparlar. Mademki bu dünyada insanları tahayyül ve yâd etmek mutlaka zaruridir ve bundan kaçılamaz. O hâlde iğrenç, çirkin hayallerin yollarını karıştırmaması bozmaması için insanları anarken hepsinin hoş ve iyi olmasına çalış. Binaenaleyh halk hakkında yaptığın her şey ve onları ister iyilikle, ister kötülükle olsun anman tamamıyla sana ait olur. Bu bakımdan Ulu Tanrı buyuruyor ki: *"Kim iyi bir iş yaparsa kendi nefsine ve kim kötü bir iş işlerse kendisine yapar."* (Kur'an, Sure: 41, Âyet: 46) Ve *"O'nun için her kim bir zerre ağırlığınca iyilik öderse onu görecek ve her kim de zerre kadar kötülük işlerse onu görecek."* (Kur'an, sure: 99, Âyet: 7, 8)

Biri: *"Ulu Tanrı "Ben yeryüzünde bir halife yaratacağım."* (Kur'an, sure. 2, Âyet: 30) buyurdu. *"Melekler de: Yer yüzünde fesat çıkaracak kan dökecek bir kimse mi yerleştireceksin? Biz ise sana hamdederek seni takdis seni tenzih ediyoruz."* (Kur'an, Sure: 2, Âyet: 30) dediler.

Âdem henüz gelmeden insanın fesat çıkarıcı ve kan dökücü oluşuna önceden nasıl hükmettiler?" diye sordu.

Mevlâna buyurdu ki: Bunun için iki şık vardır. Biri menkul, diğeri ma'kul. Menkul olan, o melekler Levh-i mahfuz'da bir kavim ortaya çıkacak, onların sıfatları şöyle olacak, diye okudular ve işte bu suretle ondan haber vermişlerdir. İkinci şık da şudur: Melekler akıl yoluyla, o kavmin yerden (çıkacağını) olacağını istidlal ettiler. Şüphesiz o zaman, bunlar hayvan olur ve hayvandan da elbette böyle bir hareket meydana gelir. Her ne kadar bu mana onlarda bulunsa ve onlar natık olsalar da onlarda da hayvanlık olduğundan, çaresiz fesad çıkarırlar ve kan dökerler. Çünkü bu insanın levazımındandır. Başka bir kavim de buna başka bir mana uydurup diyorlar ki: Melekler sırf akıl ve hayırdır. Onların bir işte hiçbir ihtiyarı yoktur. Nasıl ki, sen uykuda yaptığın işlere karşı koyamıyorsan; inkâr, küfür yahut tevhid ile meşgul oluyorsan, işte melekler de uyanıkken böyledirler. İnsanlar ise bunun aksinedir. Onların ihtiyarları vardır. Her hırsı, hevesi, her şeyi kendileri için isterler. Hepsinin kendilerinin olması için kan dökerler ve bu ancak hayvanın vasfıdır. Binaenaleyh onların hâli, insanların zıddına olmuştur. İşte bu yolla onlardan, her ne kadar arada bir söz ve bir dil yok ise de: "Onlar böyle dediler." diye haber verdiler. Bunun takdiri şöyledir: Eğer birbirine zıd iki hâl söze gelir ve kendi hâllerinden haber verirlerse, bu tıpkı şuna benzer: Mesela şair der ki; "Havuz ben doldum!" dedi Havuz söz söylemez. Bunun manası şudur: Eğer havuzun dili olsaydı, bu hâldeyken şöyle söylerdi.

Her meleğin içinde bir levha vardır. O levhada dünyanın durumunu ve ne olacağını melek kudreti nispetinde önceden okur ve bu okuduğu, bildirdiği şey meydana gelince, onun ulu Tanrı hakkındaki inancı, aşkı ve O'ndan geçişi (mestliği) artar. Tanrı'nın gaibi biliciliğine ve büyüklüğüne hayret eder. O aşk ve güvenin hayretinin fazlalığı sözsüz ve cümlesiz bir hâlde O'nun zikri, teşbihi olur. Mesela bir yapı ustası, çırağına: "Bu yapılan saray için şu kadar ağaç, şu kadar tuğla, kiremit, taş ve şu kadar da saman gider." diye haber verir. Saray tamam olup (söylediğinden) ne az, ne de çok malzeme harcanmamış olunca, çırağın ustasına olan güveni artar, işte onlar da bu mesabededirler.

Biri şeyhten: "Mustafa o kadar azametiyle ve hakkında, *'Sen olmasaydın felekleri yaratmazdım.'* (H.K.) buyrulduğu hâlde, yine Allah'a karşı: 'Ey Muhammed'in Rabbı, keşke Muhammed olmasaydı!' buyurdu. Bu nasıl oluyor?" diye sordu. Şeyh: "Söz misal vermekle aydınlanır. Buna bir misal vereyim de anlaşılsın, buyurdu ve anlattı: Bir köyde bir adam bir kadına âşık oldu. Her ikisinin de evi, çadırı birbirine yakındı ve beraber eğlenip vakit geçiriyor, birbirlerinden gelişip büyüyorlardı. Yaşayışları, birbirlerindendi ve suda yaşayan balık gibi, senelerden beri beraberdiler.

Ulu Tanrı onları birdenbire zenginleştirdi, Birçok koyunlar, öküzler, atlar, altın, eşya, hizmetçi ve köle bağışladı. Son derece zengin olduklarından, günün birinde şehre gittiler ve her biri büyük, şahane birer saray satın alıp, adamlarıyla, uşaklarıyla oraya yerleşti. Biri bir tarafta, öbürü diğer tarafta (yaşıyordu) ve vaziyet bu hâle gelince, o eski eğlencelerini ve beraberliklerini tatbik edemediler. Kalpleri için için yanıyordu ve gizli gizli ah çekip söyleniyorlardı. Nihayet bu yanıp tutuşma haddini aşınca, onların her şeyleri bu ayrılık ateşinde yandı ve yanma sona erince de, feryadları ve ahları Tanrı tarafından kabul edildi. Atları ve koyunları azalmaya başladı; yavaş yavaş o hâle geldi ki ilk durumlarına döndüler ve sonra uzun zaman yine o köyde birleşip zevk ve eğlence içinde vakit geçirdiler. Ayrılık acısından bahsettiler. *'Muhammed'in Rabbı! Keşke Muhammed yaratılmasaydı!'* (H) niçin söylendi? Muhammed'in ruhu âlem-i kuds'te rnücerretti. O, Ulu Tanrı'nın vuslatı içinde yaşıyordu. Tıpkı balık gibi, rahmet denizine dalıp çıkıyordu. Her ne kadar bu dünyada peygamberlik makamına ermiş halka yol göstermiş, büyüklüğe, padişahlığa şöhrete mazhar ve sahabeye sahip olmuş ise de eski yaşayışını hatırlayınca yine der ki: Keşke Peygamber olmasaydım ve bu âleme gelmeseydim! Çünkü bu âlem o mutlak visale nispetle hepsi yük, azap ve zahmettir. Bütün bu bilgiler, çalışmalar ve kulluklar Tanrı'nın büyüklüğüne ve vereceği şeye nazaran, sanki birinin başını eğip, sana saygı gösterip gitmesi gibidir. Eğer bütün yeri Tanrı'ya saygı göstermekte başına koysan, tıpkı başını bir defa yere koymuş olman gibidir. Tanrı'nın istihkakı ve lütfü senin varlığından ve saygından daha eskidir. Seni nereden meydana çıkardı, var etti ve kulluğa, saygı göstermeğe istidatlı kıldı. Bir de sen O'nun kulluğundan dem vuruyor, laf ediyorsun. Bu kulluklar ve hizmetler, tıpkı ağaçtan ve keçeden bebekler yapıp, sonradan Tanrı'nın huzuruna onları çıkararak: Bu bebekler benim hoşuma gitti; fakat onlara can vermek senin işindir. Eğer can bağışlarsan diriltmiş olursun, bağışlamazsan ferman senindir! demene benzer.

İbrahim buyurdu ki: "Tanrı O'dur ki öldürür ve diriltir." (Kur'an, Sure: 2, Âyet: 258)

"Nemrud da Ben de yaşatır ve öldürürüm." dedi. (Kur'an, Sure: 32, Âyet: 258)

Ulu Tanrı ona mal, mülk verdiğinden o da kendini kudretli sandı ve işini Hakk'a havale etmedi. Ben de diriltirim ve öldürürüm, dedi. Bu mülkten maksat bilgidir. Ulu Tanrı insanın, ben bu işle ve bu amel ile diriltirim, zevk hâsıl ederim, diye işleri kendine izafe etmesi için ona akıl ve hazakat bağışladı. Yoksa O ne diriltir; ne öldürür, demek değildir. Biri büyük Mevlâna'dan sordu ki: İbrahim Nemrud'a: *"Benim Tanrım güneşi Doğu'da yükselti? Batıda batırandı Eğer sen Tanrılık iddiasında isen bunun aksini göster,"* (Kur'an, Sure: 2, Âyet: 258) dedi. Buradan da anlaşıyor ki Nemrud İbrahim'i susturmuştur. Çünkü o ilk sözünü bırakıp cevap vermeden, başka bir delil getirmeye çalışmıştır.

Büyük Mevlâna buyurdu ki: Öbürleri saçmaladılar sen de mi saçmalıyorsun? Bu her iki misal de aynıdır. Sen yanıldın ve onlar da öyle. Bunun pek çok manası vardır. Bu manalardan biri: Ulu Tanrı seni yokluktan, annenin karnında şekillendirdi. Senin doğun, annenin karnıdır. Oradan doğdun, çıktın, yükseldin ve mezarın batısında battın. Bu ilk sözün aynıdır. Başka bir tabirle, diriltir ve öldürür, diye söylenmiştir. O hâlde eğer kudretin varsa çocuğu mezar batısından çıkar, rahim doğusuna götür bakalım. Başka bir manası da şudur: Mademki ârif de itaat mücahede ve yüksek ilimler vasıtasıyla aydınlık, kendinden geçiş, zevk ve rahatlık hâsıl oluyor ve bunları terk, edince, o zevk gurup ediyor, o hâlde bu tâat haliyle, bunu terk etme hâli, onun doğuşu ve batışı olmuş olur. Şu halde eğer sen yaratmaya muktedirsen, batı gibi olan fesat, kötülük günah etmesi için ona akıl ve hazakat bağışladı batısında tâatten doğan bu ayrılığı ve rahatı şu anda göster. Bu kulun işi değildir ve kul bunu hiçbir zaman yapamaz. Tanrı'nın işidir. Çünkü eğer isterse güneşi batıdan doğdurur, isterse doğudan. "Dirilten de O'dur, öldüren de."

Kafir ve Müzmin her ikisi de O'nu tesbih ederler. Çünkü Ulu Tanrı, her kim doğru yolda gider ve doğrulukla çalışır, şeriata ve nebîlerin, velîlerin yoluna uygun olarak yürürse, onda böyle aydınlıklar, hayat ve zevkler hâsıl olacağını bildirmiştir. Bunun aksini yaptığı zaman da karanlıklar, korkular ve belaların zuhur edeceğini haber vermiştir. Her ikisi de mademki bununla meşgul oluyorlar ve Tanrı'nın vadettiği şey ne artar, ne eksilir, olduğu gibi meydana çıkar; o hâlde her ikisi de Tanrı'yı tesbih etmiş olurlar. Yalnız o bir dille, bu ayrı bir dille. O tesbih ile, bu tesbih arasında ne fark vardır? O da Tanrı'yı teşbih eder, bu da. Mesela bir hırsız hırsızlık edince, onu darağacına asarlarsa bu da Müslümanların vaizidir. Yani bu demektir ki her kim hırsızlık ederse hâli bu olur. Birine de padişah doğruluğu ve eminliği yüzünden bir hilat vermiştir O da Müslümanların vaizidir. Fakat hırsız o dille vazeder, emin olan da bu dille. Fakat sen bu iki vaiz arasındaki farka bak!

ELLİ BEŞİNCİ FASIL

Buyurdu ki: Nasıl, hatırın hoş mu? Çünkü hatır aziz bir şeydir, tuzak gibidir. Av tutması için tuzağın sağlam olması lazımdır. Eğer hatır, hoş olmazsa, tuzak yırtılıp bir işe yaramaz olur. İşte bunun için bir kimse hakkında dostluk da düşmanlık da ifrat dereceye varmamalıdır. Çünkü bu her ikisinde de tuzak yırtılır. Mutedil olmalıdır. Bu dostluğu ifrata vardırmamak lâzım geldiğini, Hak'tan gayrısı hakkında diyorum elbette. Ulu Tanrı hakkında hiçbir ifrat tasavvur olunmaz. Sevgi ne kadar fazla otursa, o nispette iyidir. Çünkü Hakk'ın gayrısı için ifrat derecede olması, şu bakımdan mahzurludur: Halk gök kubbenin esiridir. Gökkubbe döner. Binaenaleyh halkın durumu da döner, değişir. Dostluk ifrata varınca daima büyüklüğünü, saadetini ister. Bu ise mümkün değildir. İşte bu cihetten hatır perişan olur. Düşmanlık da ifrat dereceye varınca, her zaman onun kötülüğünü, uğursuzluğunu ister. Gökkubbe dönmektedir. Böylece onun ahvali de döner. Bir zaman mesut, bir zaman bedbaht olur. Bir insanın daima bedbaht olması da mümkün olmadığından, onu sevmeyen adamın rahatı kaçar. Fakat Tanrı sevgisi bütün âlemlerden, kâfir, Yahudi, puta tapan, bütün insanlarda ve varlıklarda gizlidir. Bir insan kendini varedeni nasıl sevmez? Sevgi onda gizlidir. Fakat birtakım engeller görünmesine manidir. Engeller ortadan kalkınca, o sevgi açığa çıkar. Yalnız varlıklar değil, yokluk bile, onları da var etmesi ümidi ile, kaynaşmaktadır. Yokluk da bir padişahın önüne dizilmiş olan dört insan gibidir. Her biri beklemektedir ve her biri padişahın mansıbı kendisine ayırmasını bekler ve her biri öbüründen utanmıştır. Çünkü birinin ümidi diğerininkine uymaz. Onun için yokluklar, Tanrı'dan var olmayı ümit ettiklerinden, sıralanmışlardır ve her biri: "Beni var et!" diye hepsinden önce yaratılmak ister. Bunlar Ulu tanrı'dan istiyorlar. Binaenaleyh birbirlerinden çekinirler, işte yokluklar böyle olursa, varlıklar nasıl olmalıdır. *"Tanrı'yı övmeyen (tesbih) hiçbir şey yoktur; fakat siz onların bunu nasıl yaptıklarını anlayamazsınız."* (Kur'an, Sure: 17, Âyet: 44)

Sözüne hayret edilmez. (Çünkü) Yok olmayan hiçbir şey yoktur ki O'nun hamdini tesbih etmesin. İşte esas bu gariptir.

Şiir:
Küfür ve iman her ikisi de senin yolunda: O birdir, O nün ortağı yoktur diye koşarlar.

Bu evin temeli gaflettendir; ve âlemdeki bütün cisimler, büyümesi de gafletle olmuştur. Senin bu büyüyen cismin de gaflettendir ve gaflet küfürdür. Küfür olmadan din olmaz. Çünkü din, küfrü bırakmaktır. O halde küfür olmalıdır ki insan onu terk edebilsin binaenaleyh bunların ikisi aynı şeydir. Çünkü bu onsuz, o da bunsuz olamaz. Bu bakımdan parçalara ayrılmazlar. Yaratanları (Malikleri) da birdir. Eğer yaratanları bir olmasaydı, ayrılırlar, parçalanabilirlerdi. Çünkü her biri bir parçayı yaratırdı. Şu hâlde Tanrı, yaratan bir olduğundan, birdir; onun ortağı olamaz.

Dediler ki: "Seyyid Burhâneddin pek güzel konuşuyor ama söz arasında Senaî'nin şiirini çok tekrarlıyor." Seyyid buyurdu ki: Onların söylediği şuna benzer: Güneş iyidir amma nur veriyor, bu ayıbı var! Senaî'nin şiirini misal vermek, o sözü göstermektir. Herşeyi güneş gösterir ve her şey güneşin ışığında görünür. Güneşin nurundan maksat, bir şeyler göstermesidir. Bu güneş işe yaramayan bir şeyler gösteriyor. İşe yarayan şeyler gösteren bir güneş hakikaten güneş olur. Bu, hakikat güneşinin fer'i ve mecazıdır. Sizde akl-ı cüzî nispetinde bu gönül güneşinden bilgi nuru alınız. Çünkü size mahsusattan başka bir şey görünürse bilginiz artar. Her üstaddan ve dosttan bir şey anlamaya, öğrenmeye çalışınız. O hâlde anlamış olduk ki bu sûrî güneşten başka bir güneş daha vardır. Bununla gerçekler ve manalar keşfolunur. Senin bu sığındığın ve memnun olduğun cüzi bilgi, o büyük bilginin fer'i ve ışığıdır. *"Onlar uzak bir yerden çağırırlar."* (Kur'an, Sure: 41, Âyet: 44) buyrulduğu gibi. Bu ışık seni o büyük bilgiye ve esas olan güneşe doğru çağırır.

Sen o ilmi kendine doğru çekiyorsun. O diyor ki: Ben buraya sığmam, sen oraya geç. Benim buraya sığmam imkânsızdır, senin oraya gelmen ise çok güçtür. Muhali yaratmak muhaldir. Fakat güç olanı yaratmak imkânsız değildir. O hâlde bu her ne kadar güçse de sen yine çalış ki büyük bilgiye ulaşasın ve onun buraya sığacağım ümid etme. Bu muhaldir. Mesela zenginler Tanrı'nın zenginliğinden muhabbetinden kuruş kuruş, habbe habbe toplarlar. Bunu, zenginlik nurundan zenginlik sıfatını kazanmaları için yaparlar. Zenginlik nuru diyor ki: Ben o büyük zenginlik tarafından sizi çağırıyorum. Niçin beni buraya çekiyorsunuz? Buraya sığmam, siz bu tarafa doğru geliniz. Hulasa asl olan neticedir. Neticesi övülmüş olsun! Övülmüş netice, kökü o ruhanî bahçede sabit bulunan, fer'leri, dalları ve meyveleri başka bir yerde asılmış ve meyveleri başka bir yere dökülmüş olan bir ağaç gibidir. Sonunda meyvelerini kokunun bulunduğu bahçeye götürürler. Çünkü kökü oradadır. Eğer aksine olursa, zahiren "Suphanallah!" ve "Lâ ilâhe illallah!" deseler de kökü bu dünyada olduğundan, bütün meyvelerini buraya getirirler ve eğer her ikisi de o bağda olursa, nur üstüne nur olur.

ELLİ ALTINCI FASIL

Ekmelüddin: "Mevlâna'ya âşığım. Onun yüzünü görmek istiyorum. Ahiret bile aklıma gelmiyor. Mevlâna'nın nefsini bu düşünceler ve tedbirler olmadan munis görüyorum ve onun güzelliği ile sükûn buluyorum. Onun suretinden ve hayalinden bana lezzetler hasıl oluyor." dedi.

Mevlâna buyurdu ki; ahiret ve Hakk hatırına gelmezse de onun hepsi dostlukta gizlidir ve adı geçer. Halifenin önünde bir rakkase zil çalıyordu. Halife dedi ki: "Sanatın ellerinde mi? O: Ayaklarımda da var!" dedi. Benim ellerimdeki zevk, ayaklarımdakinin ellerimde gizli olmasındandır. Bu yüzden her ne kadar ahireti de mufassalan hatırıma getirmezse de onun zevki, şeyhi görmekten ve ondan ayrılmak korkusunu duymaktan, bütün o tafsilatı ihtiva etmektedir ve onların hepsi onda gizlidir. Mesela bir kimse oğlunu veya kardeşini okşar, sever. Her ne kadar evlatlık ve kardeşlik duygu suyla vefa, merhamet, şefkat, sevgi, iyi akıbet ve bunun gibi akrabadan ümit ettiği menfaatler, hiçbiri onun aklına gelmezse de, bu sevgide, yukarıdaki tafsilatın hepsi gizlidir: O kadar ki bunların hepsi birbirleriyle buluşmakta ve görüşmektedir. Mesela rüzgârın ağaçta gizli olması gibi. ister yerde ister suda olsun, eğer onda rüzgâr olmasaydı, ateş ona tesir etmezdi. Çünkü rüzgâr ateşin yemidir; hayatıdır. Görmüyor musun ki üflemek, ateşi canlandırıyor. Ağaç suda, toprakta bulunsa da rüzgâr onda gizlidir. Eğer rüzgâr gizli olmasaydı suyun üzerine çıkmazdı. Mesela sen söz söylüyorsun. Her ne kadar ağız, damak, dil, akıl, burun ve dudak (gibi uzuvlarla bu işi yapıyorsan da), vücudun reisleri olan diğer bütün parçaları ve erkân tabiatlar, felekler ve âlemin onlarla kaim olduğu yüz bin sebepler de söz söylemek için lazımdır ve bütün bunlar sözün levazımındandır. Sonra Tanrı'nın sıfat, zat âlemine erişirsin. Fakat bunlara rağmen bu mana sözde görülmez ve meydana çıkmaz. Yalnız bunların hepsi anlatılmış olduğu gibi, sözde gizli bulunmaktadır. Bir insan elinde olmadan, her gün beş, altı defa talihsizlik ve ıstırapla karşılaşır. Bu, katiyen insanın kendi elinde değildir ve ondan başkasından meydana gelir ki böylece insan başkasının tesiri altındadır ve o başkası (Tanrı) onu kontrol eder. Çünkü fena bir hareket sonunda azap hâsıl olur. Eğer bir kontrol olmazsa, onun bu yaptığı fiilin cezasını kim verir? İnsanın bütün bu kadar nasipsiz olmasına rağmen, yine de tabiatı onun: "Ben bir başka kimsenin hükmü altındayım!" diye itirafta bulunmasına mani oluyor ve (insan) buna kanaat etmiyor. *"Âdem'i kendi suretinde yarattı."* (H.) Tanrı onda kulluğun sıfatına zıt olan Uluhiyyet (Tanrılık) sıfatını ödünç olarak koymuştur. O kadar başını yumrukluyor da yine o ariyet olan serkeşliği bırakmıyor ve hemencecik bu şanssızlıkları unutuyor. Fakat ona faydası yok. O ödünç olan şeyi (Uluhiyyeti) onun malı yapmadan o tokattan kurtulamaz.

ELLİ YEDİNCİ FASIL

Bir ârif dedi ki: "İçim açılsın diye bir külhana gittim. Çünkü külhan bazı velilerin ara sıra kaçıp sığındıkları yer olmuştur. Külhancıbaşının bir çırağı olduğunu gördüm. Çırak eteğini beline dolamış, çalışıyordu. Külhancıbaşı da ona: 'Şunu yap, bunu yap!' diyordu. Çırak büyük bir çeviklikle çalışıyor ve külhancıbaşının emrini yerine getiriyordu. Onun bu çevikliği külhancıbaşı hoşuna gitti ve: 'Evet işte her zaman böyle çevik ol. Eğer sen daima böyle eli çabuk olur ve edebini muhafaza edersen, yerimi sana veririm, seni kendi yerime oturturum,' dedi. Beni bir gülme aldı ve içimdeki düğümün çözüldüğünü gördüm. Bu dünyanın bütün başkanları da kölelerine karşı böyledir."

ELLİ SEKİZİNCİ FASIL

Biri: "Bir müneccim, 'Siz bu gördüğünüz feleklerden ve yer yuvarlağından başka, bunun dışında da bir şey olduğunu iddia ediyorsunuz.

Benim gözümün önünde bundan başka bir şey yok. Eğer varsa gösteriniz,' diyor." dedi.

Mevlâna buyurdu ki: Bu soru başından bozuk. Çünkü: Nerede olduğunu gösteriniz ve onun bizzat yeri yoktur, diyorsunuz. Sonra da gel söyle ki, senin itirazın nerede ve nasıl bir yerdedir? Dilde değildir, ağızda değildir, göğüste değildir; bu cümleyi eş, parça parça, zerre zerre et, bak; bu itiraz ve düşünceyi bunlarda tamamıyla bulur musun? O halde senin düşüncenin yeri olmadığını anladın. Mademki düşüncenin yerini bilemedin, düşünceyi yaratanın yerini nasıl bilirsin? Sana o kadar binlerce düşünceler ve hâller arız oluyor ve bu senin elinde kudretin ve hükmün altında değildir. Eğer bunun çıktığı yer neresi olduğunu bilseydin ona ilâve ederdin. Bütün bu şeylerin sende bir yol geçidi var ve sen nereden geliyor, nereye gidiyor ve ne yapacaktın, bunlardan habersizsin. Kendi durumunu bilmekten aciz olduğun halde, kendi Hâlık'ını (Yaratanını) nasıl bilirsin? Ahlâksız adam diyor ki: "Gökte değildir." Ey köpek! olmadığını nereden biliyorsun. Evet göğü, karış karış ölçtün, gezdin, dolaştın da, bir de orada yoktur diye haber veriyorsun değil mi? Evindeki ahlâksız kadını bilmediğin halde, göğü nereden bileceksin. Durmadan göğün adını işitmiş, yıldızların ve feleklerin adını duymuşsun da, bir şeyler söylüyorsun; eğer senin gök hakkında bir bilgin, gökten haberin olsaydı, yahut bir karış göğe yükselseydin, bu saçmaları söylemezdin. Bu, Tanrı gökyüzünde değildir, demekle, gök üzerinde değildir, demek istemiyoruz. Maksadımız, gök onun üzerini ihata etmemiştir. O göğü nasılsız ve niteliksiz bir şekilde kaplamıştır ve hepsi O'nun kudreti elindedir; O'nun mazharıdır ve tasarrufu altındadır, demektir. Binaenaleyh O, göğün ve kâinatın dışında değildir ve tamamen içinde de değildir. Yani bunlar O'nu ihata etmiş olmayıp O hepsini çevirmiştir.

Biri: "O, gök, yer, arş ve kürsî olmadan önce, acaba neredeydi?" dedi. Biz dedik ki: Bu sual başından yanlıştır. Çünkü Tanrı O'dur ki. Onun yeri yoktur. Sen: "Bundan önce de nerede idi?" diye soruyorsun. Senin bütün şeylerin yersizdir. Sen, bu sendeki şeylerin yerini bildin mi ki O'nun yerini öğrenmek istiyorsun. Mademki O'nun yeri yoktur, o halde senin düşüncelerin ve ahvalin yeri nasıl tasavvur edebilir. Nihayet düşünceyi yaratan düşünceden daha lâtif olur. Mesela bu evi yapan mimar, bu evden daha lâtiftir.

Çünkü o mimar bunun gibi veya bundan başka, yüzlerce ve binlerce, birbirine benzemeyen evler ve planlar yapabilir. İşte bunun için o binadan daha aziz ve lâtif olur. Fakat o lütuf göze görünmez. Fakat onun güzellik âleminde meydana gelecek olan bir ev ve iş vasıtasıyla, lütfu, güzelliğini gösterir. Bu nefes kışın görünür, yazın yoktur. O hâlde bu, yazın kesilmiş olduğu için ve nefes olmadığından değildir. Sadece kışın aksine, yaz lâtiftir, nefes de lâtiftir, bunun için görünmez. Bunun gibi senin bütün vasıfların ve manaların da lâtiftir. Göze görünmez. Ancak bir iş vasıtasıyla görünürler. Mesela senin bir yumuşak huyluluğun vardır. Fakat göze görünmez, Ancak bir günahkârı bağışladığın zaman hissedilir. Bunun gibi kahrediciliğin de görülmüyor. Fakat bir günahkârı, bir suçluyu kahredip, dövdüğün zaman senin kahrın göze görünür ve daha bu türlü sonsuz şeyler de.

Ulu Tanrı da fevkalade lütufkâr olduğundan göze görünmez. Yeri ve göğü, O'nun kudretinin ve sanatının görünmesi için yarattı ve bunun için: *"Onlar başlarını kaldırıp gökyüzüne bakmıyorlar mı? Onu nasıl kurduk, nasıl donattık."* (Kur'an, Sure: 50, Âyet: 6) buyuruyor.

Benim sözüm elimde değil, bu yüzden üzülüyorum; inciniyorum. Çünkü dostlarıma vaazlar etmek istiyorum, fakat söz bana boyun eğmiyor. Bunun için çok üzülüyorum. Fakat sözüm benden daha yüksek olduğu ve ben onun mahkûmu bulunduğum için, çok seviniyorum. Çünkü sözü Tanrı söylerse, o söz her gittiği yeri diriltir ve büyük tesirler yapar. *"Onu atan sen değilsin; onu Tanrı attı."* (Kur'an, Sure: 8, Âyet: 17) buyrulduğu gibi, Tanrı'nın yayından fırlayan bir oka hiçbir siper ve zırh engel olamaz; işte bu yüzden sevinçliyim. Eğer insanda ilim tamamen bulunup, bilgisizlik olmasaydı insan yanar ve kalmazdı.

Binaenaleyh varlığın bekası, onunla yani bilgisizlikle mümkün olduğundan, bilgisizlik matluptur. Bilgi de, Tanrı'yı bilmeye vesile olduğu için istenilir. O hâlde her ikisi de birbirlerinin yardımcısıdır ve bütün zıt olan şeyler de böyledir. Gece, gündüzün zıddı ise de onun yardımcısıdır ve aynı işi görürler; eğer her zaman gece olsaydı hiçbir iş meydana gelmezdi. Her zaman gündüz de olsaydı, baş, göz ve dimağ şaşırır kalır, delirirdi. Böylece hiçbir işe yaramaz hale gelirdi. Bunlar gece dinlenirler, uyurlar ve beyin, düşünce, el ve ayak, işitme ve görme gibi bütün aletler bir kuvvet kazanırlar ve gündüz bu kuvvetleri harcarlar. O halde bütün zıt şeyler bize göre zıt görünür.

Fakat hâkim olana göre hepsi bir tek iş görür ve birbirine zıt değildir. Göster bakalım dünyada hangi şey kötüdür ki onda iyilik olmasın ve hangi şey de iyidir ki onda kötülük bulunmasın? Mesela biri bir kimseyi öldürmek istediği zaman, daha başka birtakım kötü işlerle meşgul olursa, dökmek istediği kan dökülmez. Bu işler ne kadar kötü iseler de ölümü önlediği için iyi sayılırlar. Binaenaleyh kötülük ve iyilik bir şeydir, parçalanamaz. Bu yüzden biz mecusîlerle bahse girdik. Onlar: "İki Tanrı vardır, biri iyiyi, öbürü kötüyü yaratır." diyorlar. Şimdi sen kötülüksüz bir iyilik göster ki biz de kötülüğü, iyiliği yaratan iki Tanrı olduğunu itiraf edelim. Bu imkânsızdır. Çünkü iyilik, kötülükten ayrı değildir. Mademki iyilik ve kötülük iki ayrı şey değildir ve onlar arasında fark yoktur. O halde iki yaratan olması da imkânsızdır. Biz seni, böyle olduğuna inanmalısın, diye zorlamıyoruz. Sana: "Allah dedikleri gibi etmesin! Bundan daha az bir zannın bile olsa, böyle olduğuna yakînin olmadığı muhakkak. Fakat böyle olmadığına nasıl yakîn hâsıl ettin?" diyoruz Tanrı buyuruyor ki *"Onlar büyük bir gün içinde kalacaklarını hiç düşünmüyorlar mı?"* (Kur'an, Sure: 83, Âyet: 4,5) Bizim o vaad ettiğimiz şeylerin -Allah esirgesin!- doğru olduğuna dair sende bir zan da mı hâsıl olmadı? İşte kâfirleri bu yüzden: "Sende bir zanda mı meydana gelmedi, niçin ihtiyat etmedin ve bizi istemedin?" diye muaheze edecekler.

ELLİ DOKUZUNCU FASIL

"Ebubekir, namazı, orucu ve sadakası ile diğer ashaba tercih edilmedi. O kalbindeki iman ile tekrim olundu."

Buyuruyor ki, Ebubekir'in başkalarına üstünlüğü, onun çok namaz kıldığı ve oruç tuttuğu için değildir. Belki Tanrı'nın ona olan inâyeti ve onun muhabbeti içindir. Kıyamette namazları getirip teraziye korlar, oruçları ve sadakaları da böyle yaparlar. Fakat muhabbeti getirdikleri zaman, muhabbet teraziye sığmaz. Binaenaleyh asl olan muhabbettir. Kendinde muhabbet hissettiğin zaman, fazlalaşması için çalış. Bir sermaye gördüğün zaman - ki bu taleptir- onu taleple artır. *"Çünkü harekette bereket vardır."* (M.). Eğer artırmazsan sermaye kaybolur. Topraktan daha aşağı ve kıymetsiz değilsin. Yeri, hareketlerle ve belle altını üstüne çevirmekle, başka türlü yapıyorlar, o zaman yer bitki veriyor. Meşgul olmadıkları zaman ise toprak katılaşıyor. O halde mademki kendinde bir arzu hissettin, gel yürü ve: "Bu gidip gelmenin ne faydası var?" deme. Sen yürü; fayda kendisinden zahir olur. Bir adamın dükkâna gitmesinin faydası, yalnız ihtiyacını söylemesi değildir. Ulu Tanrı rızık verir. Eğer evinde oturursa ona rızık gelmez.

Çocukcağız ağladığı zaman annesi ona süt verir. Eğer; Bu benim ağlamamın ne faydası var ve neden süt vermeyi icap ettiriyor? diye düşünse acaba sütsüz kalmaz mı? İçte görüyoruz ki ona süt bu sebeple gelmektedir. Eğer bir kimse: "Bu rükû ve sücûdun ne faydası var; niçin yapayım." diye düşünceye dalarsa (bunun ona) ne faydası olur? Sen bir emirin ve başkanın önünde saygı gösterip eğilir ve diz çökersen, o emir de sana merhamet edip bir gelir temin eder. Emirde rahmet eden (acıyan) şey, onun derisi ve eti değildir.

Çünkü öldükten sonrada o et ve deri yerinde kalır. Uyurken, kendinde değilken ve aklı başında yokken böyledir. Fakat bu hizmet onun önünde ziyan olmuştur. O halde anladık ki emirde bulunan merhamet göze görünmez ve görülemez, öyleyse deride ve ette olan bir şeye hizmet ettiğimiz halde, onu görmememiz mümkündür. Böyle olunca derisiz, etsiz edilen hizmetin, görülmemesi pek tabiidir. Eğer o şey ette, deride gizli olmasaydı, Ebu Cehil ve Mustafa bir olurdu ve aralarında bir fark olmazdı. Görünüşte sağırla işitenin kulağı birdir; farkı yoktur. Onunki de aynı şekildir bununki de. Yalnız o işiten şey, onda gizlidir ve göze görünmez. O halde asıl olan inâyettir. Sen ki emirsin, senin iki kölen olsa, biri birçok hizmetlerde bulunmuş, senin için birçok seferler yapmış olsa, öbürü kölelikte tembellik etse, o tembele çalışkandan daha çok muhabbetin olduğunu görürüz. Her ne kadar o çalışkan ve hizmette bulunan köleyi de ziyan etmezsen de yine böyle oluyor.

İnâyete hükmedilemez. Bu sağ göz ile, sol göz görünüşte biridir. Fakat acaba o sağ göz ne hizmette bulundu da sol göz bunu yapmadı? Sağ el iş yaptı da sol el yapmadı mı? Bunun gibi sağ ayak ne yaptı da sol ayak yapmadı. Tanrı'nın inâyeti sağ göze isabet etmiştir. Mesela cuma gününü de diğer günlerden üstün kılmıştır. Çünkü *"Tanrı'nın, birtakım miktarı vardır ki o Levh'i mahfuz'da yazılan miktardan başkadır. Kul onu cuma günü arasın."* (H), buyrulmuştur. İşte, acaba bu cuma günü ne hizmette bulundu da, diğer günler onda kusur ettiler. Yalnız ona inâyet vaki olmuş ve hususi bir şeref verilmiştir de ondan.

Eğer bir kör: "Beni böyle kör yarattılar. Bunda mazurum." derse, onun bu, körüm ve mazurum, demesinin ona faydası olmaz ve böyle demekle bu zahmet giderilmez. Bu küfür içinde bulunan kâfirler, küfür azabı, üzüntüsü içindedirler; ama yine düşünecek olursak, bu azap da aynı inâyettir. Çünkü o rahat içinde olunca, Tanrı'yı unutuyor. O halde azaba duçar olunca O'nu hatırlamaktadır. Cehennem kâfirlerin mescididir. Çünkü onlar Tanrı'yı orada yâd ederler. Mesela zindanda iken, hastalığında, dişi ağrırken olduğu ve azaba tutulduğu gibi, bilgisizlik perdesi yırtılmış olur. Tanrı'nın varlığını ikrar eder ve: "Ya Rab! Ya Rahman! Ya Hak! """ diye ağlayıp sızlar. Fakat iyileşince yine gaflet perdeleri hâsıl olur. Hani Tanrı nerede? Bulamıyorum, görmüyorum; nerede arayım? demeye başlar. Hâlbuki üzüntülü zamanında gördün, buldun. Şimdi görmüyorsun! O halde madem ki sen ıstırap çektiğin zaman O'nu görüyorsun, Tanrı'yı daima zikretmen için sana her zaman azap ve ıstırap verirler. Bir cehennemlik rahat içinde iken Tanrıdan habersizdir ve O'nu anmaz; halbuki cehennemde gece gündüz Tanrı'yı zikreder. Çünkü Tanrı âlemi, göğü, yeri, güneşi, ayı ve gezegenleri, iyiyi ve kötüyü, kendini yad, tesbih (zikr) etmeleri, kendine kullukta bulunmaları için yaratmıştır. İşte kâfirler rahata kavuşunca, vazifelerini yapmadıklarından ve yaratılmaktan maksatları O'nu zikretmek olduğu halde, zikretmediklerinden cehenneme giderler. Fakat müminlerin zahmet çekmelerine lüzum yoktur. Onlar bu rahat içindeyken de azabı bilmemezlik etmezler ve o azabı her zaman kendileri için hazır görürler. Mesela akıllı bir çocuğun ayağını bir defa falakaya koyarlarsa, bu ona yetişir ve falakayı unutmaz. Fakat ahmak olan hemen unutur. İşte bunun için ona her an falaka lâzımdır. Bunun gibi akıllı bir at da bir kere mahmuz yerse, artık mahmuz yemesine hacet kalmaz. Üstündekini fersahlarca götürür ve yine mahmuzun yarasını unutmaz. Ama ahmak ata her an mahmuz vurmak lâzımdır. O insanı taşımaya layık değildir. Ona gübre yüklesinler!

ALTMIŞINCI FASIL

Kulak bir şeyi çok işitirse, görmüş gibi olur ve bu görme hükmünü taşır. Mesela kendi anne ve babandan doğdun, sana onlardan doğduğunu söylerler. Sen bunu kendi gözünle görmedin fakat, bu kadar çok söylemekle, bu senin için artık gerçek olur. Eğer sana onlardan doğmadın, derlerse bunu işitmezsin. Bunun gibi mesela Bağdat ve Mekke'nin olduğunu birçok kimselerden defalarca işittin. Eğer yok deseler ve yemin etseler artık inanmazsın. O halde kulağın bir şeyi çok işittiği zaman, göz (görme) hükmünü aldığını öğrenmiş olduk. Mesela görünüşte sözün çokluğuna görme hükmünü veriyorlar. Bir insanın sözü tevatür hükmünü alırsa o adam bir şahıs değil yüz şahıstır.

Verdiği bir haber yüzbin haber kudretine haizdir. O halde onun bir sözü yüz bin söz olur. Sen buna şaşıyorsun. Bu zahir (dünya) padişahı her ne kadar bir kişi ise de yüz bin kişi hükmündedir. Eğer yüz bin kişi bir şeye bir değer verse hiçbir kıymeti haiz olmadığı halde, onun bir sözü, bin yerine geçer, tesir eder. Zahirde (dünyada) böyle olunca, ruhlar âleminde evveliyette olur. Her ne kadar âlemi dolaştınsa da O'nun için dolaşmadığından, sana bir defa daha âlemin etrafını dolaşmak düştü. Çünkü *"Yeryüzünde gezip dolaştın da Peygamberlere yalancı diyenlerin başlarına gelenleri görmedin."* (Kur'an, Sure: 6, Âyet:11) O seyir, dolaşma benim için değildi; soğan, sarımsak içindi ve bu maksat senin perden olmuştu, bırakmıyordu ki, beni göresin. Mesela pazarda birini ciddiyetle ararsan başkalarını göremezsin. Görsen bile oradaki halk sana hayal gibi görünür. Yahut bir kitapta bir mesele aradığın zaman, gözün, aklın ve kulağın o mesele ile dolmuş olduğundan, yaprakları çevirir ve bir şey göremezsin. Binaenaleyh senin bundan başka bir maksadın ve niyetin olmalıydı. Sen dolaştığın her yerde o maksatla dolmuş ve bunu görmemiş olmalısın.

Ömer (Tanrı ondan razı olsun) zamanında çok ihtiyarlamış bir adam vardı. O kadar ihtiyarlamıştı ki, çocuğu ona süt verir ve bakardı. Ömer (Tanrı ondan razı olsun) o kıza; "Bu zamanda senin gibi babasına hakkı geçmiş bir çocuk yoktur." buyurdu. Kız: "Doğru buyuruyorsun, fakat benimle babam arasında bir fark vardır. Eğer ben hizmetimde hiç bir kusur işlemiyorsam babam beni büyütmüş, yetiştirmiş, bana bakmış ve Allah korusun! bana bir zarar gelmesin, diye üzerime titremiş; halbuki ben babama hizmet ediyorum ve gece gündüz zahmetinden kurtulmak için Allah'a yalvarıyorum. Onun ölmesini diliyorum. O halde babama hizmet ediyorsam da onun benim üzerime titremesini ben ona nereden bulayım?" cevabını verdi. Ömer: *"Bu kadın Ömer'den daha ziyade fakihtir."* (K.K) buyurdu. Yani ben onun görünüşüne hüküm verdim ve sen onun özünü söyledin. Bir şeyin özünü bilen kimse fakihtir.

O gerçeğini açık olarak bilir. Haşa! Ömer işlerin, sırların hakikatini bilmez olur mu? Yalnız esbabın tabiatı böyleydi. Kendilerini küçük gösterip, başkalarını överlerdi. Birçok kimseler vardır ki onların huzura tahammülleri yoktur ve gaybete halleri daha iyi olur. Mesela günün bütün aydınlığı güneştendir. Fakat eğer bir kimse bütün gün güneş yuvarlağına bakarsa, hiçbir iş yapamaz, gözü kamaşır. Bunun için, onun başka bir iş ile meşgul olması daha iyidir. Göz güneş yuvarlağına bakmamak hususunda gaybette sayılır. Bunun gibi hastanın önünde güzel yemeklerden bahsetmek onun kuvvet ve iştahını artırır, onu heyecanlandırır; fakat bu yemeklerin önünde olması hastaya zarar verir. Binaenaleyh bundan da anlaşılmış oldu ki hakkı talep etmekte aşk ve üzerine titreme lazımdır. Her kim titremezse, ona titreyenlere hizmet etmesi vacip olur. Meyve hiç ağacın gövdesinden biter mi? Asla! Çünkü gövdede sallanmazlar. Titreme dalların ucundadır. Fakat ağacın gövdesi de dalların uçunu kuvvetlendirir ve meyve vasıtasıyla balta yarasından korunur. Ağacın gövdesinin titremesi, balta ile olacağından, olmaması daha iyidir. Böylece titreyenlerin hizmetini yapmış olur.

Çünkü o Muinüddin'dir. Aynüddin değildir. Ayn'ın üzerine bir mim ilavesi ile Muinüddin olmuştur. Kemal, üzerine ilave ile noksan hükmünü almış ve bu (Mim=M harfinin) fazlalığı onun için kusurdur. Mesela bu altı parmak olsa, her ne kadar adet itibarıyla fazla ise de hakikatte el için bir kusurdur. Ahad kemaldir ve Ahmed henüz kemal makamında değildir. O mim kalkınca tamamen kemal bulur. Yani Hak her şeyi ihata etmiştir. Ona her ne ilave etsen, onu eksiltir. Bu bir sayısı bütün sayılarda mevcuttur ve onsuz hiçbir sayı olmaz. Seyyid Burhâneddin faydalı şeyler buyuruyordu. Aptalın biri onun sözünün arasında: "Bize, benzeri duyulmamış olan bir söz lazımdır." dedi. O buyurdu ki: "Eğer sen benzersizsen, gel de sana benzeri olmayan söz söyleyeyim." Sen kendinden bir misalsin ve bu değilsin. Bu şahsın, senin gölgendir. Birisi ölünce: "Falanca gitti," derler. Eğer o, bu ise, şu halde o nereye gitti? Senin dışının, içinin misali olduğu bize malum oldu; senin zahirinden, dışından, batınını, içini istidlal ederler; göze görünen her şey kesif olduğu için görünür. Mesela nefes, sıcakta görünmediği halde soğuk, ağır ve yoğun olduğundan soğuktur görünmektedir. Nebînin (Ona selam olsun) Tanrı'nın kuvvetini göstermeyi, davet ile halkı uyandırması icap eder. Fakat bir kimseyi istidat makamına eriştirmesi böyle değildir. Çünkü bu Tanrı'nın işidir. Hakkın iki sıfatı vardır: Kahır ve lütuf. Nebîler her ikisine de mazhar olmuşlardır; müzminler Hakk'ın lütfuna, kâfirler ise kahrına mazhardırlar. İman ve ikrar edenler kendilerini nebîlerde görür ve kendi seslerini onlardan işitir, kokularını onlardan alırlar. Kimse kendinin varlığını inkâr etmez. Bu bakımdan nebîler, ümmete: "Biz siziz ve siz de bizsiniz; aramızda yabancılık yoktur." derler. Bir kimse: "Bu benim elimdir." dediği zaman bunun için ondan şahit istemezler. Çünkü bu el, ona bağlı bir parçadır. Hâlbuki falanca benim oğlumdur." derse, bunun için şahit isterler. Çünkü o artık, ondan ayrılmış bir parçadır.

ALTMIŞ BİRİNCİ FASIL

Bazı kimseler: "Sevgi saygı ve hizmeti icap ettirir." demişlerdir; bu böyle değildir. Belki sevilenin arzusu hizmet ve saygıyı gerektirir. Eğer sevilen, sevenin hizmette bulunmasını isterse, sevenden de hizmet görülür; istemezse, onun da hizmeti terk ettiği görülmektedir. Hizmeti yerine getirmemek, sevgiye aykırı değildir. Seven, hizmet etmese de, ondaki sevgi hizmet etmektedir. Belki asıl olan sevgidir. Hizmet etmek sevginin feridir. Eğer yen sallansa, bu kolun hareket etmesinden meydana gelir. Kol hareket edince yenin de hareket etmesi mutlaka lazım gelmez.

Mesela birinin büyük bir cübbesi var. Bu cübbe içinde yuvarlansa ve cübbe hareket etmese olabilir. Yalnız cübbe hareket ettiği halde, cübbe giyenin hareket etmemesi imkânsızdır. Bazıları cübbenin, onu giyen kimse olduğunu zannetmişler ve yeni de el farz etmişlerdir. Çizmeyi ve pantolonun paçasını ayak sanmışlardır. Bu el ve ayak, başka bir el ve ayağın yeni ve çizmesidir. Mesela: Falan, falanın eli altındadır. Falanın eli nerelere erişir ve falana söz imkân veriyor, denildiği zaman bu elden ve ayaktan maksat, kat'iyyen bu bildiğimiz el ve ayak değildir.

O Emir geldi. Bizi toplayıp, kendisi gitti. Tıpkı arının, mumu bal ile bir yere getirip, kendisinin uçup gitmesi gibi. Çünkü arının vücudu onun bekası için şart değildir. Bizim annelerimiz ve babalarımız arılar gibidirler. İsteyeni istenilenle birleştirirler; âşığı maşuk ile bir araya getirirler ve ansızın uçarlar. Ulu Tanrı onları bal ve mum toplamak için vasıta yapmıştır. Bundan sonra kendileri uçup, mum, bal ve bahçıvan kalır. Onların kendileri bahçeden dışarı çıkamazlar. Çünkü dışarı çıkılabilecek bir bahçe değildir. Ancak onun bir köşesinden öbür köşesine gidebilirler.

Bizim gövdemiz, kovan gibidir ve kovandaki mum ve bal Tanrı'nın aşkıdır. Anneler ve babalar arıdır. Bunlar arada vasıta olup terbiyeyi bahçıvandan alırlar. Kovanı bahçıvan yapar. O arılara Ulu Tanrı başka bir şekil vermiştir. Bu işi yaptıkları zaman o işe göre elbiseleri vardır, o âleme gittikleri için elbiselerini değiştirdiler. Çünkü orada kendilerinden başka bir iş meydana gelir. Yalnız şahıs aynı şahıstır; evvelce ne ise yine odur. Bunun gibi, mesela biri, savaşa gittiği zaman, savaş elbisesi giyer, silah kuşanır, başına miğfer koyar. Çünkü savaş zamanıdır. Fakat barış gelince, o elbiseleri çıkarır. Artık başka bir işle meşgul olacaktır. Fakat şahsı yine aynıdır, değişmemiştir. Sadece sen onu, o elbise içinde gördüğünden, her hatırlayışında o elbisesiyle, o şekliyle tasavvur edeceksin. Hatta yüz elbise değiştirse de yine böyle olur. Biri bir yerde yüzüğünü kaybetti. Her ne kadar o yüzüğü oradan alıp götürmüşlerse de o, yine orada dolaşıyor; yani, ben burada yüzüğümü kaybettim, demek istiyor. Ölü sahibinin, ölüsünün mezarı etrafında dolaşması ve bir şeyden haberi olmayan toprağı tavaf etmesi, öpmesi gibi. Yani bu yüzüğü burada kaybettim, acaba onu ne zaman götürüp oraya korlar demektir.

Ulu Tanrı o kadar sanat gösterip, kudretini izhar etmiş ve hikmet-i ilahi için, iki ruhu bir cesette birleştirmiştir. İnsan eğer bir an cesetle bir arada kalacak olursa, delirmesinden korkulur. Hususiyle suret tuzağından ve kalıp çukurundan kurtulunca orada nasıl kalabilir? Ulu Tanrı onu, kalpleri korkutmak ve korkuyu tazelemek için bir nişan yapmıştır. Bu suretle mezarın vahşetinden ve kara topraktan, insanların kalplerinde bir korku hasıl olmasını irade eder. Mesela, yol bir kervanı bir yerde vurdukları zaman, (kervancılar) buna alamet elması için iki, üç taç üst üste korlar. Bu demektir ki: Burası tehlikeli bir yerdir, işte bu mezarlar da tehlikeli yerleri göstermeye yarayan hususi birer alamettir.

Bu korku onların kalplerinde tesirler yapar. Bunların fiil halinde görünmesine lüzum yoktur. Mesela: "Falan kimse senden korkuyor." deseler, o kimseden bir hareket görülmeden, sende ona karşı bir sempati hâsıl olur. Bunun aksine deseler ki: "Falan kimse senden hiç korkmuyor ve senin heybetin onun kalbinde hiç yer etmemiş." O zaman sırf bunu işitmekle kalbinde ona karşı bir kızgınlık meydana gelir. Bu koşmak korku eseridir. Bütün dünya koşuyor. Yalnız herkesin koşması kendine göre olur. İnsanınki başka türlü, bitkininki başka türlü, ruhun başka türlüdür. Ruhun koşması adımsız alametsiz olur. Üzüm koruğuna baksana, siyah bir üzüm olmak için ne kadar zaman koştu? Tatlılaşır tatlılaşmaz derhal o dereceye, menzile erişti. Fakat bu koşma gözle görülme; hisle bulunmaz; yalnız insan o makama erişince, çok koştuğu için, buraya eriştiği belli olur. Mesela bir kimse, suya dalsa ve suyun altından gitse, gittiği görülmez. Birdenbire kafasını sudan çıkarınca, buraya erişmek için suyun altından ne kadar gittiği anlaşılır.

ALTMIŞ İKİNCİ FASIL

Dostların kalbinde öyle üzüntüler olur ki bu hiçbir ilaçla geçmez. Ne uyumakla, ne gezmekle ve ne de yemek yemekle iyileşir. Yalnız, dostun yüzü hastanın şifasıdır, dedikleri gibi, dostun yüzünü görmekle iyileşir. Hatta bu o derecededir ki bir münafık, müminler arasında otursa, onların arkadaşlığının tesiriyle o da mümin olur. Tanrı'nın *"Bunlar iman edenlerle birleştikleri zaman, biz de inandık derler."* (Kur'an, Sure: 2, Âyet:14) buyurduğu gibi, mümin müminle oturunca münafıkta böyle bir tesir hasıl ederse, bak ki mümine ne faydalar sağlar. Yün, akıllı bir kimse ile bir arada bulunmakla bu kadar güzel, nakışlı bir yaygı haline geldi ve toprak da böyle güzel bir saray oldu. Akıllının sözü, sohbeti cansız cisimlere bu kadar tesir ederse, müminin müminle sohbeti bak ki nasıl bir eser meydana getirir? Cüzi olan nefsin ve muhtasar aklın sohbetinden cemâdat bu mertebeye eriştiler ve bunun hepsi akl-ı cüzinin gölgesidir. Bir insanın gölgesinden onun ne olduğu kıyas edilir, işte buradan sen de bu göklerin, ayın, güneşin ve yerin yedi katının meydana gelmesi için nasıl bir akıl ve bilgi lazım geldiğini kıyas et. Yer ile gök arasında olan şeyler ve bütün varlıklar küllî aklın gölgesidir. Akl-ı cüzinin gölgesi insana uygun olan bir şekilde, varlıklardan ibaret olan akl-ı küllînin sayesi de ona göredir. Tanrı'nın velileri bu göklerden ayrı gökler müşahede etmişlerdir. Fakat bunlar gözle görülmez ve bu gökler onların nazarında ufacık ve hakirdir. Onlar, bunlara ayak basıp geçmişlerdir. Can vilayetlerinde ne gökler vardır ki bunlar bu dünyanın göklerine hakimdirler.

İnsanlar arasından bir insanın bu özelliği kazanması ve ayağının Zuhal yıldızına basması, ne kadar şaşılacak bir şeydir.

Biz hepimiz toprak cinsinden değil miyiz? Fakat Ulu Tanrı bizde bir kuvvet meydana getirmiştir ve işte onunla kendi cinsimiz arasında temayüz ettik. Onu tasarruf altına aldık, o da bizde tasarruf etti. Onda tasarruf ettiğimiz müddetçe, onu ne şekilde istersek, bazan aşağı, bazan yukarı götürüyoruz; onunla bazen saray, bazen da kâse ve testi yapıyoruz. Ve onu bazan uzatıyor bazen kısaltıyoruz. Gerçi biz, önce o aynı topraktık ve onun cinsindendik, fakat Ulu Tanrı bizi o kuvvetle, ona üstün kıldı. Bunun gibi bizim aramızdan da bizimle aynı cinsten olan bir uluyu Tanrı bize üstün kılar ve biz ona nispetle cemâd gibi oluruz. O bizde tasarruf eder, ama bizim bundan haberimiz olmadığı halde, onun bizden haberi olur. Buna niçin şaşmalı? Bu, haberi olmamak demekle, biz sırf habersiz olmamayı kastetmiyoruz. Hatta bir şeydeki her türlü haber, başka bir şeyden habersiz olmaktır. Toprak bile Ulu Tanrı'nın kendisine verdiği her şeyden, cemâd olmasına rağmen, haberdardır. Eğer böyle olmasaydı suyu nasıl kabul ederdi ve her taneye nasıl sütannelik eder ve onu beslerdi? Bir insan bir işte ciddi olur ve her zaman onunla uğraşırsa, onun bu işteki uyanıklığı, başka işlerden habersiz oluşu demektir. Biz bu gafletten tam bir gafleti kastetmiyoruz.

Bir kediyi tutmak istiyorlar ve bu bir türlü mümkün olmuyordu. Bir gün kedi kuş avlamakla meşgulken boş bulundu, hemen yakaladılar. O halde tamamen dünya işiyle uğraşmamak, biraz mutedil hareket etmek ve bir şeye bağlanmamak lazımdır. Aman bu incinir, o kırılır, diye mukayyet olmamalı. Hazinenin incinmemesi gerekir. Eğer bunlar kırılırsa, onları değiştirir; fakat o incinecek olursa Allah korusun! Onu kim değiştirir. Mesela senin her çeşitten kumaşların olsa, batarken acaba hangisini yakalarsın? Her ne kadar hepsi de senin için lüzumlu ise de, şurası muhakkak ki daraldığın zaman hazinenin en nefisini yakalarsın. Çünkü bir inci ve bir parçasıyla bin türlü lüks ve süslü şeyler elde edilebilir. Bir ağaçtan tatlı bir meyve biter. Gerçi o meyve ağacın bir parçasıdır, fakat Ulu Tanrı ona böyle bir tatlılık kazandırmış olmak için, o parçayı bütününe tercih edip, üstün kılmış olmalıdır; geri kalana o tatlılığı vermemiştir. İşte bu tatlılık vasıtasıyla, o parça bütününden üstün oldu ve ağacın özü, manası haline geldi. *"Onlar içlerinden korkutan birinin gelmesinden hayrete düştüler."* (Kur'an, Sure: 50, Âyet: 2) buyrulduğu gibi.

Bir adam: *"Benim öyle bir halim olur ki oraya ne Muhammed, ne de Allah'a en yakın bir melek sığmaz."* (H.) diyordu. Şeyh buyurdu ki: Tuhaf! Bir kulun bir hali olsun da Muhammed oraya sığmasın! Muhammed'in de öyle bir hali az mıdır ki senin gibi kokmuşlar oraya sığmasın? Bir maskara, padişahı memnun etmek, eğlendirmek istiyordu. Herkes ona bir şeyler vadetti. Çünkü padişah çok kırgındı. Nehrin kenarında kızgın kızgın dolaşıyordu. Maskara da öbür kenarda padişahın yanında geziyordu. Padişah hiç bir şekilde onunla ilgilenmeyip mütemadiyen suya bakıyordu. Maskara çaresiz kalıp: "Ey Padişah! suyun içinde ne görüyorsun ki bu kadar bakıyorsun?" dedi. Padişah: "Kaltabanın birini görüyorum." cevabını verdi. Maskara: "Köleniz de kör değil efendim!!" dedi. Sende Muhammed'in bile sığmadığı bir hal olur da acaba Muhammed'in böyle bir hali olmaz mı? Senin bu halin onun bereketinin teskinden değil mi? Çünkü ilkönce bütün bağışları, ihsanları onun üzerine döktüler. O zaman ondan başkalarına dağıldı. Adet böyle olduğundan Ulu Tanrı: "Ey Tanrı'nın Elçisi sana selam olsun ve Tanrı'nın rahmeti, bereketi senin üzerinde olsun!" buyurmuştur. Yani, bütün senâyı senin üzerine saçtım, buyurmuş. Peygamber de; "Salih kullar üzerine!" demiştir.

Tanrı yolu çok korkulu, kapalı ve karlarla örtülü idi. İlkönce canını tehlikeye sokup atım süren ve yolu yarıp geçen o oldu: Herkesin bu yolda gidebilmesi, onun yol göstermesi ve inâyeti sayesinde olur. Yolu ilk defa o bulduğu ve her yere, bu tarafa gitmeyiniz; eğer o tarafa gidecek olursanız ölürsünüz. Âd ve Semud kavmi gibi yok olursunuz. Yok eğer bu tarafa gidecek olursanız, müminler gibi kurtulursunuz, diye alametler koyduğu için, "Onda ne kadar apaçık işaretlerle" (Kur'an, Sure: 3, Âyet: 97) buyrulduğu gibi, bütün Kur'an bunun beyanındadır. Yani, yollarda bellilikler diktik, biri bu kazıklardan herhangi birini kesmek isterse, hepsi birden: "Bizim yolumuzu yıkıyorsun, yokluğumuza çalışıyorsun; yoksa sen yol kesici misin?" diye onu öldürmek isterler; işte bunun için önderin Muhammed olduğunu bil. Her şey, ilkönce Muhammed'e gelmeden, bize erişmez. Mesela sen, bir yere gitmek isteyince, evvela akıl rehberlik eder; alan yere gitmelidir, bundan hayır gelir, diye düşünür sonra göz öncülük eder ve daha sonra da diğer bütün organlar sırasıyla her ne kadar bunların birbirlerinden haberleri olmazsa da, mesela bunların gözden, gözün akıldan haberdar olmaması gibi, harekete geçerler.

İnsan gafildir; fakat başkaları ondan gafil değildir; o halde dünya işlerinde ciddi ve kuvvetli, işin hakikatinden gafil olmalı ve Hakk'ın rızasını talep etmelisin. Yoksa halkın rızasını değil. Çünkü o rıza, sevgi ve şefkat insanlarda ödünç olarak bulunmaktadır. Tanrı buyuruyor ki: Tanrı istemezse hiçbir rahatlık ve zevk vermez; bütün o sebepler, nimetler, ekmek ve yiyecekler bulunmakla beraber hepsi üzüntü, sıkıntı, zahmet ve mihnet olabilir. İşte bu bakımdan bütün sebepler Tanrı'nın elinde bir kalem gibidir; kalemi hareket ettiren, yazıyı yazan Tanrıdır; O istemedikçe, kalem hareket edemez.

Sen şimdi kaleme bakıp ve kalemi görüp, "Buna bir el lazım." diye eli göremiyorsun. Fakat kalemden, eli tedâî ediyorsun; nerede gördüğün! Nerede dediğin! Halbuki onlar her zaman eli görürler ve; "Buna bir kalem lâzım" derler. Hatta elin güzelliğine dalmaktan, inceliğini seyretmekten, kalemi görmeye tahammülleri olmaz. Senin kalemi seyretmemenin zevkiyle, eli düşünmeğe vaktin olmaz, onlarsa o eli seyretmek ve incelemek zevki içinde, kalemi görmeye nasıl cesaret ve tahammül ederler? Sana göre arpa ekmeği tatlı olduğundan, buğday ekmeğini aklına bile getirmezsin. O halde onlar, buğday ekmeği dururken, arpa ekmeğini nasıl hatırlasınlar? Tanrı, sana yeryüzünde bir zevk bağışlamış olduğundan, gökte bulunmayı istemiyorsun; halbuki gerçek zevkin yeri orasıdır. Yer, onda diridir. Bu durumda göktekiler yeri nasıl akıllarına getirsinler?

İşte bunun için sen de zevkler ve lezzetleri sebeplerden bilme; çünkü o mana, sebeplerde ariyet olarak bulunmaktadır. Zarar ve fayda O'ndandır. Mademki böyledir, o halde sen niçin sebeplere yapışıp kaldın? Sözün hayırlısı, delaleti çok olandır ve en iyi söz, çok olan değil faydalı olandır.

De ki: "*O Allah tektir birdir.*" (Kur'an, Sure: 112, Âyet: 1) Gerçi görünüşte, o sürenin kelimeleri azdır, fakat uzun olduğu halde Bakara suresine" ifade ve beyan bakımından tercih olunur.

Nuh tam bin yıl dine davet ettiği halde, ancak kırk kişi ona uydu; Mustafa'nın davet zamanı ve kaç kişinin ona iman ettiği de belli! Ondan o kadar veliler ve evtad zuhur etmiştir ki (saymakla bitmez). Şu halde değer az veya çok olmak da değil, ifade ve beyandadır.

Bazı kimselere az söz, belki çoktan daha fazla faydalı olabilir. Mesela bir tandırın ateşi çok kızgın olunca, ondan faydalanamazsın ve yanma yaklaşamazsın; hâlbuki zayıf bir çerağdan binlerce fayda elde edersin. İşte bu bakımdan maksadın fayda olduğu anlaşılıyor. Bazıları için bizzat faydalı olan, bir sözü işitmemeleridir. Onların sadece görmeleri kâfi ve faydalı olur. Eğer bir söz duyarsa bunun ona zararı dokunur.

Hindistan'dan bir şeyh, büyük bir adamı görmek istedi. Tebriz'e varıp şeyhin zaviyesinin kapısına gelince, içerden: "Geri dön, hakkında hayırlı olan, bu kapıya kadar gelmendi; eğer şeyhi görecek olursan, bu senin için zararlı olabilir." diye bir ses geldi.

Az ve faydalı olan bir söz, aydınlanmış bir çerağın yanmamış bir çerağı öpüp gitmesine benzer. Bu ona yeter ve bununla istediği olmuştur.

Nebî de görünüşü değildir, bu görünüş onun atıdır. O, aşk ve muhabbettir! Daima bâkîdir. Mesela Salih'in devesi gibi, onun sadece yüzü devedir. Nebî, o ölmeyen aşk ve sevgiden ibarettir.

Biri dedi ki: "Niçin minarede yalnız Tanrı'ya sena etmeyip, Muhammedi de anıyorlar?" Ona dediler ki: Muhammed'in övülmesi Tanrı'nın senası değil midir sanki? Buna misal olarak, bir adam: Tanrı, padişaha ve benim padişaha yol bulmama vasıta olana veya onun adını, sıfatlarını bana öğretene uzun ömürler versin, dediği zaman, onun bu duası gerçekten padişahın medhidir.

Bu nebî: "Bana bir şey veriniz, ihtiyacım var; ya kendi cübbeni, ya elbiseni veya malı ver." diyor. O elbiseyi, cübbeyi ne yapsın? Senin elbiseni, güneş sıcaklığının sana ermesi için istiyor. Kur'an'da: "*Siz Allah'a gönül hoşluğuyla bir borç yeriniz.*" (Kur!an, Sure: 73, Âyet: 20) buyrulduğu gibi, senin yükünü hafifletmeyi arzu ediyor. Sadece mal ve cübbe istemiyor, çünkü sana bunlardan başka, daha birçok şeyler vermiştir. Mesela ilim, fikir ve görüş gibi.

Bununla demek ister ki: Görüşünü, aklını, fikrini bana sarf et! Sen bu malı, zenginliği, benim vermiş olduğum bu aletlerle elde etmedin mi sanki? Böylece o, hem kuşlarından, hem de tuzağından sadaka istiyor.

Güneşin önünde soyunabilirsen, daha iyi. Çünkü o güneş insanı karartmaz, hatta beyazlatır; hiç olmazsa elbiseni hafiflet de onun zevkini duyasın. Bir müddetten beri ekşiye alıştın, bari tatlıyı da yiyiver.

ALTMIŞ ÜÇÜNCÜ FASIL

Dünyada, çalışıp öğrenerek elde edilen her ilim, bedenler ilmi, öldükten sonra hâsıl olan ise, dinler ilmidir. Enel-Hakk ilmini bilmek bedenler ilmi, Enel-Hakk olmak ise, dinler ilmidir. Bunun gibi çerağın nurunu ve ateşi görmek, bedenler; ateşte veya çerağın nurunda yanmak ise dinler ilmidir. Görülen her şey dinler ilmidir ve bilgi ilm-i ebdandır. Sen dersin ki: Mutlak olan görüş ve görmektir; geri kalan ilimler hayal ilmidir. Mesela (bir) mimar düşünüp bir okul yapmayı tahayyül etse, her ne kadar o düşünce doğru ve sevap ise de hayaldir. Okulu yapıp bitirince gerçek olur. İşte hayalden hayale de farklar vardır. Ebubekir, Ömer, Osman ve Ali'nin hayali, sahabenin hayalinden üstündür. Hayal ile hayal arasındaki fark çoktur. Bilgili bir mimar, evin temelini atmayı tahayyül eder, mimar olmayan da böyle bir hayalde bulunur. Fakat bunlar arasındaki fark pek büyük olmalıdır. Çünkü mimarın hayali gerçeğe daha yakındır. Fakat gerçekler âleminde de görüşten görüşe, sonsuz farklar vardır. İşte bunun için o, karanlıktan yedi yüz perde ve nurdan yedi yüz perde vardır, dedikleri, hayal âlemi olarak ne varsa, karanlık perdesidir ve gerçekler âlemi olarak da ne varsa onlar da nur perdeleridir. Fakat hayal olan karanlık perdeleri, son derece lâtif olduklarından hiç fark görünmez. Bu kadar muazzam ve derin farka rağmen gerçeklerde de o fark anlaşılamaz.

ALTMIŞ DÖRDÜNCÜ FASIL

Cehennemlikler, cehennemde dünyada bulunmaktan daha çok memnun olurlar. Çünkü cehennemde iken Tanrı'dan haberleri vardı, hâlbuki dünyada bîhaberdirler. Tanrı'nın haberinden daha tatlı hiçbir şey yoktur. O halde dünyayı istemeleri, bir iş yapıp Tanrı'nın lütfuna mazhar ve ondan haberdar olmaları içindir. Yoksa dünya, cehennemden daha güzel olduğu için değil. Münafıkları cehennemin dibine atarlar. Münafıklar kendilerine iman gelmiş bulunduğu halde, küfrü kuvvetli olduğundan bir başarı gösteremediği için, Tanrı'dan haberdar oluncaya kadar, bir çok azaplar çekerler. Halbuki kâfirin yanına iman gelmemiştir küfrü zayıftır ve daha az bir azapla Tanrı'dan haberdar olur. Mesela tozlu olan bir halıyla, yine tozlu olan bir kuşağı bir tek insan, azıcık silkse temizlenir. Fakat halıyı silkmek ve tozunu temizlemek için dört kişi lazımdır, .

"O cehennemlikler cennettekilere: Bize biraz su verin, yahut Tanrı'nın size verdiği rızıktan da bize verin, diye inleyecekler." (Kur'an, Sure: 7, Âyet: 50)

Onların bununla sakın şaraplar, yiyecekler istemiş olduklarını sanmayın. Yani, o sizin bulduğunuz ve size parlayan şeyden bizi feyizlendiriniz, bize yardım ediniz, demektir. Kur'an bir gelin gibidir. Peçeyi açmakla, sana yüzünü göstermez. O bahsettiğin ve sana bir zevk vermeyen, bir şey keşfettirmeyen kimse (şey) senin peçeyi açmanı kabul etmedi; seni aldatıp, kendisini sana çirkin gösterdi. Yani, ben o güzel değilim ve o her istediği yüzü göstermeye kudretlidir. Fakat eğer çarşafı açmaz da onun rızasını istersen ve gidip tarlasına, ekinine su verir, uzaktan hizmetlerde bulunur, rızası olan şeyde çalışırsan, sen onun çarşafını açmadan, o sana yüzünü gösterir.

"Tanrı ehlini ara ki has kulların sırasına ve Cennete gir (esin)" (Kur'an, Sure: 89, Âyet: 29,30) Ulu Tanrı herkese söz söylemez. Dünya padişahları her örücü ile konuşmazlar. Bir vezir ve bir naip tayin etmişlerdir. Onlar padişaha yol gösterirler. Ulu Tanrı da bir kulu seçmiştir. Her kim Tanrı'yı ararsa ona gitsin. İşte bütün nebîler bunun için gelmişlerdir. Onlardan başkası yol göstermez.

ALTMIŞ BEŞİNCİ FASIL

Sirâceddin: "Bir mesele söyledim, içime dert oldu dedi. Buyurdu ki: O, seni söylemeye bırakmayan müvekkel olan melektir. Her ne kadar sen onu göremiyorsan da, şevk ve nefreti izhar ve elem hissi duyduğun zaman bil ki o müvekkeldir. Mesela suda yürüdüğün zaman güllerin ve çiçeklerin yumuşaklığı sana temas eder. Başka bir tarafa gittiğin zaman seni dikenler dalar, işte o zaman anlamış olursun ki orası dikenliktir, hastalık ve ıstırap, öbür taraf ise (gülistan), güllük ve rahatlıktır. Her ne kadar her ikisini de görmüyorsan da bu böyledir. Buna vicdani derler ve hissi olandan daha açık olur. Mesela açlık, susuzluk, öfke ve sevinç duymak, hepsi beş duygu ile görünmez. Fakat görünenlerden daha çok bellidir. Çünkü eğer gözünü kaparsan mahsus olanı göremezsin. Fakat hiçbir hile ile kendinden açlığı uzaklaştıramazsın. Bunun gibi sıcak yemeklerdeki sıcaklık ve yiyeceklerdeki soğukluk, tatlılık ve acılık görünmez. Fakat görünenden daha çok zahirdir.

Sen sanki bu vücuda niçin bakıyorsun? Senin onunla ne ilgin var? Bunsuz da olursun ve her zaman bunsuzsun. Geceleyin ise vücutla ilgin yok, gündüz de işlerle uğraşıyorsun. Hiçbir zaman onunla meşgul değilsin. Mademki bir saat bile onunla değilsin, o halde niçin bu kadar üzerine titriyorsun? Sen neredesin, vücut nerede? *"Sen bir vadide bende bir vadide."* (M) denildiği gibi. Bu vücut büyük bir yanıltıcıdır. Sen onun öldüğünü sandın, o da öldü! (öyle mi?) Hey(Allah'ım)!... Senin vücutla ne ilgin var? Bu büyük bir gözbağcılıktır. Firavunun sihirbazları, birazcık (bunu) bilip anlayınca vücutlarını feda ettiler. Kendilerinin bu vücut olmadan da kaim olduklarını gördüler. Vücudun onlarla hiçbir alâkası yoktu. Bunun gibi İbrahim, İsmail, nebîler ve velîler de vakıf olunca, vücudun varından yoğundan geçtiler.

Haccac, afyon içip başını kapıya dayamış ve: "Sallamayınız başım düşmesin." diye bağırıyordu. Başının, gövdesinden ayrı ve kapıya bitişik olduğunu sanmıştı. Bizim ve halkın durumumuz da böyledir. Zannederiz ki gövde ile bağlıyız ve kaimiz.

ALTMIŞ ALTINCI FASIL

"Tanrı insanı kendi sureti üzerine yarattı." (H.) İnsanlar hep mazhar (kendisini gösterecek şey) arıyorlar. Birçok kadınlar vardır ki örtülüdürler, fakat kendilerinin ne kadar aranıldığını denemek için yüzlerini açarlar. Tıpkı usturayı denediğin gibi. Âşık, sevgilisine: "Ben uyumadım, yemek yemedim ve sensiz şöyle oldum, böyle oldum." der. Bunun manası şu demektir: Sen bir mazhar arıyorsun ve senin mazharın benim ve sen bu mazhara maşukluk satıyorsun. Bilginler ve sanatkârlar da hep mazhar ararlar. *"Ben gizli bir hazine idim, bilinmek istedim,"* buyrulduğu gibi, *"İnsanı kendi sureti üzerine yarattı."*

(H.) Onun hükümleri bütün insanlarda peyda olur. Çünkü hepsi Tanrı'nın gölgesidir, gölge, sahibine benzer. Eğer beş parmak açılsa, gölgesi de açılır, eğilse gölgesi de eğilir. Binaenaleyh halkı arayan, isteyen bir istenileni ve sevileni ister ki herkes onun ile dost, onun sevgilisi ve mutî olmak ister; onun düşmanlarıyla düşman, velileriyle dost olurlar. Nihayet bunların hepsi Tanrı'nın gösterdiği hükümlerin sıfatlarıdır. Bizim bu gölgemizin bizden haberi yok olmasına rağmen bizim ondan haberimiz var. Lâkin Tanrı'nın bilgisine nispetle, bizim bu haberimiz, habersizlik hükmünü taşır. Şahısta olan her şey, hepsi gölgede görünmez. Bazı şeylerden başka, işte bunun için Tanrı'nın bütün sıfatları da bu bizim gölgemizde görünüyor. Ancak bazısı görünüyor ki *"Vahiy Tanrı'nın emrindedir ve size ilimden pek az verilmiştir."* (Kur'an, sure: 17, Âyet: 85)

ALTMIŞ YEDİNCİ FASIL

İsa'ya (Ona selam olsun) soruldu ki: "Ey Tanrı'nın ruhu! Dünyada ve ahirette hangi şey daha büyük ve daha güçtür?" İsa cevap olarak: "Allah'ın gazabıdır." dedi. "İnsanı bundan ne kurtarır, diye kendisine sordular." O dedi ki: *"Senin gazabını yenmen ve hiddetini yutman."* (K. K.) Yol bu olmalıdır. Nefis şikâyet etmek isteyince insan onun aksini yapar, şükreder ve o kadar mübalağa gösterir ki sonunda kalbinde onun sevgisini meydana getirir. Çünkü yalandan şükretmek, Tanrı'dan muhabbet istemektir.

Büyük Mevlâna şöyle buyuruyor: *"Mahluktan (yaratılan) şikayet, Hâlik'ten (yaratan) şikayettir."* (K.K.) Ve buyurdu ki: "Sana yapılan düşmanlık ve beslenen kin gizlidir. Tıpkı ateş gibi. Mesela bir kıvılcım sıçradığını görünce onu söndür ki geldiği yere, yokluğa dönsün. Eğer ateş gibi, müsait bir cevap kibritiyle onu beslersen, yol bulur, Âdem'den çıkar gelir ve onu yokluğa tekrar göndermek güç olur. *"Kötülüğü en iyi tarzda defet (kov)"* (Kur'an, Sure: 23, Âyet: 96) ki iki yönden düşmanı yok etmiş olasın. Biri şudur: O düşman onun eti ve derisi değildir. Ondaki fena bir düşüncedir. Senden, pek çok dua sayesinde defedildiği gibi muhakkak ki ondan da defolunur. Biri, *"Tabiaten insan ihsanın kuludur."* (M,) Mesela çocuklar birbirlerine ad takarlar. O (ad takılan adam) bunlara küfreder. Onlar da bizim sözümüz dokundu diye muzipliği artırırlar. Eğer kızmazsa, bunda fayda görmediklerinden alaka göstermezler. İkincisi şudur ki sen de bu affetmek vasfı peyda olunca, onun kötülemesinin yalan olduğu ve yanlış gördüğü malum olur. O seni mademki olduğun gibi görmemiştir, o halde kötülenmiş olan kendisidir, sen değilsin. Hasmı, yalancılığının meydana çıkmasından çok, hiçbir şey utandırmaz. O halde sen şükürde, onu övmekle ona zehir veriyorsun. Çünkü o senin kusurunu gösteriyor, sen ise kemalini gösterdin. Çünkü sen Tanrı'nın sevgilisisin. insanların suçlarım bağışlarlar. *"Tanrı iyilik edenleri sever."* (Kur'an, Sure: 3, Âyet: 23) buyrulduğu gibi, Tanrı tarafından sevilen eksik ve kusurlu olmaz. Onu o kadar öv ki dostları: Yoksa bilimle düşman mı oldu ki onunla bu kadar anlaşmış, diye şüpheye düşsünler.

Şiir:
Devlet sahibi olsalar da onların sakalını mülâyemetle yol. Eğer asi iseler boyunlarını hükümle vur).

Tanrı bizi buna muvaffak etsin.

ALTMIŞ SEKİZİNCİ FASIL

Tanrı ile kul arasındaki perde sadece bu ikiden ibarettir. Geri kalan perdeler ondan, (o perdeden) meydana gelirler. Bunlar sağlık ve maldır. Sıhhatli olan insan: "Hani Tanrı? Ben bilmiyorum ve görmüyorum!" der. Halbuki bir yeri ağrır ağrımaz: "Ya Allah! Ya Allah!" demeğe başlar ve Tanrı ile sırrı, sözü bir olur. İşte bunun için sağlığın onun perdesi ve Tanrı'nın o ağrının altında gizli olduğunu görüyorsun. İnsan mallı ve nasibi olduğu müddetçe arzularının sebeplerini hazırlar. Gece gündüz onlarla uğraşır. Fakirlik yüz gösterir göstermez, iradesi zayıflar ve Tanrı'nın etrafında dolaşır. (Bana seni mestlik ve fakirlik getirdi. Ben senin mestliğinin ve fakirliğinin kuluyum!) Ulu Tanrı, Firavunca dört yüz yıl ömür, mülk, mal, padişahlık ve her türlü arzusunu; yerine getirmeyi nasip etti. Bunların hepsi onu Tanrı'nın huzurundan uzak bırakan perdelerdi. Sakın Hakk'ı anmasın!

diye, bir gün onun arzusunu yerine getirmemezlik etmedi ve ona bir baş ağrısı vermedi.

(Nihayet) bir gün sen kendi muradınla meşgul ol ve bizi hatırlama, geçen hayırlı olsun! dedi.

Süleyman senin mülkünden doydu, Eyüp beladan kanmadı.

ALTMIŞ DOKUZUNCU FASIL

Buyurdu ki: Bir insanın nefsinde öyle bir şey vardır ki, hayvanlarda ve yırtıcılarda yoktur; dedikleri, insanın onlardan daha kötü olduğundan değildir. Belki şu yüzdendir: İnsanda bulunan o kötü huy, nefis ve uğursuzluklar, onda olan gizli bir cevher yüzünden bulunmakladır. Fakat bu huylar, uğursuzluklar ve kötülükler o cevherin perdesi olmuştur. Cevher ne kadar daha iyi, daha güzel, daha büyük ve şerefli olursa, onun perdesi de öyle olur. Şu halde uğursuzluk, kötülük ve kötü huylar, o cevherin perdesinin vasıtası idi ve bu perdenin kalkması mümkün değildir. Ancak pek çok mücahede ile kabil olur. Mücahitler de türlü türlü olurlar. Mücahedelerin en büyüğü, yüzlerini Tanrı'ya yöneltmiş olan, bu âlemden yüz çevirmiş bulunan yaranla kaynaşmaktır. Hiçbir mücahede, iyi ve doğru bir dostla beraber oturmaktan daha güç değildir. Çünkü onları görmek, o nefsin erimesi ve yok olmasıdır. İşte bundan dolayı, eğer yılan kırk yıl insan görmezse ejderha olur, derler. Yani bu, erimesi, kötülüğünü ve uğursuzluğunu giderecek kimseler görmediğindendir. Her nereye büyük bir kilit asarlarsa bu, orada nefis ve kıymetli bir şey bulunduğuna delalet eder. Ve işte nerede perde büyük olursa oradaki cevher daha iyidir. Mesela yılan, definenin üzerinde bulunur. Fakat sen onun çirkinliğine bakma. Definedeki nefis şeylere bak.

YETMİŞİNCİ FASIL

Sevgilim dedi ki: "O falan (kimse) ne ile yaşar?"

Kuşlar ve kanatlarıyla. Akıllılar ve onların himmet kanatları arasındaki fark nedir? Fark şudur: Kuşlar kanatları ile her hangi bir tarafa uçarlar, akıllılar da himmet kanatları ile cihetlerinden (kendi yönlerinden) uçarlar. Her atın bir tavlası ve her hayvanın bir ahırı, her kuşun bir yuvası vardır. Tanrı herkesten daha iyi bilir.

Bu Esrâr-ı Celalî tahriri, Mukaddes türbede, cuma günü, mübarek Ramazan ayının dördünde, 751 senesinde tamam oldu. Gani olan Tanrı'ya muhtaç olan ben, Bahâeddin Mevlevîyü'l-Âdil-î-yüs Serâyî; Allah onun sonunu iyi etsin.

Amin! Ey âlemin Rabbı!

SÖZLÜK

A

Aba: Dervişlerin giydiği önü açık, kollu, çok sade hırka.

Abbas: Hz, Muhammed'in(s.a.v.) amcası. Bedir savaşında yenildikten sonra Müslüman olmuştur.

Abid: İbadet eden, kendini ibadete bırakan.

Abıhayat: Hayat suyu, abı hayvan da denir; bu sudan içen ölümsüz olurmuş. Rivayete göre: İskender bir ülkeye gelince, o ülkenin insanları kendisine biraz ileride deniz bulunduğunu bu deniz aşılırsa karanlıklar ülkesine varılacağını ve hayat suyunun burada bulunduğunu söylemişler. Hızır ve İlyas Peygamberler de İskender'le beraberlermiş. Nihayet karanlıklar ülkesine gelmişler. İskender'de karanlığı aydınlatan iki mücevher varmış. Birisini Hızır'a vermiş; hangisi hayat suyuna tesadüf ederse öbürlerine de haber vermesi şartıyla, ayrı yönlerden o ülkeye dalmışlar. Hızır'la İlyas iyice yorulduktan sonra, bir yerde oturup pişmiş balıklarını yemek istemişler. Hızır, önce orada bulunan bir suda ellerini yıkamış. Bir damlacık su elinden balığa damlamış, balık hemen canlanarak suya atılmış. Hızır da abıhayatın bu su olduğunu anlamış, İlyas'la beraber bu sudan içmişler fakat, her ikisine de İskender'e haber vermemeleri emredilmiş olduğundan haber vermemişler. Bir rivayete nazaran da İskender karanlıklar ülkesine girmekten korktuğu için hayat suyunu içememiştir. Böylece Hızır'la İlyas ölümsüzlüğe ermişlerdir.

Âd: Hud Peygamberin gönderildiği kavmin ulusudur.

Âd ve Semud: Peygamberlerini dinlemedikleri için helak olan iki kavim.

Ahad: Bir, taaddüdü sıfat, esma ve gayb itibariyle Tanrı'nın adı.

Akl-ı kül: Hükema felsefesine göre; yaratıcı kudretin faal tecellisine akl-ı kül, münfail tecellisine de nefs-i kül derler. Tasavvufla hükema felsefesini birleştirenlere nazaran akl-ı kül Cebrail'dir.

Âlem: Sofiler beş âlemin varlığını kabul ederler. Fakat bunlar ayrı ayrı yerlerde birer ayrı âlem olmayıp, aynı vücudun muhtelif safhalarıdır ve buna hazarat-ı hams derler. Bunlardan birincisi hazret-i gaybı mutlaktır ki, âyan-ı sabite ile hakayık-ı ilmiye âlemidir; bu makamda Cenabı Hak henüz esma ve sıfat mertebesine inmemiştir. Bütün esma ve sıfat, Tanrı'nın zatında mahvü müstehliktir. İkincisi âlem-i ceberut'tur; yani ukul ve nüfus-i mücerrede makamıdır. Üçüncüsü âlem-i misaldir. Dördüncüsü âlem-i me-nam'dır. Beşincisi hazret-i hissü şahadet'tir ki buna âlem-i kevnü fesat derler.

Bunların hepsini câmi bir hazret vardır ki o da insan-ı kâmil mertebesinin âlemidir. Bu altıncı hazret olarak telakki olunabilir. Kâinatın fevkinde bulunan ve memba-i kül olan âlem-i lâhut vardır ki, bu beş hazrete dahil değildir. Altıncı hazret sayılan âlem-i insan'ın diğer beş hazreti câmi olması da gösteriyor ki insan bir âlemi kübra'dır. Bütün mertebelerin sırrı, bu son âlem-i insan-ı kâmil mertebesinde mevcuttur. İnsan dıştan âlem-i asgar (en küçük âlem), içerden ise âlem-i ekber'dir (en büyük âlem).

Hazret-i gayb-ı mutlak'a âlem-i lâ taayyün, âlem-i ıtlak, âyine-i mutlak, hakikat-ül haka-yik, gaybül guyub da denilir.

Âlem-i ceberrut'a ise taayyün-i evvel, akl-ı evvel, tecelli-i evvel, hakikat-ı Muhammediyye, ruh-i izafî, ruhi küllî ve Kitab-ı Mübin de derler.

Âlem-i misâle de âlemi melekut, âlemi hayal, tayyün-i sani, berzah-ı suğra ve âlem-i tafdil adını verirler.

Ârif: Hakkın nuruyla âleme vâkıf olan ve Hakkı Hak ile bilen kimse. Kendisi susar ve Hakk onun sırlarından bahseder. Ârifin huzuru mârifet, neşesi muhabbet, nuru hakikattir.

Arş: Göklerin en yücesi. Ferş yani döşeme de ona nispetle bu yeryüzüdür.

Asâ: Sopa. Musa Peygamberin asâsı yere atılınca yılan olur, tutunca da sopa haline dönerdi.

Ashab: Hz. Peygamber'in yanında bulunanlar, dostlar, arkadaşlar.

Aşk-ı hakiki: Lezzetleri terkedip zahmetlere katlanmaktır. Öyle bir ateştir ki insanın kalbinde Mevlâ'dan gayrı ne varsa yakar.

Atabek: Selçuklular zamanından beri rastlanan bir kelimedir. Selçuk Sultanları, şehzadelerini kü-çük yaşta bir eyalete gönderir veya veliaht tayin ederlerken başlarına Atabek adıyla bir mürebbi ve vasi tayin ederlerdi. İlk defa bu unvanı Nizamülmülk al-mıştır.

Atabek Mecdüddin: Muinüddin Pervâne'nin damadıdır. Mevlâna'nın has müritlerindendi.

B

Bahâeddin Veled: Muhammed bin Hüseyin Hatibî (Doğumu: 543 Hic., ölümü: 627 Hic.) Mevlâna Celâleddin'in babası olup Sultâ-nül Ulema lakabıyla maruftur. (Bak: Bediuzzaman Furûzanfer, Risale der tahkik-i ahval u zindegânî-i Mevlâna Celâleddin Muhammed, meşhur be Mevlevî, Tehran, 1315 Hş., Sayfa 5 ve devamı.)

Bahâeddin: Sultan Veled. Mevlâna'nın oğlu (Bak: Şark - İslâm klasikleri: 1), Maarif-i-Sultan Ve-led, Önsöz.) bir de Mevlâna'nın kâtib-i esrarı olan Bahâeddin Bahri olması ihtimali vardır.

Batman: Ağırlık ölçüsüdür. Bazı yerlerde altı, bazı yerlerde ise üç okkadır.

Bâyezîd-i Bistamî: Ebâyezid, meşhur sofilerdendir. Hemen bütün tarikat silsilesini bu zata bağlarlar. Adı Tayfur'dur. Hic. 234 veya 261 tarihinde vefat etmiştir.

Beka: Bakîlik, fâni olmamak. Mârifet bekasıyla beka, muhabbet bekasıyla beka ve ünsiyet bekasıyla beka olmak üzere üç nevidir. Evliyanın makamının sonu bekadır.

Belâgat: Sözün kusursuz ve doğru olmakla beraber, yerinde kullanılmış bulunması.

Bid'at: Sonradan meydana getirilen usul ve adet demektir. Müslümanlıkta Peygamber zamanında olmayan şeyler manasına gelir.

Burak: Cennet hayvanlarının adıdır. Hz. Muhammed (s.a.v.) Miraç gecesi bir buraka binmiştir. Renginin güzel olması yahut yıldırım hızıyla gitmesinden dolayı bu ad ile anılır.

Burhan-ı Muhakkik: Mevlâna'nın babası Sultan-ül Ulema Muhammed Bahâeddin Veled'in halifesi olan Seyyid Burhâneddin Muhakkik Tirmizî'dir. Bahâeddin Veled'in ölümünden (Hic. 627) bir yıl sonra Konya'ya gelerek dokuz yıl Mevlâna'yı yetiştirmekle meşgul olmuş, Şems'in Konya'ya gelmesinden önce; buraya bir aslan geliyor, iki aslan bir yerde olmaz deyip Mevlâna'dan izin alarak Kayseri'ye gitmiş ve Hic. 636 tarihinde orada vefat etmiştir. Şems'in geleceğini bildiğinden dolayı kendisine Seyyid-i Sırdan da derler.

Büyük Mevlâna: Mevlâna-yi Bozork, Sultân-ül ulema Baha-ül Veled.

C

Cebrail: Cebreil ve Cibril de denilen bu melek, kadri en yüksek olan meleklerdendir. Tanrı'nın buyruğunu Tanrı elçilerine iletir.

Celâl: Tanrı'nın kahrı evsafındandır. Tanrı'nın kahr ile tecellisi.

Celâl-üt-Tebrizî: Kim olduğu anlaşılamamıştır.

Celil: Celaletli, azametli, büyük.

Cemâl: Tanrı'nın lütuf ve rahmetinin evsafındandır. Tanrı'nın lutfu ile tecellisi.

Cemâd: Taş ve toprak gibi cansız cisim.

Cemşid: İran mitolojisinin tanınmış simalarındandır Yedi yüz veya yüzyıl yaşamış, halkı teşkilatlandırmış, sonradan tanrılık davasında bulunarak zalim bir hükümdar olmuştur. Onun bir ilah olduğunu söyleyenler de vardır. Bazıları da Süleyman Peygamber olduğunu derler. Bir-çok sanatları ve yenilikleri onun bulduğu da rivayet edilir. Şarabı icadeden. Nevruz bayramını ko-yan odur. Pişdadiyan sülâlesinin dördüncü hükümdarı iken Dah-hak tarafından kovulmuştur.

Cevher: Kendi kendine var olan şey, kendi kendine var olmayıp vücudu için bir cevhere muhtaç olan şeye de âraz denir. Mesela cisim cevherdir, cismin şekli rengi ve saire ise ârazdır. Buna göre cevher, bir şeyin ancak ârazla belli olan, değişmez ve gerçek mahiyetidir.

Cevher Hâdim-i Sultan: Hakkında hiçbir bilgi elde edilememiştir.

Cennet-i Adn: Müfessir ve muhaddislere nazaran Ulu Tanrı kudretiyle arş ve kürsi altında ve yedi feleğin üstünde sekiz cennet yaratmıştır. Hepsinin âlası Cennet-i Adn'dır. Birinci cennetin adı Dar-ül Celâl'dir. İkincisi Dar-ül Selâm, üçüncüsü Cennet-ül Me'va, dördüncüsü Cennet-ün Huld, beşincisi Cennet-ün Naim, altıncısı Cennet-ül Firdevs, yedincisi Cennet-ül Karar, sekizincisi ise Cennet-ül Adn'dır. Cennet'ül Adn hepsinin ortasındadır. Cennetteki bütün nehirlerin kaynağıdır. Sıddîklerin ve hafızların makamıdır. Mahall-i tecelliyat-ı Zat-ı Rahman'dır.

Cezbe: Çekiş. Sofilere nazaran, Tanrı'nın kulu çekmesidir ki Tanrı'ya vâsıl olmak için mutlaka lazımdır. Zikir, aşk, çile hatta bütün şeyler cezbe hasıl etmek içindir. Bazen cezbe bir mürşide ulaşmadan, insana Tanrı'nın ina-yetiyle gelir. Bir mürşide ulaştıktan sonra cezbeye tutulan ise mürşidi sayesinde cezbesini kolay geçirir.

Ç

Çerağ: Lamba, fitil, kandil, mum.
Çevğan: (Bak, Guy'u Çevğan).

D

Davud: Peygamberdir. Tanrı kendisine öyle bir ses vermiştir ki Zebur'u okuduğu zaman, bütün kuşlar üzerine üşüşür, dağlar da yankılanırmış. Güzel, biraz kalın ve dolgun sese bugün de davudî ses derler.
Dehliz: Evin kapısından girilince içinden geçilen uzun, loş ve sessiz taşlık.
Dergâh: Huzur.
Didâr: Rüyet-i Cemal, zuhur-i Cemal.
Dinar: Para, altın para.
Divan: Hükümdar ve vezirlerden mürekkep meclis, kabine.
Dört hılt: Ahlat-ı erbaa. Eski tıbba göre insanların vücudunda birbirine karışmış dört şey vardır. Bunlar da kan, balgam, safra ve sevdadır. Bu dört şeyin yeter miktarda oluşundan mizaç, yani sıhhat meydana gelir. Hastalık da bunlardan birinin fazlalaşmasıyla baş gösterir.
Dört unsur: Bak, anasır-ı erbaa.
Dört tabiat: Çihar-tab'. Feleklerin dönmesinden meydana gelen yaşlık (rutubet), kuruluk (yubu-set), sıraklık (hararet) ve soğuk-luk (burudet)'tir.

E

Ebu Cehl: Kureyş büyüklerindendir. Asıl adı Ebu'l hakem iken Müslümanlığa karşı koyduğu için Ebu Cehl bilgisizlik babası adıyla anılmıştır. Hicretin ikinci senesinde Bedir Savaşı'nda öldürülmüştür.
Ebubekir: Ebu Bekr Abdallah (571 - 634) Hulefa-i Raşidin denilen dört halifenin ilkidir.
Ebu Hanife: Kûfeli alim bir Müslüman'dır. Kurduğu mezhebe Hanefilik ve bu mezhebe tabi olanlara da Hanefî denilir. Asıl adı Numan olan Ebu Hanife, sünnî alimler içinde pek çok şöhret kazanmış ve İmam-ı Azam diye anılmıştır. Hicri 150 (M. 767) tarihinde Bağdat'ta vefat etmiştir.
Ehl: Sahib, malik ve muttasıf olan.

Ehl-i dil: Gönül sahibi, ehli. Gönlün hakikatini bilenlere gönül ehli denilir. Ehl-i tasavvuf gönüle çok önem verir. Onlara göre insan bütün âlemin gayesidir. İnsanın hakikati ise gönüldür.

Ehrimen: İnsanı kötü yola sevkeden ve dalalete düşüren şeytan.

Ekmelüddin : Ekmelüddin Tabib, tababette çok bilgili ve yetkili bir kimsedir. Aynı zamanda Hazreti Mevlâna'nın müritleri arasında bulunmaktadır. Feridun Sipehsâ-lar'ın verdiği bilgiye nazaran Mevlâna vefat ettiği zaman (672 H.) o, hayattaydı. Hatta onu tedavi etmiştir.

Elest bezmi: Tanrı Âdemoğullarının ruhlarına kendileri yaratılmadan önce: "Ben sizin Tanrınız değil miyim -Elestü bi Rabbi-küm?" diye sormuş, ruhlar da: "Evet- Belâ!" diye tasdik etmişler. İşte bu yemine, ahde, Ahd-i Elest, Ruz-i Elest ve bu meclise de Elest bezmi derler,

Emanet: Emanet yükünden maksat, Tanrı'nın kemaliyle zuhurudur.

Emir-i İğdişan: Annesi Hintli, babası Türk olana iğdiş denir. İğdişler, divana veya orduya mensup bulunan bir tabaka idiler. İşlerini tanzim cihetiyle bir emir yahut başkanları olurdu ki, buna Emir-i İğdişan derlerdi. Bu tabaka o zaman Konya'dan başka şehirlerde de mevcuttu. Daha sonraki asırlarda başkanlarına Emir-el Egadis Başı, unvanı verilmiş. (Bak: Kitab-ı Fihi Mâfih, s. 334, Neşr-i B. Furuzanfer.)

Emir Naîb: Bundan maksat Eminüddin Mikail'dir ki Hic. 657 - 676 yılları arasında naîblikte bulunmuştur. Emir Naîb olarak da adı geçen bu zata, Mevlâna'ya olan büyük saygısı ve muhabbetinden dolayı Eflâkî iki hikâyesinde Naîb-i Has-ı Sultan demektedir. Karamanlılar isyanında, H. 676 tarihinde Konya'da katledilmiştir.

Emir Pervâne: Muinüddin Süleyman bin Müzehhebüddin Ali Deylem, Anadolu Selçukluları'nın en büyük vezirlerinden biridir. Hic. 675 tarihinde Abaka Han'ın emriyle katledilmiştir. Mevlâna'ya karşı büyük bir saygı ve sevgisi vardı. Bu eserinde de gö-rüldüğü gibi onun hususi ve umumi meclislerinde daima hazır bulunurdu. (Hayatı hakkında daha geniş bilgi edinmek için bak: İbni Bibi, s. 272-320, Müsamere-tül Ahbar,s. 41. 256.)

Erkân: Direkler, dört rükun, esaslar. Eskiler maddeyi dört unsur denen toprak, hava, su ve ateşten meydana gelmiş addederlerdi. İşte her şeyin aslı olduğunu kabul ettikleri bu dört şeye, Erkan-ı erbaa derler.

Evrad: Vird'in cemidir ve tarikatın piri tarafından tertip edilmiş olan duayı muayyen bir zamanda okumaktır.

Ezel: Zamanın evveli tasavvur edilmeyen kısmına ezel, sonu düşünülemeyen kısmına da ebed derler.

Esfel-i sâfilin: Aşağıların en aşa-ğısı, sefillerin en sefili. (Kur'an, Tin suresi, âyet: 5: "Sonra da esfel-i sâfiline çevirdik.")

Evliya: Velî'nin cemi. Sofilerin inanışına göre evlîya, mukaddes makama sahip ve Tanrı'ya yakın olan tabiatüstü şeyler yapabilen ve dünyanın düzeni ellerinde bulunan kimsedir.

F

Fakih: İslâm hukukunu iyi bilen ve kendisine sorulan meseleler hakkında fetva verme yetkisinde bulunan kimse.

Fakr: Sofîlere nazaran zahirî varlıktan geçmeğe denir.

Farz: Tanrı'nın emrettiği ve mutlaka yapılması gereken şey. Mesela günde beş vakit namaz kılmak gibi.

Fasih: Bir dili doğru ve kaideli olarak kullanan.

Fasıl: Bir kitabın kısımlarından her biri.

Fatiha: Açış, başlangıç. Kur'an'ın ilk suresidir.

Felek; Gökyüzü. Eskilere nazaran yedi kat gök vardır. Birinci kat gökte Ay, ikincide Utarit, üçüncüde Zühre, dördüncüde Güneş, beşincide Mirrih, altıncıda Müşteri, yedincide Zühal vardır. Bunlar birbirini kaplamıştır. Yedinci gö-ğü kaplayan sekizinci gökte Burçlar (sabiteler) vardır. Bu gö-ğü de kaplayan ve içinde hiçbir şey bulunmayan ve Atlas (Felek-i Atlas) adı verilen dokuzuncu kat gök, bütün diğer gökleri kaplamıştır. Yedi kat gökteki yıldızların her biri, yeryüzüne ve yeryüzündekilere tesir eder; her yıldızın hayırlı ve hayırsız tesirleri vardır. İlm-i tencim veya ilm-i nücum denen eski astronomiye nazaran, bu yıldızların her birinin hususi tabiatları, hakim oldukları iklimler ve yeryüzüne tesir ettikleri saatler vardır.

Fenâ: Yok olma, beğenilen vasıfların bekası zamanında, kötü va-sıfların ortadan kalkması ve yok olmasıdır. Fenâ, iki kısımdır. Biri bu söylenenlerdir ki riyazetle hasıl olur; diğeri ise, insanın Tanrı'nın büyüklüğü ve Hakk'ın mü-şahedesine müstağrak olmasıdır.

Ferhad: Klasik İran edebiyatında, Mecnun kadar meşhur olan bir aşk kahramanıdır. Sevgilisi Şirin uğrunda, ömrünü Bîsütun dağında heder etmiştir.

Fersah: Takriben bir saatlik mesafe. (5400 m.)

Fesahat: Açıklık. Kelimede garabetten, tenafürü huruftan, kıyasa muhalefetten ve sözde, kelimâtın fesahatiyle beraber za'fı teliften, tenafüri kelimâttan selamettir (Lugat-ı Naci).

Fetva: Her hangi bir mesele hakkında şeriata göre hüküm vermeğe fetva denir ve bu hüküm kağıda yazılarak imzalanır. Bu hükmü verene ise müftü denilir.

Firavun: Musa'ya iman etmeyen. Velid bin Musab eski Mısır hükümdarlarına verilen ad.

G

Gayb: Görünmeyen, bilinmeyen, gayb ayn'ın zıddıdır. Ayn madde âlemidir ve tasavvufta kuvvetin zuhurudur. Gayb da ayn halinde zuhur eden âlemin bilinmez mahiyetidir.

Gufran: Bağışlama.

Guy-u-çevgân: Eski bir oyundur. Ortaya guy (top)konur, ellerinde çevgân denilen ucu eğri bir alet bulunan atlılar, topu belli olan sınırdan dışarı çıkarmağa çalışırlar.

H

Hâbil: Hâbil ile Kabil, Adem'in oğullarıdır. Hâbil çiftçilikle, Kabil de çobanlıkla iştigal ederken, aralarında çıkan bir anlaşmazlık sonunda Kabil, Hâbil'i öldürerek toprağa gömmüştür. Bunun üzerine Adem'de kendisine; "Topraktan daha melun olasın. Elini sürdüğün şeyde bereket bulamayasın. Bütün katiller senin neslinden gelsinler" diye ilenmiştir.

Hacc: Kurban bayramına tesadüf eden günde yapılan Mekke ziyareti.

Haceği: Sultanül Ulema'nın mür-idlerinden olup onunla beraber Belh'ten Anadolu'ya hicret et-miştir.

Hacib: Perdeci perdedar.

Hadis: Hz. Peygamber'in Kur'an esasına uygun olmak üzere, bazı meseleleri açmak ve Kur'an'da geçmeyen bazı hükümleri belirtmek kastıyla söylediği sözler.

Hadîs: Sonradan vuku bulan.

Hakk: Tanrı. Tanrı tarafından kula farz kılınan şey.

Hak: Toprak. Toprağa mensup olana da haki denilir.

Hakk-el yakîn: Ahadiyyet maka-mmda Hakk'ı müşahade etmek-tir.

Hakikat-i Muhammediyye: Ulu Tanrı'nın taayyün-i evvel ve esma-yı hünsâ itibariyle mertebesi.

Hâl: Bir anda gelip geçen mistik bir zevk derecesi. Bir hâl devam ederse makam adını alır.

Hâlâ ve Melâ: Hâlâ, birbiriyle bitişik olan iki cisim arasındaki boşluktur. Eskiler mekânın izahı sırasında buut ve hâlâ hakkında muhtelif fikirler sardetmişlerdir. Mütekellimine göre, iki cismin arasındaki boşluk maddenin hareketine müsait ve maddeden ayrı bir bu'd-ü mücerrettir. Bu buut bir ferag-ı mevhumdur. Cisme zarf olmak kabiliyetine haizdir. İçinde cisim mevcut olan boşluğa hayyiz, cisimden hâli olan boşluğa hâlâ derler.

Hâlâik: Mahlukat, yaratıklar.

Hâlik: Her şeyi halkeden, yaratan Tanrı.

Hallac: Hallac-ı Mansur, şeriata aykırı görülen bazı sözleriyle, hareketleri yüzünden Hic. 309 (M. 922) Bağdat'ta idam edilmiş-tir.

Halvet: Yalnızlık, uzletin nihayetidir. Tarikatta halvete dahil ol-manın şartları. Halvetin şartları, aynen Tanrı yolunun şartlarıdır. Yani imanı doğru tutma, temizlik, dünya lezzetlerini terketmek, can ve gönlün hakikatini bilmektir ve bu şartlar olmadıkça halvete girmek tehlikelidir. Girdikten sonra da her gün biraz daha az yemek, az uyumak, daima ibadetle meşgul olmak lazımdır. Aksi halde zindana girmekten bir farkı olmaz.

Hâmân: Firavun'un vezirinin adı. Firavun'un Tanrılığını ilk defa bu kabul etmiştir. Aynı zamanda Hz.İbrahim'in kardeşinin de adıdır.

Harem: Kâbe'nin civarında hududu belli bir yer vardır ki oraya harem denir. Burada avlanmak veya canlı bir mahluku öldürmek haramdır.

Harezmşah: Kutbettin Muhammed, ölümü Hicri 1128, Harezm-şahlar sülâlesinin hakiki müessi-sidir.

Harut-Marut: İki melektir. Bâbil ahalisi sihirle çok fazla uğraştıklarından, sihir ile mucizeyi ayıramaz hale gelmişler. Ulu Tanrı, sihri öğretmek üzere Harut ile Marut'u Bâbil'e göndermiş; onlar da sihir öğretir fakat, buna inanmamak lazım geldiğini de tenbih ederlermiş. Başka bir rivayete nazaran da: Yeryüzünde in-sanların işlediği günahların def-teri mele-i âlâya çıkınca, melekler itiraz edip: "Yâ Rabbi insanlar senin bu kadar nimetinin kadrini bilmeyerek, bu kadar çok günah işliyorlar. Niçin onlara müsamaha ediyorsun?" demişler.Ulu Tanrı'nın "Onlarda olan mizaç ve tabiat sizde yoktur, eğer olsaydı siz de yapmaz mıydınız?" buyurması üzerine, melekler: "Haşa biz doğruluktan ayrılmazdık!" demişler. Ulu Tanrı da denemek için, itimat ettikleri iki melek seçmelerini emretmiş. Melekler Harut ile Marut'u seçmişler ve Ulu Tanrı da bunları Babil'e göndermiş Bunlar, gündüzün yeryüzünde icrayı hükümet eder, geceleyin de ismi azamı okuyarak semaya çıkarlarmış. Günün birinde Zühre adlı çok güzel bir kadın, kocasından boşanmak için bunlara başvurur. Bunlar hemen kadına âşık olup onunla yaşamayı teklif ederler. Kadın da istediği olmazsa razı olmayacağını söyler. Bunlar da müsaade ederler. Bu defa da kadın şarap içmelerini puta tapmalarını teklif eder. Melekler bunu da yaparlar. Kadın yine muvafakat etmez ve akşamları göğe çıkmak için okudukları duayı kendisine öğretmelerini ister. Bunu da öğretirler. Kadın bu duayı okuyarak semaya çıkınca Ulu Tanrı onu bir yıldız yapar, melekler de şaşırıp kalırlar. Bu olay İdris Peygamber zamanında olduğundan ondan şefaat isterler. İdris'in şefaati kabul olunmakla beraber, dünya azabı ile ahiret azabından birini tercihe mecbur edilirler. Harut'la Marut da dünya azabını tercih ederler. Bunun üzerine Ulu Tanrı da bunların Babil'de, bir kuyuya baş aşağı asılıp, kıyamete kadar azap çekmelerini irade buyurur.

Hayal: Bildiklerimize dayanarak ettiğimiz tasavvur.

Herise: Koyu kıvamda, yarma, et, tereyağı, tarçın ve daha başka baharatın bir arada pişirilmesinden meydana gelen bir nevi çorba.

Heva-vü-heves: İnsana kendi nefsini unutturup gelip geçici şeylere meylettiren şey.

Hikmet: Bilgelik, akıllı ve faziletli adamın hali. Sözlerine de hikmet denir. Filozof karşılığında da kullanırlar.

Hindu: Hindistan'ın mecusî halkından olan kimse.

Hizmet: Tanrı'ya kulluk vazifesini yapmak. Karşılık, fayda beklemeden büyüklere hizmet etmek.

Hil'at: Şeref elbisesi.

Hüccet: Delil.

Hüdavendigâr: Hz. Mevlâna'nın lakabıdır. Buna Fîhi Mâ Fîh'de olduğu gibi Menaki-ül Arifin'de de tesadüf edilmektedir.

Hudu': Huşu', hudu' ve tavazu ıstılahta bir manaya gelir. Bunun kalbde daimi bir korku olduğunu da söylerler.

Hudus: Adem ile mesbuk olan yahut vücutta gayra muhtaç olanlar. Sonradan ortaya çıkma.

Hükema: Yunan felsefesini islâmileştiren filozoflar. Bunlara göre yaratıcı kudretin faal tecellisine akl-ı küldür.

Huma: Boz renkte, ayaksız bir kuş, dirisi ele geçmezmiş.

İ

İbadet: Tanrı'nın emrini yapmak, nehyini yapmamaktır.

İblis: Hz. Adem'e Tanrı'nın emrine rağmen tekebbüründen secde etmediği için, daima lanetle anılan şeytan. .

İbrahim: Azer'in oğludur. Azer, Babil hükümdarlarından Nemrud'un veziriydi. Mevki sahibi olmasına rağmen, put yapıp satmakla geçinirdi. İbrahim daha küçük yaştayken, babasının ken-disine satması için verdiği putların boynuna ip takarak yerlerde sürükler kırardı.Böylece putları kırdığı ve tahkir ettiğinden dolayı Nemrud tarafından ateşe atılmış, fakat ateş İbrahim'i yakmamıştır.(Kur'an, sure: 21, ayet: 69)

İbrahim Edhem: Ebu İshak İbrahim bin Ethem Süleyman bin Mansur el-Belhî, sofiye meşayi-hindendir. Bir hâdise neticesinde dünyadan elini eteğini çekmiş ve Hic. 161 (M. 777) de Şam'da vefat etmiştir.

İbni Çavuş: Necmeddin bin Hurrem Çavuş olması lazım. Bu zat Mevlâna'nın müritle- rinden olup Şeyh Salâhaddin'e dil uzatanlardandır.

İçtihat: Çalışmak. Fıkıhda müta-bahhir olan bir zatın kitap ve sünnetten istihracı hükmü şer' î hususunda bezli makdur etmesi, bu suretle bir mezhep çıkarması. Mesela, Ebu Hanife bir mezhep içtihat etti.

İki alem: Dünya ve ahiret.

İklim: Eski nazariyeye göre, dünyanın insanlarla meskun olan dörtte biri, doğudan batıya doğru yedi iklime ayrılırdı. Yedi iklim, bütün cihan ve cihan halkı demektir.

İllet-i ulâ: İlk sebep bütün sebeplerin sebebi. Hükemaya nazaran, bütün varlıkların var oluşuna sebep olan akl-ı kül'dür. Bu aktif sıfatlar birer pasif sıfat hâsıl etmiştir ve bu nefs-i küldür. Her ikisinden gökler meydana gelmiş, göklerin döşenmesinden dört unsur var olmuş göklerle anâsırın birleşmesinden de cemat, nebat ve hayvan vücuda gelmiştir. Bu inanca göre akl-ı kül yaratıcı kudretin zati iktızasıdır. Tanrı'dan meydana gelen yalnız akl-ı küldür. Akl-ı külden nefs-i kül meydana gelmiş ve kainatı bu ikisi göstermiştir.

İlm-i ebdan: Ehl-i hikmet, ilm-i ebdan'a (bedenler ilmi) teşrih ederler.

İlm-i kimya: Eskilere göre, cıvayı bakır ve sair madenlerle karıştırıp, buna iksir ilave ederek sun'i olarak altın elde etmekmiş.

İlm-ı ledünnî: İlham-ı Rabbânî. Nebîler ve velîlerin Hakk tarafından ilham ile bildikleri ve nice ilimleri ve sanatları hocasız ve talimsiz ihtira ve icat ile bulmalarına denir.

İlm-i nücum: Yıldızların durumlarına ve hareketlerine dayanarak hükümler çıkarmak ilmidir. Yıldız bilgisi.

İlm-i simya: Bir takım el çabukluğu ve hileler ile bakanlara mevcut olmayan şeyleri göstermek ilmidir.

İlliyîn: Yedinci kat gökte bir yerin adıdır. Cennetlerin en yüce ve en iyi yeridir.

İlm-el yakîn: Delili aklî ile hasıl olan ilimdir.

İnâyet: İbadet ve teveccühten hasıl olan Tanrı'nm emrine muhabbet.

İnsan-ı kâmil: Sofiler nazarında insanlar üç kısımdır: Birinci kısım, son mertebeye erişenler, yani insan-ı kâmiller; ikincisi sâlikler; üçüncüsü, bunların haricinde kalan ve yollarını şaşırmış bulunanlardır.

İrem Bağı: Adem Peygamber'in torununun torununun torunu olan ve Ad kavminin hükümdarı iken, tanrılık davasına kalkan Şeddad tarafından yaptırılan eşi görülmemiş bir şehirdir.

İsm-i âzam: Tanrı'mn en ulu ve en şerefli adıdır.

İsrailoğulları: İsrailoğulları Mısır'dan çıkınca kırk yıl çölde sergerdan olarak kalmıştır.

İsrafil: Dört büyük melekten birinin adıdır.

İstiğna: İhtiyaçsızlık. Adem-i tenezzül, zengin olmak.

İstiğrak: Kendisini bilmeyecek kadar dalgınlık. Vücudun zikrul-lah ile istiğrakıdır. Bu halin dervişânesi ve arifânesi olur.

K

Kabil: (Bak Hâbil.)
Kabâ: Zenginlerin giydiği süslü ve ağır cübbe.

Kâbe: Mekke'deki mabet. İbrahim Peygamber tarafından yapıldığı rivayet edilir. İslâmiyet'ten önce müşriklerin puthanesiyken Mekke alınınca kıble olmuştur.

Kadir gecesi: Ramazan ayının son on günündeki tek gecelerden biridir. Kur'an bu gece inmiştir. Kur'an'ın 97. suresinde, o gece meleklerle Cebrail'in gökten yere indiği, sabaha kadar hayır ve selametten başka bir şey takdir etmediği, o geceki ibadetin bin yıllık ibadetten dana hayırlı olduğu anlatılmıştır.

Kadim: Evveli bulunmayan.

Kadı Ebu Mansur Herevî: Ebu Hâmid Mansur bin Ebi Mansur Muhammed Herevî. Herat kadısı olup Hic.V. asrın tanınmış şair ve yazarlarından sayılır. Hic. 440 tarihinde vefat etmiştir.

Kadı İzzeddin: Kadı İzzeddin Muhammed Razî. İzzeddin Keykavus bin Keyhusrev'in vezirlerinden olup Hic. 654 veya 656 yılında öldürülmüştür. Eflâkî'nin verdiği bilgiye nazaran da Konya'da Hz. Mevlâna için bir mescit inşa ettirmiştir. Aynı zamanda Mevlâna' nın müridi de olmuştur.

Kaf dağı: Eskilere göre, dünyayı ihata eden dağ.

Kâfir: Tanrı'ya, Peygambre'e ve Tanrı buyruklarına inanmayan. Dine kendiliğinden bir şey katana da mülhit denir.

Kalem: "Tanrı evvela kalemi yarattı." Hadisi gereğince ilk yaratılan basit cisme kalem denilmiştir. İlahî ilmin mufassal bir hale gelmesine vasıta olan kalemdir.

Karakulak: Çakal nevinden kulakları kara bir hayvan.

Karun: Musa Peygamber zamanında yaşadığı rivayet edilen meşhur bir zengin. Zekât vermediği için hazinesiyle beraber yere batmıştır.

Kaza: Vakti geçen ibadetleri sonradan ödemek.

Kaymaz, Obruk ve Sultan: Konya ve Kayseri vilâyetleri arasında bulunan üç yer adı.

Kelâm: İlm-i kelâm esas itibariyle Tanrı'nın zat, sıfat ve ef'alini, şeriatın çizdiği esaslara göre tetkik ederek, uluhiyeti bir sistem dahilinde ispata çalışmaktır.

Keramet: Nübüvvet davasında olmayan bir kimse tarafından meydana getirilen harikulade iş.

Kesret: Çokluk, bolluk.

Keşşaf: Kur'an tefsiridir. Allâme Zemahşeri bu tefsiri, Hic. 525, senesinde Mekke'ye ikinci gidişinde Mekke mukimlerinden Ali bin Hamza bin Vehhas'ın ricası üzerine. Hic. 526 tarihinde yazmağa başlamış ve 528 yılında bitirmiştir.

Kevn: Olma, varlık, var olma, vücut.

Kevn-ü fesad: Cisimler âlemi. Bir taraftan vücuda gelip bir taraftan mahvolmaktan ibaret olan fâni, ölümlü dünya, tabiat.

Kevn-ü mekân: Alem-i vücut.

Kimya: (Bak: İlm-i kimya).

Kitab-ı Sibeveyh: Bir nahiv kitabıdır. Müellifi, Abdullah bin Merzüban Seyrafî'dir; Sibeveyh olarak tanınır. Sibeveyh, Hic. 290 yılında dünyaya gelmiş ve Hic. 368 yılında Bağdat'ta vefat etmiştir.

Kıble: Müslümanların namazda yöneldikleri Kâbe'dir.

Kıran: İran parasıdır

Kutup: Sofiler kendi derecelerini, talipler, müritler, sâlikler, salihler, tabirler, vasıllar ve kutup olmak üzere yedi tabakaya ayırmışlardır. Kutup, en yüksek tabakadır. Her devirde Tanrı'nın halifesi olan bir kişi bulunur ki buna, Kutb-ul aktab (kutupların kutbu) denir. Her sıkıntıda olan insanın kendisine sığınması itibariyle,Gavs da denir. Bunun feyzi ruh gibi bütün âleme sirayet eder. Kutb-u zaman, kutb-u asr (zamanın kutbu, asrın kutbu) da derler.

Kunduz: Su köpeği, derisi kıymetlidir.

Küfür: Bir şeyi örtmek, gizlemek. Tanrı'ya, Peygamberine, emirlerinden her hangi birine inanmamak.Bunu yapana ise kâfir, denir.

Kürsî: Emir ve nehiy mevzii. Akl-ı kül ve Nefs-i kül cevherlerinden akıl ve nefis halk olundu. Bu halk olunan şeye Peygamber Arş, hükema ise Felek-i atlas ismini vermişlerdir. Bu suretle o feleğin de akıl ve nefsinden sekizinci felek, müfessirlerce Kürsî yaratıldı.Ulu Tanrı Kürsî'yi Arş-ı Azam'ın nurundan ve onun altında, al yakut renginde, arşın sakına bitişik ve dört köşeli olarak halk etmiştir.

L

Lâ havle: Kızgın ve üzgün olunca okunan bir duanın başı. Tamamı: Kuvvet ve kudret sahibi ancak Tanrı'dır.

Lâ ilahe illallah: Tanrıdan başka yoktur tapacak demektir.

Lâl: Kırmızı renkli kıymetli bir taş.

Lut: Peygamberdir. Kavmi son derece günâhkar olduğundan Allah'a yalvararak onları, yani Sedum ve Gomura halkını helak ettirmiştir.

Levh-i mahfuz: Levh, üzerine yazı yazılan şey. Tanrı, rivayete nazaran, alemleri yaratmadan önce, bir levh ve bir de kalem yaratmış ve o kalemle bu levha üzerine yazmıştır. Korunmuş levha demektir ve mukadderattan kinayedir.

M

Mahv: Kulun Tanrı' nın zatında varlığını ifna etmesi.

Mağrip ve Meşrik: Doğu ve batı memleketleri. Her memleket kendisine nazaran bu memleketleri tayin etmiş fakat, genel olarak Mekke merkez bilindiği için.onun şarkında kalan kısımlara Meşrik (Hindistan, İran ve Aksa-yı Şark (Çin ve Japonya); garbında kalanlarda Mağrip (Afrika), Aksa-yı Garp, daha batıdaki yerler denmiştir.

Makam: Sâlik'in zevkini bulduğu ruh hali.

Mansur: (Bak: Hallacı Mansur.)

Mârifet: Tanrı birliğinin bilgisine ait zevk.

Mâsiyet: Tanrı'nın emirlerine kasden itaat etmemek.

Mehdî: Hz. Muhammed, dünya tamamıyla karanlıklara boğulunca, kendi neslinden birinin çıkacağını ve yeryüzünü baştan başa adaletle dolduracağımı haber vermiştir. Sünnilere göre bu zat, ahir zamanda doğacaktır. Şiilere göre Hicretin 255. yılı şabanının on beşinci gecesi doğmuş olan XII. imamdır. Daha sonra gaybete çekilmiştir. Hala sağdır, işte Mehdî bu zattır. Sofilerin bir kısmı da Şii inanışımı kabul etmişlerdir. Bunlara göre Kutup, Mehdî'nin vekilidir. Bir kısmı ise Mehdî olarak her zamanın kutbunu kabul ederler.

Melekut âlemi: Sıfatlar ve kuvvet âlemidir. Mülk âlemi ise gördüğümüz madde âlemidir. Melekutun lügat manası, büyüklük ve saltanattır. Tasavvufta Tanrı'nın Alem-i Lahuttan sonra tenezzül ettiği âlemdir.

Mekruh; Terkedilmesi doğru ve müreccah olan iş. Eğer bu hareket, harama daha yakınsa kerahat-i tahrimiye, helâla daha yakınsa tenzihiye denir.

Merdut: Reddedilmiş, kovulmuş.

Mescid-i Aksa: Süleyman Peygamber'in Kudüs'te Tanrı için yaptırdığı büyük mabet.

Mesih: İsa Peygamber. Hastalara meshedip şifa vermesinden dolayı Mesih denmiştir.

Mekr: Hile, desise. Mekkâr, hile-kâr.

Mevlâna Bahâeddin: Hz. Mevlâna'nın. oğlu, Bahâddin Sultan Veled'dir.

Miraç: Hz. Muhammed'in göğe çıkması. Kur'an'ın İsra ve Necm surelerinde, Peygamber'in bir gece bir anda Mekke'den Kudüs'e gittiği ve Kudüs'ten göklere çıktığı cenneti ve cehennemi gördüğü, kendisinden önce gelmiş bulunan peygamberlerle görüştüğü anlatılmaktadır. İşte bu göğe çıkışa miraç denilir.

Mısırlı, Şamlı: Mısırlılar ve Şamlılar. İlhanlılarla Mısır ve Şam Memlukları arasındaki harplere işaret edilmektedir. Muinüddin Pervâne zâhiren Moğollarla anlaşmış, gerçekte Rükneddin Bay-bars'ı Moğollarla savaşmağa teş-vik etmiştir. Neticede Moğol-lar'ın yenilmesinden sonra. Hic. 685 tarihinde Abaka tarafından öldürülmüştür.

Muarrif: Bir nevi teşrifatçı. Padişahın huzuruna gireni tarif eden, yahut resmi meclislerde gelenleri, lakaplarıyla anarak metheden kimseye denir.

Muhakkik: Varlığın hakikati, kendisine olduğu gibi zahir olan, delil aramadan Tanrı'yı gören, eşyanın aslını, hakikatini Hak olarak gören ve bilen kimseye denir. Tasavvuf dışında, hakikati delilleriyle ispat edene denir. Bunun zıddı mukallittir.

Muhtesip: Bir şehrin bilhassa ahlaki düzenine ve belediye işlerine bakan zaptiye memuru.

Musa: Musa Peygamber, Şap denizinin kıyısına gelince, asasıyla denize vurmuş, deniz yarılmış, ortadan açılan on iki yoldan İsrailoğulları'nın on iki kabilesi geçmiştir. (Kur'an, sure: 20, ayet: 77).

Mukarreb: Mukarreb melek, Tanrı'ya en yakın olan meleklerden her biri ki bunlara Kerrubîler de denir. Bunlar dört tanedir: Cebrail, Mikail, İsrafil ve Azrail.

Murakabe: Gözetleme, gözetleş-me; tasavvufta sâlikin kendi kudret ve kabiliyetini bırakarak Hakk'a nâzır olmasıdır. Tenha bir yerde ihvanla, yahut yalnızca oturup, gözlerini kapayarak Tanrı'dan başka bir varlık olmadığını düşünür ve bu murakabe sonunda hakikatin cezbe ve aşk tesiriyle kalplerine doğacağına inanırlar.

Mushaf: Kur'an'ın sahifelerini toplayan, şirazeli mücelledin adıdır. İki yanındaki kaplarına da deftereyn (iki defter) denir.

Mutavvel: Kütüb-i Mutavvele, her konuda yazılmış mufassal kitaplara denir. Mesela, El-Mu-tavvelu fi'l-Felsefeti gibi. Orta derecede kitaba ise Vâsıt, muhtasar olanlara ise El-Muhtasar veya El-Mu'cez, derler. Mesela: El-Vasitu fi'l-Felsefeti gibi.

Mutezile: İtizal, bir tarafı tutan demektir. Yunan felsefesinin İslâ-miyet'e tesirinden sonra meydana gelen bir mezhebin adıdır. Bu mezhebe girenlere Mutezile, mez-hep erbabına da Mutezilî derler. Bunlar Tanrı'yı tenzih etmek için, Tanrı'nın zatına nispetle sıfatları olmadığını sıfat kabul edilirse, O'nun kula benzetileceğini söyler, adil olduğu ve iyiliğe iyilikle, kötülüğe kötülükle mukabele ettiğinden, iyilik ve kötülüğü kendi irade ve ihtiyarımızla yaptığımızı, Tanrı'nın bizim yapacağımız şeyleri bilmesi, o şeyleri bize yaptırmağa cebretmediğini kabul ederler.

Mutlak varlık: Sofilere nazaran; Tanrı mutlak varlıktır. Varlığın zıddı yoktur. Fakat bu yokluk, varlığın yok şeklinde düşünülmesinden meydana gelen bir vehimdir. Zira hakikatta yok olan Tanrı'dan başkasıdır; daha doğrusu 0'ndan gayri bir şey yoktur. Tanrı'nın zatı iktızası olan zuhuru, gerçekte yok olan varlıkları meydana getirmiş ve bu bakımdan, yokluk, varlık için bir ayna olmuş, bu aynada da yine kendisi görünmüştür.

Mücahade: Nefsi, bedeni meşakkatlere sokmak hevâ-vü hevese muhalefet etmek.

Mülhit: Dini bozan.

Mümin: Tanrı'nın birliğine ve Hz. Muhammed'in nübüvvetine, İslâ-miyet'in diğer erkanına inanan kimse.

Mükâşefe: Bazı sırların kulun gönlünde Tanrı tarafından, Tanrı'nın inayetiyle keşif ve ilham yoluyla belirtilmesidir. Bu, kalbi tasfiye ettikten sonra, ruhun Alem-i Kuds'a çekilmesiyle meydana gelen ve aynı zamanda son mertebeyi teşkil eden bir ilimdir. Hakikat ilmi bu ilme denir.

Müşahede: Ahval-i guyuba ıttılaı kalbdir. Kendi fenasıyla eşyayı görmektir. Mâsivadan teberri kılıp her halde Hakk ile olmaktır.

Mürid: Kendi iradesinden kurtularak bir mürşide bağlanan ve iradesini Tanrı'ya veren.

Mürşid: İrşad eden, doğru yola götüren, doğru yolu gösteren.

Müşrik: Açıktan açığa Tanrı'ya şerik koşan, birçok tanrıların varlığına inanan, Tanrı'nin birliğine ve İslâm dinine inanmayanlara denir.

Münafık: Kendisini inanmış gösteren fakat, kalben inanmayan kimse.

Müneccim: Yıldızların yeryüzüne ve insanlara tesiri bilgisine, yani astroloji bilgisine malik olan kimse.

Muabbir: Rüyaları yoran ve onlardan istikbale dair hükümler çıkaran kimsedir.

Mütenebbî: Ebu Tayyib Ahmed bin Hüseyin Cafer. İslâmiyet'ten sonra Ebu Tammam ile beraber yetişmiş olan Arap şairlerinin en büyüklerindendir. Hic. 303 tarihinde doğup, 354 tarihinde katledilmiştir.

Muvahhid: Birleyen, Tanrı'yı tek bilen.

N

Nahiv: Her dilin, o dili doğru konuşmayı doğru okuyup yazmayı öğreten bir takım kaideleri vardır, işte bu kaidelerin tamamına Arapça'da sarf ve nahiv derler.

Nazar sahibi (ehli): Bakış sahibi, görüşü kuvvet ve derin olan.

Nebî: Tanrı' dan emir alan, bir şeriat sahibi olan peygamber. Davut, Musa, İsa ve Hz. Muhammed gibi. Bunların şeriatları, evvelki peygamberlerin şeri-atlerini nesheder. Mürsel olma-yan Nebî, sadece "nebî" diye anılır.

Nefs: Nefs, iki manada kullanılır: Biri, gazap ve şehvet kuvvetlerini toplayan yani kötü vasıfların kaynağı ve esası manasına gelir. Bununla mücadele etmek gerekir ve buna cihad-ı ekber denir. Diğer manada ise nefis, insanın hakikati, zatıdır. Birinci manasıyla nefis şeytanî ve zemmedilmiştir, ikinci manasıyla ise rahmanîdir. Sofiler de nefis için yedi mertebe kabul ederler ve bunlara "etvar-ı seb'a" (yedi tavır) derler. Nefsin ilk derecesi ''nefs-i emmare", bu derecede insanın maneviyatı daima kötülüğe meyleder. Fakat insan kendisini ıslah etmeğe başlarsa, bu dereceden yükselebilir. O zaman nefis, ''nefs-i levvame" adını alır. İnsan bu mertebede kötülük yapar ama sonradan pişmanlık duyar. Böylece insana artık iyilik ilham edilmeğe bağlar. Bu derecede nefsin adı nefs-i mülhime'dir; bundan sonra da "nefs-i mut-mainne" derecesine varır ki, burada artık şüphesi kalmaz ve inancı tam olur. Tanrı'ya tamamen inanır. Bundan ileri makamda ise, Tanrı'dan razı olur, her şeye boyun eğer ve "nefs-i raziyye" makamına varır. Artık Tanrı insandan razı olur, bu mertebeye de "nefs-i marziyye" denir. Bu altı makamdan sonra insan sanki tanrılaşır, kendisinde hiçbir varlık kalmaz. Bu son makama ise "nefs-i safiyye" veya "nefs-i zekiye" adı verilir.

Nefsin, nefs-i hâmide, nefs-i nebatî, nefs-i hayvanî, nefs-i insanî, nefs-i nâtıka, nefs-i kutsiyye gibi muhtelif mana ve kısımları da vardır. (Bak: Târifat-ı Cürcanî.)

Nefs-i nâtıka: İnsandaki idrak ve nâtıka kabiliyetiyle tecelli eden mâneviyetler ki maddeden mücerret ve Tanrı'nın hususi bir lütuf ve tecellisi olarak kabul olunmuştur.

Nehy: Bir kimseyi, bir şeyden alıkoymak, menetmek. Emrin mukabilidir.

Nefy: Bir şeyin var olmadığını, yok olduğunu kesin olarak göstermek. İspat da bir şeyin var olduğunu kat'i olarak söylemektir. Lâ ilâhe illâllah =:Tanrı'dan başka yoktur tapacak, ibaresinde, Tanrıdan başka vehmolunan ve aslı bulunmayan bütün yalancı mabutlar nefyedilmekte, bir ve gerçek olan Tanrı, ispat olunmaktadır. Buradaki "Lâ" nefyi, "illâ" ise ispatı göstermektedir.

Nemrut: İbrahim Peygamber'i ateşe attıran hükümdar.

Nezir: Adak, her hangi bir işin olması için Tanrı'ya vadedilen muayyen miktarda namaz, oruç, yahut sadaka kabilinden şeye denir.

Nuh: Bu peygamber zamanında büyük bir tufan olmuş ve bütün kâfirler boğulmuştur. Boğulanlar arasında kendi oğlu da varmış.

Nur: Zulmetin zıddı, aydınlık. Bazı muhakkikler, nuru dünyevî ve uhrevî olmak üzere ikiye ayırmışlardır. Biri, Nur-u Kur'an ve Nur-u Akl gibi basiret gözüyle idrak edilen nur, diğeri ise güneş ve ay gibi basar gözüyle mahsus olan nurdur. Alemin aydınlanmasına sebep olduğu için Hz. Muhammed'e de Nur ıtlak olunur.

Nübüvvet: Peygamberlik. Peygamberin Tanrı'dan hüküm alarak, bu aldığı emirleri halka bildirmesi ve bu emirlere göre ümmet arasında hükmetmek ise imamet ve vilâyettir.

O

Obruk: Şimdi Konya'nın bir nahiyesidir. Umumiyetle tahtel-ârz suların bulunduğu yere, Obrukar denilir.

On iki burç: Güneşin medarı on iki kısma bölünmüş olup bunlardan her birine burç denilmektedir. Her birinde bulunan sabit yıldızların durumlarına ve şekillerine nazaran, her birine bir ad vermişlerdir. Sırasıyla, adları şöyledir: Hamel, Sevr, Cevza, Seretan, Esed, Sümbüle, Mizan, Akrep, Kavs, Cedi, Delv, Hut.

Osman: Hz. Osman; dört halifeden üçüncüsüdür ve 644-656 tarihleri arasında halifelik yapmıştır.

S

Sabır: Tahammül, iptidayı musibette teslimiyyet.

Sadr-ı İslâm: Bu lâkabla Hanefî fakihlerinden ve imamlarından iki kişi şöhret bulmuştur. Biri, Sadr-ı İslâm Ebu'l-Yesr Muhammed bin Muhammed bin Hüseyin bin Abdulkerim bin Musa Bezdevî (Hic. 421 de doğmuş, 493 de vefat etmiştir.) En maruf eseri, Şerh-i Cami-i Sagir ve Cami-i Kebir'dir. Mevlâna'nın bu bahiste muradı da bu olmalı. (Bak: Fîhi Mâ Fîh, neşr. B.Furuzanfer, s. 335-336). Diğeri ise, Sadr-ı İslâm Tahir bin Burhâneddin Mahmut bin Taceddin Ahmed bin Burhâned-din Abdülaziz bin, Maze'dir.

Sahib-i Divan: Sadr-ı azam.

Salâhaddin: Şeyh Salâhaddin Konevî, kendisi kuyumcu olduğundan Salâhaddin Zerkub-i Konevî olarak tanınır. Seyyid Burhâneddin Muhakkik'in halifesidir. Mevlâna, Hz. Şems'den sonra onunla konuşup görüşmüş ve kendine vekil yapmıştır. Bunun üzerine başta oğlu Sultan Veled olmak üzere bütün mensupları, müritleri Şeyh Salâhad-din'e tabi olmuşlardır. Mevlâna'ya on yıl vekaletten sonra Hic. 662 (M. 1263-64) yılında vefat etmiştir.

Salât ve selâm: Tanrı'nın rahmeti ve selamı.

Salih: İyi. İçi dışı temiz olan ve günah işlemekten kaçınan. Böyle olan kimseler şehirde oturmazlar, dağlara ve çöllere çekilirler.

Sâlik: Tarikatta gerçeğe ulaşmak için bir mürşidin emirlerine uyarak bazı kaidelere uymak lazımdır, bu yola süluk ve yolcusuna da sâlik denilir.

Sahabe: Ebubekir, Ömer, Osman, Ali, Abdurrahman ibni Avf, Sa'd, İbni Ebivakkas, Talha, Zübeyr, Ebu Ubeyde, Said. Bu on kişiye Aşere-i mübeşşere de denir

Sıddîk: Kalben ve fi'ilen kendisinde gerçekleşmeyen şeyi diliyle söylemeyen ve davalara kalkışmayan kimse. Bu, tasavvufta bir makam olarak kabul edilmiştir. Hz. Ebubekir'in lakabıdır.

Sufî: Tasavvuf ehli. Kelimenin menşei hakkında türlü rivayetler vardır. İlk sufîler aynı zamanda din yolundan ayrılmamışlardır. Sonra da Vahdet-i vücut (varlığın birliği) nazariyesinde birleşmişlerdir. Bu inanışa göre dinde olduğu gibi, bir Yaratan ile ayrıca bir de yaratılan yoktur. Bunların hepsi birdir ve yaratılan Yaratan'ın görünüşünden ibarettir. İlk olarak sufî adıyla anılan Ebu Haşim-i Kufî 'dir ki bu zat ilk tekkeyi kurmuş olandır. Hic, 150 (M. 767 -68) tarihinde Şam'da ölmüştür.

Sultan Mahmud: Sultan Mahmud Gaznevî, 997 M. tarihinde Gazneliler devletinin başına geçmiş olup bu devletin en kudretli hükümdarıdır. Hindistan' a yaptığı seferlerle maruftur. M. 1030 tarihinde ölmüştür.

Suret: Her şeyin görünen şekli, daha doğrusu, zahiri duygularımızla idrak ettiğimiz tezahürdür. Ancak idrakimizle anlayabildiğimiz gerçeğine ise mâna deriz. Bu, suret âleminin tecellisidir. Mutasavvıflara göre her şey Tanrı'nın zuhuru olduğundan Tanrı manadır; zuhuru suret. Görülen madde âlemine suret âlemi, bu suretle zahir olan gerçeğe de mana âlemi denir.

Sünnet: Hz. Peygamber'in yaptığı şeyler, adetleri.

Sünnî: Hz. Muhammed'in (s.a.v.) sünnetine uyma; Müslümanların en mutedil mezhebidir. Haricilerin çoğu, kulun iradesi olmadığım kabul ederek, Osman'la Ali hakkında fena şeyler söylerler. Mutezîle, kulun mutlak bir iradesi olduğunu kabul eder. Şiiler Ali ile soyunu ve Sahabenin az bir kısmını kabul edip, ilk üç halifeyi reddederler. Sünniler bütün Sahabeyi kabul eder, Hz. Muhammed'in soyunu sever, kulun cüz'i iradesi olduğunu, iradesini her hangi işe sarfederse, o işi Tanrı'nın meydana getireceğini söyler ve ibadeti imandan saymazlar.

Süluk: Manevî bir yolculuktur. Kötü huyları bırakıp, gerçeğe ve birliğin sırrına vasıl olmak için sufîler bir mürşide, bir şeyh-i kâmile, bir büyüğe uyarak ve bağlanarak muayyen bir şekilde mücadele ve mücahedeye girerler. Buna sülûk (yol) denir. Sâlik, bu yola giren kimsedir.

Sur: Düdük gibi çalınan boynuz. İsrafil adlı bir melek. Kıyamette bunu üfürecek, bu sesle herkesin ruhu bedeninden çıkacak ve kıyamet kopacaktır.

Ş

Şâfiî: Sünnilerin dört mezhebinden birini kuran ve Hic. 204 yılında Mısır'da ölen Ebu Abdullah Muhammed'dir.

Şeddad: Yemendeki Ad kavmi hükümdarlarından, yani Himyeri meliklerinden olup, İrem adında gayet güzel bir bahçe ve köşk yaptırmıştır. Hud Peygamber'i tasdik etmeyip küfründe ısrar etmiştir. Nihayet Cebrail'in bir sayhası neticesinde kavmiyle beraber helak olmuştu.

Şekavet: Haydutluk, Tanrı'nın, kulunu ezelden reddi, böyle olan kimseye de şakî denir.

Şems: Şemsi Tebrizî. Hic. 642 Konya'ya gelir. Mevlâna kendisine tasavvufî manada âşık olur. Bu aşk Mevlâna'da velut bir şairlik tevlidetmiştir. Şems'le dostluğu Hz. Mevlâna'ya diğer müritlerini ihmal ettirmiş, Hic. 643'de müritlerin itiraz ve muhalefeti neticesinde Şems Konya'dan Şam'a kaçmıştır. Sultan Veled onu geri getirmiş fakat, 645'de tamamen kaybolunca Mevlâna Şems'i kendisinde bulmuştur.

Şeriat: Tanrı'nın Peygamber vasıtasıyla kullarına gönderdiği hükümler, enbiyanın sünneti.

Şeyh-i Mahalle: Fahr-i Ahlatî.

Şeyh Nessac-i Buharî: Hz. Mevlâna yine bir gazelinde de kendinden bahsetmekle beraber, hayatı hakkında verilen bilgi müphemdir.

Şeyh Sadreddin: Şeyh Sadreddin Muhammed bin İshak Konevî, Hz. Mevlâna'nın muasırı olup, maruf sufîlerdendir. Hic. 673 tarihinde vefat etmiştir.

Şeyh Şerafeddin Herevî: Hz. Mevlâna' nın muasırı, Konya ulemasındandır.

Şeyh İbrahim: Şemseddin Tebrizî'nin has müridlerindendir.

Şeyh Serirezî: Şeyh Muhammed Serirezî, Gaznelî bir zahittir. Mesnevideki bir hikayede adı geçmektedir. Şimdiye kadar hayatı hakkında esaslı ve etraflı bir malumat elde edilememiştir. Yalnız Sultanul Ulema

Bahaed-din-i Veled'in Maarif adlı ese rinde ondan bir hikâye nakledilmiştir. (Bak: Fîhi Mâ Fîh, s. 267-68 nşr. B. Furuzanfer.)

Şeyhül İslâm Tirmizî: Kim olduğu anlaşılamamıştır.

Şirk koşma: Tanrı'ya ortak koşma. Bunu yapana müşrik denir.

T

Tacüddin-i Kubaî: Hayatı hakkında hiçbir bilgi yoktur. Kuba, Medine'ye iki mil uzaklıkta bulunan bir köydür. Aynı zamanda Fergana vilayetlerinden bir şehrin adıdır. Tacüddin'in de bu iki yerden biriyle münasebeti olması gerekir.

Tâat: Tanrı'nın emirini yapmak, nehyini yapmamak.

Tahiyyat: Namazın ikinci ve son rekâtlarından sonra diz üstü oturup Tanrı övülür, birliği ve Hz. Muhammed'in (s.a.v.) hak Peygamber olduğu söylenir ki buna tahiyyat denilir.

Tahrim: Haram kılmak.

Takva: Tanrı'dan korkarak fenalıklardan ve şüpheli şeylerden çekinmek.

Tarikat: Yol. Tasavvufta, dinî ve fikrî bir heyecanla Tanrı'ya yaklaşmak, ulaşmak için tutulan manevi yol

Tecelli: Görünmek, ayan olmak. Tanrı'nın muhtelif kabiliyetlere göre kudretinin, eserlerinin eşyadan zuhuru. Müminin kalbinde ilahi feyzin eserlerinin zuhuru. Cem'i, tecelliyat. Tecelligâh, tecelli yeri. Tecelli üç kısımdır: Surî, zevkî, berkî. Surî tecelli, bütün varlıkların suretlerindedir. Zevkî tecelli ilimler ve marifetlerdir. Berkî tecelli ise müntehilere has ihtisas tecellileridir.

Tecrit: Hak'tan başka her şeyi gönülden çıkarmaktır.

Tekbir: Namaza başlarken elleri kaldırıp Tanrı Uludur (Allahu Ekber!) demek.

Tenbih: Kitab-ı Tenbih fi fürû'-iş Şafiyye, bir fıkıh kitabı olup, Hic. 476 da ölen Ebu İshak İbrahim bin Ali Şirazî'nin eseridir.

Tenzih: Arıtmak, Tanrı'yı kötü sıfatlardan arı olarak kabul etmek.

Terahi: Geri çekilmek, geri durmak.

Tesbih: Tanrı'yı tenzih ve takdis etmek.

Teslim: İtiraz etmeden emre boyun eğmek, kazaya rıza, belaya sabretme.

Tevekkül: Meşru sebeplere başvurmakla beraber, Tanrı'ya tam bir teslimiyetle güvenmek.
Tevhid: Tanrı' yi bir bilmek, gönlü O'ndan gayrı şeylerden ayırmak.
Turut: Konya'nın takriben 5 km.. batısında bulunan bir yöredir.
Tutmaç: Ayran yahut keşkekle yapılan bir hamur yemeği, kelime aslen Türkçe'dir.
Tövbe: Ulu Tanrı'ya ibadetle rücu' etmektir.

U

Uruc: Tasavvufta bir devir nazariyesi vardır Alem-i Gayb'dan Alem-i Şuhud'a inen varlık, ilk önce cemat, sonra nebat, hayvan ve en sonra insan suretinde tecelli eder. Kudretin bu sırrı, bu şekilde anâsırdan geçerek insan mertebesine yükselince, asıl hakikatından haberdar olmak ve aslına rücu etmek ihtiyacını duyar. Ondan sonra derece derece yükselerek Hakk'a vasıl olur. Alem-i Gayb'dan Alem-i Şuhud'a inmesi, "seyr-i nüzul", tekrar anâsırdan yükselerek aslına kavuşması ise seyr-i uruc tur. Buna devir denir.
Uzlet: İnsanlardan zahir ve batınımızla uzak olmak. İki kısımdır: Biri müritlerin, diğeri muhakkiklerin uzletidir. Müritlerin uzleti yabancılarla karışmaktan cismen içtinab etmek, muhakkiklerin ki ise âlemin iltifatından kalben müberra olmaktır. Halvet, uzletin nihayetidir.
Usturlâb: Üzerine gök küresinin haritası çizilmiş yarım daire seklinde bir alettir. Bununla yıldızların yerleri ve bilhassa güneşin doğuşu ve batışı ile zeval vakinin saati tayin edilir.

V

Vahdaniyyet: Bir olmak, şeriki bulunmamak.
Vâsıl: İdrakül gayba ulaşan.
Vasît: İmam Gazalî'nin yazmış olduğu bir fıkıh kitabıdır.
Vâsıt: Kufe ile Basra arasında bulunan bir şehir. Haccac tarafından kurulmuş, fakat bugün harap bir haldedir.
Vaız: Kalbi yumuşatan sözler, dinî mahiyetteki öğütler.
Varlık; Vücut. Ferdin beşerî, vasıflarının gizlenmesi vasıtasıyla ve hatta Hakk'ın vücudu vasıtasıyla ortadan kalkmasıdır. Hakikatlerin sultanı olan Hakk zuhur edince beşerilik bakî kalamaz. Sufîlere

göre varlığın, mertebeleri vardır. İlk mertebe mutlak varlık âlemidir ki bu âleme Alem-i Lâhut denir. Bütün varlıklar bu âlemde Tanrı ilminde, tahakkuk eder. Bu bakımdan bu âlem Hakk âlemiyle halk âlemi arasında bir berzahtır. Bu âleme Alem-i Ceberrut ve Hakikat-ı Muham-mediye âlemi de derler. Bu âlemde Tanrı sıfatlarını izhar etmiştir ki bu sıfatlar âlemine de kuvvet yahut Melekut âlemi adı verilmiştir. Bu âlemin zuhuru ise gördüğümüz ve bildiğimiz "Kesret" "Çokluk" âlemini meydana çıkarır. Bu âleme de Alem-i Nasut, denir. Bütün bu âlemleri toplayan âlem ise insandır.

Mutlak varlık ise Tanrı'dır. Her şey O'ndan var olduğu için asıl O'dur ve varlık O'nundur.

Vecd (Extase): Cehtsiz ve tekellüfsüz olarak kalbe vârid olan şey.

Velî: Dost, tasarruf sahibi ve emir manalarına gelir. Tanrı adlarındandır. Sufîlere nazaran velîlik, nebîlikten daha üstündür. Bir, halkla Hakk arasındadır. Bir de Hakk ile muamelesi vardır ki buna velâyet denilir. Velâyet, kulun nefsini fâni kıldıktan sonra kâim olmasıdır. Dünyadan uzak, Mevlâ'ya yakın olana "veliyullah" denir.

Vehim: Zihinde meydana çıkan batıl şey. Zan, gerçek olabilir. Fakat vehim gerçekten çok uzaktır.

Vird: Süluk esnasında, muayyen zamanlarda okunmak üzere tertiplenmiş duaya denir. Cem-i evrad'dır.

Y

Yahya: Yahya Peygamber. Zeke-riyya Peygamber'in ihtiyarlığında olan oğlu.

Yakîn: Bir şeyi şüphesiz olarak, tam ve doğru bir inançla bilme. Şüphenin ortadan kalkması. Sâlik müşahedede mütemekkin olur ve karar bulur, kendinden fâni Hakk ile bakî olursa, yakîn makamına erer. Bu itibarla yakîn, bütün hallerin aslı ve sonudur. Her şüphe yakîn halinde ârifin gönlünden yok olur. Büyük sufîler yakîni hallerin nihayeti ve batını bilmişlerdir.

Yakîn üç türlüdür: Ayn-el yakîn, İlm-el yakîn, ve Hakk-el yakîn.

Ehl-i yakîn de üçtür: Yakîn-i asgar ve avam, yakînin ilk makamıdır. Kul rıza makamına erişirse, yani Tanrı'nın verdiği şeye razı olursa, yakîne ermiş olur. İkincisi Yakîn-i havas'tır. Bu halde sâlik yakînle ünsiyet peyda etmiştir. Üçüncüsü, büyüklerin ve havasın ileri gelenlerinin yakîni-dir ki bu merhalede sâlikin Tanrı'dan başka bir muradı olmaz.

Yakîn için bir son tasavvur olunamaz. Ayn-el yakîn, bir şeyi kendi gözleriyle görerek, mahiyetine yakîn hasıl etmektir. Buna kalbi müşahede ile hakiki vahdeti görmek de denir. İlm-el yakîn, nebîlerin ve velîlerin irad eyledikleri ilimler ve mârifetlerle Hakk'ı bilmektir. Hakk-el yakîn ise ahadıyyet makamında Hakk'ı müşahede etmektir.

İlm-el yakîn ulemanın derecesi, Ayn-el yakîn âriflerin makamı, Hakk-el yakîn, dostların fena bulduğu yerdir. İlm-el yakîn mücahede, Ayn-el yakîn muane-set, Hakk-el yakîn ise müşahede ile hasıl olur.

Yunus: Yunus Peygamber. Allah'ın gazabına uğrayacağını, Allah'ın vahyi üzerine bildirmiş, fakat kavmi tövbe ettiğinden gazap defolunmuştur. Bunun üzerine Yunus, yalancı çıkışından kederlenerek, bu kederle deniz kıyısına gitmiş, orada kendisini bir balık yutmuş, balığın karnında kırk gün kalmış, sonra balık Yunus'u kusmuştur. Bu vak'a Kur'an'ın birçok yerlerinde anlatılmıştır.

Yoraş: Şemseddin Yoraş Beglerbeg. Hic. 656'da vefat etmiş. (Bak: Mektubat-l Mevlâna, Müsameretül Ahbar.)

Z

Zahit: Tanrı emirlerini yaptıktan başka, şüpheli şeylerden de kaçınan, kendisini ibadete veren kimse.

Zan: Bir şey hakkında verdiğimiz kesin olmayan hüküm.

Zât: Bir şeyin varlığı ve gerçeği.

Zât ve sıfat tecellisi: Varlığın birliğine inanan ve Tanrı'yı mutlak varlık olarak kabul eden mutasavvıflara göre tevhid, bu birliğin tahakkukudur. Bu tahakkukta üç mertebe kabul edilir: Tevhid-i ef'al, Tevhid-i sıfat, Tevhid-i zât. İradesini bir mürşide teslim ederek, gerçeğe doğru yol alan sâlik, yani manevi yolcu, evvela ef'al tecellisine uğrar. Her işi o işin mazharına göre yerinde ve doğru görür. Bütün işleri yapanın tek Tanrı olduğunu anlar, hisseder. Sâlik bu mertebeyi aşınca işlerin, sıfatların zuhuru olduğunu ve bütün sıfatların da Tanrı sıfalarından ibaret bulunduğunu anlar. Bu suretle sıfat tecellisine mazhar olur, Tanrı'dan başka yoktur tapacak! sözünü, Tanrı'dan başka vasıflanan yoktur, anlar. Bu mertebeyi de aşınca, sıfatların zâtın zuhurundan başka bir şey olmadığını, gerçekte her şeyin Tanrı'nın zuhurundan ibaret bulunduğunu anlar ki buna Tevhid-i Zât, yahut Tecelli-i Zati derler. Sâlik, "Tanrı'dan başka yoktur tapacak!" sözünü, Tanrıdan başka var olan yoktur, tarzında anlar. Artık her şey ona göre Hakk'tır. Mevhum varlığı kalmamıştır. Bu makamdan geriye dönüp, Tanrı zatıyla, Tanrı sıfatlarıyla ve Tanrı işleriyle tahakkuk ederse kemal makamına erişmiş olur.

Zekât: Artan mal muayyen bir miktarı aşınca, bir sene sonra fakirlere verilmesi gereken kırkta biri.

Zekeriya: Enbiya-i Beni İsrail'den olup Yahya Peygamber'in babasıdır. Hz. İsa zamanında hayatta bulunuyordu.

Zemahşerî: Ebul Kasım Mahmut, Harezm'de Zemahşer kasabasında dünyaya gelmesinden dolayı bu adla anılmıştır. Uzun zaman Mekke'de kaldığı için Carullah lakabını da almıştır. 1134 tarihinde tamamladığı Keşşâf adlı Kur'an tefsiri en meşhur eseridir. Hic. 538 (M. l i43 -1 144) tarihinde de vefat etmiştir.

Zerd-birinç: Şeker pirinç, yağ ve safranla yapılan bir nevi yemek.

Zikir: Anmak, Tanrı'dan gayrı şeyi gönülden çıkarmak için daima Tanrı'nın zikriyle meşgul olmak Tanrı'nın Adını söylemek ve düşünmek İmam Gazalî'ye nazaran, bütün ibadetler bu neticenin husulü içindir ve bütün ibadetlerin maksadı Tanrı'yı yadetmektir. Zikrullah, yani sesi kısarak huzuru kalple Lâ ilâhe illallâh'ı tekrar, irfan yolunun esası Tanrı'ya yakınlığın icabıdır.

Zühd: Dünya nimetlerinden, şehvetten ve müştehî olan her şeyden nefsini kesmektir.

İNDEKS

A

Abbas 46, 47, 48, 100, 247
Acem 128
Âd 107, 234, 247
Âdem 17, 53, 67, 102, 103, 107, 109, 114, 132, 135, 215, 222, 241
Alevî-yi Muarrif 139
Anka 65
Antakya 127
Antalya 86, 143
Atabek 28, 33, 60, 68, 248
Atabek Mecdüddin 248
Azer 257
Azrail 262

B

Babil 256, 257
Bağdat 117, 171, 228, 251, 255, 260
Bahâeddin 9, 32, 34, 38, 43, 75, 76, 122, 176, 243, 249, 262
Basra 116, 270
Bâyezîd 155, 199, 249
Bedir 247, 251
Belh 254
Beytullah 153
Burak 83, 249
Burhâneddin Muhakkik 34, 59, 249, 266

C, Ç

Cebrail 55, 183, 247, 250, 259, 262, 268
Celâl-üt Tebrizî 160
Cemşid 250
Cevher Hâdim-i Sultan 250
Çin 128, 261
Cüneyd 171

D

Dahhak 250

E

Ebâyezîd 171
Ebubekir 158, 208, 225, 237, 251, 267
Ebu Cehl 114, 183, 251
Ebu Hanife 102, 171, 251, 257
Ebu Tayyib Ahmed bin Hüseyin Cafer 264
Ekmelüddin 29, 221, 252
Emir-i İğdişan 30, 195, 252
Emir Naîb 33, 81, 252
Emir Pervâne 28, 30, 33, 48, 108, 252

F

Ferhad 38, 253
Ferrâş 161
Firavun 70, 107, 114, 170, 194, 254, 255

H

Hâbil 166, 254, 258
Haccac 239, 270
Hallac 255
Hâmân 255
Harezmşah 36, 37, 100, 192, 255
Harut-Marut 255
Hasan 179
Herat 259

Hindistan 236, 256, 261, 267
Hızır 101, 247
Hüdavendigâr 74, 75, 80, 256
Hüsâmeddin Erzincânî 168
Hüseyin 179

İ

İblis 67, 102, 114, 132, 257
İbni Çavuş 35, 257
İbrahim 93, 103, 176, 184, 185, 206, 207, 217, 218, 239, 255, 257, 259, 265
İbrahim Edhem 182, 257
İlyas 247
İrem Bağı 258
İsa 21, 27, 62, 80, 87, 92, 115, 120, 136, 151, 153, 206, 240, 262, 264, 273
İskender 247
İskenderiye 86
İsmail 239
İsrafil 187, 258, 262, 268
İsrailoğulları 258, 262

K

Kâbe 14, 22, 55, 85, 99, 128, 130, 146, 153, 184, 185, 209, 255, 259, 260
Kabil 166, 254, 258
Kadı Ebu Mansur Herevî 259
Kadı İzzeddin 29, 214, 259
Kaf 65, 259
Karun 259
Kaymaz 86, 259
Kayseri 86, 143, 249, 259
Konya 86, 249, 252, 259, 266, 268, 270
Kudüs 261, 262
Kufe 270
Kureyş 183, 251

L

Leyla 20, 38, 59, 81, 89, 106, 147, 189, 201
Lut 107, 261

M

Mağrip 90, 261
Mecnun 20, 38, 59, 70, 81, 89, 106, 147, 189, 201, 253
Mecusiler 154
Mehdî 261
Mekke 66, 228, 254, 259, 260, 261, 262, 273
Meryem 62, 80, 192
Mescid-i Haram 22, 130
Mesih 63, 262
Mevlâna 9, 10, 11, 12, 13, 14, 15, 16, 17, 19, 20, 21, 22, 23, 24, 25, 26, 27, 28, 29, 30, 31, 32, 33, 34, 35, 36, 37, 38, 39, 40, 41, 48, 50, 54, 55, 56, 60, 66, 68, 74, 75, 76, 81, 86, 88, 89, 90, 92, 97, 99, 100, 101, 102, 105, 111, 117, 122, 124, 128, 134, 145, 151, 167, 176, 179, 180, 194, 202, 205, 206, 207, 208, 209, 214, 215, 218, 221, 223, 240, 248, 249, 252, 256, 257, 259, 262, 266, 268, 272
Mevlâna Bahâeddin 32
Mevlâna Bahaul Hak ve'd-Din 34
Mevlâna Şemseddin 35
Mısırlı 262
Muhammed 14, 18, 39, 69, 79, 86, 92, 101, 120, 124, 133, 135, 144, 169, 183, 188, 216, 234, 235, 236, 247, 249, 255, 259, 261, 262, 263, 264, 265, 266, 267, 268, 269

Musa 21, 25, 52, 75, 90, 101, 103, 114, 115, 124, 161, 170, 177, 248, 254, 259, 262, 264, 266
Mustafa 46, 47, 48, 55, 66, 69, 78, 90, 99, 100, 103, 105, 109, 112, 114, 133, 139, 141, 142, 143, 154, 155, 156, 166, 169, 183, 203, 216, 226, 236
Mütenebbî 40, 53, 264
Mutezile 24, 263

N

Nemrud 48, 92, 107, 194, 206, 217, 218, 257
Nuh 236, 265

O, Ö

Obruk 86, 259, 266
Ömer 146, 182, 184, 228, 237, 267
Osman 30, 156, 237, 266, 267

R

Rıdvan 90
Rum 33, 68, 128

S, Ş

Sadr-ı İslâm 197, 266
Şâfiî 102, 268
Sahib-ül İnaye 161
Salih 234, 236, 266
Şam 128, 257, 262, 267, 268
Şeddad 48, 107, 258, 268
Selçuk 30, 248
Selçuklu 30
Semerkand 37, 192
Semud 107, 234, 247
Senaî 34, 40, 220
Şerif-i Pay-Suhte 123
Seyfeddin Buhârî 180

Seyfeddin Ferah 97
Şeyh İbrahim 97, 194, 268
Şeyh-i Mahalle 123, 268
Şeyh Nessac-i Buharî 268
Şeyh Salâhaddin 257, 266
Şeyhülislâm Tirmizî 34
Sibeveyh 171, 260
Sind 126
Sirâceddin 239
Süleyman 153, 250, 261
Sultan Mahmud 207, 267
Sultanul Ulema 268
Sultan Veled 9, 10, 11, 34, 43, 249, 262, 266, 268

T

Tacüddin-i Kubaî 118, 269
Tatar 33, 68, 100
Tayfur 249
Tokat 127, 200
Turut 170, 270

Y

Yahya 87, 271, 273
Yemen 128
Yoraş 152, 272
Yunus İbni Meta 133
Yusuf 38, 67, 76, 202

Z

Zekeriya 103, 192, 273
Zemahşerî 134, 273

FUSÛSU'L-HİKEM
İbnü'l Arabî

"ataç

"Fusûsu'l-Hikem", Muhyiddin-i Arabî'nin hicri 627 yılında Şam'da bulunduğu sıralarda bir gece görmüş olduğu gerçek bir rüyanın ilhamıyla yazılmış, bilinen manada bir tasavvuf kitabı olmaktan öte hakkındaki tartışmaların bugün de devam ettiği bir baş yapıttır.

Kitabın asıl maksat ve gayesi halkın bazı yüce hakikatlerle aydınlatılmasıdır. "Fusûsu'l-Hikem" kısa bir başlangıçtan sonra her nebiye bir hikmet verilmiş olduğunu ve yirmi yedi peygamberin ayrı bir hikmeti temsil ettiklerini beyanla eseri yirmi yedi "FAS"a ayırıyor ve bu hikmetlerin izahı sırasında Vahdet-i Vücud zaviyesinden her nebinin temsil ettiği hikmetin izah ve tahliline girişiyor.

M. Nuri Gençosman'ın uzun bir uğraşı sonucu Türkçe'ye kazandırdığı bu eseri okuduğunuzda İbnü'l-Arabî'nin ne kadar büyük bir düşünür ve marifet ehli olduğunu göreceksiniz.

MÜZEKK'İN-NÜFUS
Nefisleri Arındıran
Eşrefoğlu Rumî

"ataç

    Kâdiriler arasında Abdülkâdir-i Geylânî'den sonra tarikatın ikinci pîri sayılan Eşrefoğlu Rûmî daha hayatta iken büyük bir velî kabul edilmiştir. Evliya Çelebi, Eşrefoğlu'nun içinde medfun bulunduğu İznik'teki cami ve dergâhtan da bahsederek ondan "yetmiş bin müride mâlik bir pîşvâ-yı âşıkân" diye söz etmektedir.

    Şeyh ve mutasavvıf Eşrefoğlu Rûmî'nin sade bir Türkçe ile yazdığı Müzekki'n-Nüfûs, Eşrefoğlu'nun en şöhretli eseridir. Dünya muhabbetinin sebeplerini, yarar ve zararlarını anlattığı kısımda "bu kitabın Türk dilince söylenmesinin sebebi, yeni öğrenmeğe başlayanlara kolaylık olması içindir." ifadesiyle en evvel mensubu olduğu milletini gözetmiştir.

    Bu eser, Orta Asya'dan Anadolu'ya göçüp burasını ezeli ve edebi yurt edinen Türklerin tasavvufî ahlakı öğrenip benimsemesinde asırlar boyu önemli bir rol oynamıştır.

    Nefis terbiyesi ve tarikat âdâbı mevzûunda kaleme alınmış bu eser 1448 de tamamlanmıştır.

**Şehbenderzâde
Filibeli Ahmet Hilmi
a'mâk-ı hayâl
HAYALİN DERİNLİKLERİ**

ataç

Büyük Türk aydını Filibeli Ahmet Hilmi Bey, sanatçı kimliğini de sergilediği bu yapıtında, insanlığın en temel sorunu üzerine eğiliyor. Masalların, mitosların, destanların büyülü dünyasında kahramanın, gerçeği, ölümsüzlüğü ararken yaşadığı zorlukları; kendi benliğine, varlığın merkezine giden yolda gösterdiği büyük çabayı, zengin bir hayalgücünün yarattığı simgelerle anlatıyor. Eserin kahramanı Raci, yaşam, ölüm, ruh, sonsuzluk, aşk... izlekleri çevresinde yaşamın anlamını, insanın varoluş amacını sorguluyor. Manevi yolculuğu sırasında tüm biçimlerin, tüm oluşların, tüm simgelerin ardında, evreni yaratan, her şeyi kuşatan ve akılla kavranamayan sonsuz gerçeği keşfediyor.

"Yokluk Tepesi, Işık'la Karanlık'ın savaşı, Körler ülkesinde Mor Şeytanlar'la ilgili tartışma, Anka Kuşu'nun sırtında evrende yolculuk, Kaf Dağı'nı arayış, Azamet Denizi'nde doğup bir fındık kabuğunda kaybolan Tecelli Şelalesi, Edebi Muamma ve Nur Dağı'nda Marifetle konuşma, Aşk Aynası'nın sorusu, Kambur Felek'le Kör Talih'in nasip dağıtması..."

Gılgamış'ı, Homeros destanlarını, Dante'nin ilahi Komedya'sını, Feridüddin Attar'ın Mantıku't Tayr ve Şeyh Galip'in Hüsn'ü Aşk mesnevilerini, Binbir Gece Masalları'nı anımsatan olağanüstü öyküler. İnsan olmanın büyüklüğünü ve sorumluluğunu anlamak, bilincimizi ve gönlümüzü örten perdeleri aralamak için sık sık başvurulacak hayranlık verici bir kitap.